唐诗三百首今译

全注·全译·解说

国学

〔清〕蘅塘退士 ◎ 编
艾克利·段宪文·王友怀 ◎ 注译

陕西新华出版传媒集团·三秦出版社

图书在版编目（CIP）数据

唐诗三百首今译／（清）蘅塘退士编；艾克利，段宪文，王友怀注译.
—2版.—西安：三秦出版社，2003.07（2022.5重印）
（传统文化经典读本）
ISBN 978-7-80546-373-5

Ⅰ.唐… Ⅱ.①蘅… ②艾… ③段… ④王…
Ⅲ.唐诗-译文 Ⅳ.I222.742

中国版本图书馆CIP数据核字（2003）第042913号

传统文化经典读本
唐诗三百首今译

〔清〕蘅塘退士 编

艾克利 段宪文 王友怀 注译

出版发行	陕西新华出版传媒集团 三秦出版社
社　　址	西安市雁塔区曲江新区登高路1388号
电　　话	（029）81205236
邮政编码	710061
印　　刷	北京华强印刷有限公司
开　　本	710mm×1000mm 1/16
印　　张	25.25
字　　数	297千字
版　　次	2003年7月第2版 2022年5月第2次印刷
标准书号	ISBN 978-7-80546-373-5
定　　价	68.00元

杜工部 元稹論云山東人李白亦以文奇取稱時人謂之李杜予觀其壯浪縱恣擺去拘束模寫物象及樂府歌詩誠亦差肩於子美矣至若鋪陳終始排比聲韻大或千言次猶數百詞氣豪邁而風調清屬對律切而脫棄凡近則李尚不能歷其藩翰況堂奧乎自後屬文者以稹論為是甫有文集六十卷

诗圣杜甫像

总　序

中国是举世闻名的文明古国，其光辉灿烂的传统文化，已成为整个人类共同的精神财富。随着时代的进步，随着探索自然、认知社会的触角不断深入，人们比以往任何时候都迫切需要发掘传统文化宝藏，汲取更多的智慧和精神力量，来进行自我完善、自我提高，从而获取成功。于是许多人都不约而同地把目光投向那些历尽风雨淘洗的传世经典，吟之诵之，含英咀华。他们意识到，不了解唐诗宋词，没读过孔孟老庄，其麻烦不仅仅是难以达到辩才无碍的境地或获得博学多识的美誉，而且会在工作、学习及社会生活的许多方面遭遇尴尬。反之，熟知经典，以古为镜，以古为师，必定会在全新意义上的修身、齐家、治国平天下方面收到奇效。这方面例子很多，如国内某名牌高校从《易经》中提取"厚德载物"做为校训，培养了无数英才；日本企业家运用《孙子兵法》和《菜根谭》进行经营管理，屡创经济奇迹；某自然科学家要求弟子背诵《道德经》，作为攻克难关前的心理演练；某诺贝尔奖得主坦言，其所以能够历经磨难取得突破，全得益于《孟子》中的一句名言。近年来我国中小学实验教材不断加大古诗文比重以及高考试题频频"考古"，也是为了促进素质教育，培养一代新人。

传统文化经典很多，就存在一个轻重缓急和选择的问题，我们不赞成搞什么"百种必读"或"50种必读"，武断地制造一个封闭系统。我们认为中国传统文化经典宝库应当是开放的，其中异彩纷呈，玉蕴珠藏。所以我们推出这套《传统文化经典读本》丛书，第一批20种，只能说是向广大读者奉献的最基本的、应当最先了解的经典作品，包括《易经》、《论语》、《孟子》、《道德经》、《庄子》、《孙子兵法》、《幼学琼林》、《唐诗三百首》、《宋词三百首》、《元曲三百首》等。我们还将根据情况陆续推出第二辑、第三辑。值得说明的是，我社自上个世纪80年代就开始致力于传统文化经典的整理普及，是最早出版白话类经典读本的出版社之一。此次推出的这批图书都是精选版本、精选作者，付出了艰苦努力完成的，内在质量上乘，曾作为我社品牌图书，经受了市场的检验，受到读者的广泛好评。为适应新的形势，更好满足读者的需求，我们对其进行了重新改造整合，使之在版式、装帧等方面更趋考究精美。同时也希望读者多提批评意见，以便进一步改进。

魏全瑞

2003年7月

目　录

前　言 …………………………………………………（1）
蘅塘退士原序 …………………………………………（3）

◇ 五言古诗 ◇

感遇 四首 ………………………………… 张九龄（1）
下终南山过斛斯山人宿置酒 …………… 李　白（5）
月下独酌 ………………………………… 李　白（7）
春思 ……………………………………… 李　白（8）
望岳 ……………………………………… 杜　甫（9）
赠卫八处士 ……………………………… 杜　甫（11）
佳人 ……………………………………… 杜　甫（12）
梦李白 二首 ……………………………… 杜　甫（14）
送别 ……………………………………… 王　维（17）
送綦毋潜落第还乡 ……………………… 王　维（18）
青溪 ……………………………………… 王　维（20）
渭川田家 ………………………………… 王　维（21）
西施咏 …………………………………… 王　维（22）
秋登兰山寄张五 ………………………… 孟浩然（23）
夏日南亭怀辛大 ………………………… 孟浩然（25）
宿业师山房待丁大不至 ………………… 孟浩然（26）

同从弟南斋玩月忆山阴崔少府………………………… 王昌龄（27）
寻西山隐者不遇………………………………………… 丘　为（28）
春泛若耶溪……………………………………………… 綦毋潜（30）
宿王昌龄隐居…………………………………………… 常　建（31）
与高适薛据登慈恩寺浮图……………………………… 岑　参（32）
贼退示官吏 有序………………………………………… 元　结（35）
郡斋雨中与诸文士燕集………………………………… 韦应物（37）
初发扬子寄元大校书…………………………………… 韦应物（39）
寄全椒山中道士………………………………………… 韦应物（40）
长安遇冯著……………………………………………… 韦应物（41）
夕次盱眙县……………………………………………… 韦应物（42）
东郊……………………………………………………… 韦应物（43）
送杨氏女………………………………………………… 韦应物（44）
晨诣超师院读禅经……………………………………… 柳宗元（46）
溪居……………………………………………………… 柳宗元（47）

◇ 乐　　府 ◇

塞上曲…………………………………………………… 王昌龄（49）
塞下曲…………………………………………………… 王昌龄（50）
关山月…………………………………………………… 李　白（51）
子夜吴歌 四首…………………………………………… 李　白（52）
长干行 二首……………………………………………… 李　白（55）
烈女操…………………………………………………… 孟　郊（59）

游子吟···孟　郊（60）

◇ 七言古诗 ◇

登幽州台歌···陈子昂（62）

古意···李　颀（63）

送陈章甫···李　颀（64）

琴歌···李　颀（66）

听董大弹胡笳兼寄语弄房给事·····················李　颀（67）

听安万善吹觱篥歌·····································李　颀（69）

夜归鹿门歌··孟浩然（70）

庐山谣寄卢侍御虚舟··································李　白（71）

梦游天姥吟留别·······································李　白（74）

金陵酒肆留别···李　白（77）

宣州谢朓楼饯别校书叔云····························李　白（78）

走马川行奉送封大夫出师西征······················岑　参（79）

轮台歌奉送封大夫出师西征·························岑　参（81）

白雪歌送武判官归京··································岑　参（82）

韦讽录事宅观曹将军画马图·························杜　甫（84）

丹青引 赠曹将军霸·······································杜　甫（86）

寄韩谏议注···杜　甫（89）

古柏行··杜　甫（91）

观公孙大娘弟子舞剑器行 并序·····················杜　甫（93）

石鱼湖上醉歌 并序·····································元　结（96）

山石	韩　愈	（97）
八月十五夜赠张功曹	韩　愈	（99）
谒衡岳庙遂宿岳寺题门楼	韩　愈	（102）
石鼓歌	韩　愈	（104）
渔翁	柳宗元	（109）
长恨歌	白居易	（110）
琵琶行 并序	白居易	（117）
韩碑	李商隐	（122）

◇ 七言乐府 ◇

燕歌行 并序	高　适	（128）
古从军行	李　颀	（131）
洛阳女儿行	王　维	（133）
老将行	王　维	（135）
桃源行	王　维	（138）
蜀道难	李　白	（140）
长相思 二首	李　白	（144）
行路难 三首	李　白	（146）
将进酒	李　白	（151）
兵车行	杜　甫	（153）
丽人行	杜　甫	（156）
哀江头	杜　甫	（158）
哀王孙	杜　甫	（160）

◇ 五言律诗 ◇

经鲁祭孔子而叹之	唐玄宗	（164）
望月怀远	张九龄	（165）
杜少府之任蜀州	王　勃	（166）
在狱咏蝉	骆宾王	（167）
和晋陵陆丞早春游望	杜审言	（168）
杂诗	沈佺期	（169）
题大庾岭北驿	宋之问	（170）
次北固山下	王　湾	（171）
破山寺后禅院	常　建	（172）
寄左省杜拾遗	岑　参	（173）
赠孟浩然	李　白	（174）
渡荆门送别	李　白	（175）
送友人	李　白	（176）
听蜀僧浚弹琴	李　白	（176）
夜泊牛渚怀古	李　白	（177）
月夜	杜　甫	（178）
春望	杜　甫	（179）
春宿左省	杜　甫	（180）
至德二载，甫自京金光门出，间道归凤翔。		
乾元初，从左拾遗移华州掾，与亲故别，		
因出此门，有悲往事	杜　甫	（181）
月夜忆舍弟	杜　甫	（182）

5

天末怀李白	杜　甫	（183）
奉济驿重送严公四韵	杜　甫	（183）
别房太尉墓	杜　甫	（184）
旅夜书怀	杜　甫	（185）
登岳阳楼	杜　甫	（186）
辋川闲居赠裴秀才迪	王　维	（187）
山居秋暝	王　维	（188）
归嵩山作	王　维	（189）
终南山	王　维	（190）
酬张少府	王　维	（190）
过香积寺	王　维	（191）
送梓州李使君	王　维	（192）
汉江临眺	王　维	（193）
终南别业	王　维	（194）
临洞庭上张丞相	孟浩然	（195）
与诸子登岘山	孟浩然	（196）
宴梅道士山房	孟浩然	（197）
岁暮归南山	孟浩然	（197）
过故人庄	孟浩然	（198）
秦中寄远上人	孟浩然	（199）
宿桐庐江寄广陵旧游	孟浩然	（200）
留别王维	孟浩然	（201）
早寒有怀	孟浩然	（202）
秋日登吴公台上寺远眺	刘长卿	（203）

送李中丞归汉阳别业	刘长卿	（204）
饯别王十一南游	刘长卿	（204）
寻南溪常道士	刘长卿	（205）
新年作	刘长卿	（206）
送僧归日本	钱　起	（207）
谷口书斋寄杨补阙	钱　起	（208）
淮上喜会梁州故人	韦应物	（209）
赋得暮雨送李曹	韦应物	（210）
酬程近秋夜即事见赠	韩　翃	（210）
阙题	刘眘虚	（211）
江乡故人偶集客舍	戴叔伦	（212）
送李端	卢　纶	（213）
喜见外弟又言别	李　益	（214）
云阳馆与韩绅宿别	司空曙	（215）
喜外弟卢纶见宿	司空曙	（216）
贼平后送人北归	司空曙	（217）
蜀先主庙	刘禹锡	（218）
没蕃故人	张　籍	（219）
草	白居易	（220）
旅宿	杜　牧	（221）
秋日赴阙题潼关驿楼	许　浑	（222）
早秋	许　浑	（223）
蝉	李商隐	（224）
风雨	李商隐	（225）

落花……………………………………………… 李商隐（226）

凉思……………………………………………… 李商隐（226）

北青萝…………………………………………… 李商隐（227）

送人东归………………………………………… 温庭筠（228）

灞上秋居………………………………………… 马　戴（229）

楚江怀古………………………………………… 马　戴（230）

书边事…………………………………………… 张　乔（231）

除夜有怀………………………………………… 崔　涂（232）

孤雁……………………………………………… 崔　涂（233）

春宫怨…………………………………………… 杜荀鹤（234）

章台夜思………………………………………… 韦　庄（235）

寻陆鸿渐不遇…………………………………… 僧皎然（236）

◇ 七言律诗 ◇

黄鹤楼…………………………………………… 崔　颢（237）

行经华阴………………………………………… 崔　颢（238）

望蓟门…………………………………………… 祖　咏（239）

九日登望仙台呈刘明府………………………… 崔　曙（240）

送魏万之京……………………………………… 李　颀（242）

登金陵凤凰台…………………………………… 李　白（243）

送李少府贬峡中王少府贬长沙………………… 高　适（244）

和贾至舍人《早朝大明宫》之作……………… 岑　参（245）

和贾至舍人《早朝大明宫》之作……………… 王　维（246）

8

奉和圣制从蓬莱向兴庆阁道中		
留春雨中春望之作应制	王　维	（247）
积雨辋川庄作	王　维	（248）
酬郭给事	王　维	（250）
蜀相	杜　甫	（251）
客至	杜　甫	（252）
野望	杜　甫	（253）
闻官军收河南河北	杜　甫	（254）
登高	杜　甫	（255）
登楼	杜　甫	（256）
宿府	杜　甫	（257）
阁夜	杜　甫	（258）
咏怀古迹 五首	杜　甫	（259）
江州重别薛六柳八二员外	刘长卿	（264）
长沙过贾谊宅	刘长卿	（265）
自夏口至鹦鹉洲望岳阳寄元中丞	刘长卿	（267）
赠阙下裴舍人	钱　起	（268）
寄李儋元锡	韦应物	（269）
同题仙游观	韩　翃	（270）
春思	皇甫冉	（271）
晚次鄂州	卢　纶	（272）
登柳州城楼寄漳汀封连四州刺史	柳宗元	（273）
西塞山怀古	刘禹锡	（274）
遣悲怀 三首	元　稹	（275）

自河南经乱，关内阻饥，兄弟离散，各在一处。

　　因望月有感，聊书所怀，寄上浮梁大兄、于潜七兄、

　　乌江十五兄，兼示符离及下邽弟妹…………………白居易（278）

锦瑟……………………………………………………李商隐（280）

无题……………………………………………………李商隐（281）

隋宫……………………………………………………李商隐（282）

无题 二首………………………………………………李商隐（284）

筹笔驿…………………………………………………李商隐（286）

无题……………………………………………………李商隐（287）

春雨……………………………………………………李商隐（288）

无题 二首………………………………………………李商隐（289）

利州南渡………………………………………………温庭筠（291）

苏武庙…………………………………………………温庭筠（292）

宫词……………………………………………………薛　逢（294）

贫女……………………………………………………秦韬玉（295）

◇ 乐　　府 ◇

独不见…………………………………………………沈佺期（297）

◇ 五言绝句 ◇

鹿柴……………………………………………………王　维（299）

竹里馆…………………………………………………王　维（300）

送别……………………………………………………王　维（300）

相思	王　维（301）
杂诗	王　维（302）
送崔九	裴　迪（302）
终南望余雪	祖　咏（303）
宿建德江	孟浩然（304）
春晓	孟浩然（304）
夜思	李　白（305）
怨情	李　白（306）
八阵图	杜　甫（306）
登鹳雀楼	王之涣（307）
送灵澈	刘长卿（308）
弹琴	刘长卿（308）
送上人	刘长卿（309）
秋夜寄丘员外	韦应物（310）
听筝	李　端（310）
新嫁娘	王　建（311）
玉台体	权德舆（312）
江雪	柳宗元（313）
行宫	元　稹（314）
问刘十九	白居易（314）
何满子	张　祜（315）
登乐游原	李商隐（316）
寻隐者不遇	贾　岛（317）
渡汉江	李　频（318）

春怨……………………………………… 金昌绪（318）

哥舒歌……………………………………… 西鄙人（319）

◇ 乐　　府 ◇

长干行 二首 ……………………………… 崔　颢（321）

玉阶怨……………………………………… 李　白（322）

塞下曲 四首 ……………………………… 卢　纶（323）

江南曲……………………………………… 李　益（325）

◇ 七言绝句 ◇

回乡偶书…………………………………… 贺知章（327）

桃花溪……………………………………… 张　旭（328）

九月九日忆山东兄弟……………………… 王　维（329）

芙蓉楼送辛渐……………………………… 王昌龄（330）

闺怨………………………………………… 王昌龄（330）

春宫怨……………………………………… 王昌龄（331）

凉州词……………………………………… 王　翰（332）

黄鹤楼送孟浩然之广陵…………………… 李　白（333）

早发白帝城………………………………… 李　白（334）

逢入京使…………………………………… 岑　参（335）

江南逢李龟年……………………………… 杜　甫（336）

滁州西涧…………………………………… 韦应物（337）

枫桥夜泊…………………………………… 张　继（337）

寒食	韩 翃	(338)
月夜	刘方平	(339)
春怨	刘方平	(340)
征人怨	柳中庸	(341)
宫词	顾 况	(342)
夜上受降城闻笛	李 益	(343)
乌衣巷	刘禹锡	(343)
春词	刘禹锡	(344)
宫词	白居易	(345)
赠内人	张 祜	(346)
集灵台 二首	张 祜	(347)
题金陵渡	张 祜	(348)
宫中词	朱庆余	(349)
近试上张水部	朱庆余	(350)
将赴吴兴登乐游原	杜 牧	(351)
赤壁	杜 牧	(352)
泊秦淮	杜 牧	(353)
寄扬州韩绰判官	杜 牧	(353)
遣怀	杜 牧	(354)
秋夕	杜 牧	(355)
赠别 二首	杜 牧	(356)
金谷园	杜 牧	(357)
夜雨寄北	李商隐	(358)
寄令狐郎中	李商隐	(359)

为有……………………………………李商隐（360）

隋宫……………………………………李商隐（361）

瑶池……………………………………李商隐（362）

嫦娥……………………………………李商隐（363）

贾生……………………………………李商隐（363）

瑶瑟怨…………………………………温庭筠（364）

马嵬坡……………………………………郑　畋（365）

已凉………………………………………韩　偓（366）

金陵图……………………………………韦　庄（367）

陇西行……………………………………陈　陶（368）

寄人………………………………………张　泌（369）

杂诗………………………………………无名氏（370）

◇ 乐　　府 ◇

渭城曲……………………………………王　维（371）

秋夜曲……………………………………王　维（372）

长信怨……………………………………王昌龄（372）

出塞………………………………………王昌龄（373）

出塞………………………………………王之涣（374）

清平调 三首 ……………………………李　白（375）

金缕衣……………………………………杜秋娘（377）

前 言

唐诗是中国古典文学中的瑰宝，历来为人们所珍爱。由于唐诗篇目浩瀚，一般读者难窥全貌，于是历代有不少名贤学者为唐诗作选，都想将其中的精华展示于世。虽然自唐代以来各种唐诗选本出了多种，然而真正能广泛流传、经久不衰的，却是蘅塘退士孙洙编选的《唐诗三百首》。

孙洙（1711—1778），字临西，号蘅塘，晚号退士，无锡人。清乾隆十六年进士，曾任卢龙、大城、邹平知县，江宁府教授。他为官清廉，公余之暇，诵读不辍。他作诗宗法杜甫，其诗收录于《梁溪诗钞》，又著有《蘅塘漫稿》。但他最大的功绩乃是编选了一本《唐诗三百首》，由于此书选篇全面而精当，荟萃了唐诗中的各体佳作，为雅俗所共赏，因而风行海内，家咏户诵，二百多年来流传不衰，至今仍受到广大读者的喜爱。

但唐诗毕竟是唐代人的作品，是用那个时代的语言和艺术形式创作的，对今天的读者来说，要理解它、欣赏它自然会存在许多障碍。这就需要做许多消除障碍的工作。历年来出版了许多《唐诗三百首》的各种注释本、今译本，都在这方面做了许多有益的工作。出于对唐诗的耽爱和对古诗今译的浓厚兴趣，我们不揣谫陋，也参加到这项工作中来，草成这本《唐诗三百首今译》，希望能以微薄的才力为喜爱唐诗的广大读者作一点架桥铺路的工作。

《唐诗三百首》的流传版本甚多，各本收诗篇数不一，本书用作底本的是陕西省图书馆藏清代道光丁未年刻《唐诗三百首注疏》，该本共收唐诗三百二十一首，比通行本多出十一首，是诸本中收诗最多的一种。

为了帮助读者更好地理解和欣赏《唐诗三百首》，我们对其中的每一首诗都先加注释，再作今译，最后再加说明。凡每首诗中引用的典故、史实以及难以在今译中表达的词语，均加以详明的注释，注文力求广征博引，言之有据。在注释时参考了前人和时贤的许多注本，但有些地方也并不囿于成说，而是提出了自己的见解。在进行今译时，我们以严复先生提出的"信、达、雅"的翻译标准为宗旨，首先要做到"信"，即准确无误地译出原诗的本意，虽然为便于读者理解而对原诗中个别含蓄蕴藉之处略加引申发挥，但绝不远离本旨。其次是做到"达"，即力求将原作之意用明白晓畅的现代语言清楚地表达出来。在"信"、"达"的基础上，尽力追求译诗的"雅"，即力求使每一首译诗既忠实于原作的诗意，同时又是一首意境优美、文字典雅、节奏和谐、韵律铿锵的新体诗。在译诗的形式上，则根据每首诗的具体情况，选用最适于表现其内容的今译形式，有的译成字句整齐、节奏和谐的格律体新诗，有的译成自由体新诗，有的则近似于民歌体，但不论何种形式，都力求有节奏感、押韵，以便读来朗朗上口。

尽管我们是抱着上述宗旨和愿望来尽力从事这项工作的，但由于古诗今译难度很大，加之我们学力有限，又都是初次尝试，错误和不当之处一定不少，衷心希望广大读者批评指正。

本书是由三人合作完成的，书中的五古、五言乐府、七言乐府部分由艾克利执笔，五律、五绝、七绝部分由段宪文执笔，七古、七律部分由王友怀执笔。由于各人文风不同，译诗风格自然各异，相信读者是会理解的。

著　者
1991 年 12 月

蘅塘退士原序

世俗儿童就学,即授《千家诗》,取其易于成诵,故流传不废。但其诗随手掇拾,工拙莫辨,且止五七律绝二体,而唐、宋人又杂出其间,殊乖体制。因专就唐诗中脍炙人口之作,择其尤要者,每体得数十首,共三百余首,录成一编,为家塾课本。俾童而习之,白首亦莫能废,较《千家诗》不远胜耶?谚云:"熟读唐诗三百首,不会吟诗也会吟。"请以是编验之。

◇ 五言古诗 ◇

感　遇[①] 四首

张九龄

其　一

孤鸿海上来[②]，池潢不敢顾[③]。侧见双翠鸟[④]，巢在三珠树[⑤]。矫矫珍木巅，得无金丸惧？美服患人指[⑥]，高明逼神恶[⑦]。今我游冥冥[⑧]，弋者何所慕[⑨]！

【作者简介】

张九龄（678—740），字子寿，一名博物，韶州曲江（今广东韶关市）人。唐中宗景龙年间进士，累官至中书令。有《曲江集》。

他的诗素以清远淡雅为特色，遭谗被贬荆州以后，风格转向质朴道劲，寄兴讽喻。因与陈子昂风格相近，故以"陈张"并称。对于开拓盛唐诗风，产生过一定的影响。

【注释】

①感遇："感遇者，感于所遇也"（吴昌祺《删定唐诗解》）举凡所见、所闻、所想，都是"所遇"，因有所遇，而有所感，形诸诗篇，即成"感遇"诗。这种诗体多用比兴象征手法表达其郁结不平之气和高洁的胸怀，曲折地表达诗人对现实的态度。②鸿：即鸿雁。③池潢（huáng）：潢池，即天潢，本是星名，转义为天子之池，借指朝廷。《汉书·龚遂传》："……故使陛下赤子，盗弄陛下之兵于潢池中耳。"④翠鸟：即翡翠鸟。雄名翡，雌名翠。⑤三珠树：传说中的宝树

名。《山海经·海南外经》:"三珠树在厌火国北,生赤水上,其树如柏树,皆为珠。"⑥美服:华贵的衣服。此处是比喻才华和锋芒的外露。⑦高明:暗用《左传》中"高明之家,鬼瞰其室"的典故。恶(wù):此处指使别人心生厌恶。⑧冥冥:高远的意思。西汉扬雄《法言·问明》:"鸿飞冥冥,弋人何篡焉?"⑨弋(yì)者:猎人。慕:想猎取之意。

【今译】
一只离群索处的鸿雁从海上飞来,
面对着帝王的天池水却不敢眷顾。
从旁望见一对儿羽毛华丽的翠鸟,
正筑巢在那金碧辉煌的三珠宝树。
翠鸟儿你高高地栖息在宝树之巅,
难道就不怕被金弹丸击中跌下树?
穿着华美衣服就会怕人指指点点,
身居显要之位难免招致鬼神厌恶。
如今我要没入于苍茫无际的太空,
猎人纵想加害也仅能徒然地思慕!

【说明】
张九龄的《感遇》诗共十二首,作于开元二十五年(737),遭谗罢相被贬荆州长史之时。这是一首近于寓言性质的诗。写得劲炼质朴,寄托遥深。"孤鸿"是诗人的自比,"双翠鸟"暗指其政敌奸相李林甫和牛仙客。诗人假托孤鸿之口,以温厚的语气,对他们提出了诚恳的劝告。诗中咏物喻人,处处意存双关,分不出人和物来,显出了诗人的细针密缕。

其 二

兰叶春葳蕤①,桂华秋皎洁。欣欣此生意,自尔为佳节。谁知林栖者,闻风坐相悦②。草木有本心③,何求美人折④?

【注释】

①葳蕤（wěi ruí）：草木茂盛枝叶下垂的样子。②闻风：典出《孟子·尽心》："圣人百世之师也，伯夷、柳下惠是也。故闻伯夷之风者，顽夫廉，懦夫有立志；闻柳下惠之风者，薄夫敦，鄙夫宽，奋乎百世之上，百世之下闻者莫不兴起也。"诗人此处化用古人之语而为己所用。坐：因。③本心：草木的根本和中心（茎干）。这里是双关语，"本心"同时又是本性、素志之意。④美人：比喻高人雅士，即所谓"林栖者"或其他"相悦"者。

【今译】

兰草在春天的和风里绿叶纷披，
桂花在秋天的朗月下清雅皎洁。
它们欣欣向荣勃发出一派生机，
春和秋便自然成为美好的季节。
谁料那些归隐林下的高人雅士，
因仰慕她们的风节便深加爱悦。
飘散芬芳原来是出自兰桂本性，
又何尝是希求美人来赏识攀折！

【说明】

诗人托物言志，自比春兰秋桂，并强调指出：就像兰逢春而葳蕤，桂遇秋而皎洁一样，这是她们的本性，而并非是为了博取美人的折取欣赏。那些具有兰桂之质的贤人，其志芳行洁，也是出自本性，并不希求假他人之援手而栖身于高官显贵之林。

其 三

幽人归独卧①，滞虑洗孤清。持此谢高鸟，因之传远情。日夕怀空意，人谁感至精②？飞沉理自隔③，何所慰吾诚？

【注释】

①幽人：幽居之人，指隐士。②至精：至诚。③飞：比喻身在朝廷。沉：沉下僚，比喻闲散在野。

【今译】

幽居之人归来独卧林泉，
一洗尘念方显孤独清高。
持此心情我要拜托飞鸟，
远方之情要劳你来传捎。
我日夜怀抱着高远理想，
一片赤诚之情无人知晓。
在朝在野情势自然不通，
用什么慰藉我报国至诚！

【说明】

张九龄和屈原所处之朝代虽各异，而身世遭遇却略同。他虽被去相远谪，但充溢在这首诗中的一片惓怀君国的赤诚，至今读之犹令人动情。故唐汝询说："曲江可谓忠矣，三黜而惓惓焉，其《风》、《骚》之遗韵耶！"（《唐诗解》）

其 四

江南有丹橘，经冬犹绿林。岂伊地气暖？自有岁寒心。可以荐嘉客，奈何阻重深①。运命唯所遇，循环不可寻②。徒言树桃李③，此木岂无阴④？

【注释】

①阻重深：山重水深道路阻断，此处借指政治道路的艰难。②循环不可寻：谓命运无常，祸福相倚，如四时循环，非人力可以改变。③树桃李：喻培养人才。《韩诗外传》："春树桃李，夏得阴其下，秋得食其实。"④阴：同"荫"。

【今译】

生长在江南一带的红橘树，
经历严冬枝叶仍碧绿清新。
哪里是因为江南地气温暖，

全凭它自己有抗寒的本性。
鲜美的果实本可宴享嘉宾,
无奈道路阻隔哟山重水深。
命运决定了它的这种遭遇,
循环的幽微之理不可探寻。
人们只知栽植妖艳的桃李,
难道红橘树就不能够遮荫?

【说明】

这是一首为贤人不得用世而鸣不平的诗。诗中提出了一个应该怎样识别和选用人才的问题,值得人们深长思之。《韩非子·外储说左下》里讲了这样一则寓言故事;阳虎对赵简主说,他曾亲手培植一批人才,但当他遇到危难时,他们却都不帮助他。因而感叹道:"虎不善树人。"赵简主说:"树橘柚者,食之则甘,嗅之则香,树枳棘者,成而刺人。故君子慎所树。"张九龄执政时,任人唯贤注意选择州县官,一时有"贤相"之誉。曾直斥安禄山"狼子野心",并建议玄宗及早诛灭,但玄宗却说他"误害忠良"。安史之乱后,玄宗每思其言,至为流涕,深悔不听他的忠告。

下终南山过斛斯山人宿置酒①

李　白

暮从碧山下,山月随人归。却顾所来径,苍苍横翠微。相携至田家,童稚开荆扉。绿竹入幽径,青萝拂行衣②。欢言得所憩③,美酒聊共挥④。长歌吟松风⑤,曲尽星河稀。我醉君复乐,陶然共忘机⑥。

【作者简介】

李白(701—762),字太白,祖籍陇西成纪(今甘肃秦安县),出生于绵州彰明县(今四川江油县)青莲乡,因号青莲居士。天宝初年,曾被玄宗召为翰林供奉,因受权贵谗诋,不久即赐金放还。安史之乱中,因在永王璘幕府任职,受牵连而长流夜郎,行到巫峡遇赦东归。晚年漂泊东南一带,卒于时任当涂令的族叔李阳冰家中。有《李太白集》。

李白是唐代伟大的浪漫主义诗人。其诗有对黑暗现实的抨击,有对传统束缚的反抗,有对封建权贵的蔑视,有对时局安危的关注和对壮丽山河的歌颂,内容十分广泛。在艺术上想象奇特,意境开阔,气势磅礴,豪迈奔放,色彩绚丽,语言自然。他的创作成就,成为我国古代积极浪漫主义诗歌的高峰,在文学史上具有承前启后的作用。

【注释】

①终南山:在长安(今陕西西安市)南25公里处,又名南山、太乙山、中南山、周南山。斛(hú)斯山人:斛斯为北方胡人的姓。《全唐诗》引《文苑英华》注云:斛斯山人即斛斯融,当时是居于终南山中的一位隐士。②青萝:即女萝,又名松萝,一种寄生植物,常自树梢悬垂,状如丝带。③憩(qì):休息。④挥:《礼记·曲礼》郑玄注:"振去余酒曰挥。"后引申为饮酒之意。⑤松风:指古乐府琴曲《风入松》。《风俗通》:"河间杂歌二十一章,内有《风入松》曲。"⑥陶然:快乐的样子。忘机:道家语,心地淡泊、与世无争的意思。机:世俗巧诈的心机。

【今译】

暮色苍茫中我从青山上下来,
多情的明月伴随我一路同归。
回头凝望那走过的山间小路,
远近横斜莽莽苍苍一片青翠。
路遇山人我们携手来到他家,
可爱的孩子忙为我敞开柴门。
幽静的小路铺满了斑驳竹影,
依人的青萝不时地轻拂我衣。
欢声笑语之中山人殷勤留宿,
开怀畅饮美酒宾主频频举杯。
慷慨放歌唱上一支松风之曲。

唱罢之时银河微茫群星渐稀。
我已沉醉他的兴致仍然很高,
欢乐中都忘了那些世俗心机。

【说明】

这首融情入景的好诗,作于诗人供奉翰林的长安时期。李白二次来长安,本想有番作为,而实际上只是皇家的清客。细味此诗,可以推理:面对上层统治集团的腐朽黑暗以及个人政治上希望的幻灭,自当早萌归隐之意。

月下独酌

李 白

花间一壶酒,独酌无相亲。举杯邀明月,对影成三人。月既不解饮,影徒随我身。暂伴月将影①,行乐须及春。我歌月徘徊,我舞影零乱。醒时同交欢,醉后各分散。永结无情游②,相期邈云汉③。

【注释】

①将:偕,和。②无情游:指超乎世俗之情的交游。③邈(miǎo):遥远。云汉:银河。《诗经·大雅·云汉》:"倬彼云汉,昭回于天。"郑玄笺:"云汉谓天河也。"

【今译】

我在花丛间摆下一壶好酒,
自斟自饮无人来跟我相亲。
举起酒杯我且把明月邀请,
加上身影我们就成了三人。
可惜月亮哪里会懂得酌饮,
影子也只能徒然伴随我身。

且暂时伴同着月亮和影子，
及时行乐趁着美好的阳春。
我歌唱时月亮在高天徘徊，
我起舞时影子也满地碎乱。
清醒之时我们便一起欢聚，
酒醉以后就各自飘然分散。
但愿能永远结成忘情好友，
每次约会都在高邈的云天。

【说明】

《月下独酌》共四首，这是其中的第一首。《太平广记》卷二〇一引《本事诗》云："白才行不羁，放旷坦率，乞归故山。玄宗亦以非庙廊器，优召许之，尝有醉吟诗曰'天若不爱酒，酒星不在天……'即《月下独酌》第二首。"可知这组诗为诗人即将离开长安时所作。透过饮酒、唱歌、起舞等貌似热闹的表面现象，细心的读者不难体味出背后掩盖着的诗人因政治上极端失意而引起的苦闷和愤懑。黑格尔说："真正的创造就是艺术想象的活动。"诗中瑰丽的浪漫主义大胆幻想和拟人化手法的使用，读来的确能给人以美感。

春　思[①]

李　白

燕草如碧丝[②]，秦桑低绿枝[③]。当君怀归日，是妾断肠时[④]。春风不相识，何事入罗帏[⑤]？

【注释】

①春思：春天里的相思。②燕：指今河北北部、辽宁西南部一带。③秦：今陕西省。④妾：古代妇女自称的谦词。⑤罗帏（wěi）：丝织的帐子。

【今译】

燕北春草方如一片碧丝，
秦中桑树已低垂着绿枝。
当你才想到要归来之日，
在我早已经是断肠之时。
春风呵春风我不认识你，
为何吹进罗帐增我相识。

【说明】

　　这是一首柔情似水、感人至深的思妇诗。元人萧士赟曾指出，诗中第一、二句明为写景，实为与情："燕北地寒，生草迟，当秦地柔桑低绿之时，燕草方生。兴起夫萌怀归之志，犹燕草之方生。妾则思君之久，犹秦桑之低绿也。"五、六两句本脱胎于六朝民歌《子夜四时歌·春歌》："春风复多情，吹我罗裳开。"李白反其意而用之，更加突出了思妇对爱情的忠贞、不可动摇。

望　　岳[①]

杜　甫

　　岱宗夫如何[②]？齐鲁青未了[③]。造化钟神秀，阴阳割昏晓[④]。荡胸生层云，决眦入归鸟[⑤]。会当凌绝顶，一览众山小[⑥]。

【作者简介】

　　杜甫（712—770），字子美，祖籍襄阳（今湖北襄樊市），生于今河南巩县。他出身于"奉官守儒"之家，且有诗歌的传统，其祖父杜审言即为著名诗人。玄宗天宝年间曾任右卫率府参军。安史乱起，肃宗授官左拾遗，后贬为华州司功参军。不久弃官入蜀，定居成都草堂，在西川节度使严武幕中任参谋、检校工部员外郎，故世称杜工部。代宗大历年间乘舟出峡，漂泊荆、湘间，卒于湘江舟中。有《杜少陵集》。

　　杜甫是我国古代伟大的现实主义诗人，与李白齐名，并称"李

9

杜"。他的诗广泛而深刻地反映了唐王朝由盛而衰的过程中的社会面貌，被誉为"诗史"。杜诗富于变化，各体兼备，在声律、对仗、炼字修辞等方面，吸取了前人的成果而加以发展，形成了"沉郁顿挫"的独特风格，在诗歌艺术上取得了突出的成就，对后代诗歌的发展，产生了深远的影响。

【注释】
①岳：高大的山。此处指东岳泰山，在今山东泰安市北。②岱宗：泰山的尊称。《汉书·郊祀志》："岱宗，泰山也。"夫：语助词。③齐、鲁：春秋时山东境内的两个侯国，山北为齐，山南为鲁。青未了：青葱之色一望无际。④阴阳：山南为阳，山北为阴。割：剖分。《老子》："大制不割。"⑤决眦（zì）：眼睛大睁，眼角欲裂的样子。⑥"一览"句：化用《孟子·尽心》"登泰山而小天小"和《扬子法言·吾子篇》"升东岳而知众山之峛崺（lí yǐ）"之意。

【今译】
五岳之首的泰山有何等仪容？
从齐地到鲁地山色一片青葱。
大自然将神奇秀丽都赋予你，
北麓已经昏暮南麓太阳正红。
层层云涛涌流荡涤我的胸臆，
群群暮鸟投林引人瞪大眼睛。
总有一天我要登上最高之处，
环视你脚下匍匐的渺小群峰！

【说明】
这首诗是玄宗开元二十四年（736年）秋天，诗人第一次漫游齐赵之初所作，时年25岁。诗中充分表现了诗人对祖国壮丽山河的热爱和积极进取的精神。清人施补华云："'齐鲁青不了'五字，囊括数千里，可谓雄阔。后来唯退之'荆山已去华山来'七字足以敌之。"（《岘傭说诗》）

赠卫八处士①

杜 甫

人生不相见，动如参与商②。今夕复何夕③，共此灯烛光。少壮能几时，鬓发各已苍。访旧半为鬼，惊呼热中肠。焉知二十载，重上君子堂。昔别君未婚，儿女忽成行。怡然敬父执④，问我来何方。问答未及已，儿女罗酒浆。夜雨剪春韭，新炊间黄粱⑤。主称会面难，一举累十觞⑥。十觞亦不醉，感子故意长。明日隔山岳，世事两茫茫。

【注释】

①卫八处士：卫姓，排行第八，其名不详。处士是指隐居不仕的读书人。②动如：往往就像。参（shēn）与商：二星名。参居西方，商居东方，此出彼没，从不同时出现，所以古人用以比喻人和人的别易会难。③今夕：今夜。语出《诗经·唐风·绸缪》："今夕何夕，见此良人。"④父执：父亲的朋友。⑤间（jiàn）：掺杂。⑥觞（shāng）：酒杯。

【今译】

人生之旅有别离不能时常相见，
犹如那一出一没有星辰参与商。
今天夜晚又是什么吉日良辰啊，
照耀我们的竟又是同一盏灯光。
少壮的年华岂能够持续几多时，
而今再次相对全都是鬓发苍苍。
造访昔日的朋友半数已经作古，
禁不住惊叫感慨心中无限悲伤。
怎想到我们一离别就是二十年，
今天我又能再次走进你的厅堂。

曾记得上次分别你还没有成婚,
看现在已有几个儿女排列成行。
他们彬彬有礼笑迎父亲的好友,
还亲切地询问我来自什么地方。
我们之间问答的话语还未说完,
你已催儿女摆设菜肴把酒斟上。
才剪来的春韭滴着夜雨绿油油,
刚煮熟的米饭掺着糜子分外香。
你说阔别又重逢真是十分不易,
开怀畅饮应把十杯酒接连喝光。
十杯全干掉我仍然不会有醉意,
衷心地感谢你殷殷情意深又长。
明朝分别之后又要被山岳阻隔,
世事茫茫难料将来你我会怎样!

【说明】

这首诗是肃宗乾元二年(759)春天,诗人自故乡洛阳经潼关返回华州,道出奉先(今陕西蒲城),与少年时代的好友卫八久别重逢时所作。遭逢乱离之世,自然感慨良多。这首被评为"情景逼真,兼极顿挫之妙"(《杜诗镜铨》引张上若语)的名作,在杜诗中别具一格。

佳　人

杜　甫

绝代有佳人①,幽居在空谷。自云良家子②,零落依草木。关中昔丧乱③,兄弟遭杀戮。官高何足论,不得收骨肉。世情恶衰歇④,万事随转烛。夫婿轻薄儿,新人美如玉。合昏尚知时⑤,鸳鸯不独宿。但见新人笑,那闻旧人哭。在山泉水清,出山泉水浊。侍婢卖珠回,牵萝补茅屋。摘花不插发,采柏动盈掬⑥。天寒翠袖薄,日暮倚修竹。

【注释】
① 绝代:在当代绝无仅有。语本汉乐府《李延年歌》:"北方有佳人,绝世而独立。"② 良家子:有身分地位人家的子女。③ 关中:指今陕西中部地区。该地区东有函谷关,西有大散关,南有尧关,北有萧关,居四关之中,故称关中。昔丧乱:指安史之乱。④ 恶衰歇:嫌弃衰败(人家)。⑤ 合昏:豆科复叶乔木,又名合欢树、夜合花。因其叶朝开夜合而得名。⑥ 采柏:采摘柏树叶。在此处具有象征意义:以柏叶味苦,比喻佳人甘于清苦生活,以柏树耐寒,比喻佳人坚守节操。

【今译】
有一位盖世无双的美人儿,
幽静地住在那荒凉的山谷。
她说自己原本是良家子女,
飘零沦落如今和草木为伍,
从前关中曾经发生过战乱,
她的兄弟们全都遭到杀戮。
官高爵显又能有什么用处,
竟不能收葬亲人们的尸骨。
世上的人情多是嫌贫爱富,
万事变迁如烛光随风起伏。
可恨我丈夫是个浮浪之徒,
将我遗弃又娶了美丽新妇。
合欢花尚且知道朝开夜合,
鸳鸯鸟双栖双飞从不独宿。
薄幸儿只见新妇娇声巧笑,
岂听到被弃人在哀声痛哭,
在山的泉水自然清洁透明,
出山的泉水势必变得混浊。

待到婢女卖掉珠饰转回家,
再扯把青藤枝来修补茅屋。
采来山花却无心插上发鬟,
喜爱翠柏往往就采得满掬。
天气渐寒却依然衫裙单薄,
黄昏时满腹怅惘背靠长竹。

【说明】

这首诗是肃宗乾元二年(759)秋,诗人弃官由华州西入秦州(今甘肃天水市)时所作。关于诗的写作背景,历来众说纷纭:有人认为是写实,有人认为是寄托。清人黄生的看法则较为通达,他认为"偶有此人,有此事,适切放臣之感,故作此诗"(《读杜诗说》)。结合诗人此时的遭际,似应以此说为是。

梦李白 二首

杜 甫

其 一

死别已吞声①,生别常恻恻。江南瘴疠地②,逐客无消息③。故人入我梦,明我长相忆。恐非平生魂,路远不可测。魂来枫林青④,魂返关塞黑⑤。君今在罗网,何以有羽翼?落月满屋梁,犹疑照颜色。水深波浪阔,无使蛟龙得⑥。

【注释】

①吞声:低声啜泣。②江南:浔阳和夜郎都地处长江以南。瘴疠(zhāng lì):山林湿热地区流行的恶性疟疾等传染病。③逐客:被贬官、放逐的人,此处指李白。④枫林:《楚辞·招魂》:"湛湛江水兮上有枫,目极千里兮伤春心,魂兮归来哀江南。"⑤关塞:杜甫流寓的秦中陇右一带,古多关塞。⑥"水深"二句:杜甫在为李白的命运

而担心,嘱咐他在险恶的政治环境中要谨慎和警惕。一说杜甫隐然以屈原流放以至死亡来暗喻李白可能遭到的厄运。典出《续齐谐记》:东汉初年,长沙有自称屈原者曰:"吾尝见祭甚盛,然为蛟龙所苦。"

【今译】
若说是死别痛哭一场便会解脱,
正因为是生离才使人倍感凄恻。
在那江南山泽疾病流行的地方,
远逐夜郎的行人消息全无着落。
老朋友今天终于来到我的梦中,
表明对你的深深思念常在心窝。
又恐怕这已经不是活人的灵魂,
长途迢迢啊让我实在难以推测。
你灵魂来时江南的枫林一色青,
你灵魂返回秦地的关塞一片黑。
现在你被流放正陷于罗网之中,
怎么会有双翼飞来这遥远北国?
梦醒时但见凄清的月光照屋梁,
我疑心那是你惟悴苍白的脸色。
此去路途遥远江水深啊波浪阔,
千万要多珍重不要让蛟龙吞没。

其 二

浮云终日行,游子久不至①?三夜频梦君,情亲见君意。告归常局促,苦道来不易。江湖多风波,舟楫恐失坠。出门搔白首,若负平生志。冠盖满凉华②,斯人独憔悴③。孰云网恢恢④?将老身反累。千秋万岁名,寂寞身后事。

【注释】
①"浮云"二句:化用《古诗》"浮云蔽白日,游子不顾返"诗意。杜甫与李白自天宝四年(745)秋在鲁郡(今山东兖州县)分别后,至

15

此时已14年未曾会面。②冠盖：冠冕和车盖。盖：张在车上的伞。此处代指京城中的显贵。③憔悴：失意困顿。④网恢恢：《老子》有"天网恢恢，疏而不漏"的话，比喻天道的无所不在而又宽容。

【今译】
　　天上的浮云一天到晚地飘行，
　　远方的游子却久久不见归来。
　　一连三夜我都在梦中见到你，
　　感情亲切足见你对我的厚意。
　　告别之时你常显得神色匆匆，
　　竭力地诉说来一次确实不易。
　　江湖上行船每每是风急浪高，
　　常要提防事故惟恐船翻桨坠。
　　出门时你仰望天空搔着白发，
　　感慨时光虚度有负平生壮志。
　　满京城但见达官贵人乘车马，
　　独有你却含垢忍辱潦倒憔悴！
　　说什么天理公平非常地宽大，
　　临到晚年你反无辜受此牵累。
　　凭着雄才你自会留万世芳名，
　　但身后事无补生前困苦寂寞。

【说明】
　　这两首诗是乾元二年（759）秋，诗人流寓秦州时所作。李、杜二人初识于洛阳，并相约同游梁、宋（今河南开封、商丘一带），次年又同游齐、赵，遂建立起了深厚的友谊。至德二年（757），李白因参加永王璘的幕府，受牵连下狱浔阳（今江西九江市）。乾元元年（758），又被长流夜郎。次年，行至巫峡遇赦放还。杜甫此时远在秦州，不知实情，仍在为李白担忧并愤愤不平，积想成梦，于是写成这两首凄楚沉痛的怀友诗。

送 别

王 维

下马饮君酒①,问君何所之②。君言不得意,归卧南山陲③。但去莫复问,白云无尽时。

【作者简介】

王维(701—761),字摩诘,薄州(今山西永济县)人。唐玄宗开元九年(721)进士,任太乐丞。安史之乱期间,两都失陷,曾被迫受伪职。乱平,受降职处分。后官至尚书右丞,世称王右丞。晚年居蓝田辋川,长斋奉佛,过着亦官亦隐的优游生活。有《王右丞集》。

王维工草隶,善书画,精音乐,是一位多才多艺的诗人兼艺术家。他的山水田园诗古淡静穆,成就最高。苏轼曾称赞说:"味摩诘之诗,诗中有画;观摩诘之画,画中有诗。"(《东坡志林》)这是对王维作品艺术特色的精当评价。

【注释】

①饮(yìn):使动词,使喝。②何所之:往何处去?所:处所。之:往。③南山陲(chuí):终南山脚下。

【今译】

请你暂且下马将薄酒饮上几杯,
朋友啊你这样匆忙要去向哪里?
你回说官场黑暗生活很不得意,
要去南山脚下隐居与猿鹤相对。
去吧您只管去吧我也不必再问,
去领略无穷的白云无穷的乐趣。

【说明】

这首诗粗看似乎平淡无奇,细品则词浅意深。末两句为全诗题旨所在：那尘世的功名利禄总有终了之日，而山中的悠悠白云以及和白云一样闲适的乐趣却永无穷尽之时。安慰耶？欣羡耶？在对人间荣华富贵予以否定的同时，似乎又流露出一种无可奈何的情绪。

送綦毋潜落第还乡[①]

王 维

圣代无隐者，英灵尽来归[②]。遂令东山客[③]，不得顾采薇[④]。既至金门远[⑤]，孰云吾道非[⑥]。江淮度寒食[⑦]，京洛缝春衣[⑧]。置酒长安道，同心与我违。行当浮桂棹[⑨]，未几拂荆扉。远树带行客，孤城当落晖。吾谋适不用[⑩]，勿谓知音稀[⑪]。

【注释】

①綦毋（qí wú）潜：复姓綦毋，名潜，字季通，诗人。详见后《春泛若耶溪》作者简介。落第：应进士考试不中。②英灵：英俊灵秀的贤能之才。③东山客：隐士，指綦毋潜。东晋谢安未仕时，曾隐居于会稽东山，后世遂称隐居者为"东山客"。④采薇：指过隐居不仕的生活。典出《史记·伯夷列传》："武王已平殷乱，天下宗周，而伯夷、叔齐耻之，义不食周粟，隐于首阳山下，采薇而食之。"薇：即蕨，又名巢菜、野豌豆。⑤金门：汉代未央宫的金马门的简称，因门前立有铜马，故名。那里是汉代贤士等待皇帝召见的地方。此处借指唐代官门。⑥吾道非：本孔子语："吾道非耶，吾何为至此？诗中是反用其意。⑦寒食：古人以冬至后一百零五天为寒食节，禁火三天，只吃冷食，故名。相传是为了纪念春秋时自焚而死的晋国忠臣介子推的。⑧京洛：唐代以长安为西京，洛阳为东京，此处系泛指京城。⑨行当：即将。桂棹（zhào）：棹是划船的桨，长者是棹，短者为楫。此处代指船。桂棹就是用桂木做的船，喻船之精美。《楚辞》有"桂棹兮兰枻"句。⑩"吾谋"句：语出《左传·文公十三年》："子谓秦无人，吾谋适不用也。"适：偶然。⑪知音稀：语出《古诗》："不惜歌者苦，

但伤知音稀。"知音：典出《列子·汤问》："伯牙善鼓琴，钟子期善听。伯牙鼓琴，志在高山，钟子期曰：'善哉，峨峨兮若泰山！'志在流水，曰：'善哉，洋洋兮若江河！'子期死，伯牙绝弦，以无知音者。"后世遂以"知音"称知己者。

【今译】
清明盛世没有隐居不仕的人，
英俊灵秀之才都为朝廷效力。
连你这无意仕进的林下隐者，
也不效伯夷叔齐在山中采薇。
此番落第使你未能待诏金门，
岂能就此便说我们主张不对？
去年来京在江淮间度过寒食，
今离都门又值家家缝制春衣。
长安道旁我为你设酒宴送行，
感叹一对儿好朋友就要分离。
你将要乘上船向着江南进发，
不用多久便能回到自己家里。
目送你身影被远处树林遮断，
眼前的孤城映照着落日余晖。
我们的谋略虽偶然不被见用，
不要因此就说世上知音稀微。

【说明】
　　这是一首真挚感人的赠行诗。面对因落第而沮丧的好友，诗人着意用了一种旷达而亲切的语气，反复劝慰，曲折尽致，鼓励他从失意中振作起来，积极进取。全诗融写景、叙事、抒情为一体，充分显示了朋友之间的深长情谊。

青　溪[1]

王　维

言入黄花川[2]，每逐青溪水。随山将万转，趣途无百里[3]。声喧乱石中，色静深松里。漾漾泛菱荇[4]，澄澄映葭苇[5]。我心素已闲，清川澹如此[6]。请留盘石上[7]，垂钓将已矣[8]！

【注释】

[1] 青溪：河名，在今陕西勉县东。[2] 言：发语词。入：进入。黄花川：地名，在今陕西凤县东北黄花镇附近。[3] 趣：通"趋"。[4] 荇（xìng）：荇菜，生水边，嫩叶可食。[5] 葭（jiā）苇：芦苇。初生名葭，长成名苇。[6] 澹（dàn）：安静，恬静。[7] 请：愿。盘：通"磐"，大石。[8] 已矣：罢了。此处暗用东汉严子陵隐居垂钓富春江的典故。

【今译】

每次我前来这黄花川上，
往往追随着清溪的流水。
流水随着山势千回万转，
前往的路程还不到百里。
溪水在乱石中奔流喧哗，
山色却静掩在密松林里。
波漾漾飘浮着红菱绿荇，
水清清倒映着密密芦苇。
我的心向来就恬静悠闲，
一如这淡泊的清溪之水。
我愿坐在溪边大石上面，
安度余生将钓竿儿长垂。

【说明】

这首景物如画,意境空灵的山水诗,大约是诗人初隐蓝田南山时所作。古代山水田园诗人的美学追求,往往在于创造出一种"静穆"的境界。在这首诗中,优美恬静的物境和诗人的恬淡闲适的心境,已经高度和谐地融为一体了,因而读来韵味隽永醇厚,清淡素雅而有思致。

渭川田家①

王　维

斜阳照墟落,穷巷牛羊归②。野老念牧童,倚杖候荆扉。雉雊麦苗秀③,蚕眠桑叶稀④。田夫荷锄至,相见语依依。即此羡闲逸,怅然吟《式微》⑤。

【注释】

①渭川:即渭河,发源于甘肃渭源县鸟鼠山,东流经陕入黄河。②穷巷:深巷。③雉雊(zhī gòu)野鸡鸣叫。④蚕眠:蚕蜕皮时,不食不动,状如睡眠,回眠之后,即吐丝作茧。⑤《式微》:《诗经·邶风》中的篇名。诗中反复咏叹:"式微,式微,胡不归?"(天黑啦,天黑啦,为何还不回家?)此处仅取"胡不归"意,叹息自己未能归田耕牧。

【今译】

夕阳映照着田野和村庄,
放牧的牛羊回到了深巷。
老汉挂念着未归的牧童,
拄着拐杖在柴门旁眺望。
野鸡鸣唱麦苗已经吐穗,
蚕将休眠桑叶快要采光。
农夫肩扛锄头来到地边,

21

亲切地絮语着说短道长。
真羡慕农家的安闲自在，
怅惘中吟哦起《式微》诗章。

【说明】

这是一首宁静、悠闲的田园诗，又是一幅自然、朴实的风俗画。大约作于开元二十九年（741）以后。当时诗人眼看着张九龄去相，李林甫上台，已预感到隐伏在所谓"开元盛世"表面现象之下的社会政治危机，于是便想隐退到大自然中去寻求寄托的境地。"怅然吟式微"，正是表达了诗人当时这种羡慕田园，急欲归隐的情怀。

西 施 咏[①]

王 维

艳色天下重，西施宁久微[②]？朝为越溪女[③]，暮作吴宫妃。贱日岂殊众，贵来方悟稀。邀人傅香粉，不自著罗衣。君宠益娇态，君怜无是非。当时浣纱伴，莫得同车归。持谢邻家子[④]，效颦安可希[⑤]。

【注释】

①西施：一作西子，相传是春秋时越国民间的美女。越王勾践为复仇灭吴，用美人计将西施选献给吴王夫差，深受夫差宠爱。吴亡后，西施与大夫范蠡相携泛五湖，不知所终。②微：微贱，卑微。③越溪：即若耶溪，在今浙江绍兴市东南14公里处，相传为西施浣（huàn）纱处，故又称浣纱溪。《太平寰宇记》载："会稽（绍兴）县东有西施浣纱石。"④持：拿。谢：告诉。邻家子：指传说中西施的邻居丑女东施。⑤效颦（pín）：典出《庄子·天运》："西施病心而矉其里，其里之丑人见而美之，亦捧心而矉其里。其里之富人见之，坚闭门而不出；贫人见之，挈妻子而去之走。"矉同"颦"，即皱眉头。

22

【今译】
天下的人向来都很看重美色，
艳丽的西施怎么会长久低微？
早晨她还是越溪浣纱的民女，
黄昏就成了吴王宫中的贵妃。
微贱时不见得有何出众之处，
一朝显贵方觉她的丽质珍稀。
梳妆打扮自有宫娥涂脂抹粉，
呼唤侍儿何劳自己动手穿衣。
君王宠幸愈加做出娇媚姿态，
君王怜爱哪里还辨什么是非。
昔日里曾在一起浣纱的女伴，
再也不能够和贵妃同车而归。
拿这来奉劝西施东邻的丑女，
学皱眉头岂能求得别人赏识？

【说明】
这是一首咏史诗。历来的咏史之作，多是借史咏怀，本诗也不例外。诗人借咏西施故事，慨叹贵贱之无常、世态之炎凉和君臣际遇之难得。诗的结尾，是正告那些趋炎附势、钻营利禄之徒：如同无色而效颦只能徒增其丑的道理一样，无才而妄取高位，也只能是愈见其蠢而已。

秋登兰山寄张五[①]

孟浩然

北山白云里，隐者自怡悦[②]。相望试登高，心随雁飞灭。愁因薄暮起，兴是清秋发。时见归村人，沙行渡头歇。天边树若荠，江畔洲如月。何当载酒来[③]，共醉重阳节[④]。

【作者简介】

孟浩然（689—740），襄州襄阳（今湖北襄樊市）人。早年隐居襄阳鹿门山，"以诗自适"。年四十，赴长安应试不第。张九龄镇荆州，辟为从事，后病疽而逝。有《孟浩然集》。

孟浩然以五言诗著称，尤长于写景，开唐代山水田园诗派之先河。诗意清幽，恬淡自然。与王维齐名，世称"王孟"。

【注释】

①《全唐诗》注："一作《九月九日岘山寄张子容》，一作《秋登万山寄张文》。"兰山疑为万山之误。②此二句系用南朝陶宏景《诏问山中何所有赋诗以答》诗意："山中何所有？岭上多白云，只可自怡悦，不堪持赠君。"北山：即万山，在今湖北襄樊市西北十里，一名汉皋山。③何当：什么时候才能够。载酒：带着酒食。④重阳节：农历九月九日为重阳节，因九为阳数，九月九日，日月皆为阳数，故称"重阳"。

【今译】

高峻的北山耸立在白云深处，
在此隐居的我心中自得其乐。
为了眺望你我方来试着登高，
思友心早随雁阵消失在远方。
黄昏常将我淡淡的愁绪勾起，
秋景又把我登高的兴致激发。
我不时望见山下回村的行人，
走过河边的沙滩去渡口停歇。
天边的树林远望细小似荠菜，
江畔的沙洲俯视弯弯如新月。
什么时候你才能够携酒前来，
我们好开怀畅饮共醉重阳节。

【说明】

这首诗是诗人因怀念好友张五，而在一个秋天的傍晚登高远眺,盼其前来和自己共醉重阳佳节而写的。诚如王国维所说:"一切景语皆情语也。"(《人间词话删稿》)诗人把对张五的相思之情,都溶于对所见清秋薄暮景色的描绘之中,表达了知友之间的深厚情谊。全诗寓醇美于平淡之中,吟味之余,令人感到别有风韵。

夏日南亭怀辛大①

孟浩然

山光忽西落②,池月渐东上③。散发乘夕凉④,开轩卧闲敞⑤。荷风送香气,竹露滴清响。欲取鸣琴弹,恨无知音赏。感此怀故人,中宵劳梦想⑥。

【注释】

①辛大:即辛谔,诗人的同乡之友。"大"是他的排行。唐代人对朋友、平辈,惯以排行称之。②山光:山上的太阳光。③池月:池中的月影。④散发:古代的男子平时束发于头顶,散发则表示闲适潇洒。⑤闲敞:幽静宽敞的地方。⑥中宵:半夜。

【今译】

夕阳忽然从山顶向西降落,
池边明月冉冉地从东而上。
披散着头发夜晚正好乘凉,
开窗闲卧厅堂幽静而宽敞。
夜风习习吹来荷花的清香,
翠竹滴露发出清脆的声响。
本想取张琴儿将心曲挥弹,
可惜眼前无知音供谁清赏。
有感于此怎不令我念老友,
通宵达旦梦中也在把你想。

【说明】

这是一首描写幽居生活的诗,诗人善于捕捉生活中的诗意感受,用恬淡清新的笔触描绘了日落月升,荷风送香,竹露滴响的清幽环境,衬托出自己独卧南亭纳凉消夏时的闲适之情。本想借抚琴来抒发心中的感受,却又"恨无知音赏",于是便不禁怀念起故人辛大来了。全诗以景起,以情结,写得既清新自然,而又含蓄蕴藉,具有独到的艺术风格。

宿业师山房待丁大不至[①]

孟浩然

夕阳度西岭,群壑倏已暝[②],松月生夜凉,风泉满清听。樵人归欲尽,烟鸟栖初定[③],之子[④]期宿来,孤琴候萝径。

【注释】

[①] 业师:业禅师的简称。山房:山中的房屋,此处指佛寺精舍。丁大:即丁凤,诗人的同乡之友。[②] 倏(shū)然:忽然。[③] 烟鸟:指太阳快落山时暮烟中的归鸟。[④] 之子:犹今日所说"您这位先生"。子:古代对男子的美称。期宿来:谓约好来此共宿。

【今译】

夕阳慢慢越过西边的山岭,
千山万壑忽然间昏昏冥冥。
月光照松林生出一片凉意,
空寂之中但听得风声泉声。
砍柴的人都已经下山归去,
暮霭中归鸟也在枝头栖定。
盼望您能如约来山寺共宿,
抱着琴我伫候在松萝小径。

【说明】

这首诗写诗人夜宿山寺等待友人迟迟不至的情景。诗中借对山居月上时凉爽而幽美的典型环境的描写，烘托出盼望能与知友共度良宵的心情。从诗末抱琴伫候萝径的孤独形象之中，我们不难体味出诗人久候不见人的一片惆怅。

同从弟南斋玩月忆山阴崔少府[①]

王昌龄

高卧南斋时，开帷月初吐。清辉澹水木，演漾在窗户[②]。荏苒几盈虚[③]，澄澄变今古。美人清江畔[④]，今夜越吟苦[⑤]。千里共如何[⑥]？微风吹兰杜[⑦]。

【作者简介】

王昌龄（698—757?），字少伯，京兆长安（今陕西西安市）人。开元十五年（727）进士。曾任校书郎、汜水尉，贬江宁丞，又贬龙标尉。世称王江宁或王龙标。安史乱起，回乡途中被亳州（今安徽亳县）刺史闾丘晓所杀。《全唐诗》收其诗四卷。

王昌龄擅长于边塞、闺怨、宫怨之作，尤其以七言绝句成就最高，激昂雄健，自然浑成，在开元、天宝年间，有"诗家天子王江宁"之称（见《唐才子传》）。

【注释】

①从弟：堂弟。南斋：南面的书房。玩月：赏月。山阴：今浙江绍兴市。崔少府：即山阴人崔国辅，开元时曾应县令举，授许昌令。少府：唐代对县尉的尊称，为县令的辅佐官。②演漾：荡漾。窗户：指门窗。③荏苒（rěn rǎn）：时光渐渐逝去。盈：满。虚：缺。④美人：古代常用以比喻贤才，此处指崔少府。清江：指曹娥江，在今浙江绍兴市东。⑤越吟：典出《史记·张仪列传》：在楚国做官的越人庄舄（xì），因思念故乡而唱起越地歌曲。山阴为古越地。⑥"千里"句：

27

典出谢庄《月赋》："美人迈兮音尘绝，隔千里兮共明月。"⑦兰：兰草。若：杜若，一种香草，一名竹叶莲。

【今译】
当我在南面书房高卧之时，
打开窗帘见东山明月初上。
清辉静泻在水面和树林里，
波光树影在门窗之间摇荡。
时光在流逝明月几度圆缺，
月光下古往今来变迁剧烈。
朋友今晚你伫立曹娥江畔，
是否也在想我把诗篇苦吟？
遥隔千里却又能共此明月，
风吹兰杜远近都能闻芳香。

【说明】
　　这是一首蕴藉有味的月下怀人诗。描写了诗人与堂弟在南书房赏月时的清雅情趣，以及由月亮的盈虚消长引发的对人生聚散无常、古往今来世事变迁的感慨和对友人的思念。诗中的妙处，在于不正面写自己望月怀人，反而写此时友人一定在月下的江边上苦吟思旧，从而使诗显得灵活生动，富于变化。

寻西山隐者不遇

丘　为

　　绝顶一茅茨，直上三十里。扣关无僮仆，窥室惟案几。若非巾柴车①，应是钓秋水②。差池不相见③，黾勉空仰止④。草色新雨中，松声晚窗里。及兹契幽绝⑤，自足荡心耳。虽无宾主意，颇得清净理。兴尽方下山⑥，何必待之子。

【作者简介】

丘为，生卒年月不详。嘉兴（今浙江嘉兴县）人。唐玄宗天宝元年（742）进士，官至太子右庶子。八十余岁才告老还乡，卒年九十六岁。其诗以五言居多，擅写田园风光。与王维、皇甫冉、刘长卿等人，均有诗唱和。《全唐诗》收其诗十二首。

【注释】

①巾柴车：用车幔覆盖的简陋车子。巾：作动词用，指覆盖。此处指隐士所乘之车。②钓秋水：用《庄子·秋水》中庄子钓于濮水，不愿去楚国当官之典。此处指隐者去垂钓。③差（cī）池：原意为参差不齐，此处为我来你往，交叉而过之意。④黾（mǐn）勉：此处为殷勤之意。仰止：钦仰之极。止：句末助词。语出《诗经·小雅·车辖》："高山仰止，景行行止。"⑤契（qì）：惬合。幽绝：清幽至极。⑥兴尽：典出《世说新语·任诞》：王徽之曾在大雪中乘船去访戴逵，行经一夜方才到达，但没有进门就返了回去。人问其故，他说："吾本乘兴而行，兴尽而还，何必见戴？"

【今译】

西山最高处有一间茅屋，
从山下上去要走三十里。
轻扣柴门不见僮仆应答，
张望内室惟有木桌竹椅。
他若不是驾着柴车出游，
便是垂钓在秋天的溪水。
阴差阳错竟然未能相见，
空负了一片钦仰的心意。
新雨过后草色分外青翠，
松涛声被晚风吹进窗里。
置身这清幽至极的境界，
足以涤荡我的耳目胸臆。
虽没有宾主畅叙的雅意，

也已领略了清净的理趣。
我玩得兴尽就满意而归,
何必定要等待和他相会。

【说明】

这首诗写诗人专程去西山寻访隐者,却不料彼此交叉错过,空负了一片景仰之情,不能说没有一点儿怅惘。然而山中的幽美景色又让诗人为之陶醉,并与诗人的心灵融合到了一起,使之领悟了"清净"之理,所以也就变失望为满足,兴尽而返了。

春泛若耶溪①

綦毋潜

幽意未断绝②,此去随所偶③。晚风吹行舟,花路入溪口。际夜转西壑,隔山望南斗④。潭烟飞溶溶,林月低向后⑤。生事且弥漫⑥,愿为持竿叟⑦。

【作者简介】

綦毋潜（692—749）,字季通,荆南（今湖北江陵县）人。唐玄宗开元十四年（726）进士,曾任宜寿尉、集贤院侍制、右拾遗、著作郎等职。安史之乱后回乡隐居。和王维、李颀、韦应物等人有诗唱和。《全唐诗》收其诗一卷。其诗清丽雅秀,多写隐逸之情。

【注释】

①若耶溪：见前王维《西施咏》注③。②幽意：寻幽访胜的兴致。③偶：通"遇"。④南斗：星名,即二十八宿之斗宿,六星列如斗勺状,夏夜在南方天际,和北斗星位置相对。⑤"林月"句：夜深月沉,船行向前,好像两岸树木伴随着月亮都在向后面退。⑥生事：人事,世事。⑦持竿叟：东汉时,会稽人严光（字子陵）,曾与光武帝刘秀同学。秀称帝,召为谏议大夫,不受,归隐富春山,常持竿垂钓于富春江畔。

【今译】

寻幽访胜的兴致从未终止,
此去任小舟随意飘向何处。
晚风徐徐吹送轻快的行船,
花草夹岸一路直进入溪口。
入夜之际转过西边的山谷,
隔山望见天上明亮的南斗。
月光下水面升起浓密夜雾,
树林和斜月一齐向后退走。
人事茫茫尚且如同漫天雾,
真想隐居溪边长作垂钓叟。

【说明】

这是一首在春江花月之夜寻幽探胜的纪游诗。诗人紧扣题目中的一个"泛"字,随着扁舟在江中曲折回环地行进,给我们展示出一幅幅清丽幽雅的画面,隐隐给人以动感,时时给人以美感。

宿王昌龄隐居[①]

常 建

清溪不可测,隐处惟孤云。松际露微月[②],清光犹为君。茅亭宿花影[③],药院滋苔纹[④]。余亦谢时去,西山鸾鹤群[⑤]。

【作者简介】

常建,生卒年月不详。开元十五年(727)与王昌龄同榜进士,曾任盱眙尉。一生仕宦不得意,放浪琴酒,以诗自娱。

常建的诗,多以山水田园为题材,风格与王、孟接近,但亦于淡泊中抒写其愤激情怀。唐人殷璠所编之《河岳英灵集》,将其诗列为卷首,并评其诗为"其旨远,其兴僻,佳句辄来。"《全唐诗》收其诗一卷。

31

【注释】

①宿：过夜。隐居：指隐居的处所。②松际：松林之中。际：指树与树之间的空隙。③宿：停留。④滋：繁衍。苔纹：青苔的花纹。⑤鸾鹤群：以鸾、鹤为友。古人认为鸾、鹤是仙人之禽。

【今译】

清清的溪水深不可测，
隐居处只见一片白云。
松林间微露一弯新月，
淡淡清辉似为你照明。
茅草亭子里花影如眠，
种药院落中长满苔纹。
我也要辞去世俗之累，
来这西山与鸾鹤为群。

【说明】

明人胡应麟评常建的诗为"清而僻"（《诗薮》）。在诗人的笔下，王昌龄的隐居之地被描绘得如此清丽幽僻，表现出了诗人在对自然美的欣赏方面，自有其特定格调的追求。明白了这一层道理，那么对他仅宿一夜就能萌生出也要在此与鸾鹤为伍的念头来，就不会感到奇怪了。

与高适薛据登慈恩寺浮图①

岑 参

塔势如涌出②，孤高耸天宫。登临出世界③，磴道盘虚空④。突兀压神州⑤，峥嵘如鬼工⑥。四角碍白日，七层摩苍穹⑦。下窥指高鸟，俯听闻惊风。连山若波涛⑧，奔凑似朝东⑨。青槐夹驰道⑩，宫观何玲珑⑪。秋色从西来，苍然满关中。五陵北原上⑫，万古青濛濛。净理了可悟⑬，胜因夙所宗⑭。誓将挂冠去⑮，觉道资无穷[16]。

【作者简介】

岑参（715—770），江陵（今湖北江陵县）人。玄宗天宝三年（744）进士，授右率府兵曹参军。天宝八年（749）出塞，在安西节度使高仙芝幕中掌书记。后历任安西、北庭节度判官、虢州长史、嘉州刺史等职。世称岑嘉州，有《岑嘉州集》。

岑参是盛唐时期著名的边塞诗人，最以七言歌行见长。其诗风格悲壮俊丽，语奇体峻，气势磅礴，高亢激昂，在当时就为世所重并得以广泛流传。

【注释】

①高适：见七言乐府《燕歌行》之作者简介。薛据：河中宝鼎（今山西宝鼎镇）人，官至水部郎中。慈恩寺：为当时京都的著名胜迹，在今陕西西安市南郊。本隋无漏寺故址，唐太宗贞观二十二年（648），太子李治为追荐其母文德皇后而建，故名。浮图：梵文佛陀的音译，即佛塔。此处指大雁塔。塔系高宗永徽三年（648）高僧玄奘所建。当时和岑参一起登塔的除高、薛外，还有杜甫和储光羲，杜甫《同诸公登慈寺塔》诗题下注："时高适、薛据先有此作。"可知岑参此诗，亦系奉和高、薛所作，高诗今存，可参看。②涌出：突起于平地之上。《妙法莲华经宝塔品》："尔时佛前有七宝塔，高五百由旬，纵广二百五十由旬，从地涌出。"③世界：本佛家语，世指时间，界指空间，合用等于说宇宙。此处则是指人间、人世。④磴道：塔里的梯阶。磴：石阶。⑤压：镇。神州：指中国。战国时邹衍称中国为赤县神州（见《史记·孟子荀卿列传》）。⑥如鬼工：指塔的建筑技艺之高妙，非人力所能达到。⑦苍穹（qióng）：深青色的天空。⑧连山：连绵不断的山峦。木华《海赋》："波若连山"。⑨奔凑：从各方面奔来，聚合在一起。⑩驰道：可驰御辇的大道。⑪宫观（guàn）：即宫阙。⑫五陵：汉代五位皇帝的陵墓，即高祖长陵、惠帝安陵、景帝阳陵、武帝茂陵、昭帝平陵，都在今咸阳市北原之上。⑬净理：佛家的清净之理。佛家以远离一切恶行，心不受尘俗垢染为清净。了悟：彻悟佛家真谛。⑭胜因：善缘。《佛说无常经》："胜因生善道，恶因坠泥犁。"夙：素

来。宗：尊崇，信仰。⑮挂冠：辞官退隐。典出《后汉书·逸民传》："逢萌，字子庆……王莽杀其子宇，萌谓友人曰：'三纲绝矣，不去祸将及人。'即解冠挂东都城门，归，将家属浮海，客于辽东。"⑯"觉道"句：佛的道理应用无穷无尽。资：应用。

【今译】
雁塔的气势如拔地涌出，
孤零零地似要高耸天宫。
登上它有如走出了尘世，
塔梯像盘旋于虚空之中。
巍峨高峻足能镇住神州，
雄壮奇伟如出鬼斧神工。
四角伸展能够挡住阳光，
七层之顶仿佛上摩苍穹。
向下看指划高飞的小鸟，
俯耳听但闻飒飒的惊风。
群山连绵如起伏的波涛，
汹涌澎湃似要奔流向东。
行行青槐夹着御辇驰道，
楼台宫殿显得何等玲珑。
秋色被那西风吹送而来，
苍苍茫茫布满整个关中。
汉代五陵建在北原之上，
古往今来一片青青濛濛。
清净佛理我已了然可悟，
胜妙善因素为我所尊崇。
我决意弃官去归隐山林，
悟了道真使人受用无穷。

【说明】
这首诗作于天宝十一年（725）秋。当时诗人从安西归京不久，仍任微职，因而郁郁寡欢。诗的结尾四句，诗人在眺览之余所产生的那种消极出世的思想感情固不足取，但就整篇来看，则仍不失为一首气象阔大的写景佳作。

贼退示官吏 有序

元 结

癸卯岁①，西原贼入道州②，焚烧杀掠，几尽而去。明年，贼又攻永破邵③，不犯此州边鄙而退④。岂力能制敌欤？盖蒙其伤怜而已。诸使何为忍苦征敛⑤，故作诗一篇以示官吏。

昔年逢太平，山林二十年。泉源在庭户，洞壑当门前⑥。井税有常期⑦，日晏犹得眠。忽然遭世变⑧，数岁亲戎旃⑨。今来典斯郡⑩，山夷又纷然⑪。城小贼不屠，人贫伤可怜。是以陷邻境，此州独见全。使臣将王命⑫，岂不如贼焉。今彼征敛者，迫之如火煎。谁能绝人命，以作时世贤。思欲委符节⑬，引竿自刺船。将家就鱼麦，归老江湖边。

【作者简介】

元结（719—772），字次山，号漫叟，鲁山（今河南鲁山县）人。玄宗天宝十二年（753）进士。安史之乱后期，充任山南东道节度参谋，曾组织义军抗击史思明南侵，保全十五城，战功卓著。代宗时任道州刺史，官终容管节度使。有《元次山集》。

元结继承《诗经》以来的现实主义传统，主张诗歌要有讽喻作用，反映现实，干预政治，有益于世。他的文学主张和诗歌创作，对白居易开创的新乐府运动有一定的影响。

【注释】

① 癸卯岁：唐代宗广德元年（763）。② 西原贼：当时对居住在今广西壮族自治区南部的少数民族西原蛮的贬称。道州：即今湖南道县。③ 永：指永州（今湖南零陵县）。邵：指邵州（今湖南邵阳市）。④ 边

鄙：边境。⑤忍：残酷刻薄。苦：急迫。⑥洞壑：山洞，崖谷。⑦井税：田赋。上古实行井田制，一井九百亩，共分为九区，其形如"井"字，中为公田，周为私田，八家共耕公田以为赋税，称为"井税"。此处是指唐代所实行的按户口征收额定赋税的租、庸、调法。⑧遭世变：指安史之乱。⑨亲戎旃（zhān）：亲身参加军旅生活。戎旃：军中营帐。⑩典斯郡：管理此州。⑪山夷：山区的少数民族。这里指"西原蛮"。⑫使臣：指催征租、庸的官吏。⑬委符节：弃官不做。符节：古代外官或使臣受任之凭证，以金玉竹木等为之，分之为二，一半留朝廷，一半付外官或使臣，用时则相合以为信。

【今译】

唐代宗广德元年，西原蛮族起兵攻入道州，烧杀抢掠，几乎洗劫一空而去。第二年，"盗贼"又攻破永州和邵州，却不再侵犯道州的边境就退走了。哪里是因为道州有兵力能够制服敌人呢？只不过是蒙受敌人的哀怜罢了。诸位使臣怎么忍心向百姓搜刮呢？因此作诗一篇以告官吏。

我早年正逢太平岁月，
在山林隐居有二十年，
泉水源头就在这庭中，
山洞崖谷正对着门前。
征收赋税有固定日期，
夜晚还能够安然而眠。
忽然发生了安史之乱，
几年间随军南北征战。
如今来镇守这个州郡，
山中蛮夷又纷然作乱。
他们不愿来小城杀掠，
哀怜老百姓穷得可怜。
因此上邻郡都被攻陷，
惟有这道州得以保全。
征税使臣奉君王敕命，

难道还不如贼人心肝。
看那横征暴敛的官吏,
逼迫百姓如火烧油煎。
谁能忍心断绝人生路,
邀功取宠作一个"时贤"!
我真想辞官抛弃印信,
拿起篙竿来自己撑船。
携家小寻个鱼米之乡,
隐居终老在江湖岸边。

【说明】

诗言志。诗人在政治上是一位具有仁政爱民思想的清正官吏,所以笔下才能够写出如此真实感人的好诗来。全诗由回忆到现实,由叙事到抒情,不枝不蔓,集中紧凑。语言真切达意,不加藻绘。他的诗往往被一些诗论家评为伤于拙直,然而像这种为民请命的愤激之作,则应该说是愈拙直愈可爱。

郡斋雨中与诸文士燕集①

韦应物

兵卫森画戟②,燕寝凝清香③。海上风雨至④,逍遥池阁凉。烦疴近消散⑤,嘉宾复满堂。自惭居处崇,未睹斯民康。理会是非遣,性达形迹忘。鲜肥属时禁⑥,蔬果幸见尝。俯饮一杯酒,仰聆金玉章。神欢体自轻,意欲凌风翔。吴中盛文史⑦,群彦今汪洋⑧。方知大藩地⑨,岂曰财赋强。

【作者简介】

韦应物(737—789?)京兆万年(今陕西西安市)人。早年以"三卫郎"充玄宗侍卫,使气任侠,豪纵不羁。后折节读书,应举中进士,历任滁州、江州、苏州等地刺史,世称韦苏州。有《韦苏州集》。

韦应物是中唐前期的著名的诗人。他的诗虽有一部分反映了对民间疾苦的关心、对黑暗政治的抨击，但更多则是寄情山水，歌咏隐逸之作。他的这后一类诗，写得古淡雅丽，清新秀美，语言简洁自然，深为白居易所推崇。

【注释】

①郡斋：指苏州刺史官舍中的客厅。燕集：宴会。燕通"宴"。②森画戟：画戟林立。画戟：官署中的一种仪仗。③燕寝：供休息安寝的居室。清香：唐人李肇《国史补》："韦应物立性高洁，鲜食寡欲，所在焚香扫地而坐。"④海上：苏州东南近海。⑤烦疴（kè）：指暑天令人不舒服的烦闷郁热。疴：本义指病，此处为不舒服之意。⑥时禁：正为时下所禁止。古代正月、五月九月禁杀生，此次宴集，时在五月，故不得食荤腥。⑦吴中：此处指苏州。苏州本古吴国地，故称苏州为吴中。⑧群彦：众多的有才之士。《尚书·太甲》孔传："美士曰彦。"⑨藩：本指王候封地，此处指大郡。

【今译】

官署前排满卫士的画戟，
休息的内室凝聚着清香。
海面上的风雨飘洒而来，
池阁亭台顿时适意清凉。
烦闷燥热都很快地消散，
嘉宾高朋重又坐满厅堂。
惭愧自己居室这般宏丽，
却不见百姓们是否安康。
融会事理就会减少是非，
性情旷达方能物我两忘。
鲜鱼肥肉当为时下所禁，
蔬菜水果敬请大家品尝。
我俯身饮下这一杯淡酒，
抬头敬听金玉般的诗章。

精神欢畅身体自然轻捷,
恨不得乘风在长空翱翔。
这苏州自古就文化兴盛,
俊秀济济如同大海汪洋。
才知道这大州大郡之地,
岂仅是财赋多方称富强!

【说明】

这是唐德宗贞元五年(789),诗人在苏州官署客厅与当地文士宴集时所作的一首咏怀诗。"自惭居处崇,未睹斯民康。"这种深刻的自剖之言,表现了诗人作为地方长官,常以治下人民疾苦为念的优民爱民的思想。

初发扬子寄元大校书①

韦应物

凄凄去亲爱,泛泛入烟雾。归棹洛阳人②,残钟广陵树③。
今朝此为别,何处还相遇。世事波上舟,沿洄安得住④。

【注释】

① 初发:启程出发。扬子:渡口名,在今江苏江都县南,与瓜州古渡相近,当时为长江南北交通要道。寄:寄赠。元大:其名不详,是诗人在扬州的好友。校书:即校书郎,掌校刊典籍。② 归棹(zhào):犹言归舟。棹:船桨,代指船。③ 残钟:晓钟的余音。广陵、今江苏扬州。④ 沿洄(huí):顺流而下和逆流而上。

【今译】

悲凄凄离别了亲爱的朋友,
轻悠悠驶进了江上的烟雾。
乘船归去的是洛阳的游子,

钟声渐微泪眼犹在望远树。
今天我们在扬州依依惜别，
难料今后在哪儿还能相遇。
世事飘浮不定如波上之舟，
或顺或逆水上怎能停得住？

【说明】

这首诗可能是罢官时所作。诗中三、四两句，写归舟载着诗人和他的满腹离愁愈行愈远，而扬州晓钟的余音还缭绕在他的耳际、心头，双眼仍恋恋不舍地回望着岸上那扬州依稀可见的远树，含蓄深婉地表现了对友人元大的真挚深情，成为历代称誉的名句。

寄全椒山中道士①

韦应物

今朝郡斋冷，忽念山中客。涧底束荆薪，归来煮白石②。欲持一瓢酒，远慰风雨夕。落叶满空山，何处寻行迹？

【注释】

①全椒：即今安徽全椒县，唐代属滁州所辖。山中：指全椒县西三十里的神山。王象之《舆地记胜》："滁州神山在全椒县西三十里，有洞极深。唐韦应物《寄全椒山中道士》诗，此即道士所居也。" ②煮白石：写道士在山中的艰苦的修炼生活。晋葛洪《神仙传》记载："（白石先生）尝煮白石为粮。"

【今译】

今晨在私衙感到寂寞清冷，
忽然忆起全椒山中的隐客。
他是否正在涧底捆扎柴草，
回来后将煎煮那白石充饥。

我本想带一瓢酒为他驱寒,
送上些慰藉在这风雨之夕。
然而在这飘满落叶的深山,
让人去何处寻找他的踪迹?

【说明】

诗人于德宗建中四年(783)出任滁州刺史,这首诗当为次年秋天所作。诗中表现出对隐居山中修道的友人的尊崇,对神仙境界的向往。全诗感情和形象的配合十分自然,虽是淡淡写来,却仍有情韵深长的意境,颇耐人寻味。

长安遇冯著[①]

韦应物

客从东方来,衣上灞陵雨[②]。问客何为来,采山因买斧[③]。冥冥花正开[④],飏飏燕新乳[⑤]。昨别今已春,鬓发生几缕?

【注释】

①冯著:河间人,中唐时期的诗人,与韦应物、卢纶友善,曾任著作郎,仕途很不得意。②灞陵:即霸上、霸陵,以有汉文帝霸陵而得名,在今陕西西安市东郊。③采山:采伐山上的树木。④冥冥:细雨迷濛的样子。⑤燕新乳:初生的小燕。

【今译】

有客自东方到长安来,
衣衫上犹带灞陵风雨。
询问他是为什么而来,
说是为伐木来此买斧。
细雨濛濛繁花正盛花,
乳燕翩翩轻快地飞舞。

去年离别如今又一春,
你的白发新添了几缕?

【说明】
　　诗人与冯著分别一年后又在长安相遇,对这位怀才不遇的朋友,诗中以亲切的笔调,表示理解、体贴和关切。这里采用了乐府民歌的手法和语言,借问答以渲染气氛,借写景以寄托寓意。

夕次盱眙县①

韦应物

　　落帆逗淮镇②,停舫临孤驿③。浩浩风起波,冥冥日沉夕④。人归山郭暗⑤,雁下芦洲白。独夜忆秦关⑥,听钟未眠客。

【注释】
　　①次:止宿。盱眙(xū yí)县:唐时属临淮郡,地临淮水南岸,今江苏盱眙县。②逗淮镇:逗,谓短期停留。淮镇:淮水边上的市镇,即盱眙县。③驿:古时供传递公文的人和往来官员住宿和换马的处所。④冥冥:昏暗的样子。⑤山郭:山城。⑥秦关:陕西关中地区,此处代指诗人的故乡长安。

【今译】
　　降下风帆泊在临淮镇边,
　　船儿靠近孤零零的驿站。
　　风浩浩江上涌起了波涛,
　　天昏昏望夕阳已经压山。
　　人们归去山城渐渐幽暗,
　　小洲芦花如雪落下群雁。
　　孤独之夜思念长安亲人,
　　卧听钟声游子长夜难眠。

【说明】

这首诗作于诗人离开长安去滁洲赴任的旅途之中。结尾两句，情中有景，景中有情，读之余味绵绵。

东 郊

韦应物

吏舍跼终年[1]，出郭旷清曙[2]。杨柳散和风，青山澹吾虑[3]。依丛适自憩，缘涧还复去[4]。微雨霭芳原[5]，春鸠鸣何处？乐幽心屡止，遵事迹犹遽[6]。终罢斯结庐[7]，慕陶直可庶[8]。

【注释】

[1] 跼（jǔ）：拘束。[2] 郭：外城。旷清曙：在清新的曙色中得以精神舒畅。[3] 虑：思绪。[4] 还复去：徘徊往来。[5] 霭：迷濛的样子。[6] 遽（jù）：匆忙。[7] 结庐：修建茅舍而隐居。典出陶潜："结庐在人境，而无车马喧。"（《饮酒》）[8] 庶：即"庶几"，差不多之意。

【今译】

我终年困守官舍备受拘束，
清早来郊外春游心旷神怡。
依依杨柳在那和风中舒展，
叠翠山色澄清了我的思绪。
倚着树丛休息有多么惬意，
沿着山涧徘徊舍不得离去。
濛濛细雨笼罩着芬芳绿原，
斑鸠声声不知欢鸣在何处？
性喜幽静每每想在此长住，
公务缠身却来去都很匆促。
终究要辞官在此筑间茅屋，
慕陶潜归隐之愿许能满足。

【说明】

诗人对东晋大诗人陶渊明的为人和生活态度非常仰慕,他的诗也有意学陶,被称之为"效陶体"。这首诗写春日郊游之乐,抒发了厌弃官场、慕陶而愿归隐林下的情怀,颇得陶诗的意趣。

送杨氏女①

韦应物

永日方戚戚②,出行复悠悠③。女子今有行④,大江溯轻舟。尔辈苦无恃⑤,抚念益慈柔。幼为长所育,两别泣不休。对此结中肠⑥,义往复难留⑦。自小阙内训⑧,事姑贻我忧⑨。赖兹托令门⑩,仁恤庶无尤⑪。贫俭诚所尚,资从岂待周⑫。孝恭遵妇道,容止顺其猷⑬。别离在今晨,见尔当何秋。居闲始自遣⑭,临感忽难收⑮。归来视幼女,零泪缘缨流⑯。

【注释】

①送:送别。杨氏女:指诗人即将要嫁往杨家的大女儿。②永日:整天。戚戚:悲伤的样子。③悠悠:遥远。④有行:指出嫁。化用《诗经·邶风·泉水》"女子有行,远父母兄弟"意。⑤无恃:指幼年无母。诗人之妻死于长安,其时两女皆幼。⑥结中肠:谓哀伤之情,郁结于心。⑦"义往"句:谓女儿长至嫁龄,自难留家。《礼记》:"女子二十而嫁,义当往也。"⑧阙内训:缺少母亲的教训。《后汉书·班昭传》:"作《女诫》七篇,有助内训。"⑨事姑:侍奉婆婆。贻(yí):带来。⑩令门:对其夫家的尊称。令:佳。⑪仁恤:爱怜。尤:过失。⑫资从:嫁妆。⑬容止:仪容举止。猷(yóu):规矩。⑭居闲:指平时。⑮临感:临别伤感。⑯零泪:流泪。缨:系在下巴上的帽带。

【今译】
嫁前你便整日价戚戚无欢,
临行又为路途遥远而担忧。
大女儿今天就要离门出嫁,
去婆家还须江上逆水行舟。
你们可怜自幼便殁了生母,
抚养中倍加疼爱慈祥温柔。
小女儿从小就靠姐姐培育,
两人相别拥抱着痛哭不休。
此情此景让老父悲不自胜,
理应女大而嫁又难以挽留。
没娘女自小缺少闺中教训,
能否待奉好婆婆令我心忧。
幸而你托身杨家是好门户,
能得到婆婆爱怜不致怨尤。
家境清贫诚然要崇尚节俭,
置办嫁妆自不能十分丰厚。
孝顺恭敬要谨遵为妇之道,
仪容举止也应该温顺和柔。
父女别离就在这今天早晨,
再见到你不知要等到哪秋?
平日里我还能够自我排遣,
临别时的感伤却一发难收。
江边归来看到孤单的小女,
更难禁泪水顺着帽带儿流。

【说明】
　　这是一首嫁女送别的诗。诗人早年丧妻,独力抚养二女,其艰辛不言而喻。故于长女出嫁远行之时,再三叮咛,反复告诫,字字感伤,语语凄楚,絮絮不休之中足见父女情深,动人心弦。

45

晨诣超师院读禅经[①]

柳宗元

汲井漱寒齿,清心拂尘服。闲持贝叶书[②],步出东斋读。真源了无取[③],妄迹世所逐[④]。遗言冀可冥[⑤],缮性何由熟[⑥]?道人庭宇静[⑦],苔色连深竹。日出雾露余,青松如膏沐[⑧]。澹然离言说[⑨],悟悦心自足[⑩]。

【作者简介】

柳宗元(773—819),字子厚,河东(今山西永济县)人。德宗贞元九年(793)进士,顺宗时任礼部员外郎。因积极参与"永贞革新",宪宗时被贬为永州司马,十年后改为柳州刺史。世称柳柳州。有《柳河东集》。

柳宗元和韩愈同为唐代古文运动的倡导者,并称"韩柳"。柳诗题材比较广泛,内容比较深刻,表现了对民间疾苦的深切关注。在艺术上具有"句雅淡而味深长"(杨万里《诚斋诗话》)的独特风格。

【注释】

①超师:法名叫超的禅师。②贝叶书:在中国的造纸术传到域外之前,古印度的佛经多用梵文或巴利文写在贝多罗树的叶子上,故称"贝叶书"。③真源:即真谛,指佛经中的真实道理。④妄迹:荒诞无稽的事迹。⑤遗言:指佛经。因佛的真身已经寂灭,故称记载其言论的经书为遗言。冥:默契、暗合,即心领神会。⑥缮性:修持心性。《庄子》:"缮性于俗。"⑦道人:得道之人,指超禅师。⑧膏沐:本指妇女润发的油脂,此处用作动词,涂脂膏的意思。⑨离言说:超出言语之外。⑩悟悦:悟道的快乐。这里指领悟到大自然幽静的乐趣。

【今译】

打来寒冷的井水漱过了口,
清除杂念拂去衣上的尘土。

安闲地手持一卷佛家经书,
走出东斋外边虔诚地诵读。
世人对佛经真谛一无所取,
对虚妄的奇迹却一味追求。
我本希望领悟深奥的佛理,
但秉性如此又怎能够精熟?
超禅师的庭院是这般清静,
苔色青青直伸到竹林深处。
太阳出来了雾露还未散尽,
高挺的青松如抹上了脂油。
我心怀无比淡泊难以言说,
充溢着悟道的满足与快乐。

【说明】

诗人在思想上具有朴素唯物主义的自然观和某些进步的历史观,又深受儒学的熏陶,因而细读全诗之后不难得出这样的结论:这其实是一首疑佛、排佛和讽世俗妄佛之作。

溪　　居[①]

柳宗元

久为簪组束[②],幸此南夷谪[③]。闲依农圃邻[④],偶似山林客[⑤]。晓耕翻露草,夜榜响溪石[⑥]。往来不逢人,长歌楚天碧[⑦]。

【注释】

① 描写居于愚溪的生活和感受。愚溪在今湖南零陵县。诗人曾在溪之东南筑有别居。② 簪组(zān zǔ):用以固冠的簪子和用以佩印的缓带。此处借指做官。③ 南夷:南方少数民族地方,指诗人的谪居之地永州。④ 农圃:田园。此处借指老农。⑤ 山林客:林中隐士。⑥ 榜(bàng):摇船的工具,此处指船。⑦ 楚天:楚地的天空。永州古为楚地。

【今译】
我长期以来被官场束缚，
幸贬来永州才得以解脱。
闲居与纯朴的老农为邻，
有时像住在山林的隐客。
晨耕时翻起带露的野草，
夜渔时船儿将溪石碰磕。
来来去去不见恶浊俗物，
昂首蓝天我自由地放歌。

【说明】
这首诗是诗人谪居永州时所作。诗中故作旷达语，适益见其心中的幽愤不平。诚如清人沈德潜所评："不怨而怨，怨而不怨，行间言外，时或遇之。"

◇ 乐　府 ◇

塞　上　曲①

王昌龄

蝉鸣空桑林②，八月萧关道③。出塞复入塞④，处处黄芦草。从来幽并客⑤，皆共尘沙老。莫学游侠儿⑥，矜夸紫骝好⑦。

【注释】

①塞（sāi）上曲：一名《塞下曲》，源于汉乐府《出塞》、《入塞》，属《横吹曲》辞。唐为乐府新辞。塞：边境要塞。此处指长城。②空桑林：一作"桑林间"。空桑：指桑叶枯落。③萧关：古关名，在今宁夏固原县东南。④此句一作"出塞入塞寒。"⑤幽并：幽州和并州，今河北、山西和陕西的一部分。《隋书·地理志》："自古言勇侠者皆推幽并。"⑥游侠儿：指恃勇武、逞意气而轻视生命的人。⑦矜（jīn）：夸耀。紫骝：骏马名。此处泛指骏马。杨炯《紫骝歌》："侠客重周游，金鞭控紫骝。"

【今译】

寒蝉嘶鸣在光秃秃的桑树林，
征人行进在八月的萧关大道。
出塞后再返回天气已经转寒，
极目而望到处是枯黄的芦草。
从来这幽并二州的热血健儿，
全都要伴随着黄沙征戍到老。
莫学那自恃勇武的游侠少年，
只知道夸耀自己的骏马多好？

【说明】

这是一首富有非战思想的乐府歌辞。诗人告诫那些游侠少年不要矜夸勇武，请看那些征戍者的命运，无不与尘沙共老。

塞 下 曲①

王昌龄

饮马度秋水②，水寒风似刀。平沙日未没③，黯黯见临洮④。昔日长城战⑤，咸言意气高⑥。黄沙足今古，白骨乱蓬蒿⑦。

【注释】

①塞下曲：同《塞上曲》，为唐代乐府新辞。②饮（yìn）马：让马喝水。饮：使动词。③平沙：一望无际的大沙漠。④黯黯：模糊不清的样子。黯：同"暗"。临洮（táo）：今甘肃岷县一带，以濒临洮水而得名，为秦长城西边起点。⑤长城战：开元二年（714），唐玄宗命薛讷、郭知运、王晙等击吐蕃，战于洮水，杀获万余，洮水为之不流。此处似指是役。⑥咸：都。意气：气概。⑦蓬蒿：此处指荒草。

【今译】

饮完战马渡过深秋的河水，
河水寒冷北风吹面利如刀。
大漠无垠夕阳渐渐地沉没，
昏黯之中能隐隐望见临洮。
遥想起当年长城那场恶战，
都说忠勇的将士意气多高。
自古来这里都是黄尘弥漫，
战死者的白骨乱抛在蓬蒿。

【说明】

这首诗简直是一幅征人的艰苦生活与战场惨景的逼肖图画。诗中吊古伤今，气氛凝重，具有浓重的非战色彩。

关 山 月[1]

李 白

明月出天山[2]，苍茫云海间。长风几万里，吹度玉门关[3]。汉下白登道[4]，胡窥青海湾[5]。由来征战地，不见有人还。戍客望边邑[6]，思归多苦颜。高楼当此夜[7]，叹息未应闲[8]。

【注释】

①关山月：乐府旧题，属《鼓角横吹曲》。《乐府题解》："《关山月》，伤离别也。"②天山：指今甘肃西北部的祁连山，匈奴称"天"为"祁连"，故名。③玉门关：故址在今甘肃敦煌县西，汉唐时为通往西域的重要关口。④"汉下"句：下：出兵。白登：山名，在今山西大同市东。汉高祖刘邦曾在此与匈奴作战，被冒顿单于围困七天之久。⑤胡：秦汉以来的统治者，称北方少数民族为"胡"，此处指吐蕃。窥：伺机侵扰。青海：湖名，在今青海西宁市西。当时唐与吐蕃经常在这一带发生战争。⑥戍客：指驻守边防的战士。⑦高楼：代指戍客的妻室。⑧未应闲：不会停止。

【今译】

一轮明月从祁连山后升起，
浮游在那苍茫的云海之间。
秋风萧萧横扫过几万里地，
直吹过塞外的荒城玉门关。
汉军刚出兵直指白登山道，
胡人铁骑又窥伺青海湖边。
自古以来在两军交战之地，
出征的将士从来不见生还。
守卫边疆的战士眼望边城，

思念家乡个个是满面愁颜。
今夜有多少妻子站在高楼。
思念亲人伤叹之声应不断。

【说明】

开元后期，唐统治集团和吐蕃贵族，为了相互掠夺，不断挑起战争。诗人在这种背景下写成的此诗，反映了久戍边疆的战士思念家乡和他们的亲人思念战士的痛苦。在艺术表现上，采用写景抒情、情景相生的笔法，意境开阔，气象雄浑。

子夜吴歌① 四首

李 白

其 一（春歌）

秦地罗敷女②，采桑绿水边。素手青条上③，红妆白日鲜。蚕饥妾欲去④，五马莫留连⑤。

【注释】

①子夜吴歌：六朝乐府旧题，即《子夜歌》、《子夜四时歌》。因起于吴地，故又名《子夜吴歌》。《唐书·乐志》："《子夜歌》者，晋曲也。晋有女子名子夜，造此声，声过哀苦。"②秦地：指今陕西关中地区。罗敷女：古诗《陌上桑》："秦氏有好女，自名为罗敷。罗敷善蚕桑，采桑东南隅……使君从南来，五马立踟蹰……使君谢罗敷：'宁可共载不？'罗敷前致词：'使君一何愚？使君自有妇，罗敷自有夫！'"③素：白色。④妾：古代女子自称的谦词。⑤五马：指太守。《汉官仪》："四马载车，此常礼也，惟太守出，则增一马。"

【今译】

关中的美人儿罗敷女，

春日里采桑在绿水边。
白净的嫩手攀着青枝,
日照红妆有多么光鲜。
蚕儿饿了我也要去了,
太守你请回切莫流连。

【说明】

这首诗,咏叹美丽而又勤劳的罗敷女不为富贵动心,断然拒绝达官贵人挑逗引诱的高尚气节。前四句中:"绿、素、青、红"等字的设色,足见诗人捕捉事物特征,然后勾勒点染的艺术功力。

其 二(夏歌)

镜湖三百里①,菡萏发荷花②。五月西施采,人看隘若耶③。回舟不待月,归去越王家④。

【注释】

①镜湖:即鉴湖,又名贺监湖,在今浙江绍兴市东南。②菡萏(hàn dàn):即荷花。③隘:狭窄。若耶:指西施故乡的若耶溪。④越王家:指越王宫中。

【今译】

三百多里地的镜湖,
铺满了盛开的荷花。
五月西施泛舟来采,
耶溪都被观者挤狭。
采罢不等明月升起,
径直回到越王之家。

【说明】

这首诗是咏美女西施的。诗人对西施的美,采用了侧面描写的艺术手法,通过强烈的烘托,给读者提供了任凭想象驰骋的广阔天地。

其 三（秋歌）

长安一片月，万户捣衣声①。秋风吹不尽，总是玉关情②。何时平胡虏？良人罢远征③。

【注释】
①捣衣：从唐人图画中可知，所谓捣衣，是将缝衣的衣料或缝好的衣服放在砧上捣之使平，而非将衣服浸在水中捣之使净。②玉关：即玉门关。此处泛指边关。③良人：指丈夫。罢：停止、结束。

【今译】
长安城沉浸在月色之中，
到处是一片捣衣的砧声。
这砧声秋风也难以吹尽，
它充满着对征人的深情。
到哪天才能够荡平胡虏？
使亲爱的郎君不再远征。

【说明】
这首诗是思妇怀念征人之作。诗人的手法是先景语后情语，而情景始终交融。最后两句传出了古代广大劳动妇女希望过上和平幸福生活的心声。

其 四（冬歌）

明朝驿使发①，一夜絮征袍②。素手抽针冷，那堪把剪刀。裁缝寄远道，几日到临洮。

【注释】
①驿使：古代用马传递公文的人。②絮（xù）：动词，铺棉絮的意思。

【今译】

明天一大早驿使就要出发,
我要连夜为郎君絮好征袍。
十冬腊月抽针都感到手冷,
简直都握不住冰凉的剪刀!
衣服缝好寄往遥远的边疆,
不知要几天才能送到临洮?

【说明】

这诗通过一位女子"一夜絮征袍"的情事,以表现思妇对远戍临洮的亲人的深挚感情。一个"几日"的诘问,几许关心,几许深情,尽在其中了。

长 干 行① 二首

李 白

其 一

妾发初覆额,折花门前剧②。郎骑竹马来,绕床弄青梅③。同居长干里,两小无嫌猜④。十四为君妇,羞颜未尝开。低头向暗壁,千唤不一回。十五始展眉,愿同尘与灰。常存抱柱信⑤,岂上望夫台⑥。十六君远行,瞿塘滟滪堆⑦。五月不可触⑧,猿声天上哀⑨。门前迟行迹⑩,一一生绿苔。苔深不能扫,落叶秋风早。八月蝴蝶黄,双飞西园草。感此伤妾心,坐愁红颜老⑪。早晚⑫下三巴⑬,预将书报家。相迎不道远⑭,直至长风沙⑮。

【注释】

① 长干行:乐府旧题,属《杂曲歌辞》,内容多写男女恋情。长干:古金陵里巷名。《舆地纪胜》:"江东渭山陇之间曰干,金陵五里有

山冈，其间平地民庶杂居，有大长干、小长干、东长干，并是地名。"故址在今江苏南京秦淮河南。②剧：游戏。③床：指井床，即井栏杆，而非坐具。弄：玩着。青梅：未成熟的梅子。④嫌猜：指嫌隙猜忌之心。⑤抱柱信：典出《庄子·盗跖》："尾生与女子期于梁下，女子不来，水至不去，抱柱而死。"后世遂以此作为诚实守信的范例。⑥望夫台：在今四川忠县南5公里处。古代民间关于望夫山、望夫台的传说很多，不外乎是说丈夫久出不归，妻子日日登高眺望，久而久之遂化为石头的故事。⑦瞿塘：指瞿塘峡，长江三峡之一，在今四川奉节县东。滟滪（yàn yù）堆：瞿塘峡口的一块巨礁，冬季水枯露出水面，夏季水涨没入水中，过往船只往往触之而沉。⑧不可触：指船只千万莫碰。《太平环宇记》所记民谣中有"滟滪大如襆瞿塘不可触"之句。⑨"猿声"句：瞿塘峡两岸，高山壁立，山上群猿啼声凄厉，船行峡中，猿啸之声如在天上。⑩迟行迹：指丈夫临行前徘徊、停立的足迹。⑪坐：因。⑫早晚：或早或晚，不论什么时候。⑬三巴：即巴郡、巴东、巴西，统称"三巴"，都在今四川省北东部。⑭不道：不顾。⑮长风沙：古地名，在今安徽安庆市东的长江边上，距金陵很远。陆游《入蜀记》："自金陵至长风沙七百里。"

【今译】

为妻的刘海刚能覆盖前额，
正折了枝花儿在门前游戏。
郎君你骑竹竿当马儿跑来，
绕井栏追我一边投着青梅。
我们同住在这条长干巷里，
两个天真小孩从没有嫌猜。
十四岁上我做了你的媳妇，
羞答答的模样儿笑脸不开。
整日里低头不语面对墙壁，
千呼万唤也不愿回过头来。
十五岁时我方才舒展笑眉，
愿和你化成微尘也不分开。

常怀着那尾生抱柱的信念,
哪想到会别离走上望夫台。
十六岁时郎君你离家远行,
要闯瞿塘峡的险滩滟滪堆。
五月江水上涨暗礁要当心,
夹江高岸接天猿啼声声哀。
你临走时徘徊门前的足迹,
到现在处处都盖满了绿苔。
绿苔愈长愈深我也不忍扫,
树叶纷纷凋落秋风来得早。
八月里的黄蝴蝶翩翩而来,
成双成对飞舞在西园芳草。
此情此景触动我心中感伤,
因为忧愁过度红颜也衰老。
什么时候你才能离开三巴,
一定要预先早早地写信来家。
我要将你相迎不顾道路遥远,
哪怕走到七百里外的长风沙。

【说明】

　　这是一首以住在长干里的商人之妇的爱情和离别为题材的富于民歌风味的诗。它以主人公自述的口吻,抒写了对远出经商的丈夫的爱恋与怀念。全诗声情摇曳,深情绵邈,柔肠百折,使我们窥见了诗人艺术风格中除了豪放与豁达之外的另一面。

其　　二

　　忆妾深闺里,烟尘不曾识,嫁与长干人,沙头候风色①。五月南风兴,思君下巴陵②;八月西风起,思君发扬子③。去来悲如何,见少别离多。湘潭几日到④?妾梦越风波。昨夜狂风度,吹折江头树。渺渺暗无边⑤,行人在何处?好乘浮云骢⑥,佳期兰渚⑦乐。鸳鸯绿蒲上⑧，翡翠锦屏中⑨。自怜十五余，颜色桃花红。那作商人妇，愁水又愁风。

【注释】
①沙头：江边的沙嘴。风色：指风信、风向。②巴陵：郡名，治所在今湖南岳阳市，在长江南岸。③发扬子：从扬子渡口出发。④湘潭：泛指今湖南一带，非专指湘潭市。⑤"渺渺"句：水流悠悠 昏暗而无边无际。⑥浮云骢：指良马。《西京杂记》载：汉文帝自代还，有良马九匹，一名浮云。⑦兰渚（zhǔ）：长着兰草的洲渚。渚：水中间的小块陆地。⑧蒲（pú）：又名香蒲，一种水生植物。⑨翡翠：即翡翠鸟，雄名翡，雌名翠。

【今译】
回想我深闺待嫁的时候，
还不曾了解世间的生活。
等到嫁给长干商人为妇，
才知道在江边等看风色。
五月间天气刮起了南风，
我猜想你可能去了巴陵；
到八月萧瑟的秋风又起，
推想你离开了渡口扬子。
自你走后我的泪珠常落，
相见之时少别离之时多。
你什么时候能到达三湘？
我的梦已飞越江上风波。
昨夜晚狂风从这里扫过，
那江头的大树也被摧折。
水流悠悠昏暗无边无际，
我远行的郎呀你在哪里？
我多想跨上宝马浮云骢，
和你欢会在那兰渚之东。

那里鸳鸯在绿蒲上嬉戏,
翡翠游水面如在锦屏中。
可叹我芳龄仅十五岁多,
脸蛋儿就像是桃花一朵。
哪想到竟作了商人之妇,
整日价担忧江上的风波。

【说明】

这首诗接着上一首,起于望郎而不见其归,止于自怜自叹。诗人将商人妇内心的感情起伏,描写得十分细腻感人。在写作手法上,颇得汉人乐府风致。

烈 女 操①

孟 郊

梧桐相待老②。鸳鸯会双死③。贞妇贵殉夫④,舍生亦如此。波澜誓不起,妾心古井水⑤。

【作者简介】

孟郊(751—814)字东野,湖州武康(今浙江德清县)人。他与张籍、卢仝等人,均为韩愈最契合之诗友。年近五十方中进士,曾任溧阳县尉、协律郎等职。后就兴元军参谋,暴卒于赴任途中。

孟郊是唐代诗坛上以"苦吟"著称的诗人。其诗中淡清寒,语言力求奇险,以至部分作品流于艰涩,稍欠艺术美。他与贾岛齐名,而成就远过之。前人说"郊寒岛瘦",非常形象地道出了其诗的基本艺术特色。

【注释】

① 烈女操:诗人自制的乐府新题。操:乐府中属《琴曲》的一种体裁。烈女:指贞烈不二的女子。② 梧桐:树名,据说一雄一雌,同

生共死。③会：必然。④贞妇：坚守贞节的妇女。贵殉夫：贵在丈夫亡故时以死相从。⑤古井：即枯井。古：同"枯"。

【今译】
雄梧雌桐两树相伴偕老，
双飞的鸳鸯也同生共死。
贞烈女子贵在以身殉夫，
纵然舍弃生命也要如此。
感情的波澜决不会泛起，
我的心就像那枯井之水。

【说明】
通过诗歌创作进行封建伦理道德的说教，当然是不足取的，但若明白这实际上是诗人借烈女以自喻的一种写法，那么人们就较易于理解和接受了。

游 子 吟[①]

孟 郊

慈母手中线，游子身上衣。临行密密缝，意恐迟迟归。谁言寸草心[②]，报得三春晖[③]。

【注释】
①游子吟：诗人自制的乐府新题。游子：指离家远游的人。②寸草心：小草的芽心。此处指子女对母亲的孝心。③三春：孟春、仲春、暮春的合称。晖：阳光。

【今译】
慈母的手儿在飞针走线，
为远行的孩子赶制征衣。

临行时密密地缝了又缝,
惟恐他久久地在外不归。
谁说小草的一点儿嫩心,
能报答春天太阳的光辉。

【说明】

在我们中华民族的传统文化之中,向来以至亲至孝为最高的道德标准。因而这首《游子吟》也就理所当然地成了一曲千百年来传诵不绝的母爱颂歌。三、四两句所述之内容,其实是源于民间的一种古老风俗:家中有人出远门,母亲或妻子为其缝衣时,一定要将针脚缝得特别细密,否则远行的人将不能如期归来。迄于近代,吴越民间仍沿有此习。

七言古诗

登幽州台歌[1]

陈子昂

前不见古人,后不见来者。念天地之悠悠,独怆然而涕下[2]。

【作者简介】
陈子昂(661—702),字伯玉,梓州射洪(今属四川)人。唐睿宗文明年间进士,拜麟台正字,转右拾遗。世称陈拾遗。他于诗倡汉魏风骨,强调寄兴,反对六朝柔靡文风,在唐首唱高雅冲淡之音,影响一代诗风。有《陈伯玉集》。

【注释】
①幽州台:即黄金台,为战国燕昭王所建。昭王曾置千金于台上,广纳天下贤士,其后乐毅、邹衍、剧辛等贤才纷纷至燕辅佐昭王,燕国因之振兴。幽州:古九州之一,在今河北一带。②怆(chuǎng)然:伤感的样子。涕:这里指眼泪。

【今译】
见不到往昔招贤的英主,
见不到后世求才的明君。
想天地茫茫没有个穷尽,
我不禁落下泪水独自伤心!

【说明】
武后万岁通天元年(696)年,建安王武攸宜奉命征讨契丹,陈子昂随军参谋军事,请求分麾下万人以为前驱,自己情愿奋身效命。建安王谢绝了他的请命。他忠谏无效，因登幽州台，感念昔日燕昭王重用乐毅等人才以兴燕之事，赋诗数首，表露自己怀才不遇、无门报国的哀愁。此是其中一首。

古　　意①

李　颀

男儿事长征，少小幽燕客②。赌胜马蹄下，由来轻七尺③。杀人莫敢前，须如猬毛磔④。黄云陇底白云飞⑤，未得报恩不得归。辽东小妇年十五，惯弹琵琶解歌舞⑥。今为羌笛出塞声⑦，使我三军泪如雨！

【作者简介】

李颀（690—751），东川（在今四川东部）人，曾任新乡县尉，一生厌世慕仙。长于七言歌行。有《李颀诗集》。

【注释】

①古意：表示拟古之作，这里指效仿汉魏六朝描写游侠，征戍之类的作品来写诗。②幽燕：指古幽州和战国时的燕国地区，在今河北北部及辽宁部分地方，古为侠士横驰之地，也是唐代的边防要地。③由来：从来。④磔（zhé）：形容刺猬的硬毛张开的样子。《晋书·桓温传》说桓温"眼如紫石棱，须如猬毛磔"。⑤黄云：这里指山地上弥漫的黄沙。⑥解：会。⑦羌（qiāng）笛：乐器名，出自我国古代西部的羌族，故名。

【今译】

男子汉偏偏要去从军远征，
少年时候就曾在幽燕纵横驰骋。
经常与人鞍马间赌个输赢，
从来把七尺高的自身看得很轻。

厮杀起来就没有哪个敢上前招应,
脸上络腮胡子张开真像猥刺丛生。
陇下黄沙弥漫上面白云飘飞,
未报朝廷恩情还不可以回归。
有一个辽东少妇十五岁多,
她弹熟了琵琶乐曲能舞善歌。
今日用羌笛吹一支出塞乐曲,
直叫我三军将士泪如雨落!

【说明】

这首诗先描写壮士少年时的豪侠之气,表现他效力于边庭的豪情;又由辽东少妇的笛声婉转表现壮士的思乡心绪。《唐百家诗选》评论唐代诗人说:"李颀于诸人中尤有古意"(见元人《吴礼部诗话》所引),这一特色从此诗是能看得出来的。

送陈章甫①

李 颀

四月南风大麦黄,枣花未落桐叶长。青山朝别暮还见,嘶马出门思旧乡。陈侯立身何坦荡②,虬须虎眉仍大颡③。腹中贮书一万卷,不肯低头在草莽④。东门酤酒饮我曹⑤,心轻万事如鸿毛。醉卧不知白日暮,有时空望孤云高。长河浪头连天黑⑥,津吏停舟渡不得⑦。郑国游人未及家⑧,洛阳行子空叹息⑨。闻道故林相识多⑩,罢官昨日今如何?

【注释】

①陈章甫:楚人,开元进士,事不详。②陈侯:是诗人对陈章甫的尊称。③虬(qiú)须:形容胡须蜷曲。虬,传说中的有角小龙。④草莽:指草野。"在草莽"形容在野、不做官。⑤酤:沽,买意。⑥长河:即黄河。⑦津吏:管理渡口的小吏。⑧郑国游人:指陈章甫。从诗意

看，他在郑地居住过。郑，这里指春秋郑国旧地，今属河南。⑨洛阳行子：诗人自指。"行子"犹言"游子"。⑩故林：故乡。

【今译】
四月里的南风把大麦吹得金黄。
桐叶长大了枣花还开在树上。
清晨别了故园青山晚间又会再见，
跨上长鸣的骏马出门还想家乡。
陈君为人处世多么豁达豪爽，
虬龙须猛虎眉脑门儿宽阔好貌相。
读书万卷广博的学问藏在胸，
怎么会低头无为在草野间虚度时光。
去东门买好酒招呼我辈痛饮，
世俗万事轻如鸿毛他从不关心。
大醉后仰天而卧不知白日西坠，
也有时空自望那高处的孤云。
黄河涌起黑浪连着阴沉的云天，
渡口上已经停住了往来的渡船。
你这"郑国游人"不得趁早回家，
我这"洛阳行子"也是空自伤汉。
听说在家乡你的相识很多，
见你昨天罢官今天他们会对你如何？

【说明】
诗人在这首送别诗里一面赞许陈章甫的为人，刻画他旷达不羁的处世情态；另一方面对他的罢官归里深表同情。结语寓有诗人对人情冷暖世态炎凉的感慨。整首诗的情调基本开朗，没有用更多的笔墨去表现离愁别恨，亦见特色。

琴　歌

李　颀

主人有酒欢今夕，请奏鸣琴广陵客①。月照城头乌半飞，霜凄万木风入衣。铜炉花烛烛增辉②，初弹《渌水》后《楚妃》③。一声已动物皆静，四座无言星欲稀。清淮奉使千余里④，敢告云山从此始⑤。

【注释】

①广陵客：指善弹琴的人。琴曲有《广陵散》，西晋嵇康善为此曲，故名。②铜炉：指古时用以熏香之炉。③《渌水》、《楚妃》：都是琴曲名。④清淮：诗人出任的新乡，临近淮水，故称。⑤敢告：敬告。"敢"是谦词。

【今译】

主人取出美酒今夜需得尽欢，
请出弹琴妙手快来抚响丝弦。
明月照向城头乌鸦分飞而去，
严霜凋落树木寒风吹入衣衫。
铜炉香烟袅袅华烛倍增光亮，
先奏《渌水》一曲再把《楚妃》来弹。
琴声刚刚响起万物顿时寂宁，
四座屏息静气夜星悄悄藏敛。
奉命出使江淮乡关迢迢千里，
这时琴声招我要与云山作伴。

【说明】

诗人先是描写听琴的环境景色，再用人寂物静的气氛表现听琴者的专注，然后表示自己此时听琴而萌发的归隐念头。这样，虽未直接写琴声，却把它的意境、它的美妙动人全都展示出来了，诗的意趣也为之一出。

听董大弹胡笳兼寄语弄房给事①

李　颀

　　蔡女昔造胡笳声②，一弹一十有八拍。胡人落泪沾边草，汉使断肠对归客③。古戍苍苍烽火寒，大荒阴沉飞雪白。先拂商弦后角羽④，四郊秋叶惊摵摵。董夫子⑤，通神明，深松窃听来妖精。言迟更速皆应手，将往复旋如有情。空山百鸟散还合，万里浮云阴且晴。嘶酸雏雁失群夜，断绝胡儿恋母声⑥。川为静其波，鸟亦罢其鸣。乌珠部落家乡远⑦，逻婆沙尘哀怨生⑧。幽音变调忽飘洒，长风吹林雨堕瓦。迸泉飒飒飞木末，野鹿呦呦走堂下。长安城连东掖垣⑨，凤凰池对青琐门⑩。高才脱略名与利，日夕望君抱琴至。

【注释】

　　①董大：唐代琴师董庭兰。弹胡笳：用琴弹胡笳曲。东汉蔡文姬因董卓之乱，流落匈奴。后用琴仿奏胡笳曲，成《胡笳十八拍》。所以乐府诗《胡笳十八拍·第十八拍》说："胡笳本自出胡中，缘琴翻出音律同。"胡笳本指匈奴乐器，这里专指蔡文姬仿奏胡笳曲而成的琴曲。弄：此字应移于诗题"胡笳"二字之后。"胡笳弄"即琴曲所写之胡笳拍。房给事：房琯，曾任给事中，官属门下省要职。②蔡女：东汉蔡邕之女蔡琰，字文姬。③汉使：指曹操派往匈奴迎接蔡文姬归汉的使臣。④商弦：即商音弦。古琴七弦，依次为宫、商、角、徵、羽、变宫、变徵，成七音。⑤董夫子：指董大。"夫子"是敬称。⑥"继绝"句：蔡文姬在匈奴十二年，嫁胡人，生二子；赎回时，子留匈奴。乐府诗《胡笳十八拍·第十五拍》说："日月无私兮曾不照临，子母分离兮意难任。"这里的"胡儿恋母声"暗指其事。⑦乌珠：即"乌孙"。西域国名。汉武帝曾指派江都王刘建女以公主身份与乌孙和亲。⑧逻

娑（suō）：唐代吐番首府，在今西藏拉萨市。唐时文成公主到逻娑与吐番和亲。⑨东掖垣：唐门下省在皇宫东面，称"东掖"或"左掖"。⑩凤凰池：借指唐中书省。青琐门：指宫门。

【今译】

东汉的蔡文姬用琴奏出《胡笳》声，
弹起来曲曲相连一十八拍组合成。
匈奴人听罢琴曲不由清泪洒边草，
汉朝使臣来迎文姬听琴也起断肠情。
苍茫茫的古边塞烽火台前更凄冷，
阴沉沉的大荒原白雪纷纷飘长空。
起先抚响商弦然后再弹角与羽，
四下里秋声萧瑟只见黄叶随寒风。
董夫子琴艺高绝就像神明通心灵，
连妖精都被感动跑出松林偷偷听。
弹慢调转急调变化起来很顺手，
向远去又折回婉转之间似含情。
只觉得空山里面百鸟分飞又聚合，
还觉得长天上空浮云忽阴又忽晴。
有似那深夜时候离群幼雁嘶声酸，
也似那慈母一去胡儿哽咽不成声。
直叫那河里的水失去波澜不流动，
还叫那林中鸟儿停止噪聒不啼鸣。
像远离万里家乡乌孙公主思情苦，
像逻娑漫起风沙文成公主哀怨生。
幽怨的音调忽然变得明快与潇洒，
像是长风吹进林木急雨点点击屋瓦；
像涌泻下来的飞泉水珠飒飒射树梢，
像奔跑起来的野鹿呦呦鸣叫过堂下。
长安城的宫墙旁边连着门下省，
凤凰池的对面正与青琐门直通。

房给事才识卓绝早把名与利脱净,
只希望董大抱琴而来日夜弹奏共陶情。

【说明】

这首诗善用比喻、通感来描写和表现董大弹奏胡笳曲的高超技艺,让人在形象中品味琴声的悦耳动心。诗后面所谓的"脱略名利,"正说明董大所弹奏的乐曲能对欣赏者起到陶冶情操的作用。

听安万善吹觱篥歌①

李 颀

南山截竹为觱篥,此乐本自龟兹出②。流传汉地曲转奇,凉州胡人为我吹③。傍邻闻者多叹息,远客思乡皆泪垂。世人解听不解赏,长飙风中自来往。枯桑老柏寒飕飗,九雏鸣凤乱啾啾④。龙吟虎啸一时发,万籁百泉相与秋⑤。忽然更作《渔阳掺》⑥,黄云萧条白日暗。变调如闻《杨柳》春⑦,上林繁花照眼新。岁夜高堂列明烛,美酒一杯声一曲。

【注释】

①安万善:即下文说的"凉州胡人",善吹觱篥。觱篥(bī lì):竹制管吹乐器,本出龟兹,又名悲篥。②龟(qiū)兹:西域国名,在今新疆库车一带。③凉州:本为西汉所置州名,唐时其辖境渐小,在今甘肃武威一带。④雏:这里指幼凤。乐府诗《陇西行》:"凤凰鸣啾啾,一母将九雏。"⑤籁:泛指声音。⑥《渔阳掺》:鼓曲名,即《渔阳参挝》。"参挝"是击鼓的技法。《世说新语·语言》:"(祢)衡扬袍(鼓槌)为《渔阳参挝》,渊渊有金石声,四座为之改容。"⑦《杨柳》:曲名。即《杨柳枝》。汉横吹曲辞,本作《折扬柳》。

【今译】

到南山砍下竹子为了做成觱篥,
这种乐器的家乡本在西域龟兹。
它流传到中原曲调转变得新奇,
凉州胡人安万善来为我吹出几曲。
邻近的人听罢多在长长地叹息,
远来的游子听罢落下思乡的泪滴。
世俗人只顾听曲不理解其中深意,
乐声就像是往来在狂怒的风暴里。
像飕飕寒风吹打枯老的桑树柏树,
像老凤同它九个幼子在啾啾鸣啼。
龙的吟声虎的啸声一下子发作,
万籁鸣响百泉丁冬交合为无限秋意。
曲调一变忽然成为《渔阳掺》,
只觉得黄云凄凄冷冷白日昏昏暗暗;
曲调再变如同春光里听《折杨柳》,
又觉得上林苑繁花耀眼新丽明秀。
除夕之夜大堂上照着明亮的烛光,
饮一杯美酒听一支乐曲好不欢畅。

【说明】

诗人善于通过听曲人产生的种种意象,表现出安万善所吹觱篥之动听感人;这些意象大都见壮丽明快特色,又表现出安万善所吹觱篥有着西部少民族音乐的激亢壮美风格。

夜归鹿门歌[①]

孟浩然

山寺钟鸣昼已昏,渔梁渡头争渡喧[②]。人随沙岸向江村,余亦乘舟归鹿门。鹿门月照开烟树,忽到庞公栖隐处[③]。岩扉松径长寂寥，唯有幽人自来去④。

【注释】
①鹿门：山名，在今湖北襄樊，汉末庞德公于此采药而不返。后来孟浩然隐居在这里。②渔梁：鱼梁洲。《水经注·沔水》："沔水中有鱼梁洲，庞德公所居。"在今襄樊东。③庞公：东汉人庞德公，襄阳人。人多称为"庞公"。因不从刘表数次之请，携妻子登鹿门山采药，不再回返。④幽人：隐者，作者自谓。

【今译】
山中寺庙传来钟声白昼渐成为黄昏，
渔梁渡口一片喧闹忙着争渡的人们。
有人沿着沙岸向远处江村走去，
我也乘着小舟回到隐居的鹿门。
鹿门的明月光辉淡化了林木的烟雾，
我忽然见到庞德公隐居之处。
石洞门松间路总是寂寞幽静，
只有隐居人在这里自然来去。

【说明】
这首诗以天色向暮，纷嚷喧闹的争渡场面入笔，过渡到月出山寂、隐者独游的景趣中，形成对比的效果，以表现诗人会心庞德公、怡然自适自乐的隐者情致。岑参《巴南舟中夜事》一诗有句："渡口欲黄昏，归人争渡喧。"宋人吴开认为这"盖用孟浩然诗耳"（《优古堂诗话》）。"孟浩然诗"即指本首《夜归鹿门歌》的头两句。

庐山谣寄卢侍御虚舟①

李　白

我本楚狂人②，凤歌笑孔丘。手持绿玉杖，朝别黄鹤楼。五岳寻仙不辞远③,一生好入名山游。庐山秀出南斗傍④,屏风九叠云锦张⑤,影落明湖青黛光。金阙前开二峰长⑥,银河倒挂三石梁⑦。香炉瀑布遥相望,回崖沓嶂凌苍苍。翠影红霞映朝日,鸟飞不到吴天长⑧。登高壮观天地间,大江茫茫去不还。黄云万里动风色,白波九道流雪山。好为庐山谣,兴因庐山发,闲窥石镜清我心⑨。谢公行处苍苔没⑩,早服还丹无世情⑪。琴心三叠道初成⑫,遥见仙人彩云里,手把芙蓉朝玉京⑬。先朝汗漫九垓上⑭,愿接卢敖游太清⑮。

【注释】

①庐山:亦称匡庐山,在今江西九江市南,景色秀美如画,古今游者不绝。卢侍御虚舟:卢虚舟,字幼真。唐肃宗时官殿中侍御史。②楚狂人:春秋时楚国狂人接舆,曾经过孔子门前唱《凤兮》之歌以嘲讽孔子。其歌详见《庄子·人间世》。③五岳:旧以泰、华、衡、恒、嵩五山为东西南北中"五岳"。④南斗:即二十八宿之斗宿。旧时把天上十二星辰的位置与地上州、国位置遥相对应,以分天上、地下之区。对地而言,谓之"分野"。庐山所在浔阳之地,属南斗分野。⑤屏风九叠:指庐山五老峰东北的屏风叠。⑥金阙:庐山的金阙岩,有双石高耸,望之似门,因又名金阙岩为"石门"。⑦银河:指九叠屏左边的三叠泉,其泉从上面过三道石梁泻下。⑧吴天:吴地的天空,庐山在三国时属吴。⑨石镜:庐山石镜峰东悬崖上有石近于圆形,明净可照影,称作石镜。⑩谢公:南朝刘宋诗人谢灵运。他的《入彭蠡湖口》诗有句:"攀崖照石镜"。⑪还丹:这里指仙丹。道家炼丹从丹砂炼到丹有一个过程,所成之丹谓之还丹。⑫琴心三叠:道家修炼所达到的"心和神悦"的境界。⑬玉京:玉京山,道家所谓元始天尊的居处。⑭汗漫:仙人名。《淮南子·道应篇》说卢敖在蒙谷山见一士人。他邀士人以游。士人笑着说:"算了吧,我和汗漫事先约好在九垓之外相遇,不可能在这里久留。"说罢举臂跃身入云中。⑮卢敖:秦时人,曾为秦始皇博士,奉命求仙,去后未返。这里借指卢虚舟。太清:最高天。

【今译】
我本是楚地的狂人接舆，
唱起了《凤歌》嘲笑孔丘。
手里面拿着一把绿玉杖，
清早间就离别了黄鹤楼。
到五岳去寻仙不避畏路远，
一辈子就爱到名山里遨游。
秀丽的庐山座落在南斗近傍，
九叠屏上面像是有云锦铺张，
鄱阳湖水明澈涵着青黑的山光。
金阙岩前两石矗立高高向上，
一条泉水就像银河挂下折过三道石梁。
香炉峰瀑布和这里遥遥相望，
山崖曲折山逢重叠气势直逼上苍。
山色青翠云霞红丽映对着朝阳，
山高飞鸟难到只望见吴天茫茫。
登上高峰来看天上地下都很壮观，
茫茫大江向前奔流直是一去不还。
万里黄云随风移动展现它的气色，
九道支流白流翻滚涌起雪山般波澜。
就是爱为庐山长吟高歌，
诗兴也是因为庐山发起。
闲对着石镜来照鉴我的心迹，
谢公行经之处已被苍苔掩去。
赶快服下仙丹早没有凡俗之情，
我学道初成已见"心和神悦"之功。
远远看见空中众仙人驾起祥云，
手里拿着芙容要前去朝见玉京。
早就约好汗漫在九垓之外见面，
愿意来接你这位"户敖"共同去游太清。

【说明】

　　这首诗以泼墨画的笔调来描绘庐山的壮丽景色，波澜壮阔，痛快淋漓。诗的前面提到"五岳寻仙"，最后又说"早服仙丹无世情"，前后遥相呼应，表现了诗人在遇赦后追求自我解脱的心态。从此诗中也不难看出诗人那种蔑视权贵的个性与人品。

梦游天姥吟留别①

李　白

　　海客谈瀛州②，烟涛微茫信难求。越人语天姥，云霞明灭或可睹。天姥连天向天横，势拔五岳掩赤城③。天台四万八千丈④，对此欲倒东南倾。我欲因之梦吴越⑤，一夜飞渡镜湖月⑥。湖月照我影，送我至剡溪⑦。谢公宿处今尚在⑧，渌水荡漾清猿啼。脚著谢公屐⑨，身登青云梯。半壁见海日，空中闻天鸡⑩。千岩万壑路不定，迷花倚石忽已暝。熊咆龙吟殷岩泉，慄深林兮惊层巅。云青青兮欲雨，水澹澹兮生烟。列缺霹雳⑪，丘峦崩摧。洞天石扉，訇然中开。青冥浩荡不见底，日月照耀金银台⑫。霓为衣兮风为马，云之君兮纷纷而来下⑬。虎鼓瑟兮鸾回车，仙之人兮列如麻。忽魂悸以魄动，恍惊起而长嗟！惟觉时之枕席，失向来之烟霞。世间行乐亦如此，古来万事东流水。别君去兮何时还？且放白鹿青崖间⑭，须行即骑访名山。安能摧眉折腰事权贵，使我不得开心颜？

【注释】

　　①天姥：山名，在浙江绍兴新昌县东。②瀛洲：神话中的仙岛。③赤城：山名，在浙江天台县北。④天台：山名，在浙江天台县北，和赤城山相去不远。⑤吴越：吴国和越国。在今江、浙一带。此处实指越地。⑥镜湖：即鉴湖，在今浙江绍兴。⑦剡（shàn）溪：水名，曹娥江的上流，在浙江嵊州。⑧谢公：谢灵运，南北朝刘宋时山水诗人。⑨谢公屐：谢灵运为便于登山特制的一种木鞋。《宋书·谢灵

运传》："（谢灵运）登蹑常著木屐，上山则去前齿，下山去其后齿。"⑩ 天鸡：天上神鸡。《述异记》："日初出照此木（仙桃树），天鸡则鸣，天下之鸡皆随之鸣。"⑪ 列缺：天上电光。⑫ 金银台：仙境中的楼阁，郭璞《游仙诗》："神仙排云出，但见金银台。"⑬ 云之君：云中的神仙。《楚辞·九歌》中有《云中君》，亦指神仙。诗句本此。⑭ 白鹿：一种神鹿，为仙人的坐骑。

【今译】
远海来客曾经提到了瀛洲，
那在渺茫的烟涛里实难寻求；
越地居人经常讲到过天姥，
那里的云霞明暗也许可去一睹。
天姥山高接云天在天下长横，
山势峭拔超过了五岳盖住了赤城。
虽说天台山高有四万八千丈，
也像倒在天姥面前朝东南方低倾。
我想按越人所讲在梦中寻找吴越，
一夜间飞渡镜湖看见了湖上明月。
镜湖上的明月照着我的身影，
伴送我到天姥山近傍的剡溪。
谢公住过的地方如今还在，
清澈的溪水荡漾猿猴的啼声凄厉。
脚穿着谢公当年的木屐，
身登在通向青云的石级。
立在山腰地方就能看见旭日出海，
这里已是高空听得到天鸡鸣啼。
千山万谷高下曲折我不择什么路径，
迷恋鲜花倚石坐卧忽然间天色晦暝。
熊咆哮龙高吟声音震响了岩泉，
我在层顶上惊怖在深林里的抖颤。
青青的天云马上要把雨洒下，

75

淡淡的流水生起了漠漠轻烟。
电闪雷鸣一下把山丘峰峦摧毁,
一声巨响洞府的石门立即大开。
里面的天空高得没有个极顶,
日光月光一同照向了金银台。
彩虹作为衣裳天风作为乘马,
看云中神仙一个接一个飘飘降下。
白虎弹奏着琴瑟鸾凤轻着瑶车,
众位神仙集列在一起密密麻麻。
突然间我感觉魂惊魄动,
迷茫中惊坐起来叹声相加,
只见到身旁还是当时睡觉的枕席,
顿然消失了刚才的洞府烟霞。
在人世作欢行乐也不过如此,
自古以来万件事都如东流之水。
别您而去不知啥时候才能归还,
姑且放养白鹿到那青山之间,
要出行就骑在鹿上前去寻访名山。
哪能够舞眉躬腰去奉侍巴结权贵,
这样的作为总叫我不得展开容颜!

【说明】

　　这首诗虽为写梦,又不是完全写梦。诗人借梦以表达自己的思想感情和个性人格。一个瑰丽奇谲的神仙境界,仅是幻影,倏忽便无迹可寻。诗人借此以喻世间行乐,这"乐"又和"事权贵"连在一起,显然这里的"行乐"就是指在名利场上权贵门前所谋取的功名富贵。诗人对此不仅以梦幻泡影视之,而且明确地说"安能摧眉折腰事权贵",完全是轻蔑的态度,这是难得可贵的。此诗写山水则明朗峻拔,绘神仙则缤纷陆离,言怪异则惊心动魄,分明是采"楚辞"的矿藏以冶炼自家宏篇。诗虽多有楚辞句式,但不走其哀怨一路，奔放激越，不可遏止，有个性特色。刘勰《文心雕龙·辨骚》以为学楚辞者有四等，在这里李白可算是"才高者菀其鸿裁"，绝非仅仅"拾其香草"而已。

金陵酒肆留别①

李　白

　　风吹柳花满店香，吴姬压酒劝客尝②。金陵子弟来相送，欲行不行各尽觞。请君试问东流水，别意与之谁短长。

【注释】
　　①金陵：地名，在今南京市。②吴姬：指金陵酒店女子。因金陵古属吴，故称。压酒：指酒酿熟后，压糟取液。

【今译】
风卷起柳絮满店飘着酒香，
店中吴女压出美酒奉请客官饮尝。
金陵的年轻朋友来这里饯别送行，
将行的不走的都把杯酒饮光。
请朋友们问一声东流的江水，
离别的伤情比起它谁短谁长！

【说明】
　　这首诗的感情以曲笔写出，吴姬劝酒，宾主尽觞，实际上带有"劝君更尽一杯酒"（王维诗）的惜别心理。末了两句，以江水比别意之深长，一下子把去留之间的依依之情、分手之恨表现出来了。

宣州谢朓楼饯别校书叔云[①]

李 白

弃我去者,昨日之日不可留;乱我心者,今日之日多烦忧。长风万里送秋雁,对此可以酣高楼。蓬莱文章建安骨[②],中间小谢又清发。俱怀逸兴壮思飞,欲上青天揽明月。抽刀断水水更流,举杯销愁愁更愁。人生在世不称意,明朝散发弄扁舟[③]。

【注释】

① 宣州:在今安徽省宣城县。谢朓楼:南朝齐诗人谢朓所建之楼,也叫北楼。唐时改名为叠嶂楼。因谢朓前有南朝刘宋诗人谢灵运,故称谢朓为小谢,谢灵运为大谢。校书:官名,秘书省校书郎。叔云:指李白族叔李云。② 蓬莱文章:比喻李云的诗文。传说蓬莱仙岛中藏满了仙道秘笈,汉代因称其官家藏书处"东观"为蓬莱。这里因李云曾为校书郎,故以蓬莱文章称之。建安骨:汉献帝建安年间,三曹和建安七子等人的文章风格苍劲雄健、辞情慷慨,故称此时的诗风为"建安风骨"。③ 散发:披发。语出《后汉书·袁闳传》,上说袁闳"见党事将作,遂散发绝世"。弄扁舟:驾上小舟。春秋越国人范蠡辅佐越王破吴,事后辞官,泛舟五湖。这里似借其事。

【今译】

舍我而去的昨日不可以挽留,
乱我心情的今日又多见烦忧。
万里长风吹过送走远去的飞雁,
对着这壮丽景色我们该醉在高楼。
你的"蓬莱文章"呈现建安风骨般特色,
我在这里好比小谢诗篇也秀俊清澈。
都怀着豪逸兴致激情奔放腾飞,
直想去登上青天摘下来明月。

抽出刀来要斩断流水却见水更奔流,
举杯而饮想消去愁情却是愁上加愁。
人生在世真是不能够称心如意,
明日到江湖披发长啸驾上一叶扁舟。

【说明】

　　这首诗的前面说到"烦忧",后面又说到"愁",说到人生之"不称意",从字里行间可见诗人与故人之为世俗所不容。然而诗的中间几句说得壮思高举,逸兴遄飞,又可见他们以旷达的态度来驱遣人生的愁苦。这正形成李白诗奔放风发的格调。诗的出句竟如作赋,亦见特色。全诗辞情慷慨,宛如黄河水流出龙门,一泻千里,自有气势。

走马川行奉送封大夫出师西征①

岑　参

　　君不见走马川行雪海边②,平沙莽莽黄入天。轮台九月风夜吼③,一川碎石大如斗,随风满地石乱走。匈奴草黄马正肥,金山西见烟尘飞④,汉家大将西出师⑤。将军金甲夜不脱,半夜军行戈相拨,风头如刀面如割。马毛带雪汗气蒸,五花连钱旋作冰⑥,幕中草檄砚水凝⑦。虏骑闻之应胆慑,料知短兵不敢接⑧,军师西门伫献捷⑨。

【注释】

　　①走马川:不详,有人考证为郦道元《水经注·河水》上的龟兹川。封大夫:指封常清,官北庭都护等职。入朝时曾摄御史大夫,故称。岑参当时任北庭节度判官,随从封常清驻守轮台。②雪海:地名。在天山主峰旁。③轮台:唐隶属北庭都护府,在今新疆维吾尔自治区库车县东部。④金山:即今阿尔泰山。⑤汉家大将:借指封常清。⑥五花、连钱:两种名马。李白《将进酒》有"五花马"。

《尔雅·释畜》郭璞注："色有深浅，斑驳隐粼，今之连钱骢"。⑦早檄：军中起草檄文。⑧短兵：匕首、刀、剑之类的短兵器。《楚辞·九歌·国殇》："车错毂兮短兵接。"⑨军师：这里应为"车师"。车师，西域国名，分前后车师，前车师正是北庭都护府所在地。

【今译】
您岂不见走马川伸延到雪海旁边，
莽莽大沙漠一片灰黄和天相连。
九月轮台深夜里狂风怒吼，
一川碎石头竟然大得如斗，
斗大的碎石随狂风满地乱走。
匈奴的秋草枯草塞马正肥，
从金山朝西望去正见烟尘起飞，
汉家大将率军队西征出师。
将军的战袍铠甲夜宿时也不敢脱，
半夜里兵将前行刀枪在相擦相磨，
迎面的寒风如刀痛得人脸如刀割。
马毛带着冰雪上面汗气蒸腾，
"五花"、"连钱"骏马刹那间身上结冰，
军幕中起草文书却见砚水冻凝。
敌骑闻风惊骇定会把肝胆吓裂，
料想不能和汉军短兵相接，
看车师西门上正等着告功报捷。

【说明】
诗人用"特写"技法，先把走马川前风吼石滚的景色写得惊心骇目、气势逼人。用这来衬托汉军西征之壮举。然后才写出征场面，又把其放入寒风料峭、冰雪凛冽的深夜里，以此表现封大夫出征的劳苦艰辛和克敌的决心。再由这些推出西征必胜的结论。全诗顺理成章，通过描写场景来表达对封大夫的赞誉、期望之情。这首诗读起来很别致，除前两句外，以后三句一换韵，所换之韵又与其前面三句之韵平仄相反。读起来错落而节奏急快,这和诗的行军内容以及壮美风貌和谐一致。让形式去更好地表现要反映的内容。这也是此诗的一大特色。

轮台歌奉送封大夫出师西征

岑 参

轮台城头夜吹角①,轮台城北旄头落②。羽书昨夜过渠黎③,单于已在金山西④。戍楼西望烟尘黑,汉军屯在轮台北。上将拥旄西出征⑤,平明吹笛大军行。四边伐鼓雪海涌⑥,三军大呼阴山动⑦。虏塞兵气连云屯,战场白骨缠草根。剑河风急雪片阔⑧,沙口石冻马蹄脱⑨。亚相勤王甘苦辛⑩,誓将报主静边尘。古为青史谁不见,今见功名胜古人。

【注释】

①轮台、封大夫见岑参诗《走马川行奉送封大夫出师西征》诗注③。②旄头:即星宿中的昴宿。《史记·天官书》:"昴为旄头,胡星也。"古以为昴星主胡人之事,昴星(旄头)落喻胡人兵败。③渠黎:汉西域国名。在今新疆轮台县东南。④单于:这里指胡人首领。⑤拥旄:手持旄节。这里的"旄"指唐代皇帝赐给节度使的旄节,象征军权。⑥雪海:见前诗注②。⑦阴山:山名,起于河套西北,连绵于内蒙古南部,和兴安岭相接,古时为匈奴所居。⑧剑河:地名,在今新疆境内。⑨沙口:地名,未详。⑩亚相:官名,汉代以御使大夫为亚相。封常清摄御史大夫,故此指封常清。

【今译】

轮台城头吹起了寒夜号角,
轮台城北远望着昴星坠落,
昨夜军书急下飞快地过了渠黎,
报知单于军队开到了金山以西。

从戍楼向西望去只见烟尘昏黑,
汉家军队屯扎在轮台城北。
上将手执着旄节西向出征,
黎明时笛声响起大军出行。
四面擂起了军鼓能叫雪海浪涌,
三军高声呐喊阴山也被撼动。
敌营的杀气屯聚连着天上的阴云,
沙场零乱的白骨上面还缠着草根。
剑河边寒风急吹大雪片片降落,
沙口地方大石酷冷马蹄直被冻脱。
亚相封大夫勤于国事不辞苦辛,
忠心报效君王立誓要扫清边尘。
古代功臣名垂青史有谁没有见到,
今见封大夫的功名已经胜过古人。

【说明】

这首诗和前诗的写法有异曲同工之妙。极写边庭气候的恶劣、出征的辛苦,沙场的凄森,以见封大夫出征的劳苦功高。全诗雄浑壮丽、亦为岑参边塞诗名篇。

白雪歌送武判官归京[①]

岑 参

北风卷地白草折[②],胡天八月即飞雪。忽如一夜春风来,千树万树梨花开。散入珠帘湿罗幕,狐裘不暖锦衾薄。将军角弓不得控,都护铁衣冷犹著[③]。瀚海阑干百丈冰,愁云惨淡万里凝。中军置酒饮归客[④],胡琴琵琶与羌笛。纷纷暮雪下辕门[⑤],风掣红旗冻不翻。轮台东门送君去,去时雪满天山路。山回路转不见君,雪上空留马行处。

【注释】
①武判官：生平不详。判官，节度使的属官。②白草：草名，春天青绿，冬枯而不萎，因秋天变白，故名。③都护：唐代边塞大官。④中军：古时行营，主帅的军幕。⑤辕门：军营大门。因古军营大门都以两车辕驾起而成，故名。

【今译】
卷地而来的北风把茫茫白草吹折，
胡地还在八月就纷纷飞起了大雪。
真好像一夜之间东风忽地吹来，
千棵树万棵树上面梨花遍开。
雪花飘散到珠帘沾湿了帘内罗幕，
显得皮袍子不暖缎被褥太单。
将军的兽角强弓冷得不能够拉开，
都护的冰冷铁甲也只得硬往上穿。
茫茫大沙漠上遍地是百丈厚冰，
凄惨的阴云就像在万里长空凝冻。
中军帐中摆酒宴为武判官送行，
胡琴琵琶连同羌笛交和为军中乐声。
黄昏时辕门前面又见到大雪纷飞，
红旗上面凝冰风吹也翻转不动。
轮台城东门外面我今日送您归去，
去时候皑皑白雪布满了天山道路。
山回环路曲折望不见您的踪影，
雪上空留着马迹那是您走过之处。

【说明】
这首诗行诗表现出边塞大雪的壮美，显出阳刚之气。"忽如一夜春风来，千树万树梨花开"两句，借春日白色的梨花形容大雪，一点也无不合时序之嫌，反而给壮美之间抹上一笔优美色彩，成为唐诗中描写大雪的名句。

韦讽录事宅观曹将军画马图①

杜 甫

　　国初已来画鞍马，神妙独数江都王②。将军得名三十载，人间又见真乘黄③。曾貌先帝照夜白④，龙池十日飞霹雳⑤。内府殷红玛瑙盘，婕妤传诏才人索⑥。盘赐将军拜舞归，轻纨细绮相追飞。贵戚权门得笔迹，始觉屏障生光辉。昔日太宗拳毛䯄⑦，近时郭家狮子花⑧。今之新图有二马，复令识者久叹嗟。此皆战骑一敌万，缟素漠漠开风沙。其余七匹亦殊绝，迥若寒空动烟雪。霜蹄蹴踏长楸间，马官厮养森成列。可怜九马争神骏，顾视清高气深稳。借问苦心爱者谁？后有韦讽前支遁⑨。忆昔巡幸就丰宫⑩，翠华拂天来向东⑪。腾骧磊落三万匹，皆与此图筋骨同。自从献宝朝河宗⑫，无复射蛟江水中⑬。君不见金粟堆前松柏里⑭，龙媒去尽鸟呼风⑮。

【注释】

　　①韦讽：人名，当时官阆州录事参军，居于成都。曹将军：指曹霸。唐代著名画家，官至左武卫将军，为魏高贵乡公曹髦后代。②江都王：指李绪，为霍王李远轨之子，唐太宗的侄子。《历代名画记》说李绪"多才艺，善书画，鞍马擅名"。③乘黄：传说中的神马。《竹书纪年》"帝舜元年，出乘黄之马"。一说是黄帝坐骑。④照夜白：玄宗乘马之一。⑤龙池：唐兴庆宫中之池。《唐六典》上说池原因雨水积成，后来常有云气蒸腾，黄龙显现，遂扩广以为龙池。⑥婕妤、才人：宫中女官名。⑦拳毛䯄：唐太宗六骏马之一。⑧狮子花：郭子仪的良马。为郭平叛后，唐代宗所赠。⑨支遁：字道林，东晋名僧。《世说新语·言语》载："支道林常养数匹马。或言道人畜马不韵，支曰：'贫道重其神骏'。"⑩新丰宫：即华清宫，址在西安临潼。⑪翠华：天子出行仪仗。⑫献宝朝河宗：《穆天子传》载：穆天子西征至阳纡山，沉璧于河，以礼河伯，河伯献出河图。图上记载有宝物，天子按图西行。一说穆天子自此回归后，不久即升天。这里借指玄宗死去。河宗：即河

伯。"朝河宗"即河伯朝拜穆天子以献图。⑬射蛟江水中:《汉书·武帝纪》载:元封五年冬武帝南行巡狩,"自浔阳浮江,亲射蛟江中,获之。""元复射蛟"喻玄宗已死,不能巡幸。⑭金粟堆:指唐宗宗泰陵,在今陕西蒲城县。⑮龙媒:指良马。《汉书·礼乐志》载《郊祀歌》:"天马来,龙之媒"。

【今译】
要论开国初年所画的鞍马,
只数江都王手笔神妙活现。
曹将军得到画名也有三十多年,
今日见"乘黄"神马再次出现人间。
他曾经画过玄宗的骏马照夜白,
那就像十天之内雷鸣电闪神龙飞来。
宫廷仓库里的玛瑙盘颜色深红,
婕妤传诏旨才人把它领取手中。
将军蒙恩受盘拜谢罢欢舞而归,
连同赐给的轻罗细绮一起带回。
贵族豪门若是得到了将军笔迹,
才觉得家中屏风上生出光辉。
从前太宗皇帝的御马拳毛䯄,
近年来郭家的骏马狮子花。
今天见到的画图上面绘有这两匹宝马,
又叫识马者声声长叹百感交加。
这都是沙场战骑一匹可敌一万,
白画绢上烟景迷茫飞走风沙。
其余七匹马也画得出众特别,
远远看去像是寒空里飞动烟雪。
白色的马蹄践踏在长楸树间,
马官马夫众多在两旁排成行列。
可爱的九匹马一个比一个神骏,
左顾右盼神态轩昂气度深沈健稳。

要问一声酷爱骏马的人都有哪位?
后有当今的韦讽在前有个支遁。
回想起当年玄宗御驾临幸华清宫,
旌旗仪仗拂天向着东边出行。
昂扬奔腾的骏马就有三万多匹,
全都和图上画的筋骨相同。
自从那年河伯献图"穆天子"飞升,
再没有"江水射蛟"上皇出行的事情。
您岂不见金粟堆前苍松翠柏里面,
龙媒宝马散尽鸟儿在呼唤悲风!

【说明】

这首诗描写曹将军霸画马的神技,把图上的骏马描写得神龙活现。最后四句笔调苍凉衰飒,诗人又因画上之马而感伤世事变迁,玄宗逝世,盛世不复,兴安史之乱后仁人志士的家国之悲,把这首诗的感情又提到另一个层次上。所以胡夏客说此诗:"俯仰感慨,照应有情,而沉著可味"。(《杜诗详注》引评)

丹青引 赠曹将军霸①

杜 甫

将军魏武之子孙,于今为庶为清门②。英雄割据虽已矣③,文采风流今尚存。学书初学卫夫人④,但恨无过王右军⑤。丹青不如老将至⑥,富贵于我如浮云⑦。开元之中常引见⑧,承恩数上南薰殿⑨。凌烟功臣少颜色⑩,将军下笔开生面。良相头上进贤冠,猛将腰间大羽箭。褒公鄂公毛发动⑪,英姿飒爽来酣战。先帝天马玉花骢,画工如山貌不同。是日牵来赤墀下,迥立阊阖生长风⑫。诏谓将军拂绢素,意匠惨淡经营中⑬。斯须九重真龙出⑭,一洗万古凡马空。玉花却在御榻上,榻上庭前屹相向。

至尊含笑催赐金。圉人太仆皆惆怅⑮。弟子韩干早入室⑯,亦能画马穷殊相。干惟画肉不画骨,忍使骅骝气凋丧⑰。将军画善盖有神,偶逢佳士亦写真。即今飘泊干戈际,屡貌寻常行路人。途穷反遭俗眼白⑱,世上未有如公贫。但看古来盛名下,终日坎壈缠其身⑲。

【注释】

①丹青:中国古绘画颜料,后常以丹青指绘画。曹将军霸:见前篇注。②"于今"句:玄宗末年,曹霸因罪被贬为庶人,此暗指其事。③英雄割据:指三国鼎立时期曹操独霸北方。④卫夫人:卫铄,字茂漪,东晋人,善隶书。为中国古代著名女书法家。⑤王右军:即王羲之,东晋人,为我国古代著名书法家,世称之为"书圣"。⑥老将至:《论语·述而》而句:"乐以忘忧,不知老之将至云尔。"这里借指曹霸对绘画艺术创造的孜孜追求,乐此不疲。⑦"富贵"句:《论语·述而》有句:"不义而富且贵,于我如浮云。"这里比喻曹霸轻于名位的高尚品德。⑧开元:唐玄宗年号。⑨南薰殿:宫殿名,在唐皇城南内兴庆宫中。⑩凌烟阁:在唐皇城西内三清殿旁。贞观十七年,唐太宗命阎立本绘二十四功臣图像,张挂于凌烟阁中。⑪褒公:指唐开国功臣褒国公段志玄,名列于十。鄂公:指唐开国功臣鄂国公尉迟敬德,名列于七。⑫阊阖:宫门。语出《离骚》:"吾令帝阍开关兮,倚阊阖而望予"。⑬惨淡经营:"绘画术语,作画起始,先用淡色勾勒,苦心构思。⑭九重:《楚辞·九辩》:"君之门以九重"。这里指皇宫中。⑮圉人。皇宫养马官,太仆:皇宫内车马负责人。这里泛指马官和马夫。⑯韩干:唐著名画家,曾师从曹霸,后自成一家。入室:即"升堂入室"。一般指学业上达到了新境界,成为内行。《论语·先进》有:"由也升堂矣,未入于室也"。⑰骅骝:古代良马。传说为周穆王八骏之一。按:这两句关于韩干画技的评价,人们有异议。如唐张彦远《历代名画记》就说杜甫"岂知画者"。对艺术的评价,见仁见智,乃是常事,不必苛求。⑱白:这里指蔑视人的眼神。⑲坎壈:不顺利。《楚辞》刘向《九叹·离世》:"惟郁郁之忧毒兮,志坎壈而不违。"

【今译】
将军是魏武帝曹操的子孙,
今天沦为庶人居住在清寒之门。
英雄割据的壮举虽已成为往事,
当时的文采风流还是存留给后人。
一开始学习书法就走卫夫人一路,
只憾恨功力书艺超不过草圣右军。
潜心从事绘画不知道老之将至,
富贵对他来说全然当轻烟浮云。
开元间常被引进行到玄宗召见,
多次承受恩遇进入南薰宫殿。
凌烟功臣的画像日久失去了颜色,
将军大笔落下活现他们的面颜——
良相的头上戴正了进贤冠,
猛将的腰间插好了大羽箭;
褒国公鄂国公一根根毛发飘动,
英风神采飞扬好像在狠斗勇战。
玄宗有一匹御马称为玉花骢,
多如山的画工画不出它的形容。
这一天把它牵出带到御阶之下,
远立在宫门里面顿然兴起了长风。
下诏旨命令将军在素绢上面作画,
将军正规模构图浸沈于苦思之中。
一会儿皇宫里面真正的龙马出现,
似乎万古的凡马都被它一比成空。
玉花骢的图像却放在御床之上,
床上庭前静立的神态一模一样。
先帝面带笑容摧着赶快赐金,
马官马夫一个个都在羡慕赞赏。
弟子韩干的技艺早登上师父厅堂,

也能够惟妙惟肖地画出马的形象。
韩干只绘出形态没表现马的风骨，
竟甘心使得骏马把神态气质凋丧。
将军的绘画绝妙就因为追求神韵，
偶然遇到了才士也为他画形写真。
而今又漂泊在这兵荒马乱之际，
大多半都在图貌那些寻常世人。
穷困潦倒时候反而遭俗眼斜看，
世上没有谁人像先生一样清贫。
请看看自古以来盛名美誉之下，
哪个不夭夭困顿让失意缠住一身！

【说明】

此诗虽在咏赞曹将军霸的高超画技、高尚画德以及对绘画艺术的孜孜追求，更在把他于开元间被引入宫中的轰轰烈烈和后来流落在江湖的凄凄冷冷作以对比，形成极其显明的反差，从而表现这一丹青妙手受人白眼、落魄贫困的悲苦命运，表达了诗人对良士贤才在那个时代"终日坎壈缠其身"的不平之意。

寄韩谏议注①

杜 甫

今我不乐思岳阳②，身欲奋飞病在床。美人娟娟隔秋水③，濯足洞庭望八荒④。鸿飞冥冥日月白⑤，青枫叶赤天雨霜。玉京群帝集北斗，或骑麒麟翳凤凰。芙蓉旌旗烟雾落，影动倒景摇潇湘⑥。星宫之君醉琼浆⑦，羽人稀少不在旁。似闻昨者赤松子⑧，恐是汉代韩张良⑨。昔随刘氏定长安，帷幄未改神惨伤⑩。国家成败吾岂敢，色难腥腐餐枫香⑪。周南留滞古所惜⑫，南极老人应寿昌⑬。美人胡为隔秋水，焉得置之贡玉堂⑭？

【注释】

①韩谏议注：韩注，生平不详。谏议，官名，即谏议大夫。②岳阳：在今湖南岳阳市。③美人：指韩谏议。楚辞常以美人喻贤君，后来人们也以之喻高洁之士或思念之友。隔秋水：《诗经·秦风·蒹葭》："所谓伊人，在水一方"。这里指作者与韩谏议相隔甚远。④濯足：《楚辞·渔父》有句："沧浪之水浊兮，可以濯吾足。"这里借指隐居。⑤鸿飞冥冥：喻避世者。扬雄《法言·问明》："治则见，乱则隐，鸿飞冥冥，弋人何慕焉？"⑥潇湘：潇水和湘水。在湖南境内。⑦星宫之君：天官的神人。⑧赤松子：传说中的仙人。《列仙传》："赤松子，神农时雨师，能入火自烧"。⑨韩张良：指汉开国功臣，字子房。他原是战国韩国人，故称"韩张良。"这两句诗的言外之意是韩谏议若能被任用，或许也能施展如同张良那样的才能。⑩"帷幄"句：《汉书·高祖记》："运筹帷幄之中，决胜千里之外，吾不如子房也。"帷幄，军中帐幕。"帷幄未改"喻韩谏议报效之心未泯。⑪色难：面有难色。⑫周南留滞：汉司马谈（司马迁父）曾为太史公，武帝初次祭泰山，不让他同去。司马谈因悲愤致病而死。《史记·太史公自序》："是岁，天子始建汉家之封，而太史公留滞周南，不得与从事。"这里喻韩谏议之闲居。⑬南极老人：指老人星，古人认为此星主寿。⑭玉堂：在汉未央宫内，这里喻朝廷。

【今译】

今天我很不痛快内心里思念岳阳，
身想奋飞高举却无奈卧病在床。
美人是那么姣好偏隔着盈盈秋水，
在洞庭湖里洗脚他眼望四野八荒。
鸿雁向渺远飞去日月的白光四射，
青枫叶变成红色天上降下来寒霜。
玉京里众位仙帝会集在北斗，
有的骑着麒麟有的乘架凤凰。
芙蓉旗在空中招展就像落进了云雾，
倒影在水中荡漾摇动着万里潇湘。

天宫众神举起杯醉饮琼浆,
却不见羽衣仙人来到他们身旁。
听说韩注已经隐居去追随"赤松子",
他的大才或者像那位汉臣张子房,
当年也有如"随刘邦定长安"的大功,
如今帷幄仍存却见他神情惨伤。
国家的成败我怎么能够忘怀,
腥腐味叫人难受还是吃枫叶清香。
太史公留滞周南古时候就为他惋惜,
只希望南极老人福寿康昌。
为什么美人这时还隔着盈盈秋水,
如何能给以安置让他去效命君王?

【说明】

这首诗借咏神仙之事,以感叹韩谏议人才之难得,被弃置不可惜。希望能得到朝廷重视,以施其报国之才。诗中不仅多用"风""骚"之典,而且中间描写天帝星君的几句,脱胎于骚人"驷虬骖鹥"、"瑶车桂旗"之类的语句,这在杜甫七古中较为突出。从中也可见杜甫继承《楚辞》之一斑。

古 柏 行

杜 甫

孔明庙前有老柏①,柯如青铜根如石。霜皮溜雨四十围,黛色参天二千尺。君臣已与时际会②,树木犹为人爱惜。云来气接巫峡长③,月出寒通雪山白④。忆昨路绕锦亭东⑤,先主武侯同閟宫⑥。崔嵬枝干郊原古,窈窕丹青户牖空。落落盘踞虽得地,冥冥孤高多烈风。扶持自是神明力,正直原因造化功⑦。大厦如倾要梁栋,万牛回首丘山重。不露文章世已惊,未辞剪伐谁能送？苦心岂免容蝼蚁，香叶曾经宿鸾凤。志士仁人莫怨嗟，古来材大难为用！

【注释】

①孔明庙：这里是指在夔州的诸葛亮庙。②"君臣"句：指刘备与诸葛亮因为世事和机会而遇合，在其时代中协力干一番大事。③巫峡：长江三峡之一。④雪山：在四川省松潘县南，为岷山主峰。此句以前是咏夔州庙前的柏树。⑤锦亭：指成都锦江亭，亭在杜甫草堂，因临锦江，故名。成都的武侯庙位于亭以东。⑥閟（bì）宫：祠庙。⑦造化：天地。由"忆昨"句到此是咏成都庙前柏。

【今译】

孔明庙前长有古老的柏树，
枝干就像青铜树根有似坚石。
灰白的树皮光润四十人才可合抱，
青黛色树冠苍郁高达两千多尺。
君臣际会事情如今已成为过去，
庙前参天大树依然为人们爱惜。
云出时树间雾气接着巫峡风烟，
明月下树头寒色和岷山白雪通连。
回想去年我路经锦亭以东，
看到先主和武侯同在一庙祭奉。
参天的粗枝壮干显出来郊原古貌，
庙殿内着色绘彩幽深得不见人影。
拔地而起虽然得到庙前的灵气，
拂天屹立还得顶住常来的烈风。
挺拔坚稳自然有神明扶持，
枝直干正原来是天地生成。
大厦即将倒下要用它去做栋梁，
万牛回首喘气埋怨它如同山重。
尽管不见华彩已经为世上所惊，

不避人们砍伐又有谁把它运送?
虽然木质味苦岂能免爬进蟒蚁,
到底枝叶芳香毕竟曾栖宿鸾凤。
劝一劝志士贤人不必在穷途叹伤,
自古的大木巨材就难得为人所用。

【说明】

此诗咏柏跳过了时空界限,既咏夔州庙前柏,又咏成都庙前柏,还借柏树的精神风格以寄怀寓志。古柏的孤标、正直、高洁、芳香,都是诗人的自我比况或理性追求。这一咏物言志手法是和屈原写《橘颂》一脉相承的。诗也发怀才不遇的牢骚,从中还可见杜甫对诸葛亮的赞颂之意。

观公孙大娘弟子舞剑器行[①] 并序

杜 甫

大历二年十月十九日[②],夔府别驾元持宅见临颍李十二娘舞《剑器》[③],壮其蔚跂,问其所师,曰:"余公孙大娘弟子也。"开元三载,余尚童稚,记于郾城观公孙氏舞《剑器》、《浑脱》[④],浏漓顿挫,独出冠时。自高头宜春、梨园二伎坊内人洎外供奉[⑤],晓是舞者,圣文神武皇帝初[⑥],公孙一人而已。玉貌锦衣,况余白首,今兹弟子,亦匪盛颜。既辨其由来,知涛阑莫二[⑦]。抚事慷慨,聊为《剑器行》。往者吴人张旭[⑧],善草书书帖,数尝于邺县见公孙大娘舞《西河剑器》[⑨],自此草书长进,豪荡感激,即公孙可知矣。

昔有佳人公孙氏,一舞《剑器》动四方。观者如山色沮丧,天地为之久低昂。㸌如羿射九日落[⑩],矫如群帝骖龙翔[⑪]。来如雷霆收震怒,罢如江海凝清光。绛唇珠袖两寂寞,晚有弟子传芬芳。临颍美人在白帝[⑫],妙舞此曲神扬扬。与余问答既

93

有以，感时抚事增惋伤。先帝侍女八千人，公孙《剑器》初第一。五十年间似反掌，风尘澒洞昏王室⑬。梨园子弟散如烟，女乐余姿映寒日。金粟堆前木已拱⑭，瞿塘石城草萧瑟⑮。玳筵急管曲复终⑯，乐极哀来月东出。老夫不知其所住，足茧荒山转愁疾。

【注释】

① 公孙大娘：玄宗开元年间著名舞蹈家。② 大历：唐代宗李豫年号。③ 夔州：在今四川省奉节县。别驾：官名，郡守的属官。元持：人名，生平不详。临颍：地名，在今河南临颍县西北。④ 郾城：在今河南省郾城县。《剑器》、《浑脱》：两种健舞名，舞姿粗犷。⑤ 宜春、梨园：都是唐玄宗时设在皇宫内苑中的习歌练舞的地方。也叫"伎坊"、"教坊"，或称"内供奉"。梨园在光化门北，宜春院设在东宫内。唐开元年间，玄宗命宫女数百人为梨园弟子，亦称"前头人"，文中的"高头"大概就是前头意。外供奉：宫外随时待命献艺于皇室的歌伎。⑥ 圣文神武皇帝：唐玄宗尊号。⑦ 涛澜莫二：一脉相承的意思。⑧ 张旭：唐代著名书法家，工草书，被称为"草圣"。⑨ 邺县：今河南省安阳市。《西河剑器》：《剑器》舞中的一种。⑩ 㸌（huò）：光闪貌。羿射九日：帝尧时，天上十日并出，草木被灼焦。羿善射，尧就命羿射去九日。⑪ 骖：驾御。《楚辞·九歌·河伯》："驾两龙兮骖螭"。⑫ 临颍美人：指李十二娘。⑬ 澒（hōng）洞：浩大。⑭ 金粟堆：玄宗泰陵，在陕西省蒲城县东北。⑮ 瞿塘石城：瞿塘峡为三峡之一，上有夔州，故称夔州为瞿塘石城。⑯ 玳筵：华贵的宴席。

【今译】

大历二年十月十九日这一天，我在夔府郡守属官元持家中观看了临颍县人李十二娘表演的《剑器》舞，为她雄浑多彩的舞姿所感动，就问他师从于谁。李十二娘说："我是公孙大娘的徒弟。"开元三年，我还是个幼童，记起当时在郾城看过公孙大娘表演的《剑器》和《浑脱》舞，淋漓洒脱而又回旋转折，独出于众，名冠当时。上头宫内宜春、梨园两教坊的舞伎以及宫外随时应召的舞伎，通晓跳这种舞蹈的，在玄宗皇帝开始称位时，就只有公孙大娘一人而已。当年公孙大娘有着美玉般的容颜，穿着华彩富丽的衣裳。现在况且我已白发满头，今天这位公孙大娘的徒弟也不是青春容貌了。既然弄清了李十二娘的师承由来，便可知她演技风格和公孙大娘之一般无二。对着眼前情景我感慨于往事，姑且写下了《剑器行》一诗。当年吴地人张旭，擅长用草书写贴，经常去邺县观赏公孙大娘跳《西河剑器》舞，自此得到启发，草书技法大有长进，落笔飞扬奔放，感情四溢，那么从这里就可知公孙大娘的技艺了。

  从前有一位美人她就是公孙大娘，
  舞起来《剑器》《浑脱》惊动了四面八方。
  观众围得如山个个都惊呆了模样，
  只觉得天掀地动久难恢复到平常。
  剑光闪闪就像后羿把九个太阳射落，
  动作矫健就像今天帝驾起神龙飞翔；
  起舞时鼓声暂歇就像雷霆止住了狂怒，
  收舞时又像江海平静聚合着清和天光。
  美丽容颜飒爽姿两两寂寞湮灭，
  晚年把一身绝技传到这一位弟子身上。
  白帝城来了临颖的美人李十二娘，
  她绝妙地舞起《剑器》真是神采飞扬。
  交谈中我得知她的舞技自有来历，
  感时世追往事加倍地凄惋哀伤。
  回想先帝的侍女人数下不了八千，
  公孙大娘的《剑器》本来就算得第一。
  五十年时光流逝快得竟如同反掌，
  兵灾大祸临头搅乱了圣朝王室。
  梨园弟子流落好像轻烟散去，
  余下的这位女乐映对着霜天寒日。
  金粟堆陵墓南面大树已可合抱，
  瞿塘峡夔州城里秋草一片萧瑟。

盛宴上急促的乐曲又到结尾时候,
欢乐过度会来哀悲又见月出东头。
我这个老头子不知该向哪一方去走,
双脚打上茧子这荒山反叫我愁中更愁。

【说明】
诗人在夔州看李十二娘舞《剑器》有感而写此诗,诗的重头却放在描写公孙大娘的舞技上,又以此反衬李十二娘的技艺。正如他在诗序里以对张旭草书的形容来反映公孙氏舞技一样。另一方面,诗人又从李的舞技来历追思公孙氏和五十年前天宝开元旧事,再推及金粟堆先帝陵墓,抚事感时不迭,末了又言及自身在峡中宴罢的沉重心情。显得全诗回环反复,顿挫跌宕。反映出大唐盛世经安史之乱遽衰的现实。前面"㸌如"以下四句,雄奇清丽,也为此添加了文采。

石鱼湖上醉歌[①] 并序

元 结

漫叟以公田米酿酒[②],因休暇则载酒于湖上,时取一醉。欢醉中,据湖岸引臂向鱼取酒[③],使舫载之,遍饮坐者。意疑倚巴丘酌于君山之上[④],诸子环洞庭而坐,酒舫泛泛然触波涛而往来者,乃作歌以长之。

石鱼湖,似洞庭,夏水欲满君山青。山为樽,水为沼[⑤],酒徒历历坐洲岛。长风连日作大浪,不能废人运酒舫。我持长瓢坐巴丘,酌饮四座以散愁。

【注释】
①石鱼湖:在今湖南道县东,元结诗《石鱼湖上作》序云:"潓泉南上,有独石在水中,状如游鱼,鱼凹处修之可以贮酒。水涯四匝,多欹石相连。石上堪人坐。水能浮小舫载酒,又能绕石鱼回流,乃命

湖曰：'石鱼湖'。"②漫叟：元结自号。③鱼：这里指湖中的石鱼。④巴丘：指巴陵，位于洞庭湖边。君山：又名湖山，位于洞庭湖中。⑤沼：这里指酒沼、酒池。

【今译】

　　漫叟我用公田产出的米来酿酒，趁着休闲的时候，就载酒泛舟石鱼湖上，常取出酒来以图大醉。欢醉之中，倚着堤岸伸出胳膊往石鱼的凹槽里舀取贮酒，用小船装载，以款饮船上的坐客。心里觉得这像是在靠着巴丘山向君山顶舀取酒喝，而同游的诸位客人则像是环绕洞庭湖而坐，载酒的小船一荡一摆的样子，也像是在洞庭冲着波涛往来呢。于是我就作了这首诗来助长酒兴。

　　来到这石鱼湖就像来到了洞庭，
　　夏水快涨到岸边这里的"君山"青青。
　　把山当成酒樽把水当成酒沼，
　　醉饮之客一个个环坐于洲岛。
　　长风吹来一连几天兴起大浪，
　　这也不能叫人停下载酒的船舫。
　　我如同拿着长瓢坐上了巴丘，
　　酌取美酒散给四座用它来驱遣烦愁！

【说明】

　　这首诗（并序）想象力丰富，它把石鱼湖比做洞庭，又把从石鱼凹槽取酒，小舫载之以散与四座，也想象成在洞庭湖上的事情，因而有持长瓢倚巴丘、取酒君山之语。逸气间加着豪气，富于浪漫主义色彩。

山　石

韩　愈

山石荦确行径微①，黄昏到寺蝙蝠飞。升堂坐阶新雨足，芭蕉叶大支子肥②。僧言古壁佛画好，以火来照所见稀，铺床拂席置羹饭，疏粝亦足饱我饥。夜深静卧百虫绝，清月出岭光入扉。天明独去无道路，出入高下穷烟霏。山红涧碧纷烂漫，时见松枥皆十围。当流赤足踏涧石，水声激激风生衣，人生如此自可乐，岂必局促为人靰。嗟哉吾党二三子③，安得至老不更归。

【作者简介】

韩愈（768—824），字退之，唐河阳（在今河南孟县一带）人。曾任国子博士等职。为唐古文运动的倡导者，列名于"唐宋八大家"之中。其诗句奇字警，精神兀傲。有《昌黎先生集》。

【注释】

①荦确：山石不平。②支子：即栀子，常绿灌木，结实亦名栀子。③吾党二三子：我这一类的朋友们。语出《论语·述而》："二三子以我为隐乎。"

【今译】

山上的大石不平路径弯曲狭窄，
黄昏笼盖了寺院蝙蝠在上下翻飞。
登堂坐在阶上新雨已经下透，
芭蕉的叶片阔大栀子结得正肥。
僧人说古殿壁上佛故事画得最好，
举来灯火细看实在是难得见到。
铺好床扫过席给我送来了馔食，
粗米淡饭也足使人饥肠充饱。
深夜里静静躺下听不见百虫叫声，
淡月高过了山岭把清光送进窗棂。
天明时独自而去根本就不择道路，
高高下下只是从云雾里面出入。
山花艳红涧水清碧色彩交辉绚烂，
常碰见干粗十围的松树枥树。

98

遇上山溪光着脚踏过涧石,
流水声清亮激越轻风来拂弄裳衣。
人生这个样子自然可怡情悦性,
何必要局局促促偏去让人支使?
长叹一声我来告诉二三位同心友人,
只希望在这里终老不必要匆匆归去!

【说明】

这首诗写得清新朗丽,把诗人从昨夜到今朝的活动以及情致和盘托出。无论是状物、叙事、写景、言情都能用简洁的笔触一表而出。像"芭蕉叶大支子肥"这样的句子,近似于口语又极富有诗意。整首诗把人引入荡心悦耳,恣意陶情的天地,达到情与景会的境界。《诗韵》里的"五微"本为窄韵,单用此韵写律诗尚可,写较长的古体诗尤难。此诗押"微"韵而一韵到底,亦不见蹩足挂脚之处。这一切,若非韩愈斫轮老手,词章大家,是难能卒以成篇的。

八月十五夜赠张功曹①

韩　愈

纤云四卷天无河,清风吹空月舒波。沙平水息声影绝,一杯相属君当歌。君歌声酸辞正苦,不能听终泪如雨。洞庭连天九疑高②,蛟龙出没猩鼯号③。十生九死到官所,幽居默默如藏逃。下床畏蛇食畏药④,海气湿蛰熏腥臊⑤。昨者州前槌大鼓⑥,嗣皇继圣登夔皋⑦。赦书一日行千里,罪从大辟皆除死⑧。迁者追回流者还,涤瑕荡垢清朝班⑨。州家申名使家抑⑩,坎轲祗得移荆蛮。判司卑官不堪说⑪,未免捶楚尘埃间⑫。同时流辈多上道,天路幽险难追攀⑬,君歌且休听我歌,我歌今与君殊科⑭,一年明月今宵多,人生由命非由他,有酒不饮奈明何!

99

【注释】

①张功曹：名张署，曾官至监察御史，和韩愈、李方叔三人同被贬至南方做县令。后又迁至江陵任功曹参军。功曹，县令下的文官。主管文书等。②洞庭：洞庭湖，在今湖南岳阳。九疑：九疑山，在今湖南宁远县。③猩鼯：猩猩；鼯鼠。④药：毒药。南方多有毒虫，可配成蛊药，药可毒人。⑤蛰：潮湿。⑥桴大鼓：《新唐书·百官志》载："中尚书令，赦日击枹鼓千声，集百官父老囚徒。"枹鼓为鼓的一种。⑦嗣皇继圣：指贞元二十一年（805）唐宪宗继位。夔皋：指舜帝的贤臣夔和皋陶。⑧大辟：死刑。⑨涤瑕荡垢：得以赦还的谪迁之人，洗去自身污垢耻辱。韩愈在同年春天顺宗继位以后写的《县斋有怀》诗也说："惟思涤瑕垢，长去事桑柘。"意亦同。清朝班；今人钱仲联集释本《韩诗》及其本所举"廖本"、"王本"在这里均作"朝清班"，意即回朝做文学侍从一类的官员。此解可取。"清班"指文学侍从之类的官职。⑩州家：州刺史。使家：指湖南观察使。⑪判司：即功曹之类的小官。按：张署为功曹参军。韩愈为法曹参军。⑫捶楚：唐代刑制，参军薄尉有过，即受笞杖之刑。⑬天路：指回京城的道路。按：从"洞庭连天"句到此的这一大段，都是指张署歌词所唱之事，虚写张署歌词。⑭殊科：不是同等。科，品位。

【今译】

薄云四散细如纤丝天上看不到银河，
凉风轻扫明空朗月荡漾在溶溶光波。
水静沙平寂宁得无声清澈得无影，
举起酒杯劝饮先生您应当高歌。
先生的歌声凄酸歌辞也十分悲苦，
我还没有听完就泪涟涟如同雨注——
洞庭湖秋水连天九疑山高入云霄，
湖水中蛟龙出没深山里猩鼯嗥叫。
十回生九回死来到这贬官处所，
默默无声地住下就像是藏身潜逃。
下床来害怕蛇咬吃东西担心毒药，

海边的湿气蒸腾熏得人又腥又臊。
前几天州署门前敲响了大赦的枹鼓,
新天子继承帝位起用了"夔"和"皋陶"。
大赦令颁发下来一天就送出千里,
罪犯从大辟算起都一律不再论死。
贬官的得以召回流放的得以归还,
除去身上的污辱回京去跻身"清班"。
州刺史将我们申报却被观察使压下,
这一生坎坷多变只好去移居荆蛮。
判司这卑微官职本来就不能提起,
免不了受骂挨打委屈在尘埃之间。
同时贬迁的官员大多都动身上路,
"上天"的道路幽险实难去追随登攀!
先生的歌声且停还是听我放歌,
两歌的情调不同可以说一悲一乐——
一年的明月光辉只有今夜最多,
人生只由着命运再也由不了什么,
莫辜负今夜明月有酒不饮为何!

【说明】

　　此诗的构思奇特,前面借张功曹之歌评说他们谪迁与再次移居的苦难,只在后面用几句话把诗人对这些苦难所持的态度以解嘲的方式倾吐了出来。在旷达之中,隐藏有作者内心的不平与深沉的悲愤。这种"反客为主之法"(清人汪琬《批韩诗》语)实是借古文的章法作诗,颇见特色,所以此诗尤为后世文人所喜爱。近人高步瀛称其"高朗雄秀,情韵兼美"。(《唐宋诗举要》)近人程学恂《韩诗臆说》更说"此诗料峭悲惊,源出楚《骚》。入后换调,正所谓一唱三叹有遗音者矣。"

传统文化经典读本

谒衡岳庙遂宿岳寺题门楼①

韩 愈

五岳祭秩皆三公②，四方环镇嵩当中。火维地荒足妖怪③，天假神柄专其雄。喷云泄雾藏半腹，虽有绝顶谁能穷？我来正逢秋雨节，阴气晦昧无清风。潜心默祷若有应，岂非正直能感通？须臾静扫众峰出，仰见突兀撑青空。紫盖连延接天柱④，石廪腾掷堆祝融⑤。森然魄动下马拜，松柏一径趋灵宫。粉墙丹柱动光彩，鬼物图画填青红。升阶伛偻荐脯酒，欲以菲薄明其衷。庙令老人识神意，睢盱侦伺能鞠躬。手持杯珓导我掷⑥，云此最吉余难同。窜逐蛮荒幸不死，衣食才足甘长终。侯王将相望久绝，神纵欲福难为功。夜投佛寺上高阁，星月掩映云曈曚。猿鸣钟动不知曙，杲杲寒日生于东⑦。

【注释】

①衡岳：即南岳衡山，在湖南衡阳县。②"五岳"句：用祭三公一样的隆重仪式来祭五岳。《礼记·王制》有："天子祭天下名山，五岳视三公。"三公，辅佐皇上的最高官员。《公羊传》："天子三公者何，天子之相也。"③火维：按五行学说："南方居离位，属火。"维，方位。徐灵期《南岳记》："下属离宫摄位火乡，赤帝馆其岭，祝融托其阳，故号为南岳。"④紫盖、天柱：衡山山峰名。⑤石廪、祝融：衡山山峰名。⑥杯：卜封用具。《演繁露》："有器名杯，以两蚌壳投空掷地，观其俯仰，以断休咎。"⑦杲杲寒日：语出《诗经·卫风·伯兮》："杲杲出日。"杲杲，形容日出光辉。

【今译】

对五岳的祭祀都和三公等同，
"四岳"雄镇东西南北嵩山居在正中。
南方土地荒凉那里多出现妖怪，

102

天赋予岳神权力让它去镇守称雄。
云雾喷泄出来一下子遮到山腰,
虽然山有极顶谁能够把它看清。
今日我来这里正遇上秋雨季节,
到处是阴晦湿气见不到一丝清风。
从心底默默祷告好像有所感应,
岂不是精诚正直能和神灵相通。
一会儿云雾尽扫众峰在寂宁中出现,
抬头见峭拔峰岭插向了晴空之中。
紫盖峰绵亘不断和天柱峰相接,
石廪峰势如跳跃将身靠向祝融。
不由得惊心动魄急忙跳下马参拜,
沿着松柏下道路一直走向神宫。
白粉墙红柱子也映出它的光彩,
画壁上神魔鬼怪着色或青或红。
俯身走上台阶奉献上干肉清酒,
想拿这薄薄祭品来表明心里忠诚。
管庙老人真可谓善于察言观色,
把我看来望去向我打礼鞠躬。
手里拿着杯珓示意我向空掷去,
说这回占卜最吉谁都难和它比同。
流徙放逐到蛮荒还庆幸不曾身死,
吃穿已经够用就愿意这样终生。
封官列侯的愿望很早就息灭断绝,
神灵纵想赐福也难能取得成功。
到夜晚投身佛寺步步登上高阁,
星星月亮掩映云雾间一片朦胧。
山猿啼寺钟响不觉又到了天晓,
洒着寒辉的太阳在东天冉冉而升。

103

【说明】

这首诗写景很有特色,描写出了南岳衡山在雾里和雾退后的不同景象,莽苍雄健,浑然有大刀阔斧砍成之势。诗写谒拜南岳庙,又不一笔直下,偏从占卜大吉中发议论,抒发诗人"侯王将相望久绝"的情志,显得诗意跌宕。

石　鼓　歌①

韩　愈

张生手持石鼓文,劝我试作《石鼓歌》。少陵无人谪仙死,才薄将奈石鼓何?周纲陵迟四海沸,宣王愤起挥天戈②。大开明堂受朝贺③,诸侯剑佩鸣相磨。蒐于岐阳骋雄俊④,万里禽兽皆遮罗。镌功勒成告万世,凿石作鼓隳嵯峨。从臣才艺咸第一,拣选撰刻留山阿。雨淋日炙野火燎,鬼物守护烦㧪呵。公从何处得纸本?毫发尽备无差讹。辞严义密读难晓,字体不类隶与蝌⑤。年深岂免有缺画,快剑斫断生蛟鼍⑥。鸾翔凤翥众仙下,珊瑚碧树交枝柯⑦。金绳铁索锁钮壮,古鼎跃水龙腾梭⑧。陋儒编《诗》不收入⑨,《二雅》褊迫无委蛇⑩。孔子西行不到秦⑪,掎摭星宿遗羲娥⑫。嗟余好古生苦晚,对此涕泪双滂沱。忆昔初蒙博士征⑬,其年始改称元和⑭。故人从军在右辅⑮,为我度量掘臼科。濯冠沐浴告祭酒,如此至宝存岂多?毡包席裹可立致,十鼓祇载数骆驼。荐诸太庙比郜鼎⑯,光价岂止百倍过!圣恩若许留太学⑰,诸生讲解得切磋。观经鸿都尚填咽⑱,坐见举国来奔波。剜苔剔藓露节角,安置妥贴平不颇。大厦深檐与盖覆,经历久远期无佗⑲。中朝大官老于事,讵肯感激徒媕婀⑳。牧童敲火牛砺角,谁复着手为摩挲?日销月铄就埋没,六年西顾空吟哦㉑。羲之欲书趁姿媚,数纸尚可博白鹅㉒。继周八代争战罢㉓,无人收拾理则那㉔?方今太平日无事,柄任儒术崇丘轲。安能以此上论列,愿借辩口如悬河。《石鼓》之歌止于此，鸣呼吾意其蹉跎！

【注释】
①石鼓：秦襄公时期的刻石，造型似鼓，共为十只（今一只无存）。鼓身各刻四言诗一首，言狩猎之事。因称"猎碣"。唐时发现于陈仓（今陕西宝鸡）一带，亦称"陈仓十碣。"其文字是"大篆"的代表作。石鼓拓片今已不见全文，然所存文字对我国考古、文字、书法、历史、文学的研究极为重要。（按：石鼓断为秦刻，仍在近代；韩愈当时还认为是周宣王之物，故此诗也按周期文物以行文。）②挥天戈：指周宣王北伐和南征。③明堂：《礼记·明堂位·正文》："明堂者，自古有之，所有朝诸侯"。④蒐（sōu）：打猎。⑤隶：书体名，即"隶书"。蝌：即科斗书，相传为鲁恭王得于孔子宅中。⑥鼍（tuó）：鳄鱼。⑦碧树：玉树。⑧古鼎跃水：指夏禹九鼎沈于泗水下。《史记·封禅书》："宋太丘社亡，而鼎没于泗水彭城下。"龙腾梭：《晋书·陶侃传》说：陶侃小时在雷泽投网，得到一个织梭。回来把梭挂在墙上，过一会雷雨大作，梭化为龙腾飞而去。⑨《诗》：指《诗经》。⑩二雅：《诗》里的《大雅》、《小雅》。蛇：此音应按《毛诗叶韵补》协韵，为"唐何切"，音读如"驼"。委蛇本为从容而行，这里当引为宏阔有气势。⑪秦：陕西一带。石鼓出于秦地。⑫掎（jǐ）摭（zhí）：拾取。羲娥：日月。《史记·孔子世家》说："古者诗三千余编，及至孔子，去其重，取可施于礼义"者三百五篇。这句诗是说因孔子没有到过秦地，所以删诗时没有见到"石鼓文"，是故其文不见于《诗经》。真如孔子只拾取了星星而没有拾取太阳和月亮。⑬博士：指国子监博士。⑭元和：唐宪宗年号。元和元年为公元806年。⑮故人：未详，一说为郑余庆，其人元和元年九月为国子监祭酒。祭酒是官名。右辅：即唐时右扶风。在今陕西扶风县。⑯郜（gào）鼎：西周诸侯国郜所铸之鼎。郜为宋所灭。郜都北郜城，在今山东城武县。《春秋·桓二年》载："（鲁桓公）取郜大鼎于宋，戊申，纳于太庙。"太庙，皇家的祖庙。⑰太学：唐代从属于国子监的最高学府。⑱观经鸿都：汉熹平四年，蔡邕经灵帝许可，写了正定《六经》的文字，刻碑以立太庙。《后汉书·蔡邕传》载："碑始立，其观视及摹写者，车乘日千余两，填塞街陌。"又：汉灵帝光和元年二月，始置鸿都门学士。熹平石经并没有

立于鸿都门。韩愈在这里把二事合一了。鸿都,东汉洛阳北宫门。填咽:形容街头行人车马拥挤。⑲佗:同"他",音tuō。⑳媕(án)婀(ē):迟疑不决。㉑六年:六年以来。韩愈在元和元年"初蒙博士征",建议迁石鼓于太学,而事未果;写此《石鼓歌》在元和六年。其前后经过六年。㉒博白鹅:《晋书·王羲之传》载:王羲之性爱鹅,见到山阴道士养有好鹅,十分喜欢,硬要把鹅撵走。道士说:"你给我写《道德经》,我就把这一群赠送。"王羲之高兴地答应了。写完,笼鹅而归。㉓继周八代:这里当指周以后唐以前建都北方的几个朝代,因石鼓正在其域内。旧本所引宋人樊汝霖《韩文公年谱》的看法说这八代是秦、汉、魏、晋、元魏、齐、周、隋。"争战罢"是指唐朝一统天下。㉔那(nuò):何。

【今译】
张生手里拿着石鼓文的拓本,
劝我不妨写一首石鼓之歌。
人世间已无杜甫而李白早已死去,
我的才学浅薄能够把石鼓如何?
周朝的纲纪废弛时世乱如水沸,
周宣王愤起振兴天子动用了干戈。
大开明堂庆功接受四方朝贺,
诸侯身上鸣响剑佩在相擦相磨。
到岐山南面狩猎奔放着英雄气概,
万里的飞禽走兽都被席卷网罗。
刻文记载着大功要告示千秋万世,
为了取石作鼓去把高山开凿。
随从臣子的才艺全都是头等一流,
选石撰文刻字把石鼓在山间存搁。
经历雨淋日晒几番烧来野火,
鬼神守卫保护频繁地挥手吆喝。
请问您是从哪里得到了这个拓本,
拓得毫发完备没有一点儿差错。

文辞严文意密读起来难解难懂,
不像隶不像蝌书体还十分奇特。
年深日久免不了鼓身上笔残画缺,
就像利剑斩断了字迹爬上来海蛟江鳄。
像鸾飞像凤舞像众仙飘飘而下,
像珊瑚像玉树横交着枝枝柯柯。
壮如金绳铁索相互锁钮钩连,
神如梭化飞龙古鼎跃水而没。
浅陋的儒生编《诗》不曾将它收入,
《二雅》内容窄狭缺少它的宏阔。
孔子西去游历不曾经过秦地,
他只顾去拾取星宿偏把日月遗却。
可叹我虽然好古却生得太迟太晚,
对此情景禁不住涕泪双流就像大雨降落。
回想起当年蒙恩被征召为博士,
那时更改年号开始称作元和。
老朋友军中任职住在右扶风里,
为帮我发掘石鼓前来筹谋划策。
又洗帽又洗澡恭敬地告知祭酒,
如此无价之宝世上能存几多?
用毡包用席裹立刻就能办到,
载运十只石鼓只需几头骆驼。
把它献到太庙里来比春秋郜鼎,
石鼓的光彩声价何止百倍超过。
如果圣上恩许将它留在太学,
诸生得以讲解彼此来研讨琢磨。
去鸿都观看石经尚且堵塞了道路,
石鼓的魅力将会使举国奔波。
剜剔上面苔藓露出笔画棱角,
叫它不歪不斜把它安置稳妥。

放进大厦里面自有深檐覆盖，
经历时间久长免得损伤什么。
如今朝中大官就是老成圆脱，
岂能为这事激动只迟疑不作定夺。
牧童来敲石取火牛也在鼓上蹭角，
还有谁特别爱惜伸出手摸上一摸？
天天风蚀剥化终归会毁坏失没，
六年来向西回顾枉自在叹息思索。
王羲之写的俗书追求秀媚形态，
还能用那几张纸片换回一群白鹤。
从周朝到现在八代的争战已过，
无人来收拾石鼓这道理究竟为何？
如今是天下太平日日相安无事，
推行儒家的学说尊崇孔丘孟轲。
若能把这事提出交给天下公议，
愿借来众口辩论就像是泻水悬河。
一首《石鼓》之歌到这里便为结束，
可叹我白费心思空自把时光消磨！

【说明】

　　这首诗主要感慨诗人自己把石鼓移置太学的建议没有被采纳一事。然落笔雄奇，从石鼓的来历写起，进而描写形容石鼓文及其文字的瑰丽神奇，然后才议论自己当初的建议。描写处富于想象。汪佑南《山泾草堂诗话》所谓"'快剑斫断生蛟鼍'以下五句，雄浑光怪，句奇语重，镇得住纸，此之谓大毛笔也。"议论处如同韩愈的文章，大气盘旋，苍劲有力。全诗古朴典雅，读来如面对雄浑的石鼓文字。此诗虽为长篇，却一个韵部到底，押韵处不见重复，亦见诗人才力。

108

渔 翁

柳宗元

渔翁夜傍西岩宿①,晓汲清湘燃楚竹。烟销日出不见人,欸乃一声山水绿②。回看天际下中流,岩上无心云相逐③。

【注释】
①西岩:在今湖南礼陵。②欸乃:摇橹声。一说湘中划船歌。③无心:这里是指完全没有私欲机心。语出陶潜《归去来辞》:"云无心而出岫。"是移人情于物的写法。

【今译】
渔翁在晚间把船靠近西岩下歇宿,
黎明时汲取湘江清水点燃起楚竹。
炊烟散去太阳出来不见渔翁身影,
"欸乃"声中山水变得更绿。
驾起渔船急下中流回头向天际望去,
看岩上无心的白云悠然与船相逐。

【说明】
这首诗描写出渔翁泛舟江上自在自得的形象。第三句以下诗境大开,山出万物复明,而山光水色全呈碧绿,诗人抓住了大自然在这刹那之间的变化,用疑练的诗句表现出来,极其富于神韵。诗中的渔翁飘然无迹。悠然无心、超然无俗,这样的闲适很可能是诗人在谪迁中的精神寄寓。

长 恨 歌

白居易

汉皇重色思倾国①，御宇多年求不得②。杨家有女初长成③，养在深闺人未识。天生丽质难自弃，一朝选在君王侧。回眸一笑百媚生，六宫粉黛无颜色。春寒赐浴华清池④，温泉水滑洗凝脂。侍儿扶起娇无力，始是新承恩泽时。云鬓花颜金步摇⑤，芙蓉帐暖度春宵。春宵苦短日高起，从此君王不早期。承欢侍宴无闲暇，春从春游夜专夜。后宫佳丽三千人，三千宠爱在一身。金屋妆成娇侍夜，玉楼宴罢醉和春。姊妹弟兄皆列土⑥，可怜光彩生门户。遂令天下父母心，不重生男重生女⑦。骊宫高处入青云，仙乐风飘处处闻。缓歌曼舞凝丝竹，尽日君王看不足。渔阳鼙鼓动地来⑧，惊破《霓裳羽衣曲》⑨。九重城阙烟尘生，千乘万骑西南行⑩，翠华摇摇行复止，西出都门百余里。六军不发无奈何⑪宛转蛾眉马前死。花钿委地无人收，翠翘金雀玉搔头。君王掩面救不得，回看血泪相和流。黄埃散漫风萧索，云栈萦纡登剑阁⑫。峨嵋山下少人行⑬，旌旗无光日色薄。蜀江水碧蜀山青，圣主朝朝暮暮情。行宫见月伤心色，夜雨闻铃肠断声。天旋日转回龙驭⑭，到此踌躇不能去。马嵬坡下泥土中，不见玉颜空死处。君臣相顾尽沾衣，东望都门信马归。归来池苑皆依旧，太液芙蓉未央柳⑮。芙蓉如面柳如眉，对此如何不泪垂？春风桃李花开日，秋雨梧桐叶落时。西宫南内多秋草⑯，落叶满阶红不扫。梨园弟子白发新⑰，椒房阿监青娥老⑱。夕殿萤飞思悄然，孤灯挑尽未成眠。迟迟钟鼓初长夜，耿耿星河欲曙天。鸳鸯瓦冷霜华重，翡翠衾寒谁与共？悠悠生死别经年，魂魄不曾来入梦。临邛道士鸿都客⑲，能以精诚致魂魄。为感君王辗转思，遂教方士殷勤觅。排空驭气奔如电，升天入地求之遍。上穷碧落下黄泉，两处茫茫皆不见。忽闻海上有仙山，山在虚无缥缈间。楼阁玲珑五云起，其中绰约多仙子。中有一人字太真,雪肤花貌参差是。金阙西厢叩玉扃,转教小玉报双成[20]。闻道汉家天子使,九华帐里梦魂惊。揽衣推枕起徘徊,珠箔银屏迤逦开。云鬓半偏新睡觉,花冠不整下堂来。风吹仙袂飘飘举,犹以《霓裳羽衣舞》。玉容寂寞泪阑干,梨花一枝春带雨。含情凝睇谢君王,一别音容两渺茫。昭阳殿里恩爱绝[21],蓬莱宫中日月长[22]。回头下望人寰处,不见长安见尘雾。唯将旧物表深情,钿合金钗寄将去[23]。钗留一股合一扇,钗擘黄金合分钿。但教心似金钿坚,天上人间会相见。临别殷勤重寄词,词中有誓两心知。七月七日长生殿[24],夜半无人私语时。在天愿作比翼鸟[25],在地愿为连理枝[26]。天长地久有时尽,此恨绵绵无绝期。

【作者简介】

白居易(772—846),字乐天,号香山居士,唐下邽(今陕西渭南市东北)人,贞元进士,官至刑部尚书。为唐代新乐府运动的倡导者,主张"文章合为时而著,歌诗合为时而作。"其诗通俗真切,现实主义较强,佳篇甚多,对后世颇有影响。有《白氏长庆集》。

【注释】

①汉皇:这里暗指唐明皇(玄宗)。倾国:指美女。《汉书·外戚传》载李延年歌:"北方有佳人,绝世而独立。一顾倾人城,再顾倾人国。"②御宇:指帝王统治天下。③杨家有女:指后来册封为玄宗贵妃的杨玉环。他曾被玄宗使为道士,名太真。④华清池:这里指唐华清宫中的浴池。在今陕西临潼骊山脚下。其地临近京都,又有温泉,唐时在山上建有华清宫殿。其景区在玄宗时尤其成为皇家乐游欢宴的胜地。⑤步摇:首饰名。插在女子发髻上随行步摆动摇荡,故名。⑥"姐妹弟兄"句:指杨玉环家人因为杨妃之宠而得玄宗恩封。列土:分封土地。可参阅本书杜甫七言乐府《丽人行》、张祜七绝《集灵台二首》等诗。⑦"不重"句:当时有歌谣唱道:"生女勿悲酸,生男勿喜欢。""男不封侯女作妃,看女却为门上楣。"⑧渔阳鼙(pí)鼓:指天宝十五年(756)安禄山反唐作乱。"渔阳"为叛军巢穴。鼙鼓,军鼓。⑨霓裳羽衣曲:唐舞曲名,为唐玄宗据其它舞曲改写而成。⑩"千骑"

句：指天宝十五年六月，安禄山破潼关，玄宗朝廷奔逃蜀地事。⑪"六军不发"两句：指玄宗一行奔蜀西行，至马嵬坡，陈玄礼率部不前，逼玄宗诛杀杨国忠、赐死杨贵妃一事。"马嵬坡"在今西安西边的兴平县。⑫剑阁：即剑门关，在今四川剑阁县。其地险峻，两山耸峙，望之似门，中有通道，为古时由秦入蜀的要道。⑬峨嵋山：在今四川峨嵋县。这里泛指蜀中山岭。⑭天旋日转：喻唐肃宗至德二年（757）十二月，长安收复，玄宗一行离蜀返京一事。龙驭：皇帝的车驾。⑮太液：唐大明宫内池名。未央：汉宫名，这里借指唐宫。⑯西宫：唐太极宫。南内：唐兴庆宫。按：玄宗由蜀返京后，先住兴庆宫，后来因李辅国所迫，迁住西宫。⑰梨园弟子：唐玄宗选乐工、宫女数百人，教授乐曲于梨园。梨园的歌舞艺人，称梨园弟子。⑱椒房：唐皇后居处，因其墙壁涂着椒泥，故名。阿监：后宫侍女。⑲临邛：在今四川邛崃县。鸿都：原指东汉洛阳北宫门，这里借指唐长安。"鸿都客"即在京城客居。⑳小玉：吴王夫差女。双城：西王母身边的玉女董双成。这里借小玉、双成作太真在仙山中的侍女。㉑昭阳殿：汉宫名，这里借指杨妃曾居住过的唐宫。㉒蓬莱宫：传说的海上仙山，借指诗中太真魂灵所居之境。㉓钿合：镶嵌金花的精制盒子。㉔长生殿：玄宗所筑之殿，亦名集灵台。㉕比翼鸟：雌雄并飞、不失不离之鸟。㉖连理枝：形容两树不同根而纠结在一起的枝干。

【今译】

汉朝皇帝喜好女色总在把美人思盼，
登上帝位多年也没有满足心愿。
杨家有一个女子刚刚长到成人，
还不曾为人知晓仍养在深闺里面。
天生的美丽容貌哪能会叫她埋没，
终有那么一日选到了君王身边。
回转秋波一笑露出了百般媚态，
六宫里众多美女个个都失落容颜。
春寒时节恩许她到华清池里沐浴，

温泉水质滑润正好洗细腻肤肌。
凭恃侍女扶起娇柔得没有气力,
这正是刚刚蒙受到皇恩之时。
面似鲜花鬓如柔云上面插着金步摇,
芙容帐里暖暖和和欢度春夜良宵。
春夜良宵太短日头已高高升起,
君王从此以后就不再登殿早朝。
奉君作欢陪君饮宴从来就没有空闲,
春日随同春游到夜里专身陪伴。
皇家的后宫里面足足有三千美人,
三千美人的宠爱集在一人之身,
金屋里装扮齐整撒娇陪君王过夜,
玉楼宴饮才罢醉意里荡漾着春心。
姐妹弟兄一个个都封爵分土,
门户添加了光彩实在是叫人羡慕。
终于使天下父母改变了主意,
不愿意生下男儿只愿意生了娇女。
骊山上华清宫耸立高过了青云,
天仙般的乐声随风飘散处处可闻。
缓缓歌轻慢舞应着管弦的节律,
君王整日观赏从来不感到厌腻。
渔阳擂起了军鼓撼天动地过来,
一下子惊断了宫里《霓裳羽衣曲》。
重重的宫城楼阙上面烟尘弥漫升腾,
皇家千骑万乘奔向西南远行。
仪仗旌旗招摇正行进忽然又中止,
当时出城向西已走了百十来里。
六军不再前去君王也无可奈何,
委屈美貌杨妃在三军马前缢死。
花钿落到了地上见不着有人来收,

还有翠翘金雀以及玉石搔头。
君王遮住了脸面哪里还能够救得,
回头再看上一眼悲痛得血泪交流。
空中黄沙弥漫连风也凄凉萧索,
云雾中栈道曲折御驾登上了剑阁。
峨眉山下冷落行人异常地稀少,
旌旗失去了光辉日色也显得淡薄。
蜀江里的水碧绿蜀山的颜色青青,
君王朝朝暮暮都怀着深沉感情。
行宫见到的月光全成了伤心颜色,
夜雨中听得铃响竟然是断肠悲声。
时局得到好转君王返回了车舆,
又到这出事地点徘徊着不能前去。
眼望这马嵬坡下的黄泥尘土之中,
不见贵妃的容颜空剩下她的死处。
君臣相互顾望衣上都沾满了泪水,
东望着京都城门任随它马行而归。
回来见宫池御苑都依然如旧,
太液池遍开芙蓉未央宫风摆杨柳。
芙蓉像她的颜面柳叶如她的双眉,
面对着此景相思怎么能不把泪垂?
一直从春风吹来桃花花烂漫之日,
思念到秋雨落下梧桐叶萧瑟之时。
西宫和南内里面到处都长着秋草,
石阶洒满了红叶也不见有人打扫。
梨园弟子的头上新近长出了白发,
椒房宫女的红颜忽然变成为苍老。
殿前萤火虫乱飞夜晚更思绪惨然,
挑尽孤灯的灯芯还是不能入眠。
从这钟鼓迟迟敲响刚降临的今夜,

熬到星河影光灿烂将破晓的明天。
屋顶鸳鸯瓦冰凉上面严霜正浓，
还有谁来做伴这翡翠被褥真冷！
多么长的生离死别已经隔过了一年，
还不曾见她的幽魂来进入君王梦境。
临邛一位道士居住在京城为客，
他能靠精诚心灵招回来死者魂魄。
因为感伤君王每日里辗转相思，
于是就招来方士去认真打听寻觅。
升腾空中驾起云气飞奔如电，
又是升天又是入地处处求遍。
向上去搜寻碧空向下去搜寻黄泉，
两个地方一样渺茫都不能找见。
忽然听说大海上有一座仙山，
仙山就在那空虚渺茫之间。
那里楼阁玲珑五色祥云升起，
里面住有许多美丽姣好的仙子。
其中有位仙人她的小名叫做太真，
雪肤花貌差不多就是杨妃自己。
来到金阙西厢叩敲着玉石大门，
烦劳使女小玉给双成传个音信。
太真听说来了汉家天子特使，
九华帐子里面惊醒了她的梦魂。
披上衣推开枕站起来迟疑满怀，
珠缀门帘银制屏风接连打开。
发鬓半偏还是刚刚睡醒的容态，
花冠没有修整她就忙起下堂来。
风吹过来这位仙子衣袖轻飘起，
还像她当年跳起《霓裳羽衣舞》。
美如玉的面容惨伤只有泪水交流，

115

就像一枝梨花上面洒落下春雨。
目光注视脉脉含情连忙致谢君王，
自从诀别以后声音容貌都彼此渺茫。
昭阳殿里的恩爱在这里已经断绝，
蓬莱宫中的岁月总是寂寞漫长。
回过头向下瞭望世人的住处，
不见帝都长安只看见茫茫尘雾。
专门拿出旧时信物来表达深情，
交给钿盒和金钗让给君王带去。
金钗拆成两股钿盒分开两扇，
寄给君王一半自己留下一半。
但愿心像钗一样牢固像钿一样坚，
虽隔天上人间终久还能够相见。
临别恳恳切切再三地托付言词，
词中还提到誓愿那只有两心相知——
那年七月七日二人同来到长生殿前，
当时夜半无人才悄悄倾吐心意：
要是在天上愿意作那比翼鸟，
要是在地上愿意为那连理枝。
天虽长地虽久也有个穷尽之时，
这个离恨绵长却没有终绝之期！

【说明】

　　这首诗以唐玄宗李隆基与杨贵妃的故事为素材，再造了他们之间的爱情悲剧。诗人对李杨爱情怀有同情心理，让述事、叙情、写景有机交融，达到凄婉缠绵、曲折动人的极佳的艺术效果。唐玄宗纵乐误国、酿成了安禄山叛乱大祸，也断送了他和杨贵妃间的爱情，成为"绵绵无绝期"的长恨。从这点看，此诗也有讽喻的意味。此诗为千古名篇，白居易自己也对之称许，故说："一篇长恨有风情。"此诗成后，白居易的友人除鸿尚写有《长恨歌传》，可参阅。

琵琶行 并序

白居易

元和十年,余左迁九江郡司马。明年秋,送客湓浦口,闻舟中夜弹琵琶者。听其音,铮铮然有京都声。问其人,本长安倡女,尝学琵琶于穆、曹二善才。年长色衰,委身为贾人妇。遂命使快弹数曲。曲罢悯然,自叙少小时欢乐事。今漂沦憔悴,转徙于江湖间。余出官二年,恬然自安,感斯人言,是夕始觉有迁谪意。因为长歌以赠之,凡六百一十二言。命曰《琵琶行》①。

浔阳江头夜送客,枫叶荻花秋瑟瑟。主人下马客在船,举酒欲饮无管弦。醉不成欢惨将别,别时茫茫江浸月。忽闻水上琵琶声,主人忘归客不发。寻声暗问弹者谁,琵琶声停欲语迟。移船相近邀相见,添酒回灯重开宴。千呼万唤始出来,犹抱琵琶半遮面。转轴拨弦三两声,未成曲调先有情。弦弦掩抑声声思,似诉平生不得志。低眉信手续续弹,说尽心中无限事。轻拢慢撚抹复挑②,初为《霓裳》后《六幺》③。大弦嘈嘈如急雨④,小弦切切如私语⑤。嘈嘈切切错杂弹,大珠小珠落玉盘。间关莺语花底滑,幽咽流泉水下滩。水泉冷涩弦凝绝,凝绝不通声暂歇。别有幽愁暗恨生,此时无声胜有声。银瓶乍破水浆迸,铁骑突出刀枪鸣。曲终收拨当心画。四弦一声如裂帛。东船西舫悄无言,唯见江心秋月白。沉吟放拨插弦中,整顿衣裳起敛容。自言本是京城女,家在虾蟆陵下住⑥。十三学得琵琶成,名属教坊第一部⑦。曲罢曾教善才服,妆成每被秋娘妒⑧。五陵年少争缠头⑨,一曲红绡不知数。钿头银篦击节碎,血色罗裙翻酒污。今年欢笑复明年,秋月春风等闲度。弟走从军阿姨死,暮去朝来颜色故。门前冷落车马稀,老大嫁作商人妇。商人重利轻别离,前月浮梁买茶去⑩。去来江口守空船,绕船明月江水寒。夜深忽梦少年事,梦啼妆泪红阑干。我闻琵

117

琶已叹息,又闻此语重唧唧⑪。同是天涯沦落人,相逢何必曾相识。我从去年辞帝京,谪居卧病浔阳城。浔阳地僻无音乐,终岁不闻丝竹声。住近湓城地低湿,黄芦苦竹绕宅生。其间旦暮闻何物,杜鹃啼血猿哀鸣。春江花朝秋月夜,往往取酒还独倾。岂无山歌与村笛,呕哑嘲哳难为听。今夜闻君琵琶语,如听仙乐耳暂明。莫辞更坐弹一曲,为君翻作《琵琶行》⑫。感我此言良久立,却坐促弦弦转急。凄凄不似向前声,满座重闻皆掩泣。座中泣下谁最多?江州司马青衫湿。

【注释】

①元和十年:即公元815年,元和为唐宪宗年号。左迁:贬官。九江郡:即诗中所提到的"浔阳"、"江洲"。在今江西九江市。"司马"是官名。湓浦口:湓江入长江的地方,有湓城,亦在今九江一带。京都:指长安。倡女:指歌舞艺人。善才:唐人对琵琶师的称呼。六百一十二言:实为616字。②拢、撚、抹、挑:都是弹琵琶人按弦的技法。③《六玄》:歌舞曲名。④大弦:指琵琶四弦中最粗的一根弦。下文"小弦"指其中最细的那根。嘈嘈:弦声紧促。⑤切切:弦声低细。⑥虾蟆陵:地名。今西安市城内东南有"下马陵",为汉儒董仲舒下葬处,其墓今在。"下马"与"虾蟆"为一声之转,疑本为一处。⑦教坊:即伎仿,唐玄宗时官中教练歌舞的地方。亦称内供奉;此处的"教坊"系指"外供奉",仅是挂教坊名而已,其舞伎只是在宫中需要时,临时入宫献艺。⑧秋娘:这里只是当时歌舞伎的惯用名。⑨五陵:汉朝的长安附近有长陵、安陵、阳陵、茂陵、平陵。陵区都多迁住豪富权贵外戚。后多指富贵人家居处。"五陵年少"即富贵公子。⑩浮梁:即今江西景德镇。⑪唧唧:叹息声。⑫翻:这里指依乐曲作词。

【今译】

元和十年,我被贬官为江州司马。第二年秋天,送客到湓浦口,听见船间有人夜弹琵琶。听这声音,铮铮作响真像以前京都流行的曲调。问弹琵琶的妇人,得知她本来是长安的歌舞艺人,曾经向穆、曹两位琵琶名师学习弹奏技艺。年龄大了容颜显老,就嫁给商人为妇。于是指使摆酒叫她尽情地弹奏几曲。弹完后她神情忧伤,述说自己少年时的欢乐旧事。而今漂泊沦落,颜色憔悴,在江湖上转来迁去。我贬官离京两年,心里自感恬静安乐;今夜听到琵琶妇人的这番话,才有自己是一个贬官远迁之人的感觉。因而写了这首长诗赠给她。总共有六百一十二字,取诗名为《琵琶行》。

晚间在浔阳江头为友人送行,
枫叶和芦花响起了萧萧秋声。
下马来我陪友人进入船舱,
举杯饮酒苦无器乐奏响。
只是醉饮难成欢乐将要伤心作别,
分别时茫茫江波映涵着天上明月。
忽然间听到江上传来优美的琵琶乐声,
我不想回去客也不想让船开行。
夜色里对着乐声探问是谁在弹琵琶,
乐曲停下来演奏人迟迟不作回答。
把船向那里移近请求和她见面,
增添酒菜点明灯烛再一回开宴。
千遍呼万遍唤她才走了出来,
还用怀里琵琶遮掩住一半脸面。
转动轴调拨弦响起了两声三声,
虽然不成为曲调事先也带着感情。
一弦弦幽咽低沉一声声充满了思绪。
像是在诉说平生中不能够得志。
低下头自然动手连连续续地弹,
流露出心胸里的无限烦恼事。
轻轻抚慢慢撚又在抹弦又在挑,
先弹出一曲《霓裳》再弹出一曲《六幺》。
大弦嘈嘈响起就像袭来了暴风骤雨,
小弦切切流出就像情人在低头私语。
嘈嘈声切切声交错一起来弹,

119

就像大粒珠小粒珠颗颗跌落玉盘。
像轻快黄莺歌声从鲜花下面流啭。
像清泉流经沙滩水声变成幽咽凄怨。
像冰冻泉水难流忽然间丝弦凝结,
凝结不得振鸣乐声暂时停歇。
深藏的悲愁怨恨别样地泄露萌生,
这时不闻弦声胜过听到弦声。
刹那间如见银瓶破袭水浆四下溅迸,
听铁骑突奔而来杀喊四起刀枪击鸣。
弹完曲拿拨子随便向弦间一画,
四根弦一齐响起就像撕裂绸锦。
东边船西边舫静悄悄没有言词,
只见苍白的秋月默默地望着江心。
不声不语地将拨子插进弦中,
起身整一整衣裳露出端庄面容。
说自己本来是京城里的女儿,
当时家里的住处就在城中虾蟆陵。
十三岁学成琵琶把曲子弹得精熟,
名字被排在教坊里的第一部。
弹完一曲曾让琵琶技师心服,
梳整好的美容又常让舞伎们嫉妒。
五陵公子哥们抢先赠财送物,
弹一曲得到的红绡简直就没有个数。
醉歌时打拍子把嵌花银篦敲碎,
杯盏翻倒了红罗裙又给沾上酒污。
欢笑着度过今年又度过明年,
把春风秋月都用来作乐消闲。
小弟弟从军远去阿姨也命尽身死,
朝朝暮暮交替流逝衰落了红颜。
门前冷冷清清来这里的车马稀少,

老大的年龄出嫁与一个商人作伴。
商人只看重利润从来就轻贱别离,
上个月又贩茶叶向着浮梁而去。
他去后丢下妾身在江口独守空船,
船四周围的月色明朗江水凄寒。
深夜里忽然梦到了少年时旧事,
梦中啼哭纵横的泪水和脸颊脂粉相伴。
我听到你的琵琶声已经叹息,
又听你这番诉说更禁不住再三吁气。
命运相同都是流落天涯的人们,
你我今日相遇又何论是否相识!
我从去年离开了长安帝京,
因为贬官远来病卧在浔阳江城。
浔阳地方偏僻没有真正的音乐,
一年到头也不到管弦之声。
居住的湓城地方又低又湿,
黄芦和苦竹绕着宅子乱生。
在其间从早到晚听到了什么——
是杜鹃在啼血是清猿在哀鸣。
春江花开的早上或秋月当空的夜晚,
我往往取出酒来还是去独饮独倾。
难道就没有山歌村笛的乐声?
那只是嘶哑杂乱声音实难入听。
今晚上听到你琵琶曲里的情调,
真像听到仙乐顿觉得心清耳明。
请不要推辞坐下来再弹奏一曲,
我为你依曲作词把它叫做《琵琶行》。
有感于我的话她久久地站立,
还是坐下来把弦调硬声音变得促急。
凄凄怨怨不太像刚才弹出的音调,

满座人再听这一遍都不禁掩面哭泣。
座中落下眼泪的哪个最多？
只见江州司马的青衫已经被泪水浸湿！

【说明】

　　这首诗一是描写表现琵琶声极为出色，凭借想象，用通感、比喻、烘托诸手法着笔，把江上万象都浸沉到凄切的乐声中，又把琵琶悲声和诗中女主人公的沦落之恨融于一体，先为下文叙事染上了一笔情彩。二是在表情中叙事，叙事缘情而发，显得江上琵琶妇人含悲蓄怨事事可哀。三是诗人将心比心，借事兴叹，则见妇人江头沦落之悲，便是诗人浔阳迁谪之恨。这又让诗人自身的悲怨，借之流露无遗。因而此诗亦如《长恨歌》，诗味醇浓，响绝千古。宋人尤袤说白居易死后，唐宣宗曾以诗吊之，其诗有句："童子解吟《长恨》曲，胡儿能唱《琵琶》篇"足见二诗在当时已广为天下诵唱。

韩　　碑[①]

李商隐

　　元和天子神武姿[②]，彼何人哉轩与羲。誓将上雪列圣耻[③]，坐法宫中朝四夷[④]。淮西有贼五十载[⑤]，封狼生貙貙生罴[⑥]。不据山河据平地，长戈利矛日可麾[⑦]。帝得圣相相曰度，贼斫不死神扶持[⑧]。腰悬相印作都统[⑨]，阴风惨淡天王旗[⑩]。愬武古通作牙爪[⑪]，仪曹外郎载笔随[⑫]。行军司马智且勇[⑬]，十四万众犹虎貔[⑭]。入蔡缚贼献太庙[⑮]，功无与让恩不訾[⑯]。帝曰汝度功第一，汝从事愈宜为辞。愈拜稽首蹈且舞[⑰]，金石刻画臣能为[⑱]。古者世称大手笔[⑲]，此事不系于职司[⑳]。当仁自古有不让[㉑]，言讫屡颔天子颐。公退斋戒坐小阁，濡染大笔何淋漓。点窜《尧典》《舜典》字[㉒]，涂改《清庙》《生民》诗[㉓]。文成破体书在纸[㉔]，清晨再拜铺丹墀。表曰臣愈昧死上㉕,咏神圣功书之碑。碑高三丈字如斗,负以灵鳌蟠以螭㉖。句奇语重喻者少,谗之天子言其私㉗。长绳百尺拽碑倒,粗砂大石相磨治。公之斯文若元气,先时已入人肝脾。汤盘孔鼎有述作㉘,今无其器存其辞。呜呼圣王及圣相,相与烜赫流淳熙㉙。公之斯文不示后,曷与三五相攀追㉚?愿书万本诵万遍,口角流沫右手胝㉛。传之七十有二代㉜,以为封禅玉检明堂基㉝。

【作者简介】

李商隐(813—858),字义山,号玉溪生,唐怀州河内(今河南沁阳)人。开成进士。其诗瑰纤浓丽,婉约而优美,多见佳作;其文亦佳。李商隐为唐代诗人中重要的一位。留有《樊南文集》、《李义山诗集》等。

【注释】

①韩碑:指韩愈撰文的《平淮西碑》。碑记裴度、李愬等人讨平淮西藩镇吴元济事。淮西在今淮河北岸的安徽以北、河南以东地区,亦名"淮右"。②元和天子:即唐宪宗。元和为宪宗年号。元和十二年(817)十月裴度等奉诏讨贼。③列圣耻:指自安史之乱以来,玄、肃、代、德、顺几朝皇帝所蒙受的耻辱。④法宫:古代皇帝处理政事的宫室。即宫中正殿。四夷:泛指唐四周的国家地区。⑤"淮西"句:宝应元年(762),唐以李忠臣(其人后因叛被斩)为淮西节度使镇蔡州(在今河南汝阳县);大厉十四年,李希列逐李忠臣自立;贞元二年,陈仙奇毒死李希烈,同年陈又为吴少诚所杀;元和四年,吴少阳又杀吴少诚子,后来终于夺权;元和九年,吴少阳死,其子吴元济匿不发丧,向朝廷要求权位,未获准,便纵兵在淮西的舞阳、叶、襄城等地烧杀抢掠,威胁东京洛阳。宝应元年至元和九年,凡五十三年。其间二李三吴拥兵自重,心怀不轨,所以说"有贼"。所说"五十载",为其约数。⑥貙(chǔ):《说文》云:貙似狸,能捕兽,一云虎五指为貙。"⑦日可麾:"麾"通"挥"。《淮南子·览冥训》载:"鲁阳公与韩构难,战酣,日暮,援戈而挥之,日为之反三舍。"这里用其意。古以一"舍"为三十里,"三舍"即九十里。⑧贼斫不死:斫(zhuó),砍。元和十年藩镇派刺客对主张平淮西的官员武元衡和裴度等下手。武被刺身死;贼

刃三中裴度，度头上带伤而人未死。宪宗说："度得全，天也。"⑨都统：统帅。元和十年，唐廷以韩弘为淮西诸军行营都统，但他督战不力。元和十二年，诏任裴度为门下侍郎同平章事兼彰义军节度使，淮西宣尉处置使等职，以督师平蔡。裴虽未为督统，实行元帅事。⑩天王旗：天子的旗帜。裴度出师时，宪宗赐以犀带，发神策骑三百为卫，因有"天王旗"之称。⑪愬、武、古、通：指唐、邓、随节度使李，淮西节度使韩弘之子韩公武（当时他尊父命领兵一万三千会蔡下）、鄂岳观察使李道古、寿州团练使李文通。其人皆统兵会战于蔡。牙爪：这里指武臣、将军。《汉书·李广传》："将军者，国之爪牙也。"⑫仪曹外郎：这里指礼部员外郎兼侍御史李宗闵。礼部郎中在武德三年前称"仪曹"。又侍御史为判官书记，所以说"载笔随"。⑬行军司马：指韩愈。当时他以太子右庶子兼御使中丞，充行军司马。 勇且智：《新唐书·韩愈传》载：裴度出征时，韩愈曾请先入汴，说服了韩弘协力平蔡。又唐李翱《韩公行状》载：韩愈分析蔡州形势，曾请求领兵三千间道入蔡擒贼。这些都可见他平蔡时蔡时的智勇。⑭貔（pí）：貔貅，传说中的猛兽。⑮"入蔡"句：元和十二年十月，裴帅部下李愬雪夜袭蔡州，擒获吴元济。裴度下令"惟禁盗贼，余皆不问"。人心大安。未几解吴元济于长安，献于太庙，游街示众，然后处决问斩。⑯訾（zī）：计量。⑰稽（qǐ）首：跪拜。蹈且舞：形容韩愈乐意撰文的神态。语出《诗大序》："咏歌之不足，不知手之舞之足之蹈之也。"⑱金石刻画：本指钟鼎碑石上的文字，借指撰文颂扬功德。⑲大手笔：指大著作。语出《晋书·王珣传》：王珣梦中见有人给他一支像椽一样的大笔，醒来后给人说："此当有大手笔事"。不久皇帝驾崩，所有的哀册谥议，都由他起草。⑳"此事"句：当时撰碑的职事，应为翰林院为之。韩愈不在其间，故这么说。㉑"自古"句："当仁，不让于师。"是孔子说过的话（见《论语·卫灵公》），所以说是"自古"。㉒点窜：修改文章。减之为点，添之为窜。《尧曲》、《舜典》、《尚书》篇名。㉓《清庙》：《诗经·周颂》的首篇。《生民》：《诗经·大雅》之篇。按：韩愈的《平淮西碑》全文分序和铭两部分。韩愈以其博深才力，把序写得如同《尚书》典诰，把铭写得如同《诗经》雅颂。所以李诗作以上两句之说。㉔破体：这里是说写成的碑文破当时文体，成"句奇语重"的文章。不是形容书法。㉕表：臣子向天子上书的一种格式。韩愈当时上了《进撰平淮西碑文表》。昧死：古代臣子上书多用此套语。㉖灵鳌（áo）：指负碑的石龟，亦叫"赑屃（bì xì）"，或称"龟趺"。蟠（pān）：舟伏屈曲状。螭（chī）：无角龙。古以其图形造型以装饰碑碣顶部，谓之"螭首"。㉗"谗之"句：因为韩愈《平淮西碑》突出了裴度之功，直接入蔡擒住吴元济的李愬心中不平，就让他的妻子唐安公主在宪宗那里诉说碑文不实。后来诏令磨去碑上韩文，命翰林学士段文昌重新撰文以刻石。诗句即指其事。㉘汤盘：传说是商汤沐浴之盘。孔鼎：孔子先人正考父之鼎，今其器无存，但器上铭文史书有载，文词精熟简朴。《汤盘铭》为："苟日新，日日新，又日新"。《孔鼎铭》为："一命而偻，再命而伛，三命而俯。循墙而走，亦莫予敢侮。"㉙烜（xuān）赫：声势盛大。淳熙：光明。㉚三五：指三皇五帝。㉛胝：手上的茧子。㉜"传之"句：《史记·封禅书》说："古者封泰山、禅梁父者七十二家"。封禅是古代帝王的一种大典。在泰山上筑坛祭天，报天之功叫封；在泰山下的梁父辟场祭地、报地之功叫禅。以此希冀祥瑞。诗句借其意以喻韩文将传至世旷代。㉝玉检：封禅文书《玉牒》的封罩。基：基石。

【今译】
元和天子有着神德圣武的英姿，
他是谁呢真是圣明的轩辕和伏羲。
立誓为前代的几位君王雪耻，
安坐法宫里面接见进拜的四夷。
淮西五十年来一直被逆贼割据，
巨狼生下妖狐妖狐又生下了罴。
不去占据高山激流偏偏来占据平地，
长戈利矛一挥太阳倒退了九十里。
天子得到良相良相名叫裴度，
逆贼砍他不死自然有神明扶持。
腰里挂着相印行使着都统权力，
昏沉的阴风吹起翻动着王师大旗。
愬、武、古、通辅佐成为大帅的羽翼，
仪曹外郎随军而行拿着判官的大笔。

行军司马不仅有大勇还有大智,
十四万大军就像猛虎神兽到了那里。
攻入蔡州擒到贼首献进京都太庙
功劳不可夺去得到无量恩赐。
天子说裴度你算得上功劳第一,
你的从事韩愈应把这写进文辞。
韩愈连忙跪拜高兴得手舞足蹈:
"歌颂神圣功德为臣有这本事。
如此的大著作古代称为'大手笔',
这件事按职分当然不该为臣料理,
可是'当仁不让'就是先圣孔子的告喻。"
说完话天子连连点头表示称许。
韩公退出大殿在小阁清心素食,
大笔饱蘸着浓墨那是多么样淋漓。
推敲增减写出《尧典》《舜典》般文字,
构思涂改形成《清庙》《生民》般诗体。
行文突破了老样在纸上书写工整,
清晨拿出铺在御阶一拜再拜天子。
进表说"微臣韩愈冒死把碑文奉上,
歌颂神功圣武请把它刻在石碑。"
石碑高达三丈碑额上字大如斗,
下面有灵龟托负上面有神龙盘屈。
文句奇语意重能够深解的少,
有人进言天子硬说行文偏私。
取来了百尺长绳一下把石碑拽倒,
动用粗砂大石磨去了碑面字迹。
韩公文章就如天地间浩然正气,
事先已进入了人们肝脾。
商汤盘正考父鼎上面曾刻有铭文,
而今两器亡失却还留存着文辞。

赞叹一声圣明天子以及圣明宰相，
共建起盛德威名光华照射万里，
然而韩公文章若不能传于后人，
如何知君相神功直追攀三皇五帝！
愿书写碑文万本放声朗诵万遍，
让口角飞沫四溅右手上磨出厚皮。
叫它流传不衰再经过七十二代，
把它当成祭天地的玉检明堂下的基石！

【说明】

　　这首诗不只是为韩碑的遭遇大鸣不平，更是颂扬裴度在督师平蔡期间立下首功，伸说其不可磨灭。另外韩碑被拽倒后以段文昌所撰文代之。段文虽未贬裴度而多扬李愬，且其文风也是"取青配白，俪花斗叶"的"当时之体"（钱钟书《管锥编》语），全不像韩碑上的"破体"文章。李商隐对此均有不满意和不称许之处，又不便明言，所以借诗褒韩碑，实为贬段文。李商隐诗多事纤丽婉约，而这首诗却写得浑厚雅健，字奇语重，铮铮然作金石声，显然是模仿韩愈诗文的风骨气势，这在李诗中实为突出。所以明人钟惺也说过："一篇典谟雅颂大文字，出自纤丽手中，尤为不测。"（《唐诗归》）

◇ 七言乐府 ◇

燕 歌 行[①] 并序

高 适

开元二十六年[②],客有从元戎出塞而还者[③],作《燕歌行》以示适。感征戍之事,因而和焉[④]。

汉家烟尘在东北[⑤],汉将辞家破残贼[⑥]。男儿本自重横行[⑦],天子非常赐颜色[⑧]。摐金伐鼓下榆关[⑨],旌旆逶迤碣石间[⑩]。校尉羽书飞瀚海[⑪],单于猎火照狼山[⑫]。山川萧条极边土[⑬],胡骑凭陵杂风雨[⑭]。战士军前半生死,美人帐下犹歌舞。大漠穷秋寒草腓[⑮],孤城落日斗兵稀。身当恩遇恒轻敌[⑯],力尽关山未解围[⑰]。铁衣远戍辛勤久[⑱],玉箸应啼别离后[⑲]。少妇城南欲断肠[⑳],征人蓟北空回首[㉑]。边风飘飘那可度[㉒],绝域苍茫更何有[㉓]!杀气三时作阵云[㉔],寒声一夜传刁斗[㉕]。相看白刃血纷纷,死节从来岂顾勋[㉖]。君不见沙场征战苦[㉗],至今犹忆李将军[㉘]!

【作者简介】

高适(702—765),字达夫,又字仲武,渤海蓨(tiáo,今河北景县南)人。早年过着流浪生活,四十岁后一度作过封丘县尉。后投河西节度使哥舒翰幕中为记室参军兼掌书记。安史之乱后深得肃宗重用,官至散骑常侍,封渤海县侯,世称高常侍。有《高常侍集》。

高适年过五十才学作诗。但数年之间便已成为与岑参齐名的边塞诗人,世称"高岑"。其诗以七言歌行为胜,在艺术上具有雄伟壮健、奔放激昂、意境旷远、间有苍凉意味的特色。

【注释】

① 燕歌行:乐府旧题,属《相和歌·平调曲》。其辞多写征戍

离别相思之情。《乐府广题》:"燕,地名也,言良人从役于燕而为此曲。"②开元二十六年:公元738年。③元戎:即主帅,指御史大夫河北节度副大使张守珪。开元二十五年(737),他曾率军大破契丹,后恃功骄傲,不恤士卒。次年,其部将赵堪等假借其命,逼令平卢军使乌知义击奚部余党,先胜后败,张不据实上报,反而谎报军功,后事泄被贬为括州刺史。高适从张的部属处得知其事真相,因而写了这首诗,隐含讽刺之意。④和(hè):以他人之诗的题材,写诗相和作答。盛唐时和诗不和韵,晚唐以后,则要求步其原韵。⑤汉家:汉朝,唐诗中多借汉指唐。烟尘:烽烟战尘。⑥残贼:凶残之敌。《孟子·梁惠王下》:"贼仁者谓之'贼',贼义者谓之'残'。"⑦横行:驰骋敌军之中,无人能敌。《汉书·季布传》:樊哙曰:"臣愿得十万众,横行匈奴中。"⑧赐颜色:给面子,赐以殊荣。据《新唐书·张守珪传》载,张守珪大破契丹后,入见天子。玄宗赋诗宠之,赐金彩,授二子官,并诏令立碑纪功。⑨摐(chuāng)金伐鼓:鸣金击鼓。摐:击打。金:指钲(zhēng),行军时用来节止步伐。伐:敲、打。榆关:即山海关。⑩旌旆(péi):指军中的各种旗帜。逶迤(wēi yí):弯曲而连绵不绝的样子。碣(jié)石:山名。《唐书·地理志》:"营州柳城县东有碣石山"。即今河北昌黎县西北之碣石山。⑪校尉:武官名,地位仅次于将军。羽书:即羽檄,插有鸟羽的紧急军事文书。瀚海:大戈壁,因其浩瀚如海,故名。⑫单(chán)于:原为匈奴最高首领的称号,此处借指奚、契丹等少数民族的首领。猎火:打猎时燃起的火光。古代游牧民族在出征前,往往举行大规模的校猎,作为演习。此处借指战争。狼山:即狼居胥山,在今内蒙古乌拉特旗一带。⑬极边土:直到边疆的尽头。极:穷尽。⑭胡骑(jì):胡人的骑兵。凭陵:逼压。⑮穷秋:深秋。腓(féi):枯萎。⑯身当恩遇:受到皇帝的优厚待遇。⑰关山:关隘山口,指形势险要之地。⑱铁衣远戍:即从军远出守边之意。铁衣,铁甲,此处借指战士。⑲玉箸(zhù):玉做的筷子。比喻妇女的涕泪。梁刘孝威《独不见》:"谁怜双玉箸,流面复流襟。"⑳城南:代指征人家属的住处。㉑蓟北:蓟州(今河北蓟县)以北地区,泛指东北边境。㉒飘飖:指边疆的战争形势变化不定。度(duó):揣测,估计。㉓绝域:极远的边地,指东北边塞。苍茫:旷远迷茫的样子。㉔三时:指一天中的早、午、晚三个时段。阵云:即战云。据说出现了这种云，就预兆将会发生战争，因为它是由"杀气蒸腾而成"。㉕寒声：此处指刁斗声。一夜：彻夜、通宵。刁斗：军用铜器，容量一斗，白天用作炊具，夜间用来打更报时。㉖死节：指为国捐躯。节：气节。㉗君不见：歌行体的诗在开头或结尾常用的一种提示语。㉘李将军：指汉武帝时的守边名将李广。其人作战英勇，爱惜士卒，有"飞将军"之称。《史记·李将军列传》："乏绝之处，见水，士卒不尽饮，广不近水；士卒不尽食，广不尝食。宽缓不苛，士以此爱乐为用。"

【今译】

唐玄宗开元二十六年（738），有朋友跟随主帅出塞远征返回内地，写了首《燕歌行》给我看。我有感于出征戍边之事，因而和成了这首诗。

国家的战乱发生在边境东北，
将士们离家去扫荡凶残之敌。
好男儿自当在战场纵横驰骋，
何况天子又格外地垂青礼遇。
敲钲击鼓浩浩荡荡开赴榆关，
旌旗连绵不断直排到碣石山。
校尉告急军书迅疾传出瀚海，
敌酋南侵的战火已烧到狼山。
辽阔的边疆山山水水都荒凉，
敌骑的攻势简直是雨骤风狂。
战士奋勇杀敌死伤半数之多，
将军还在帐中欣赏曼舞轻歌。
深秋的大漠处处是瑟瑟枯草，
残阳孤城能战斗的越来越少。
身受国家殊恩将军却常轻敌，
士卒拼死力战仍未能够解围。
战士们驻守在边关辛劳已久，
离别之后亲人思念涕泪长流。

少妇在城南悲苦得几欲断肠,
战士在蓟北也只能徒然回首。
战争形势动荡不定难以猜度,
地城偏远荒凉无际一无所有。
早午晚疆场上惟见腾腾杀气,
寒夜的军营中只听声声刁斗。
战士面对刀光剑影血雨纷纷,
为国尽忠死节哪顾个人功勋。
您没见征战生活残酷而艰苦,
至今人们犹在怀念李广将军。

【说明】

关于这首诗,有人认为是以张守珪击契丹事为背景,也有人认为非专指某一具体史实,而是将"征戍之事"予以典型化的作品。诗中反映了征战生活的各个方面,思想内容十分丰富、深刻。叙事气势磅礴,抒情委婉细腻;描写绘声绘色,用韵错落多变,音节起伏跌宕,具有很高的艺术性。这是一首从形式到内容完整地体现了悲壮美的悲壮之歌,堪称唐代边塞诗的力作。

古从军行[①]

李　颀

白日登山望烽火[②],黄昏饮马傍交河[③]。行人刁斗风沙暗[④],公主琵琶幽怨多[⑤]。野营万里无城郭,雨雪纷纷连大漠。胡雁哀鸣夜夜飞,胡儿眼泪双双落。闻道玉门犹被遮[⑥],应将性命逐轻车[⑦]。年年战骨埋荒外[⑧],空见蒲萄入汉家[⑨]。

【注释】

① 从军行:乐府旧题,属《相和歌曲·平调曲》。多写军旅辛苦愁怨之情。本篇是以拟古,故称《古从军行》。② 烽火:古代边防用以报

警的信号。烽是指用于白天的狼烟，火是指用于夜晚的柴草火。③交河：故址在今新疆吐鲁番西5公里处，因河水分流绕城下而得名，唐代为安西都护府治所。④行人：即征人。⑤公主琵琶：汉武帝曾封江都主刘建之女细君为乌孙公主，远嫁乌孙王莫昆，又令乐工在马上演奏琵琶，以慰其道路之思。⑥玉门犹被遮：典出《史记·大宛传》：汉武帝太初元年，命贰师将军李广利击大宛，士兵乏粮，请求罢兵，武帝闻之大怒，"使使遮玉门曰：'军有敢入者辄斩之。'"遮：遮拦。⑦轻车：轻车将军之省称，此处泛指统兵之将。⑧荒外：八荒之外。八荒谓八方极远之地。⑨蒲萄：即葡萄，原产西域，汉武帝时采入中土，种于离宫之旁。

【今译】
白天登山眺望那烽火台的狼烟，
黄昏拉着战马饮水来到交河边。
风沙昏暗传来巡夜的声声刁斗，
如同和亲公主的琵琶幽怨万千。
万里荒原扎营望不见一座城填，
雨雪迷蒙似要连接沙漠与长天。
胡地的雁群夜夜哀鸣朝南飞去，
离娘胡儿的眼泪双双向下垂落。
听说玉门关仍被皇帝派人封锁，
只有拼将性命追随着将军奔波。
年年战死的骸骨葬在八荒之外，
只换得西域葡萄栽到汉宫旁边。

【说明】
在这首感情深沉、章法严整、主题深刻的边塞诗中，诗人用雄浑而又苍凉的笔触，形象地描绘了守边战士生活的单调和艰苦。诗中借汉喻唐，抨击和讽刺了唐玄宗的好大喜功，穷兵黩武。

洛阳女儿行①

王　维

洛阳女儿对门居，才可颜容十五余②。良人玉勒乘骢马③，侍女金盘脍鲤鱼④。画阁朱楼尽相望，红桃绿柳垂檐向。罗帷送上七香车⑤。宝扇迎归九华帐⑥。狂夫富贵在青春⑦，意气骄奢剧季伦⑧。自怜碧玉亲教舞⑨，不惜珊瑚持与人⑩。春窗曙灭九微火⑪，九微片片飞花琐⑫。戏罢曾无理曲时，妆成只是熏香坐。城中相识尽繁华，日夜经过赵李家⑬。谁怜越女颜如玉⑭，贫贱江头自浣纱。

【注释】

①洛阳女儿行：属新题乐府辞。题本梁武帝萧衍《河中之水歌》："河中之水向东流，洛阳女儿名莫愁。"反映贵族妇女的生活情调。②才可：约莫，刚好。③玉勒：美玉装饰的马衔的口勒。骢马：毛色青白相间的骏马。④脍（kuài）鲤鱼：细切的鲤鱼片。⑤七香车：芳香华贵的车子。一说以七种香木制成的车子。⑥宝扇：古代贵族妇女出行时用于遮面的一种羽毛扇。九华帐：用九种花卉图案绣成的彩帐。⑦狂夫：犹拙夫，原为妇女自称其夫的谦词，但此处应为实指，即轻狂、浪荡的丈夫。⑧意气：神气，气概。剧：甚于。季伦：晋石崇，字季伦，富逾皇室，曾与王恺斗富。恺以晋武帝所赐二尺高的珊瑚树示崇，崇竟以铁如意击之碎。恺厉声相责，崇乃令人搬出六七株三、四尺高的珊瑚树以偿之。（见《晋书·石苞传》）⑨碧玉：南朝宋汝南王的侍妾名。梁元帝萧绎《采莲曲》："碧玉小家女，来嫁汝南王。"此处指洛阳女儿。⑩珊瑚：这是由一种为珊瑚虫的暖海生物所分泌的石灰质外骨骼，状如树枝，红白两色，可作饰物。⑪九微：灯名。《汉武内传》："燃九光九微之灯，以待王母。"⑫花琐：雕花的锁形（连环形）窗格。⑬赵李家：指西汉成帝皇后赵飞燕家和婕妤（嫔妃）李平家。此处泛指贵戚之家。⑭越女：指西施，她未被选入宫前，曾在若耶溪浣纱。

133

【今译】
有位洛阳姑娘和我对门而居，
从她容貌来看大约十五有余。
丈夫骑一匹玉勒衔口的骏马，
侍女用金盘捧出细烹的鲤鱼。
朱漆彩绘的楼阁都相接可望，
红桃绿柳在她家屋檐下飘荡。
出门坐上绫罗帷幔的七香车，
归来宝扇遮面接到九华彩帐。
轻狂的丈夫荣华富贵正青春，
意气骄横赛过晋朝的石季伦。
怜香惜玉亲自教她学习歌舞，
名贵的珊瑚随便就拿来送人。
春夜作乐曙色上窗才熄灯火，
灯花纷纷散落在雕花的窗格。
整天游乐竟没有练曲的时间，
打扮好了就成熏衣炉边闲坐。
城中相识的尽是些豪富门第，
日常交往的也都是贵戚之家。
谁怜惜西施的容貌如花似玉，
贫贱之时也曾经在江头浣纱。

【说明】
　　这首诗的题下原注"时年十六"，可知是诗人少年时代的作品。诗的题旨所在，一是借写骤得富贵的洛阳女儿的骄贵和她丈夫的豪奢来讽喻当时京中一般贵族生活的侈糜淫逸，再则"况君子不遇也，与《西施咏》同一寄托"（沈德潜《唐诗别裁》）。

老 将 行①

王 维

少年十五二十时,步行夺得胡马骑②。射杀山中白额虎③,肯数邺下黄须儿④。一身转战三千里,一剑曾当百万师。汉兵奋勇如霹雳,房骑崩腾畏蒺藜⑤。卫青不败由天幸⑥,李广无功缘数奇⑦。自从弃置便衰朽⑧,万事蹉跎成白首。昔时飞箭无全目⑨,今日垂杨生左肘⑩。路旁时卖故侯瓜⑪,门前学种先生柳⑫。苍茫古木连穷苍,寥落寒山对虚牖。誓令疏勒出飞泉⑬,不似颍川空使酒⑭。贺兰山下阵如云⑮,羽檄交驰日夕闻⑯。节使三河募年少⑰,诏书五道出将军⑱。试拂铁衣如雪色⑲,聊持宝剑动星文⑳。愿得燕弓射大将㉑,耻令越甲鸣吾君㉒。莫嫌旧日云中守㉓,犹堪一战立功勋。

【注释】

① 老将行:属唐代新题乐府辞。②"步行"句:典出《史记·李将军列传》:"胡骑得广,广睨其旁有一胡儿,骑善马,广暂腾而上胡儿马,因推堕儿,取其弓,鞭马南驰。"③"射杀"句:典出《晋书·周处传》:周处除三害时,曾入南山射杀白额猛虎。④ 肯数:怎肯轻易赞许。数:借为"许",称赞之意。邺下:曹操晋封魏王,都城在邺(今河南临漳县西)。黄须儿(ní):指曹操的次子曹彰。彰性刚猛,须黄色,征乌桓有功。曹操曾说:"我黄须儿可用也。"(见《世说新语》)⑤ 蒺藜:指铁蒺藜,古代作战用作障碍物,因状类蒺藜(一种果实有角刺的草本植物)而得名。⑥ 卫青:汉武帝时的名将。其甥霍去病在征匈奴时曾多次深入敌境竟从未受挫,被称为"天幸"(见《史记·卫将军骠骑列传》)。王维误作卫青事。⑦ 数奇(jī):指命运不好。李广屡遇劲敌,屡建战功,却未封侯。汉武帝曾私下对卫青说:"李广老,数奇,毋令当单于,恐不得所欲。"(见《史记·李将军列传》)奇:单数。古人以奇为凶,偶为吉。⑧ 弃置:抛弃不用。⑨ 飞箭无全目:谓箭技高超,能射中鸟雀之一目,使其双目不全。典出《帝王世纪》:

135

"帝羿有穷氏与吴贺北游，贺使羿射雀，羿曰：'生之乎？杀之乎？'贺曰：'射其左目。'羿引弓射之，误中右目。"⑩垂杨生左肘：典出《庄子·至乐》："支离叔与滑介叔观于冥伯之丘、昆仑之墟，黄帝之所休。俄而柳生其左肘。"王先谦注："瘤作柳。"柳一名杨柳，垂杨即垂柳。⑪故侯瓜：典出《史记·萧相国世家》："召平者，故秦东陵侯。秦破，为布衣，贫，种瓜于长安城东。瓜美，故世俗谓之东陵瓜。"⑫先生柳：典出陶潜《五柳先生传》。陶潜归隐后曾著《五柳先生传》以自况，云："先生不知何许人也，宅边有五柳树，因以为名焉。"⑬疏勒出飞泉：典出《后汉书·耿弇传》：耿恭以疏勒城旁有涧水，引兵据之，匈奴拥绝涧水。恭穿井不得水，"乃整衣服，向井再拜，为吏士祷。有顷，水泉奔出，皆称万岁。乃令吏士扬以示虏。虏出不意，以为神明，遂引去。"⑭颍川空使酒：典出《史记·魏其武安侯列传》："灌将军夫者，颍阴人也。……为人刚直使酒，不好面谀。"后因于武安侯座上借酒使性大骂临汝侯，被诛杀灭族。颍阴：颍川郡颍阴县（今河南许昌市）。使酒：因酗酒而使性子，发脾气。⑮贺兰山：在今宁夏西北边境和内蒙接界处。在唐代向为征战之地。阵如云：比喻驻军甚多。⑯羽檄（xí）：调兵遣将的紧急军事文书。插上羽毛，意为要象鸟飞一样快速传递。⑰节使：持有皇帝所赐符节的使臣。此处泛指一般受命办事的官员。三河：汉代指河东、河南、河内三郡为三河，即今黄河流域中段地区。⑱诏书：皇帝所颁布的文告。五道出将军：指兵分五路出击匈奴。《汉书·常惠传》："汉大发十五万骑、五将军（田广明、赵充国、田顺、范明友、韩增）分道出。"⑲铁衣：铠甲。⑳动星文：宝剑上的七星花纹熠熠闪动。㉑燕弓：燕地所制之良弓，弓劲能远射。㉒越甲：越国的甲兵。鸣吾君：据汉刘向《说苑·立节篇》载：越兵攻齐，齐国的雍门子狄说："越甲至，其鸣吾君。"认为越兵惊动了自己的国君，为莫大之耻，遂自刎而死。鸣：惊动。㉓云中守：汉文帝时云中太守魏尚，极得军心，凶奴不敢犯边，因上报斩获时差敌首六级，被削职为民。冯唐为之鸣不平，抗颜直谏，文帝遂复其职。云中：郡名，今山西大同一带。

【今译】
老将当年十五二十岁的时候，
能徒步夺得敌人的战马来骑。

曾经射死过山中的白额猛虎,
论武艺怎肯让曹操的黄须儿。
一生中转战南北行程三千里,
一柄剑敌人雄师百万也难敌。
率军出击神速如同疾雷闪电,
巧布铁蒺藜阵也曾制服敌骑。
卫青作战无败绩是得天所助,
李广功高无封赏属时运不济。
自被抛弃不用身体日渐衰老,
无所事事度日月满头白发稀。
当年箭技精绝能射飞鸟眼睛,
而今左臂如生瘤竟僵硬无力。
有时像召平坐在路旁叫卖瓜,
有时学陶潜也在门前种五柳。
莽苍苍的树掩映在敝陋深巷。
冷清清的山正对着敞开的窗。
誓效耿恭让疏勒枯井涌清泉,
不像灌夫借着酗酒乱语胡言。
敌兵进犯贺兰山下驻军如云,
紧急军书交驰飞报日夜可闻。
节使在三河招募从军的青年,
诏书命令五员将军分道出兵。
且把这甲胄檫拭得雪样明亮,
拿起剑笑看闪闪的七星花纹。
愿得燕地劲弓射杀敌军大将,
耻于让敌兵惊动了我们国君。
请不要嫌弃旧日的云中太守,
他还能够效命沙场建立功勋。

【说明】

诗人在这首诗中通过对老将不幸遭遇的叙述,揭露了统治者的赏罚蒙昧、冷酷无情,颂扬了老将不计恩怨,老来请缨的爱国热忱。语言流畅生动,格调悲凉慷慨,所惜者大掉书袋,近于堆砌。

桃 源 行[①]

王 维

渔舟逐水爱山春,两岸桃花夹古津[②]。坐看红树不知远[③],行尽青溪不见人[④]。山口潜行始隈隩[⑤],山开旷望旋平陆[⑥]。遥看一处攒云树[⑦],近看千家散花竹。樵客初传汉姓名[⑧],居人未改秦衣服。居人共住武陵源,还从物外起田园[⑨]。月明松下房栊静[⑩],日出云中鸡犬喧。惊闻俗客争来集,竞引还家问都邑。平明闾巷扫花开,薄暮渔樵乘水入。初因避地去人间,更问神仙遂不还。峡里谁知有人事[⑪],世中遥望空云山。不疑灵境难闻见[⑫],尘心未尽思乡县。出洞无论隔山水[⑬],辞家终拟长游衍[⑭]。自谓经过旧不迷,安知峰壑今来变。当时只记入山深,青溪几度到云林[⑮]。春来遍地桃花水[⑯],不辩仙源何处寻。

【注释】

① 桃源:即晋朝诗人陶渊明在《桃花源记》中所描写的武陵桃源。叙事散文《桃花源记》是作者面壁虚构的一个"乌托邦",而武陵却实有其地,即今湖南常德市。桃花源相传在今湖南桃源县,晋代属武陵郡,故又名武陵源。行:古代诗歌的一种体裁。乐府和歌行,在诗的形式上原无分别,如果以乐府曲调为题目就属于乐府诗,如果自制题目不谱入任何曲调,就属于乐府体诗。② 古津:古渡口。③ 坐:因为。红树:指花朵盛开的桃树。④ 不见人:一本作"忽值人"。⑤ 隈隩(wēi ào):山岩的幽深弯曲之处。⑥ 旋:随即,忽然。平陆:平坦的土地。⑦ 攒(cuán)云树:云树相连。攒:聚集。⑧ 樵客:以打柴为生的人。古时渔(渔夫)樵并称,此处指进入桃源的渔人。⑨ 物外:

138

人世之外。意思是另一个世界。⑩栊：窗户。此处指房屋。⑪峡里：指桃花源里。有人事：有人生活着。⑫灵境：仙境。⑬无论：不管，不论，此处有尽管之意。⑭游衍（yǎn）：游玩。⑮云林：即前之所谓"云树"。⑯桃花水：即"桃花汛"。《宋史·河渠志》："二月三月，桃花始开，冰泮雨积，川流猥集，波澜盛大，谓之桃花水。"

【今译】
为了欣赏春景渔人顺水荡舟，
两岸桃花灼灼夹着古老渡口。
因为贪看桃花忘了道路远近，
来到青溪源头已经不见人烟。
蹑足进入山洞起初曲折幽深，
出了洞四下看时竟一马平川。
远望一处聚集着入云的大树，
近看千家庭院遍种繁花绿竹。
初次听渔人讲述汉朝的事情，
居民自己仍穿着秦代的衣服。
当年他们一同住进了武陵源，
又在这尘世外建起新的家园。
月照长松村舍房屋多么幽静，
云中日出鸡鸣狗吠一片喧腾。
听说外客造访居民纷纷前来，
争着邀回家中打听故乡事情。
清早居民清扫落花将门打开，
黄昏时渔人樵夫都驾船回来。
当初他们为避乱世离开人间，
后来过得如神仙便不再返还。
谁想到深峡中还能有人生活，
外界只遥见云雾缭绕的青山。
来人不怀疑这仙境确实难遇，
然而凡心未断仍旧思念家园。

离桃源且不说将要隔山隔水，
还打算再次出门来这里游玩。
自认为旧地重游绝不会迷路，
哪知道旧山壑如今已经改变。
当时只记得走到很深的山里，
沿着青溪转几个弯就到云林。
春又降临如今遍地是桃花水，
不知桃源仙境该往何处去寻。

【说明】

这是诗人依据散文《桃花源记》敷衍而成的一首新题乐府诗。全诗语句清新，情景逼真，构思颇费匠心。我们常说改写或翻译应该经过一番艺术上的再创造，此诗就是一例明证。

蜀 道 难[①]

李 白

噫吁嚱[②]，危乎高哉！蜀道之难难于上青天！蚕丛及鱼凫[③]，开国何茫然[④]！尔来四万八千岁[⑤]，不与秦塞通人烟[⑥]。西当太白有鸟道[⑦]，可以横绝峨眉巅[⑧]。地崩山摧壮士死[⑨]，然后天梯石栈相钩连[⑩]。上有六龙回日之高标[⑪]，下有冲波逆折之回川[⑫]。黄鹤之飞尚不得过[⑬]，猿猱欲度愁攀缘[⑭]。青泥何盘盘[⑮]，百步九折萦岩峦。扪参历井仰胁息[⑯]，以手抚膺坐长叹[⑰]。问君西游何时还，畏途巉岩不可攀[⑱]。但见悲鸟号古木，雄飞从雌绕林间。又闻子规啼夜月[⑲]，愁空山。蜀道之难难于上青天，使人听此凋朱颜[⑳]。连峰去天不盈尺，枯松倒挂倚绝壁。飞湍瀑流争喧豗[㉑]，砯崖转石万壑雷[㉒]。其险也若此，嗟尔远道之人胡为乎来哉？剑阁峥嵘而崔嵬[㉓]，一夫当关，万夫莫开[㉔]。所守或匪亲，化为狼与豺。朝避猛虎，夕避长蛇。磨牙吮血，杀人如麻。锦城虽云乐㉕,不如早还家。蜀道这难难于上青天!侧身西望长咨嗟㉖。

【注释】

① 蜀道难:乐府旧题,属《相和歌·瑟调曲》。六朝时的作者用此题写蜀道之难,李白本之而作此诗。② 噫吁哦(yī xū hū):惊叹声,蜀郡方言。《宋景文笔记》云:"蜀人见物惊异,辄曰噫嘻。李太白作《蜀道难》,因用之"。可知"噫吁哦"是"噫嘻"的衍声词。③ 蚕丛、鱼凫(fú):传说中古代蜀国的两个国王(见杨雄《蜀王本纪》)。④ 茫然:悠久不可知的意思,和现在的用法稍有不同。⑤ 四万八千岁:极言时间之长久。⑥ 秦塞(sài):指陕西关中地区,古称秦为"四塞之国",故称秦塞。⑦ 太白:山名,秦岭主峰,在今陕西眉县南,西安西南。诗人时在长安,故云"西当太白"。鸟道:飞鸟的通道。谓太白之高峻,只有飞鸟能过。⑧ 峨嵋:山名,在今四川峨嵋县西南。⑨ "地崩"句:意谓经过艰苦的开山工程,蜀道始通。《华阳国志·蜀志》载:"秦惠王知蜀王好色,许嫁五女于蜀,蜀遣五丁迎之。还到梓潼,见一大蛇入穴中。一人揽其尾掣之,不禁。至五人互助,大呼拽蛇,山崩时压杀五人及秦女并部从,而山分为五岭。"⑩ 天梯:谓山路高险,如登天之梯。石栈(zhàn):即栈道,在悬崖绝壁上凿孔、架木、铺板而成的通道。⑪ 六龙回日:古代神话传说,羲和每天驾着由六条龙拉的车子,载着太阳从扶桑西驰,直到若木,在天空巡行,遇到高峻的蜀山,也只好折回。高标:指蜀山中成为一方标识的最高峰。⑫ 回川:迂回曲折卷着漩涡的急流。⑬ 黄鹤:即黄鹄(hú),一名天鹅。⑭ 猱(náo):即猕猴,体轻捷,善登攀。⑮ 青泥:岭名,在今陕西略阳县西北,为自陕入蜀之要道。该岭"悬崖万仞,山多云雨,行者屡逢泥淖,故号青泥岭。"(《元和郡县志》)盘盘:山路纡曲的样子。⑯ 扪(mén):摸。参(shēn)、井:星宿名。古人认为地上某些地区与天上某些星宿相应,叫分野。蜀属参宿分野,秦属井宿分野。胁息:屏住气不敢呼吸。⑰ 抚膺(yīng):抚摩着胸口。⑱ 畏途:可怕的路途。巉岩:高峻的山峰。⑲ 子规:即杜鹃鸟,蜀地甚多,春末夜啼,声极哀切,如云"不如归去"。相传为古蜀王杜宇(号望帝)魂魄所化。⑳ 凋朱颜:此处应解作因畏惧而面部失血。㉑ 喧豗(huī):瀑布急流的轰

响声。㉒砯（pēng）：水撞石的声音。此处用作动词。㉓剑阁：一名剑门关，在今四川剑阁县北，即大剑山、小剑山之间的一条栈道。《水经注》："又东南经小剑成北，西去大剑三十里，连山绝险，飞阁通衢，故谓之剑阁山。"㉔"一夫"四句：语出晋张载《剑阁铭》："一夫荷戟，万夫趑趄，形胜之地，匪亲勿居。"意谓此地易守难攻，若无亲信可靠的人去镇守，就非常危险了。㉕锦城：即锦官城，为四川成都之别称。㉖咨嗟：叹息。

【今译】

哎呀呀，好高好险哇！
蜀道难走啊，简直难于上青天！
那两个蜀国的老祖宗蚕丛及鱼凫，
他们开国的事迹是何等的渺远。
从那时以来经历了四万八千年，
也没有和邻近的秦地互通人烟。
西边太白山上有条飞鸟的通道，
才可以从秦地横渡到峨眉山巅。
地裂山崩五位壮士被压死，
才修出天梯一样的石栈把秦蜀勾连。
上有连六龙拉的太阳神也要绕道的最高峰，
下有冲波激浪急湍回旋的弯曲河川。
善飞的黄鹤尚且无法越过，
能攀的猕猴啊也愁于攀援。
青泥岭的小路啊盘旋又盘旋，
百步之内就要绕着峰恋转上九道弯。
手摸星辰头顶天连大气也不敢喘，
只好按着胸口跌坐在地高声惊叹。
"请问你这次西行什么时候回还？
险恶的山路这般陡峭实在难以登攀！"
只听见鸟儿在古树上凄惨号叫，
雌雄相从飞绕在阴森森的树林之间。

又听到泣血的杜鹃在月夜中哀鸣，
面对着空寂的深山不由人愁情更添。
蜀道难走啊，简直难于上青天！
此情此景听一遍脸上血色也吓干。
山峰连着山峰离天不到一迟远，
千年的枯松倒挂在悬崖上边。
飞奔而下的急流瀑布争相喧腾，
撞击山岩转动巨石响声如惊雷一般。
"这蜀道是如此的艰险啊！
可叹你远方之人为何还要来此间？"
更有那峥嵘险峻的剑阁山，
一人守住关，万人休想开。
守关将若不是亲信的人，
就会反叛作乱变成凶狠的狼与豺。
早行要避猛虎，晚行要防长蛇，
磨利牙齿吸人血，杀人如同斩乱麻。
虽说成都的确是处快乐地方，
劝你不如及早返回家乡。
蜀道难走啊，简直难于上青天！
我侧转身子朝西看啊不禁发长叹！

【说明】

诗人在这首诗中，为什么要极力渲染"蜀道之难，难于上青天"？对于这一疑问，历来就有种种寓意之说，我们此处从安旗的解说：此诗是以比兴手法，借蜀道的艰险象征世途的坎坷，从而抒发心中的感慨。诗中跋涉在畏途巉岩之间的旅客，就是诗人自己的写照。

长 相 思[①] 二首

李 白

其 一

长相思,在长安。络纬秋啼金井阑[②],微霜凄凄簟色寒[③]。孤灯不明思欲绝[④],卷帷望月空长叹。美人如花隔云端[⑤]。上有青冥之长天[⑥],下有渌水之波澜[⑦]。天长地远魂飞苦,梦魂不到关山难[⑧]。长相思,摧心肝!

【注释】

①长相思:六朝乐府旧题,属《杂曲歌辞》,内容多写思妇之怨。②络纬:虫名,即纺织娘,雄虫前翅部有声发器官,能发出类似纺车的声音。金井阑:精美的井栏。阑:通"栏"。③簟(diàn)竹席。④思欲绝:谓想念到了极点。⑤美人:指所思之人。枚乘《杂诗》:"美人在云端,天路隔无期。"⑥青冥,高远。⑦渌(lù)水:水清的意思。⑧关山难:谓道路险阻难行。

【今译】

长相思啊长相思所思之人在长安。
纺织娘在秋夜里的井栏上面啼鸣,
薄霜浸透了的竹席已经感到轻寒。
孤灯昏昏暗暗思念之情已达极点,
卷起帘儿仰望明月空自声声长叹。
我所思念的人儿呀却远隔在云端!
上面有青青冥冥无限高远的长天,
下面有澄澈碧绿的秋水卷起波澜。
天又长啊地又远魂魄飞渡多辛苦,
关山重重险阻多梦魂不到相见难。

长相思啊长相思相思摧裂我心肝!

【说明】

　　这首诗是诗人离开长安之后所作。诗人用象征的手法,借助可感的艺术形象,寄寓了对尚未失去一线希望的朝廷的怀念。诗人自幼即胸怀"济苍生,安社稷"的大志,生活在那种只能将文才武略"货于帝王家"的时代里,势必要认为只有朝廷才能使他的理想抱负得以实现。

其 二

　　日色欲尽花含烟①,月明如素愁不眠②。赵瑟初停凤凰柱③,蜀琴欲奏鸳鸯弦④。此曲有意无人传,愿随春风寄燕然⑤。忆君迢迢隔青天。昔时横波目⑥,今作流泪泉。不信妾肠断,归来看取明镜前⑦。

【注释】

　　①花含烟:黄昏时的花丛蒙着水气,望之如烟。②素:白色的绢,喻月色之皎浩。③赵瑟:瑟是一种弦乐器,据说赵国人善鼓瑟,故云赵瑟。凤凰柱:瑟上雕成凤凰状的二十五对用以系弦的短柱。④蜀琴:琴以产于蜀地者为佳,故称蜀琴。李贺诗:"吴丝蜀桐张高秋。"王琦注:"蜀中桐木宜为乐器,故曰蜀桐。"蜀桐亦即蜀琴。⑤燕然:山名,即今蒙古人民共和国境内之杭爱山。此处系泛指边塞地区。⑥横波目:顾盼生辉的水汪汪的美目。⑦取:语助词,表示动作的进行。

【今译】

　　太阳正落山花儿似乎含着轻烟,
　　月光泻地如白娟少妇愁闷难眠。
　　刚弹罢赵瑟眼望成双的凤凰柱,
　　又拿起蜀琴手抚成对的鸳鸯弦。
　　曲中倾注情和意可惜无人来传,

145

但愿琴声随着春风吹向燕然山。
想念郎君却远隔长天不能相见!
过去我那双顾盼生辉的丹凤眼,
如今已变成长年流淌的眼泪泉。
你若不信为妻将你想得肝肠断,
请回来在镜中看我憔悴的容颜。

【说明】
　　这两首《长相思》在《李太白全集》中,一入卷三,一入卷六,显非一时所作。这是一首思妇诗。

行　路　难① 三首

李　白

其　一

　　金樽清酒斗十千②,玉盘珍羞直万钱③。停杯投箸不能食④,拔剑四顾心茫然。欲渡黄河冰塞川,将登太行雪满山⑤。闲来垂钓坐溪上⑥,忽复乘舟梦日边⑦。行路难!行路难!多歧路,今安在?长风破浪会有时⑧,直挂云帆济沧海⑨。

【注释】
　　① 行路难:乐府旧题,属《杂曲歌辞》,内容多写世路艰难的人生感慨。② 金樽（zūn）:饰以黄金的精美酒器。清酒:美酒。未经过滤的劣酒称为浊酒。斗十千:一斗酒值一万钱,形容酒价的昂贵。③ 珍馐（xiū）:珍贵的菜肴。④ 箸:筷子。⑤ 太行:即太行山,在今山西、河北、河南交界处。⑥ "闲来"句:指吕尚（姜太公）未遇文王时,曾一度垂钓于渭水的磻溪（今陕西宝鸡市东南）,后遇文王,方得重用。⑦ 忽复:忽然又。乘舟梦日边:典出《宋书·符瑞上》:"伊挚（伊尹）将应汤命,梦乘船过日月之傍。"⑧ 长风破浪:典出《宋书·宗悫传》:

南朝宋宗悫少时，叔父宗炳问其志。宗悫回答说："愿乘长风破万里浪。"意思在政治上施展抱负。⑨云帆：如云的巨帆。济：渡。

【今译】
金杯中的美酒每斗价值十千，
玉盘里的佳肴一盘也须万钱。
推开酒杯扔掉筷子不能下咽，
拔出宝剑四面环顾心中茫然。
想渡黄河坚冰已堵塞了河川，
要登太行白雪又落满了大山。
吕尚不逢时也曾在磻溪垂钓，
伊尹将拜相方梦见船过日边。
行路难啊行路难人生行路难！
岔路纷纷我要走的路在哪边？
总有一天我要乘长风破巨浪，
苍茫大海横渡高高扬起风帆！

【说明】
这三首诗作于天宝三年（744）诗人初离长安之时。本诗表现了诗人怀才不遇、被谗去官的痛苦、迷惘和愤慨。他以行路的艰难，比喻世途的险阻，抒发了心中的不平之感和坚持追求真理的强烈愿望。诗中想象丰富，语言夸张，韵律抑扬顿挫，把尖锐复杂的思想矛盾，展现得波澜壮阔，有声有色。

其 二

大道如青天①，我独不得出。羞逐长安社中儿②，赤鸡白狗赌梨栗③。弹剑作歌奏苦声④，曳裾王门不称情⑤。淮阴市井笑韩信⑥，汉朝公卿忌贾生⑦。君不见昔时燕家重郭隗⑧，拥篲折节无嫌猜。剧辛乐毅感恩分，输肝剖胆效英才。昭王白骨萦蔓草⑨，谁人更扫黄金台⑩？行路难，归去来⑪！

【注释】

①"大道"二句：谓世界之大，世事之大，有如青天，而自己却找不到政治上的出头之路。②社：古代以二十五家为一社，此处泛指里巷之中。③"赤鸡"句：谓自己不屑于跟那些斗鸡走狗以赚取栗子和梨的孩子一样，去邀君王之宠。④弹剑作歌：典出《史记·孟尝君列传》：战国时，冯骥（huān）在齐公子孟尝君门下为食客，因不满意被当作下等客相待，曾三次弹铗（剑）作歌发牢骚曰："长铗归来乎！食无鱼。""长铗归来乎！出无车。""长铗归来乎！无以为家。"⑤曳裾王门：典出《汉书·邹阳传》：邹阳在写给吴王的信中说："饰固陋之心，则何王之门不可曳长裾乎？"比喻在王侯权贵门下作食客。曳据：提着长衣襟迈槛登阶的动作。⑥"淮阴"句：《史记·淮阴侯列传》载："韩信，淮阴人，市中少年众辱之，使出胯下，信熟视之，俯出胯下。"韩信后被刘邦拜为大将，是汉初三杰之一。⑦"汉朝"句；贾生即贾谊，西汉著名政论家、文学家。曾多次上书文帝，建议改制度、兴礼乐，被召为博士。他的才能遭到大臣灌婴、冯敬等人的妒忌，进谗被贬为长沙王太傅，死年仅三十二岁。⑧"君不见"四句：据《史记·燕召公世家》记载：战国时，燕召公欲雪齐国侵地之耻并使燕国富强，遂礼下贤士，师事郭隗，于易水边筑高台置千金于其上以广召天下贤士。于是魏人乐毅、齐人邹衍、赵人剧辛纷纷来归，为燕所用。拥篲（huì），据《史记·孟子荀卿列传》载：当邹衍来到燕国时，昭王亲自在前为其扫路，恐怕灰尘飞扬，用衣袖挡住扫帚，以示恭敬。篲：扫帚。恩分：恩谊。⑨萦：缠绕。蔓草；荒草。⑩黄金台：故址在今河北易县东南。⑪归去来：归去吧。来：语助语。

【今译】

世界如大道啊宽得像青天，
我想有番作为啊独独这样艰难！
我耻于去将那班长安公子哥儿结攀，
斗鸡又走狗以博君王青眼观。
冯骥弹长剑作歌来把感慨寄，
提襟低头进王门岂能如我意。
英雄韩信竟然在淮阴街头蒙嘲讽，

高才贾谊也曾遭汉朝公卿的妒忌。
你可知当年燕昭王重郭隗筑了黄金台,
还执帚洒扫躬腰引路迎接邹衍进宫来。
剧辛和乐毅也都受到昭王的真诚礼遇,
所以披肝沥胆争为燕国中兴报效英才。
昭王白骨已朽坟墓上早缠满了荒草,
谁人能继这位贤明之君再扫黄金台?
唉,行路难啊归去来!

【说明】

这首诗表现了诗人对为国建功立业的渴望,流露出在困顿之中仍想有所作为的积极用世的热情和对像燕昭王与乐毅等人那种君臣关系的向往。然而,当联想到冷酷的现实时,无奈之中也只能发一声"归去来"的浩叹。

其 三

有耳莫洗颍川水①,有口莫食首阳蕨②。含光混世贵无名,何用孤高比云月?吾观自古贤达人,功成不退皆殒身。子胥既弃吴江上③,屈原终投湘水滨④。陆机雄才岂自保⑤,李斯税驾苦不早⑥;华亭鹤唳讵可闻,上蔡苍鹰何足道⑦。君不见吴中张翰称达生⑧,秋风忽忆江东行⑨。且乐生前一杯酒⑩,何须身后千载名!

【注释】

①"有耳"句:典出晋皇甫谧《高士传·许由》:许由是位恶闻利禄之言的隐士。帝尧召他任九州长,"由不欲闻之,洗耳于颍水滨。时友巢父牵犊欲饮之,见由洗耳,问其故。对曰:'尧欲召我为九州长,恶闻其声,是故洗耳。'"②"有口"句:见前王维《送綦毋潜落第还乡》注④。蕨:蕨薇。可食。③"子胥"句:伍员,字子胥,吴国大臣,立有大功。"伍子胥谏吴王不听,吴王赐属镂之剑,子胥伏剑而死,吴王取其尸,盛于鸱夷之器(皮袋),投于江中。"(见《吴越春

秋》)。④"屈原"句：屈原，名平，字灵均，楚国三闾大夫。屡进忠言，怀王不听，反信谗言，将其放逐。屈原乃作《离骚》等篇以明志，五月五日自沉于汨罗江（在今湖南省东北部）。⑤"陆机"句：陆机，西晋吴郡人，以诗文有名于世。随司马颖讨长沙王，战败遭宦官谗谤被杀。临刑悲叹："华亭鹤唳，岂可复闻乎！"华亭：在今江苏松口县（见《晋书》）。⑥李斯税驾：李斯，楚上蔡（今河南上蔡西南）人，秦始皇时为丞相。他曾经自叹："当今人臣之位，无居臣上者，可谓富贵极矣。物极则衰，吾未知所税驾也。"税驾：停车卸马。⑦上蔡苍鹰：李斯遭赵高之谗，被论腰斩咸阳市。临刑前顾谓其中子曰："吾欲与汝牵黄犬、臂苍鹰，出上蔡东门，不可得矣！"⑧吴中张翰：西晋文学家张翰，字季鹰，吴中（今江苏苏州市）人。生性旷达，喜优游，时人称为达生。⑨"秋风"句：《晋书·文苑·张翰传》："翰因见秋风起，乃思吴中菰菜、莼羹、鲈鱼脍曰：'人生贵得适志，何为羁官数千里，以要（同"邀"），名爵乎！'遂命驾而归。"⑩"且乐"二句：曾经有人问张翰："卿乃可纵适一时，独不为身名耶？"张翰答道："使我有身后名，不如即时一杯酒。"

【今译】

莫学许由拒利禄洗耳颍川水，
莫学夷、齐耻周粟宁食首阳蕨。
含藏美德混迹人世虽贵但无名，
何必要孤苦清高自比那云上月？
我看自古以来的那些贤达之人，
功成不知退都招来灾祸丧其身。
伍子胥苦心进谏被弃尸吴江上，
屈原忠贞反遭流放自沉湘水滨。
陆机自是有雄才怎么未能自保，
李斯为秦驾车也苦于卸套不早。
一个感慨不能去华亭品听婉转鹤鸣，
一个悲叹难再牵狗臂鹰出上蔡东门。
你可知吴中郡旷达之士名叫张翰，

秋风一起思故乡弃官便作江东行。
要珍惜生前的一杯美酒,
管什么死后的千载虚名!

【说明】

这是一首英才不得善终的悲歌。诗中广征博引,熔铸典故,以古人面目,见自己精神。通过对统治者昏庸冷酷的抨击,表现了诗人旷达的胸襟。

将　进　酒①

李　白

君不见黄河之水天上来②,奔流到海不复回。君不见高堂明镜悲白发,朝如青丝暮成雪③。人生得意须尽欢,莫使金樽空对月。天生我材必有用,千金散尽还复来④。烹羊宰牛且为乐,会须一饮三百杯⑤。岑夫子,丹丘生⑥,将进酒,杯莫停。与君歌一曲,请君为我倾耳听。钟鼓馔玉何足贵⑦,但愿长醉不愿醒。古来圣贤皆寂寞⑧,唯有饮者留其名。陈王昔时宴平乐⑨,斗酒十千恣欢谑⑩。主人何为言钱少,径须沽取对君酌⑪。五花马⑫,千金裘⑬,呼儿将出换美酒,与尔同销万古愁。

【注释】

①将(qiāng)进酒:汉乐府旧题,属《鼓吹曲·铙曲》。内容多写朋友聚宴时放歌劝饮的情趣。将:请。②"黄河"句:黄河发源于青藏高原,因其地势极高,故云"天上来"。③青丝:形容黑发。④千金散尽:李白曾自称"曩者东游维、扬,不逾一年,散金三十余万,有落魄公子,悉皆济之。"(见《上安州裴长史书》)⑤会须:正应该。一饮三百杯:相传东汉郑玄善饮酒,能连饮三百余杯而不改常态。⑥岑夫子、丹丘生:指岑勋、元丹丘,都是李白的好友。⑦钟鼓馔(zhàn)玉:泛指豪门贵族的奢华生活。钟鼓:古代富贵人家宴会时所奏的乐

151

器。馔玉：指珍贵的食物。⑧寂寞：形容无声无息。⑨陈王：指曹操的第三子曹植，他曾被封为陈王。其所作之《名都篇》云："归来宴平乐，美酒斗十千。"⑩恣欢谑：尽情地欢乐、调笑。⑪径须：应该。⑫五花马：开元、天宝年间，豪门贵戚之家，常将马颈上的长毛剪成五瓣，称为五花马（见《图画见闻志》卷五引韩干《贵戚阅马图》及张萱《虢国出行图》解说）。⑬千金裘：《史记·孟尝君列传》："孟尝君有一狐皮裘，值千金。"

【今译】
你没见那黄河之水从天上倾泻而来，
波涛翻滚直奔东海不再把头回。
你没见那高堂之上对着明镜悲白发，
早上还如青丝到晚上就变得雪白。
人生得意之时应当纵情欢乐，
莫要让这金杯无酒空对明月。
天生我栋梁之材必定会有大用，
黄金千两一挥而尽还能够再来。
让我们烹羊宰牛姑且作乐，
应该一次痛饮三百来杯也不嫌多！
岑夫子呀丹丘生，
请快喝呀杯莫停。
我要为你们高歌一曲，
请你们都来侧耳细听：
钟鸣鼎食的豪华生活有何珍贵，
我只希望长驻醉乡不想再清醒。
自古以来的列圣列贤都寂然无声，
只有那善饮之人才能够留传美名。
陈王曹植当年宴设平乐观你可知道，
斗酒万钱也豪饮宾主尽情欢笑。
店主人呀你为何说我的钱不多，
你只管端出酒来让我陪着二位喝。

五花千里马呀千金狐皮裘,
快叫那侍儿拿去换美酒,
我和你们共举杯呀一起消解这万古愁!

【说明】

　　这首诗是诗人遭谗被逐后漫游梁、宋期间,与友人岑勋、元丹丘在嵩山相会时所作。诗人虽流露出一些人生短促,纵酒行乐的消极情绪,但洋溢在诗中的那种对功名富贵的否定,那种有志难伸的愤怒,那种强烈的渴望用世的人生自信,才是这首诗的最本质的东西。

兵 车 行①

杜 甫

　　车辚辚,马萧萧②,行人弓箭各在腰③。爷娘妻子走相送,尘埃不见咸阳桥④。牵衣顿足拦道哭,哭声直上干云霄⑤。道旁过者问行人,行人但云点行频⑥。或从十五北防河⑦,便至四十西营田⑧。去时里正与裹头⑨,归来头白还戍边。边庭流血成海水,武皇开边意未已⑩。君不见汉家山东二百州⑪,千村万落生荆杞⑫。纵有健妇把锄犁,禾生陇亩无东西⑬。况复秦兵耐苦战⑭,被驱不异犬与鸡。长者虽有问,役夫敢申恨?且如今年冬⑮,未休关西卒⑯。县官急索租,租税从何出?信知生男恶,反是生女好。生女犹得嫁比邻⑰,生男埋没随百草。君不见青海头⑱,古来白骨无人收。新鬼烦冤旧鬼哭,天阴雨湿声啾啾⑲。

【注释】

　　①兵车行:这是杜甫自创的记事名篇的新题乐府诗。以下三首皆然。②辚辚:车行声。萧萧:马鸣声。③行人:行役之人,指被征发的士兵。④咸阳桥:在咸阳西南十里处,秦汉时名"便桥"。⑤干:干犯。⑥点行(háng):当时征兵的术语,即按花名册的顺序抽丁入伍。⑦北防河:吐蕃常于秋季犯边,所以唐朝征调陇右、关中、朔方

诸军驻守黄河以西之地,至冬初敌人不来犯则收兵,称为"防河"。因其地在长安以北,故称"北防河"。⑧营田:即屯田。无事种田,有事作战。《新唐书·食货志》唐开军府以捍要冲,因隙地置营田。"⑨里正:里长。唐制以百户为一里,设里正一人辖之。裹头:头巾,以黑绸三尺为之。⑩武皇:汉武帝刘彻,以拓疆广大著称。诗中以汉喻唐,此处实指唐玄宗。⑪山东:指华山以东之地。二百州:唐在华山之东有七道,共二百十七州,此处是约举成数称二百州。⑫荆杞:指野生灌木荆棘与枸杞。⑬无东西:指长出的庄稼行距不整齐,难辨东西。⑭秦兵:关中兵。⑮且如:就如。今年冬:天宝十年(751)冬。《资治通鉴》载:"天宝九载十二月,关西游奕使王难得击吐蕃,克五桥,拔树敦城,以难得为白水军使。"因去冬用兵今冬又用兵,故下句云"未休关西卒"。⑯关西卒:指函谷关(在今河南灵宝县西南)以西的秦地之兵。⑰比邻:近邻。⑱青海头:青海边。汉时这里即为征战之地,唐时又常在此与吐蕃作战,唐兵伤亡很大。⑲啾啾:象声词,此处指呜咽之声。

【今译】

兵车隆隆响,战马鸣萧萧,
出征士卒个个弓箭悬在腰。
爹娘妻子儿女都前来送别,
滚滚黄尘弥漫难望咸阳桥。
亲人们扯衣跺脚拦路痛哭,
凄惨的哭声直冲九天云霄。
过路人询问为何这般模样,
回说官府频繁地抽兵打仗。
有人十五就去北边守河防,
四十岁又调到西边去屯田。
离村之时还需里长包头巾,
白头归来又被征去守边关。
边疆的战士已经血流成海,
皇上开边之意还没有个完。

你没听说华山以东二百州,
千万座村庄都长满了荆杞。
纵有健壮的妇女下地干活,
却庄稼零乱畦陇难分东西。
何况这关中兵能顽强苦战,
更要被驱赶得如同狗和鸡。
你老人家虽然来向我询问,
我个当兵的怎敢诉说怨恨?
就如今年已经到了寒冬里,
关西士卒仍打仗还未停息。
县官急如星火地逼税催租,
没人种地租税能从哪里出?
早知道养下个男儿遭祸殃,
倒不如生下个女儿才相当。
生女儿还能嫁给街坊四邻,
生男儿战死沙场尸骨难寻。
你还不曾看见在那青海边,
自古以来白骨遍野无人收。
鬼魂无数新的烦冤旧的哭,
阴雨天气一片鬼哭声啾啾。

【说明】

这首诗是杜甫天宝十年(751)时所作,是诗人第一首为人民的苦难而呼的政治讽刺诗。诗中反映了天宝年间统治者不断发动战争以拓边给人民带来的巨大痛苦,表达了诗人对受害者真挚而深厚的同情。关于本诗的背景,一说为杨国忠二次大募兵以征南诏而作,一说诗中征夫所述之往事和时事都属于用兵吐蕃的情形。其实,这是诗人高度概括了当时频繁战事造成的人民死亡、农村凋敝的实况,托征夫申恨之口以讥切之。

丽 人 行

杜 甫

　　三月三日天气新①，长安水边多丽人②。态浓意远淑且真，肌理细腻骨肉匀。绣罗衣裳照暮春，蹙金孔雀银麒麟③。头上何所有？翠微匎叶垂鬓唇④；背后何所见？珠压腰衱稳称身⑤。就中云幕椒房亲⑥，赐名大国虢与秦⑦。紫驼之峰出翠釜⑧，水精之盘行素鳞⑨。犀箸厌饫久未下⑩，鸾刀缕切空纷纶⑪。黄门飞鞚不动尘⑫，御厨络绎送八珍。箫鼓哀吟感鬼神⑬，宾从杂遝实要津⑭。后来鞍马何逡巡⑮，当轩下马入锦茵⑯。杨花雪落覆白蘋⑰，青鸟飞去衔红巾⑱。炙手可热势绝伦⑲，慎莫近前丞相嗔⑳。

【注释】

　　①三月三日：古人习俗，在三月上旬的巳日（第六日）这天到水边祭祀，洗除不祥，称为上巳节。魏晋以后改为三月三日，后演变成游春宴饮的节日。②长安水边：指长安东南的曲江游览区。那里是当时贵族官僚以及仕女游览的胜地，富丽繁华，盛极一时。③蹙（cù）金：一名捻金，是用金银线刺绣而成的一种图案皱起的织物。④翠微匎（gē）叶：一种镶有叶状悲翠簿片的妇女发饰。鬓唇：鬓脚。⑤腰衱（jiè）：一说腰带，一说后襟，姑从后说。在后襟上饰以珠玉，使之下坠，方能益显腰身之匀称。⑥就中：唐代口语，其中的意思。云幕：绘有云状图案的帷幕，供郊游时休息宴饮之用。王勃《上巳浮江宴序》："翠幕云帷，彩缀南津之雾。"椒房亲：后妃的亲戚，即外戚。此处指杨贵妃的姐妹们。椒房：《三辅黄图》云："椒房殿在未央宫，以椒和泥涂壁。"为后妃所居之地，后世因称后妃为椒房。⑦赐名：皇帝赐给封号。虢（guó）与秦：杨贵妃三姐与八姐的封号。《旧唐书·杨贵妃传》载：杨贵妃"有姊三人，皆有才貌，玄宗并封国夫人之号。长曰大姨，封韩国，三姨封虢国，八姨封秦国，并承恩泽，出入宫掖，势倾天下。"⑧紫驼之峰：即驼峰，是肉食中的珍品。翠釜：翠绿色的类似锅

156

的炊具。⑨水精：即水晶。素鳞：白色的鱼。⑩犀筯：用犀牛角制成的筷子。厌饫（yù）：吃腻了，没胃口。⑪鸾刀：带铃的厨刀。缕切：细切。⑫黄门：指宦官。飞鞚（kòng）：骑马飞驰。马勒。不动尘：尘土不扬。⑬箫鼓哀吟：形容音乐的婉转缠绵。⑭宾从：指杨家的宾客。杂遝（tà）：众多杂乱。要津：指朝廷的重要职位。⑮后来鞍马：指杨国忠，他于天宝十一年（752）被玄宗任为右丞相。逡（quān）巡：欲进不进的样子。兼有大模大样、旁若无人的意思。⑯轩：车辆。这里指杨贵妃所乘的凤辇。入锦茵：走进铺着绣毯的帐幕。⑰"杨花"句：古人认为杨花、萍和蘋，名为三物，实则一体。《尔雅》云："杨花入水化为萍。"《尔雅翼》云："萍之大者曰蘋。"故用："杨花覆蘋"这一隐语，以影射杨国忠与其堂妹虢国夫人的暧昧关系。⑱青鸟：神话中充当西王母使者的仙鸟，后世代指情人之间的信使。⑲炙（zhì）手：热得烫手，喻杨家势焰灼人。⑳嗔（chēn）：发怒。

【今译】

三月三日春光烂漫空气多清新，
长安曲江水边聚来踏青的美人。
姿态浓艳神情高远娴雅而自然，
皮肤纹理细嫩光滑身段儿匀称。
绣罗衣裳与晚春景色交相辉映，
上面用金银线镶绣成孔雀麒麟。
她们头上戴的有什么？
翡翠薄片做的髻花垂在两鬓边，
从背后看到的是什么？
嵌满珠宝的后襟更显窈窕腰身。
美人中有几位还都是贵妃之亲，
有恩赐封号虢与秦的两位夫人。
翠绿色的锅里烹煮着紫驼峰肉，
水晶盘传送名贵海鱼香气喷喷。
吃腻了美味犀角筷子许久未动，
厨师们鸾刀细切也是空忙一阵。

宦官打马如飞却不敢溅起灰尘,
御厨房接连不断送上海味山珍。
筵前箫鼓齐奏婉转缠绵感鬼神,
众多的宾客都是位居要职之人。
后边的那位缓辔而行欲进不进,
到辇前下马踏着绿毯走进帐门。
杨花纷飞如雪顿时覆盖了白蘋。
一只青鸟飞来衔去地上的红巾。
那杨家势焰灼人满朝无人能比,
切莫往前凑触怒丞相可要当心。

【说明】

　　这首诗作于玄宗天宝十二年(753)春。诗人采用夸张的语言,铺叙的手法,通过对杨贵妃姐妹曲江游春饮宴之盛况的描写,将其骄奢淫逸的腐朽生活和势倾天下的煊赫气焰,作了深刻地讽刺和揭露。诗中"无一刺讥语,描摹处语语刺讥。无一慨叹声,点逗处声声慨叹"(浦起龙《读杜心解》)。是一首思想性和艺术性都很高的作品。

哀 江 头

杜 甫

　　少陵野老吞声哭①,春日潜行曲江曲②。江头宫殿锁千门③,细柳新蒲为谁绿?忆昔霓旌下南苑④,苑中万物生颜色。昭阳殿里第一人⑤,同辇随君侍君侧⑥。辇前才人带弓箭⑦,白马嚼啮黄金勒。翻身向天仰射云,一箭正坠双飞翼。明目皓齿今何在⑧?血污游魂归不得。清渭东流剑阁深⑨,去住彼此无消息⑩。人生有情泪沾臆⑪,江水江花岂终极⑫?黄昏胡骑尘满城⑬,欲往城南望城北⑭。

【注释】

①少陵野老：少陵是汉宣旁许皇后的陵墓（在今长安县少陵原上）。杜甫当时的住所，地近少陵和汉宣帝的杜陵，故自称"少陵野老"、"杜陵布衣"。吞声哭：把哭声硬往肚里咽，不敢哭出声来。②潜行：偷偷地走过去，不敢公然在大路上走。曲江曲：曲江岸边隐僻的角落处。③江头宫殿：指紫云楼、彩霞亭、芙蓉苑、杏园等。④霓旌：用于皇帝仪仗中的饰有五色羽毛的彩旗，望之犹如云霓。南苑：即芙蓉苑，因在曲江东南方，故名。⑤昭阳殿：汉宫殿名。第一人：指汉成帝之后赵飞燕。此处借指杨贵妃。⑥同辇（niǎn）：和皇帝同车而行。辇：指御辇，皇帝所乘之车。《汉书·外戚传》载：有次汉成帝游于后庭，欲与班婕妤同车而行，班婕妤却认为是"三代末主，乃有嬖女"的越礼行为。这里写同辇，是讽刺唐明皇对杨贵妃的嬖宠。⑦"辇前"四句：这四句是用象征手法，暗指杨贵妃之死。才人是宫中的五品妃嫔，职务是皇后的侍从，向来不带弓箭。"翻身向天仰射云"，是隐喻玄宗逃蜀时，随侍卫队在马嵬"犯上"。"一箭正中双飞翼"，隐喻玄宗应卫队之请，赐杨贵妃自缢而死。从此，一对"双飞"的比翼鸟，就只剩下玄宗孤单单的一个人了。⑧"明眸"二句：漂亮的杨贵妃在马嵬死于非命，变成了"血污游魂"而无家可归。⑨"清渭"句：马嵬南濒渭水，为杨贵妃受死之处；剑阁在今四川剑阁县北，是玄宗逃蜀所经之地。⑩"去住"句：指玄宗与杨贵妃生死相隔，两无消息。⑪臆：胸膛。⑫岂终极：哪有穷尽之时。⑬胡骑：安禄山本是胡人，故称其部下马队为胡骑。⑭欲往城南：心想回家。望城北：意在盼望官军来收复京城。当时肃宗所在之地的灵武在长安之北。

【今译】

少陵野老我忍不住无声地哭泣，
春日偷来这曲江隐僻的角落里。
宫殿冷落千门紧锁游人早绝迹，
山河破碎草木无主蒲柳为谁绿？
想当年旌旗招展天子驾临南苑，
那苑中的万物也都因之而生辉。
昭阳殿最得明皇宠幸的杨贵妃，

也同车而来陪伴在君王的身侧。
辇前随行的宫中女官带着弓箭，
座下的高头白马咬着黄金衔勒。
翻身仰面搭箭引弓向云天射去，
一箭射中比翼之鸟应弦当空坠。
明眸皓齿的美人儿如今在哪里？
早已变得血污的游魂无家可归。
清清的渭水东流去剑阁多迢远，
君去妃留一生一死从此无消息。
人生有情止不住这涕泪胸前滴，
江水和江花年年依旧没有穷期。
黄昏的时候敌骑扬起满城尘土，
心盼王师身将南去眼却望城北。

【说明】

天宝十五年（756）六月，安史叛军攻陷长安。诗人于八月只身前往灵武投奔肃宗，不料中途被俘，押回长安。这首诗就是肃宗至德二年（757）春，诗人在沦陷后的长安所作。他偷偷来到曲江岸边，面对眼前的一片荒凉破败景象，痛感当年玄宗君臣行乐无度，以至酿成国破家亡的悲剧。于是怀着对昔日繁华的不胜怅惘和怀念的心情，写下了这一曲李唐盛世的挽歌。

哀 王 孙[①]

杜 甫

长安城头白头乌[②]，夜飞延秋门上呼[③]。又向人家啄大屋，屋底达官走避胡[④]。金鞭断折九马死[⑤]，骨肉不得同驰驱。腰上宝玦青珊瑚[⑥]，可怜王孙泣路隅[⑦]。问之不肯道姓名，但道困苦乞为奴。已经百日窜荆棘，身上无有完肌肤。高帝子孙尽隆准[⑧]，龙种自与常人殊。豺狼在邑龙在野，王孙善保千金躯⑨。不敢长语临交衢⑩，且为王孙立期须。昨夜东风吹血腥，东来橐驼满旧都⑪。朔方健儿好身手⑫，昔何勇锐今何愚？窃闻天子已传位⑬，圣德北服南单于⑭。花门剺面请雪耻⑮，慎勿出口他人狙⑯。哀哉王孙慎勿疏，五陵佳气无时无⑰。

【注释】

①王孙：皇族后裔。此处泛指李唐宗室。②白头乌：白头乌鸦。旧时被视为不详之物。典出《三国典略》："侯景篡位，令饰朱雀门，其日有白头乌万计，集于城楼。"此处是用侯景之乱喻安史之乱。③延秋门：唐宫苑西门。④达官：朝中的显要官员。《礼记·檀弓》注："受命于君者，名达于上，谓之达官。"走避胡：逃跑以避安史叛军。走：跑。⑤"金鞭"二句：《旧唐书·玄宗纪》："十五载六月九日，潼关不守。上自延秋门出，微雨沾湿。（杨）国忠与（杨）贵妃及亲属拥上出。亲王、妃、主、皇孙以下，多从之不及。"⑥宝玦（jué）：有缺口的环形玉佩。青珊瑚：用出水二年之后颜色变青的珊瑚作成的饰物。⑦路隅（yú）：路边角落。⑧高帝子孙：汉高帝刘邦的子孙。此处以汉喻唐，实指唐室子孙。隆准：高鼻梁。《史记·高祖本纪》："高祖为人隆准而龙颜。"⑨"王孙"句：当时安史叛军孙孝哲部进占长安后，大肆搜捕百官，并杀戮了宗室霍国长公主（皇帝之姊妹称"长公主"）以下百余人，故此处告诫王孙要注意安全。⑩交衢：交通大道。⑪橐（tuó）驼：骆驼。旧都：因肃宗已即位于灵武，故称长安为旧都。当时叛军仍在洗劫长安，并用驼队将劫来之物运往老巢范阳。⑫"朔方"二句"哥舒翰所统之河陇朔方军是唐之精兵，在与吐蕃交战中曾经威振河朔，使其"不敢过临洮"，故称其为"朔方健儿"。但当安史之乱爆发后受命镇守潼关时，二十万大军却一触即溃，故称其"昔何勇锐今何愚"。⑬"窃闻"句：指天宝十五年（756）七月玄宗禅位，肃宗李亨即位于灵武事。⑭"圣德"句：《后汉书·光武纪》："建武二十五年，（匈奴）南单于诣阙贡献，奉藩称臣。"此处是借汉喻唐，指至德二年（757），肃宗遣使与回纥和亲，回纥表示愿助唐平乱。⑮花门：指花门山堡，在今甘肃张掖县东北，当时是回纥骑兵的集结地，故借以指回纥。剺（lí）面：回纥人宣誓的一种仪式：用刀在两眉

间割一口子，嘴里同时喊出誓词，表示忠诚信义。中亚一带的穆斯林至今仍沿有此风。请雪耻：即请求出兵为唐平乱，雪洗耻辱。⑯他人狙（jū）：被别人所暗算。⑰五陵：汉五陵为高祖长陵、惠帝安陵、景帝阳陵、武帝茂陵、昭帝平陵。此处指当时唐朝的五位先帝之陵，即高祖献陵、太宗昭陵、高宗乾陵、中宗定陵、睿宗桥陵。佳气：兴旺发达之气。旧时堪舆家认为，将墓穴选在风水好的地方，墓中便会生出一种葱郁之气，有利于后代子孙。《后汉书·光武纪》"气佳哉！郁郁葱葱然。"

【今译】
长安城头聚落着一群白头乌鸦，
夜里飞到延秋门上面凄厉号呼。
又去剥啄达官贵人的高门大屋，
屋里的大官四散奔逃躲避强胡。
皇上仓皇奔蜀折断金鞭累死马，
亲骨肉也被抛弃未能随驾逃蜀。
腰带上挂着玉佩和青色的珊瑚，
可怜的王孙在路边的角落啼哭。
询问之下也不肯说出真实姓名，
只说他是因困苦恳求与人为奴。
躲在荆棘丛中已经逃窜了百天，
浑身竟然没有一块完好的皮肤。
高皇帝的子孙个个都是高鼻梁，
皇室的苗裔自然要比常人特殊。
叛贼盘踞京城王孙流落在荒野，
请王孙要保重好你的千金之躯。
因为临着大路我不敢和你多讲，
只能够稍站片刻把你安慰几句。
昨夜晚东风吹来一阵血腥之气，
敌人在洗劫旧都并把脏物运出。
朔方军的健儿个个都是好身手，
从前何其勇猛如今却不堪一触。

我私下里听人说天子已经传位,
新君厚德已使南单于心悦诚服。
回纥兵割面为誓助我洗雪国耻,
可千万勿走漏消息遭别人暗算。
可怜的王孙你要小心可别疏忽,
五陵的佳气长存江山定能恢复!

【说明】

  这首诗当是诗人于肃宗至德元年(756)九月间所作。诗中对处于叛军搜捕、杀戮的恐怖气氛中的不幸王孙,表示了满腔的关切和同情,而且也揭露了叛军的凶残和洗劫长安城的暴行。通过对王孙的叮嘱,可以看出诗人面对着这种大变乱大痛苦,心中仍然对国家民族的复兴,满怀着坚定的信念。全诗纯用白描,如见其人,如闻其声,一片真情。

◇ 五言律诗 ◇

经鲁祭孔子而叹之①

唐玄宗

夫子何为者，栖栖一代中②。地犹鄹氏邑③，宅即鲁王宫④。叹凤嗟身否⑤，伤麟怨道穷⑥。今看两楹奠⑦，当与梦时同。

【作者简介】

唐玄宗（685—762），即李隆基，唐朝第六代皇帝，又称唐明皇。沈德潜称其诗"雄健有力，开盛唐一代先声"。《全唐诗》收其诗一卷。

【注释】

①经鲁祭孔子：鲁，即今山东曲阜县，为古代鲁国的国都。据《新唐书》记载：唐玄宗于开元十三年十一月到泰山祭天，途经孔子故宅，派使者祭孔子墓。②栖栖（xī xī）：忙碌不安的样子，指孔子周游列国。《论语·宪问》记载微生亩问孔子："丘何为是栖栖者与？"③鄹（zōu）氏邑：即鄹邑，春秋时鲁国的城邑，孔子之父曾任鄹邑大夫，孔子即出生于此。地在今曲阜东南。④鲁王宫：孔安国《尚书序》记载，西汉鲁恭王刘余拆孔子旧宅以扩建王宫，在孔宅的堂上忽然听到金石丝竹之声，便不拆了。⑤叹凤：《论语·子罕》记载孔子曾叹息道："凤鸟不至，河不出图，吾已矣夫！"否（pǐ）：穷，不通。⑥伤麟：《公羊传》载，鲁哀公十四年春，有人猎到一只麒麟，孔子流泪悲叹道："吾道穷矣！"从此绝笔不再写《春秋》。⑦两楹奠：《礼记·檀弓》载孔子对子贡说："余畴昔之夜梦坐奠于两楹之间。"楹，厅堂上的柱子。

【今译】

孔夫子你究竟为了什么,
忙碌不安地奔走了一生。
这地方就是你诞生的鄹邑,
这宅院鲁恭王曾想改建王宫。
你曾悲叹凤凰不至命运不济,
又曾哀伤麒麟被杀而叹息道穷。
今天请看这两楹之间的祭奠,
想必与你当年的梦境相同。

【说明】

孔子忙忙碌碌周游列国,宣扬王道仁政,但始终得不到各国统治者的信用。这首诗即从此处发挥,对孔子一生坎坷不遇的悲剧深表叹惜。

望月怀远

张九龄

海上生明月,天涯共此时。情人怨遥夜,竟夕起相思。灭烛怜光满①,披衣觉露滋。不堪盈手赠②,还寝梦佳期。

【注释】

①"灭烛"句:谢灵运《怨晓月赋》:"卧洞房兮当何悦,灭华烛兮弄素月。"此句即用其意。②盈手:陆机《拟明月何皎皎》诗:"安寝北堂上,明月入我牖。照之有余晖,揽之不盈手。"

【今译】

海上升起了一轮明月,
天涯情人同在此时望月相忆。
有情之人怨恨这漫漫长夜,

通宵不眠思忆那良辰佳期。
吹灭蜡烛最爱那银光洒满屋内,
披衣外出才感到滴滴寒露沾衣。
如此明月却无法揽取一握相赠,
只有回房安睡到梦中与你相聚。

【说明】

这首诗写于作者被贬官荆州之时。诗中写情人在月明之夜缠绵悱恻的相思之情,寄寓了作者对美好理想的执著追求和追求不得的深深怅惘。

杜少府之任蜀州①

王 勃

城阙辅三秦②,风烟望五津③。与君离别意,同是宦游人。海内存知己,天涯若比邻。无为在歧路,儿女共沾巾。

【作者简介】

王勃(650—676),字子安,绛州龙门(今山西河津)人。他的诗风格清新,才调高迈,为"初唐四杰"之一。明人辑有《王子安集》。

【注释】

①杜少府:姓杜的少府。少府即县尉。之任:赴任。蜀州:在今四川省。②三秦:项羽灭秦后,将秦关中之地分为雍、塞、翟三国,后世便以三秦代指今陕西之地。③五津:《华阳国志》载,长江在蜀地境内有五个渡口,即白华津、万里津、江首津、涉头津、江南津。

【今译】

长安城四周是辽阔的三秦大地,
在此遥望风烟弥漫的蜀中五津。

我与你充满了离别的情意,
都是那漂泊在外的仕宦之人。
四海之内如果有知心的挚友,
远在天边也仿佛身处近邻。
不必在分别的路口为别离伤悲,
像多情的小儿女那样泪下沾巾。

【说明】

作者送友人去蜀州赴任,虽依依惜别,却不作悲酸伤感之语,而是以高昂豪迈的旋律唱出了"海内存知己,天涯若比邻"这千古名句,使一般充满离愁别恨的送别诗都相形见绌。

在狱咏蝉

骆宾王

西陆蝉声唱①,南冠客思深②。不堪玄鬓影,来对白头吟③。露重飞难进,风多响易沉。无人信高洁,谁为表予心?

【作者简介】

骆宾王(约640—?),唐婺州义乌(今浙江义乌县)人。曾任临海丞。其诗作辞采华丽,多慷慨悲愤之词,为"初唐四杰"之一。有《骆宾王文集》。

【注释】

① 西陆:指秋天。司马彪《续汉书》:"日行西陆谓之秋。"② 南冠:《左传》记载楚人钟仪头戴南冠被囚于晋国军府,后常用南冠代指囚人。③ 白头吟:乐府曲名。鲍照、张正见、虞世南都曾以此曲作诗,诗意皆自伤清直却遭诬谤。作者因上疏讽谏触怒武后,被诬以赃罪下狱,故用此典。

167

【今译】
秋天的蝉儿在声声鸣唱，
狱中的囚徒不禁思乡情深。
不堪忍受你乌鬓般的身影，
来伴我低诵哀怨的《白头吟》。
寒露深重蝉儿难以飞进，
秋风急劲鸣声渐渐消沉。
没有人相信你居高食洁，
又有谁能为我表白忠心？

【说明】
唐高宗仪凤三年（678年），作者在侍御史任上上疏讽谏，触怒武后，被诬以赃罪下狱，在狱中作此诗。诗中借咏居高食洁的秋蝉因露重风高而难飞难鸣，暗喻自己忠直高洁却横遭诬陷、无人搭救，抒发了强烈的悲愤和不平。

和晋陵陆丞早春游望[①]

杜审言

独有宦游人，偏惊物候新。云霞出海曙，梅柳渡江春。淑气催黄鸟，晴光转绿蘋[②]。忽闻歌古调，归思欲沾襟。

【作者简介】
杜审言（约645—约708），字必简，祖籍襄阳（今属湖北），迁居河南巩县。他是杜甫的祖父。其诗多应制、酬和、写景之作。明人辑有《杜审言集》。

【注释】
①晋陵：唐代县名，治所在今江苏常州市。陆丞：姓陆的县丞。丞是县令的佐官。②"晴光"句：南朝梁江淹诗："江南二月春，东风转绿蘋。"此句用其意。

【今译】

只有在异乡做官的游子,
才格外惊异这春色日新。
朝霞从海上的曙光中涌出,
梅柳带着春色渡过江滨。
和暖的天气催着黄鹂鸣叫,
明朗的阳光在绿蘋上亲动。
忽然听你唱出古雅的歌调,
勾起我思乡之情泪流沾襟。

【说明】

对着江南早春的迷人景色,游宦他乡的作者不禁思乡而泪下。中间两联对江南的早春景色描绘得生动细腻,犹如一幅美丽的图画。

杂　诗

沈佺期

闻道黄龙戍[①],频年不解兵。可怜闺里月,长在汉家营。少妇今春意,良人昨夜情。谁能将旗鼓,一为取龙城[②]?

【作者简介】

沈佺期(约656—713),字云卿,相州内黄(今属河南)人。其诗多应制之作,律体谨严精密。与宋之问齐名,并称"沈宋"。明人辑有《沈佺期集》。

【注释】

①黄龙戍:即黄龙城,古城名,故址在今辽宁朝阳。古时称边防之地的城堡为戍。②龙城:又称茏城、龙庭,古时匈奴祭天、大会诸部处。地在今蒙古国。

【今译】
听说在那遥远的黄龙城，
连年征战不休无法撤兵。
可怜闺中象征团圆的明月，
长年照在使人别离的汉营。
少妇今春思念丈夫的情意，
恰如丈夫昨夜思家的深情。
谁能够扬旗击鼓指挥大军，
一气攻下匈奴的老巢龙城。

【说明】
丈夫在边塞连年征战不归，妻子在闺中独望明月而不得团圆，只希望有良将指挥直捣敌人巢穴以获全胜，丈夫就能回家团聚了。

题大庾岭北驿①

宋之问

阳月南飞雁，传闻至此回。我行殊未已，何日复归来？江静湖初落，林昏瘴不开。明朝望乡处，应见陇头梅②。

【作者简介】
宋之问（约656—712），字延清，一名少连，汾州（今山西汾阳）人，一说虢州弘农（今河南灵宝）人。其诗多应制之作，文辞华丽，格律整齐。明人辑有《宋之问集》。

【注释】
① 大庾岭：在今江西大余、广东南雄交界处，又称梅岭。驿：驿站。② 陇头梅：《闻见近录》载，大庾岭上"红白梅夹道"。《荆州记》载陆凯从江南寄赠给范晔一枝梅花，并赠诗曰："折梅逢驿使，寄与陇头人。江南无所有，聊寄一枝春。"

【今译】

凉秋十月里南飞的大雁,
听说到了这里就掉头返回。
我被贬南行到此仍难停歇,
不知何时才能重新北归。
江面静寂潮水刚刚退落,
树林昏暗瘴气弥漫不消。
明天登岭遥望家乡之时,
该能看到漫山盛开的红梅。

【说明】

宋之问因谄附张易之、武三思,先后被唐中宗、睿宗贬谪到泷州(今广西罗定县)、钦州(今广西钦州县),此诗即是他遭贬南行途经大庾时所作。

次北固山下①

王 湾

客路青山下,行舟绿水前。潮平两岸阔,风正一帆悬。海日生残夜,江春入旧年。乡书何处达,归雁洛阳边。

【作者简介】

王湾,洛阳(今属河南)人。唐玄宗先天年间进士,曾任荥阳主簿、洛阳尉。《全唐诗》收其诗一卷。

【注释】

① 次:停留。北固山:在江苏省镇江市北,其北峰三面临长江。

【今译】

旅途正经过青青的北固山下,

船儿行驶在碧绿的长江水面。
潮水消退之后江面更显得宽阔,
风向正顺船上早升起一片白帆。
海上的旭日从残存的夜色中升起,
江上的春意融入了将尽的旧年。
给家乡写封信不知如何寄到,
请北归的大雁捎信到洛阳城边。

【说明】

此诗写景雄浑阔大,"海日"两句尤其为人称赏。《唐诗记事》载:"诗人以来,无闻此句。张公(张说)居相府,手题于政事堂,每示能文,令为楷式。"

破山寺后禅院[①]

常 建

清晨入古寺,初日照高林。曲径通幽处,禅房花木深[②]。山光悦鸟性,潭影空人心。万籁此皆寂,惟闻钟磬音。

【注释】

①破山寺:在江苏省常熟县虞山,建于南朝齐。唐懿宗为它题写过"破山兴福寺"的匾额。②禅房:僧人坐禅的房子。

【今译】

清晨走进这古老的寺院,
朝阳正照着高高的树林。
弯曲的小路直通向幽深之处,
僧人的禅房外花木茂盛。
满山翠色使得鸟儿欢悦,
清潭照影令人俗念顿空。

一切声音此刻都寂静无闻,
只听得到悠扬的钟声磬声。

【说明】

这首诗用凝炼的语言写出了破山寺禅院的幽深清寂。沈德潜《唐诗别裁集》评此诗说:"通首幽绝。"

寄左省杜拾遗①

岑 参

联步趋丹陛②,分曹限紫微③。晓随天仗入,暮惹御香归。白发悲花落,青云羡鸟飞。圣朝无阙事④,自觉谏书稀。

【注释】

①左省:唐代官署名,即门下省,掌管审查诏令、驳正违失等。杜拾遗:即杜甫,杜甫曾任左拾遗。②丹陛:古代帝王宫殿前的石阶涂成红色,故称丹陛。③分曹:官署分部办公。紫微:唐代改中书省为紫微省,是全国政务中枢。岑参当时在紫微省任右补阙。④阙:通缺。阙事即缺失之事。朝廷既无缺失之事,自然不必上谏书了。实为反语。

【今译】

我们彼此相随恭敬地走向丹陛,
你在左省我在与你相邻的紫微。
黎明时分就随着天子仪仗入朝,
傍晚回家衣上还沾有御炉香气。
白发已生悲叹春花纷纷飘落,
仰望青云羡慕鸟儿自在高飞。
朝廷圣明没有什么缺失之事,
进谏的奏章自觉是越来越稀。

【说明】

岑参于唐肃宗至德二年由杜甫推荐任右补阙,这首诗前半写每日上朝的情景,后半感叹自己年已老大却不能有所作为,在"圣明无阙"的朝廷谏官又有什么事干呢?

赠孟浩然

李　白

吾爱孟夫子,风流天下闻。红颜弃轩冕①,白首卧松云。醉月频中圣②,迷花不事君。高山安可仰③,徒此挹清芬④。

【注释】

① 轩冕:古代卿大夫乘轩车(一种前顶较高而有帷幕的车),穿冕服(礼服),后遂用轩冕代指官位爵禄。② 中圣:中(zhòng)酒,因酒醉而身体不适,犹病酒。《三国志》载魏国徐邈嗜酒,部属问他公事,他醉中回答说:"中圣人。"曹操知道后大怒,鲜于辅替他开脱说:"醉客们平日称清酒为圣人,浊酒为贤人,这只是偶然的醉言。"《新唐书·孟浩然传》载采访使韩朝宗曾约孟浩然一同进京,想把他推荐给朝廷,孟浩然却因与旧友痛饮而误了行期。此句暗指此事。③ "高山"句:《诗经·小雅》:"高山仰止,景行行止。"此处用高山比喻孟浩然的人品。④ 挹:通"揖",致敬之意。

【今译】

我敬爱飘然不群的孟夫子,
你名士风流早已天下传闻。
青年时代就鄙弃功名富贵,
满头白发还伴着青松白云。
对月举杯常常会饮得酣醉,
流连花前不愿去侍奉国君。
高山般的人品怎么能仰望,

惟有在此向你的美德致敬。

【说明】

这首诗赞美孟浩然不慕荣利、隐居山林的清高人品,表达了作者深深的仰慕之情。

渡荆门送别①

李 白

渡远荆门外,来从楚国游。山随平野尽,江入大荒流②。月下飞天镜,云生结海楼。仍怜故乡水,万里送行舟。

【注释】

① 荆门:即荆门山,在湖北省宜都县西北长江南岸,与虎牙山隔长江对峙。为古代楚国的西部门户。② 大荒:大地。

【今译】

从遥远的荆门山外乘舟渡江,
来到这楚国之境乘兴遨游。
青山随着平原出现渐渐完尽,
大江到了广阔原野汹涌奔流。
月映江中仿佛天上飞下明镜,
云雾弥漫化出一片海市蜃楼。
还是最爱多情的故乡江水,
奔流万里为我漂送行舟。

【说明】

这首诗是作者开元十四年离蜀东游途中所作。诗中描绘了荆门附近长江两岸的壮丽风光和江上月夜的奇幻景观,抒发了对远方故乡的怀恋之情。

送 友 人

李 白

青山横北郭，白水绕东城。此地一为别，孤蓬万里征[①]。浮云游子意，落日故人情。挥手自兹去，萧萧班马鸣[②]。

【注释】
①孤蓬：蓬即蓬草，枯后根断，随风飞旋不止。喻漂泊的游子。
②班马：载人离去的马。

【今译】
青翠的山脉横亘在城郭北面，
清澈的河水像衣带绕过东城。
在这里我们俩一朝分别，
又将漂泊万里仿佛风中飞蓬。
浮云飘忽就像游子的行踪不定，
落日冉冉好似老友的依依别情。
挥手分别后各自踏上旅途，
马儿也发出萧萧的悲鸣。

【说明】
这首诗以婉转的语言写离别的情意，融景入情，含蕴不尽。

听蜀僧浚弹琴

李 白

蜀僧抱绿绮[①]，西下峨嵋峰。为我一挥手，如听万壑松[②]。客心洗流水[③]，余响入霜钟。不觉碧山暮，秋云暗几重。

【注释】

①绿绮：琴名。傅玄《琴赋序》："司马相如有绿绮，蔡邕有焦尾，皆名琴也。"②万壑松：琴曲中有《风入松》。③流水：《列子·汤问》载，伯牙弹琴时志在流水，钟子期赞道："善哉，洋洋兮若江河。"琴曲中有《流水》。

【今译】

蜀僧抱一张绿绮名琴，
从西方走下了峨嵋山峰。
刚刚一挥手为我弹奏，
就仿佛听到了万谷松声。
一曲《流水》使人尘心顿洗，
余音袅袅汇入秋日钟声。
凝神倾听不觉山色已暮，
但见秋云暗淡罩满天空。

【说明】

这首诗写听琴，以万壑松涛、高山流水来比喻琴声之高雅动听，足令听者俗念为之一洗。全诗一气挥洒，如行云流水。

夜泊牛渚怀古①

李 白

牛渚西江夜，青天无片云。登舟望秋月，空忆谢将军②。余亦能高咏，斯人不可闻。明朝挂帆去，枫叶落纷纷。

【注释】

①牛渚：即牛渚山，在安徽当涂西北，北临长江。西江：长江从江西到南京一段古称西江。②谢将军：指东晋镇西将军谢尚。《晋书·袁宏传》载，谢尚镇守牛渚时在江上泛舟赏月，听到一只船上有人

咏诗，便前去打问，原来是袁宏在吟诵新作的咏史诗。谢尚便把袁宏请到自己船上，畅谈一宿。袁宏从此声名大振，后官至东阳太守。

【今译】
牛渚山前奔流着滔滔长江，
晴明的夜空没有一片浮云。
登上小船仰望一轮秋月，
徒然思忆东晋的谢尚将军。
我也能像袁宏那样高咏佳句，
却再未听说过这样爱才的人。
明天就乘舟扬帆离开此地，
江岸的枫树叶飘落纷纷。

【说明】
此诗追怀袁宏月夜咏诗而得谢尚知赏的往事，抒发了作者怀才不遇的深沉感慨。诗中全无对仗，一气呵成，妙极自然。

月　夜

杜　甫

今夜鄜州月①，闺中只独看。遥怜小儿女，未解忆长安。香雾云鬟湿，清辉玉臂寒。何时倚虚幌，双照泪痕干。

【注释】
① 鄜（fū）州：今陕西富县。天宝十五年（756），安史叛军进逼长安，玄宗逃蜀，杜甫携家避难于鄜州。同年七月，杜甫去灵武投奔新即位的肃宗，中途被叛军抓获，押往长安，在长安作此诗。

【今译】
今夜鄜州那皎洁的明月，

你在闺中只能一人独看。
可怜我那远方的幼小儿女,
还不懂得把长安的父亲思念。
夜雾打湿了你乌云般的香发,
秋月下你久久伫立玉臂生寒。
什么时候才能与你同倚窗幔,
让明月把我们的泪痕照干。

【说明】

作者在月夜望月思家,但他不写自己思家,却遥想妻子在鄜州月下思念自己的情景,这种奇特的构思和曲折的笔法使作者的思念之情格外深挚感人。

春　　望

杜　甫

国破山河在,城春草木深。感时花溅泪,恨别鸟惊心。烽火连三月,家书抵万金。白头搔更短,浑欲不胜簪①。

【注释】

① 簪（zān）:古人用来插定发髻或连冠于发的长针。

【今译】

国都已经沦陷只有山河依旧,
京城正逢春日惟见草木丛生。
感叹时局看花也伤心落泪,
伤怨别离鸟鸣也使人惊心。
战事不息已整整持续三月,
一封家信珍贵得胜过万金。
心绪烦愁白头发越搔越短,

简直再也没办法给它插簪。

【说明】

这首诗是至德二年（757）三月杜甫被叛军押在长安时所作。诗人在鸟语花香的春日，面对残破凄凉的劫后都城，触景生情，伤时忧国，抒发了深沉的家国之思。

春宿左省

杜 甫

花隐掖垣暮①，啾啾栖鸟过。星临万户动，月傍九霄多。不寝听金钥，因风想玉珂②。明朝有封事③，数问夜如何？

【注释】

① 掖垣：古代对门下省、中书省的人称。门下省称左掖，中书省称右掖。垣，墙，古时也用作某些官署的代称。② 玉珂：马络头上的装饰物，振动则有声。③ 封事：古代臣子上奏章时，为了保密，把奏章用黑色袋子密封，称封事。

【今译】

花色隐约左省已是一片暮色，
归巢的鸟儿叫着从空中飞过。
星星在宫中的千门万户上闪动，
月光在高耸九霄的宫殿上最多。
长夜不寐听得到宫门的锁钥声，
风声阵阵仿佛上朝者鸣响玉珂。
明天一早有机密奏章呈给皇上，
屡屡向人询问夜漏已经几何？

【说明】

杜甫于至德二年（757）五月赴凤翔行在，被肃宗任为左拾遗。此诗为至德三年春天在左省值宿时所作。

至德二载，甫自京金光门出，间道归凤翔。乾元初，从左拾遗移华州掾，与亲故别，因出此门，有悲往事①

杜　甫

此道昔归顺，西郊胡正繁。至今犹破胆，应有未招魂。近侍归京邑，移官岂至尊。无才日衰老，驻马望千门。

【注释】

① 至德二载：公元757年。至德是唐肃宗的年号。金光门：唐长安外郭城西面有三门，中为金光门。乾元：唐肃宗的年号（758—759）。移华州掾：乾元元年房琯罢相，杜甫也因曾上疏救房琯而被当作房的同党被贬作华州司功参军。掾（yuàn），属官的通称。

【今译】

往年曾从这条路去投奔新君，
长安西郊外当时蜂拥着叛军。
至今回忆此事还觉心惊胆战，
只怕还没有全招回惊散之魂。
皇帝的近臣们纷纷回到京中，
我被贬华州岂出自圣上本心。
自己没有才干又已日趋衰老，
停下马回头遥望那宫中千门。

【说明】

乾元元年（758）六月，杜甫被贬为华州司功参军，与亲友告别时出长安金光门，忆及当年曾从这里冒死奔往凤翔投奔肃宗，如今却因进谏遭谗被贬出长安，抚今追昔，写下此诗。在委婉词句的背后隐含着作者对无辜遭贬的愤慨和对朝政的失望。

月夜忆舍弟

杜 甫

戍鼓断人行，边秋一雁声。露从今夜白，月是故乡明。有弟皆分散[①]，无家问死生。寄书长不达，况乃未休兵。

【注释】

① "有弟"句：杜甫有弟四人，此时除幼弟外都分散在山东、河南等地。

【今译】

戍楼的鼓声阻断了人们夜行，
秋天的边地传来孤雁的鸣声。
节气到了今夜正是白露，
月色还是故乡最亮最明。
虽有兄弟却都已流散各地，
无家可归到哪里打问死生。
寄信去一直是久久不到，
更何况连日来战事不停。

【说明】

乾元二年（759）秋，杜甫弃官移家秦州（今甘肃天水），怀念诸弟而作此诗。对时局的忧虑和对诸弟的挂念使此诗充满了悲凉忧伤的情绪。

天末怀李白

杜 甫

凉风起天末,君子意如何?鸿雁几时到,江湖秋水多。文章憎命达,魑魅喜人过①。应共冤魂语,投诗赠汨罗②。

【注释】

① 魑魅(chī mèi):古代传说中山林间的鬼怪。② 汨罗:即汨罗江,在今湖南省。屈原自沉于此。

【今译】
天边的夜郎已经吹起了秋风,
遭难的李君你该是何等心情?
传书的鸿雁几时才能到达,
江湖的秋水总是波涛汹涌。
文才总是憎恨人命运通达,
魑魅最喜欢有人流放荒岭。
想必你会与屈原的冤魂叙谈,
把吊祭的诗篇投进汨罗江中。

【说明】

乾元二年秋天,杜甫思念因永王璘案被流放夜郎的李白,写下这首充满深挚情谊的感人诗篇。仇兆鳌评此诗说:"说到流离生死,真堪声泪交下,此怀人之最惨怛者。"

奉济驿重送严公四韵①

杜 甫

远送从此别,青山空复情。几时杯重把,昨夜月同行。列郡讴歌惜，三朝出入荣②。江村独归处，寂寞养残生。

【注释】

①奉济驿：地在今四川绵阳市。严公：即严武，曾任巴州刺史、东川节度使，曾保举杜甫为检校工部员外郎。②三朝：严武历仕玄宗、肃宗、代宗三朝。

【今译】

远道相送到这里终于分手，
青青蜀山空自为离人多情。
何时再能够与你举杯欢聚，
昨夜月光下我们久久同行。
各郡都讴歌政绩惋惜你的离去，
三朝之中你屡居重位无比尊荣。
送你走后我独自回到江边村舍，
将要在孤独寂寞中渡过残生。

【说明】

杜甫在蜀时甚得严武关照，二人交谊颇深。宝应元年（762）严武奉诏入朝，杜甫作此诗送别，抒发了对严武的依依惜别之情和自己的孤独寂寞之感。

别房太尉墓①

杜　甫

他乡复行役，驻马别孤坟。近泪无干土，低空有断云。对棋陪谢傅②，把剑觅徐君③。唯见林花落，莺啼送客闻。

【注释】

①房太尉：即房琯，玄宗奔蜀时拜他为相，肃宗时因指挥陈陶斜

战役失败,被贬为邠州刺史,后死于阆州(今四川阆中县),死后追赠太尉。房琯墓在阆中县郊。②谢傅:指东晋宰相谢安,他死后追赠太傅。淝水之战时,谢安指挥若定,与谢玄下围棋,大败前秦军。③徐君:春秋时吴国公子季札出使晋国,路过徐国时徐国国君很喜爱季札的佩剑,季札看出徐君心意,但因出使任务未完,无法将剑赠他。出使归来时季札又来徐国,不料徐君已死,季札便将剑系在徐君墓树上离去。别人问他,他说:"从前我已在心中答应了把剑送他,怎能因为他的死就改变心意呢。"

【今译】
避难他乡又要去奔波远行,
停住马儿来这里拜别孤坟。
泪珠滚滚坟前已没有干土,
天幕低垂空中也飘着愁云。
当年曾与你对棋就像陪伴谢傅,
如今像季札赠剑徐君不忘故人。
墓地上一片寂寞只见林花飘落,
一声声黄莺悲啼使人不忍听闻。

【说明】
杜甫与房琯是老朋友,又是政治上的同道,房琯被罢相时杜甫曾上书辩护而触怒肃宗。广德二年(764),杜甫从阆州赴成都时到房琯墓前告别,写下此诗。

旅夜书怀

杜 甫

细草微风岸,危樯独夜舟。星垂平野阔,月涌大江流。名岂文章著,官应老病休。飘飘何所似,天地一沙鸥[①]。

【注释】
① 沙鸥：一种栖息沙洲的水鸟。

【今译】
微风吹动了江岸上的小草，
夜间栖身在一只高樯小舟。
繁星低垂原野更显得广阔，
月光涌出江水正滔滔奔流。
文章岂能使人的名声大著，
官职该由于年老多病罢休。
这样四处漂泊与什么相似？
就像那天地间孤飞的沙鸥。

【说明】
唐代宗永泰元年（765）五月，杜甫携家离开成都，乘舟东下，在旅途中写下此诗。清人纪昀赞此诗说："通首神完气足，气象万千，可当雄浑之品。"

登岳阳楼①

杜　甫

昔闻洞庭水，今上岳阳楼。吴楚东南坼②，乾坤日夜浮。亲朋无一字，老病有孤舟。戎马关山北，凭轩涕泗流。

【注释】
① 岳阳楼：岳阳城西门楼（在今湖南岳阳市）。楼始建于唐开元初年，下临洞庭湖，是登览胜地。② 坼（chè）：裂开。

【今译】
昔日就听说过洞庭湖水，

今天才登上了岳阳楼头。
吴楚从这里向东南裂开,
天地在湖水上日夜飘浮。
亲友离散没有一封书信,
年老多病栖身一叶孤舟。
战火又在关山以北燃起,
凭栏远望不禁涕泪交流。

【说明】

唐代宗大历三年(768)冬,杜甫出蜀后漂泊岳州,登岳阳楼作此诗。三四两句气象壮伟,雄跨古今,是咏洞庭湖的名句。

辋川闲居赠裴秀才迪①

王 维

寒山转苍翠,秋水日潺湲。倚杖柴门外,临风听暮蝉。渡头余落日,墟里上孤烟。复值接舆醉②,狂歌五柳前③。

【注释】

① 辋川:在今陕西蓝田县西南终南山下,因"其水沦涟如车辋",故称辋川。王维别墅在此。裴秀才迪:即裴迪,关中人,曾与王维同居辋川,赋诗相酬。② 接舆:春秋时楚国隐士陆通,字接舆,佯狂遁世,曾作歌讽劝孔子。③ 五柳:东晋诗人陶渊明归隐后在门前种五棵柳树,自号"五柳先生"。

【今译】

寒秋的山色已经变得苍翠,
秋日的溪涧终日水流潺潺。
扶着藤杖站立在柴门外面,
迎着晚风听那黄昏的鸣蝉。

渡口上空还挂着一轮落日，
村庄里面已升起缕缕炊烟。
又碰到你像楚狂接舆醉酒，
狂歌在我这五柳先生面前。

【说明】

这首诗描绘了辋川的秋景，抒写了作者陶然自乐于山水之间的逸兴，闲适淡泊却又情趣盎然。"渡头"二句写景壮阔，历来为人称赏。

山居秋暝①

王　维

空山新雨后，天气晚来秋。明月松间照，清泉石上流。竹喧归浣女，莲动下渔舟。随意春芳歇，王孙自可留②。

【注释】

① 秋暝（míng）：秋天的傍晚。② 王孙：古代贵族子弟的通称，这里是作者自谓。《楚辞·招隐士》："王孙兮归来，山中兮不可以久留。"

【今译】

空旷的山中刚下过一场新雨，
晚间的天气顿时一片秋凉。
明亮的月光在松林间照映，
清澈的泉水在山石上流淌。
洗衣女归来竹林中笑语喧哗，
渔船顺流而下水上莲叶摇晃。
任凭那艳丽的春花凋谢零落，
我在这清幽的秋山中自可徜徉。

【说明】

这首诗以毫无雕饰、浑然天成的语言描绘出一副淡雅清幽的雨后秋山图,王维诗作"诗中有画"的特色于此可见一斑。

归嵩山作①

王 维

清川带长薄②,车马去闲闲。流水如有意,暮禽相与还。荒城临古渡,落日满秋山。迢递嵩高下,归来且闭关。

【注释】

① 嵩山:在河南省登封县北,古称中岳,为五岳之一。又名嵩高山。② 薄:草木丛。

【今译】

清清的河水环绕着茂盛的草木,
车马向嵩山徐徐归去从容悠闲。
路边的流水仿佛有意与我相伴,
黄昏的倦鸟也随着我一起飞还。
一座荒城正傍着古老的渡口,
夕阳的余晖撒满秋日的山峦。
在这遥远而高峻的嵩山之下,
归来后将闭门谢客安度余年。

【说明】

这首诗写作者归隐嵩山的情景,诗中寓情于景,对景物的拟人描写正表现了作者避世隐居的情怀。

终 南 山

王　维

太乙近天都①，连山到海隅。白云回望合，青霭入看无。分野中峰变②，阴晴众壑殊。欲投人处宿，隔水问樵夫。

【注释】
①太乙：终南山又名太乙山。②分野：古代用天上星宿的位置来标志地上的区域，叫做分野。如周的分野为鹑火，楚的分野为鹑尾等。

【今译】
巍峨的太乙山靠近帝都长安，
连绵的山峰一直延伸到海边。
山中白云回头望去合成一片，
林中青烟走近看时却已不见。
星区的分野隔着中峰就已变化，
天气的阴晴各个山谷里都差异万千。
想找一处有人家的地方投宿，
隔着溪水询问那打柴的樵夫。

【说明】
这首诗从远近高低的不同角度描写了终南山雄伟秀丽、气象万千的景色。

酬张少府①

王　维

晚年唯好静，万事不关心。自顾无长策，空知返旧林。松风吹解带，山月照弹琴。君问穷理通，渔歌入浦深。

【注释】

① 酬：别人写诗相赠，自己以诗相答叫酬。张少府：其人不详。少府，官名，县尉的别称。

【今译】

人到晚年只喜欢清静，
万般世事都不去关心。
自念没有什么奇谋良策，
只知回到这旧居的山林。
迎着松下清风解开衣带，
山间明月照我挥弦弹琴。
你问我命运穷困通达之理，
且听那河浦深处的渔歌阵阵。

【说明】

这首诗写作者对官场的失望和对山林生活的陶醉，表现了作者恬静淡泊、乐山乐水的情怀。结尾一句以不答答之，意在言外。

过香积寺①

王 维

不知香积寺，数里入云峰。古木无人径，深山何处钟。泉声咽危石，日色冷青松。薄暮空潭曲，安禅制毒龙②。

【注释】

① 香积寺：佛教著名的寺院，建于唐神龙二年（706）。在今陕西西安市南。② 制毒龙：《法苑珠林》载，西方山中水池内有毒龙伤害过往商人，槃陀王用婆罗门咒咒龙，龙降服悔过。此处以毒龙比喻机心妄念。

191

【今译】

不知道香积寺坐落山中何处，
入山数里只看到入云的山峰。
古木参天没有人行走的道路，
深山幽寂从哪里传来了钟声。
山泉在高险的岩石之间呜咽，
日光因松林幽深而显得寒冷。
黄昏时看到一座曲折的空潭，
想必高僧已安禅制服了毒龙。

【说明】

这首诗通过对寺外环境的描写，点染出远离尘世、清幽僻静的香积寺风光。

送梓州李使君[①]

王 维

万壑树参天，千山响杜鹃。山中一夜雨，树杪百重泉。汉女输橦布[②]，巴人讼芋田。文翁翻教授[③]，不敢倚先贤。

【注释】

①梓州：唐代州名，在今四川省三台县。李使君：其人不详。使君为刺史的别称。②汉女：指蜀地少数民族妇女。因梓州古为蜀汉之地，故称。橦布：梓州有橦树，花可织布，称橦布。③文翁：汉景帝时的蜀郡守。《汉书·循吏传》载，文翁好学博识，他看到蜀地僻远有蛮夷风，便选送人才去京都学习，并修建学官，招收蜀中子弟受教育，终于使蜀地大为开化，可与齐鲁相比。翻教授：翻新教化。

【今译】

梓州的万条山谷中大树参天，

千座山冈上响遍杜鹃的鸣啭。
深山里面下了整整一夜大雨,
丛丛树梢流水犹如百道清泉。
蜀地妇女要向官府缴纳橦布,
巴郡农夫常打官司争夺芋田。
文翁当年治蜀努力翻新教化,
切莫无所作为只是倚赖先贤。

【说明】

这首诗是作者送李使君去梓州赴任所作,以明丽生动的语言描绘出蜀中的风土人情,历历如绘,引人入胜。并勉励友人要像西汉文翁那样教化人民。

汉江临眺①

王 维

楚塞三湘接②,荆门九派通③。江流天地外,山色有无中。郡邑浮前浦,波澜动远空。襄阳好风日,留醉与山翁④。

【注释】

① 汉江:又称汉水,发源于陕西宁强县,流经陕西南部、湖北中部,在武汉入长江。② 三湘:泛指湖南省。一说湘乡、湘潭、湘阴合称三湘。一说湘江与漓水合流称漓湘,与潇水合流称潇湘,与蒸水合流称蒸湘。③ 荆门:即荆门山。九派:长江的九条支流。④ 山翁:指晋朝的山简("竹林七贤"之一山涛之子),他做征南将军镇守襄阳时,常在习氏园中池上置酒酣饮,尽醉而归。

【今译】

楚国边塞连接着三湘之水,
长江九派在荆门山下汇通。

江水仿佛奔流向天地之外，
山色远望在若有若无之中。
郡县城邑就好像浮在水上，
波澜翻滚摇动了远方天空。
襄阳的风光如此美好迷人，
愿留此痛饮酣醉陪伴山翁。

【说明】

这首诗是作者在襄阳眺望汉江所作，诗中由近到远、由实到虚地描绘出汉江浩渺无涯、远接天际的壮丽景观，令人神飞意驰。结尾用山简的故事表示自己对襄阳风光的留恋。

终南别业①

王 维

中岁颇好道②，晚家南山陲。兴来每独往，胜事空自知。行到水穷处，坐看云起时。偶然值林叟，谈笑无还期。

【注释】

① 别业：即别墅。② 道：指佛家哲理。王维笃信佛教。

【今译】

中年我就很爱佛家哲理，
到了晚年隐居终南山侧。
兴致来时往往独自出游，
快意之事独有自己心知。
乘兴走去直到流水尽头，
席地而坐遥看白支升起。
偶然碰到一位林中老叟，
尽情谈笑简直忘了归去。

【说明】

这首诗写作者闲适淡泊、清静无为的山中隐居生活,处处流露出作者对佛理的参悟。

临洞庭上张丞相①

孟浩然

八月湖水平,涵虚混太清②。气蒸云梦泽③,波撼岳阳城。欲济无舟楫,端居耻圣明。坐观垂钓者,徒有羡鱼情④。

【注释】

①张丞相:即张九龄,他在唐玄宗开元年间为相。②太清:天空。③云梦泽:古代大泽名,在今湖南、湖北之地,具体位置说法不一。④羡鱼情:《汉书·董仲舒传》:"古人有言曰:临渊羡鱼,不如退而结网。"

【今译】

八月的湖水涨得高与岸平,
水波包容四野融混天空。
水汽弥漫蒸腾于云梦大泽,
波涛澎湃摇撼着岳阳古城。
我想渡湖却苦于没有船只,
闲居无事真有愧圣明朝廷。
坐在湖边观看人们垂钓,
内心徒然生出羡鱼之情。

【说明】

这首诗运用比兴手法,通过对洞庭湖壮丽景色的描绘,委婉含蓄地表达了自己希求引荐的心意。三、四两句历来为人称赏,被论者赞为"壮语"、"高唱"。

与诸子登岘山[①]

孟浩然

人事有代谢，往来成古今。江山留胜迹，我辈复登临。水落鱼梁浅[②]，天寒梦泽深。羊公碑尚在[③]，读罢泪沾襟。

【注释】

①岘（xiàn）山：在湖北襄阳市南，又名岘首山。②鱼梁：指沔水中的鱼梁洲。③羊公碑：西晋名将羊祜镇守襄阳时，轻裘缓带，身不披甲，以德服人，使敌国统帅陆抗都很敬佩。羊祜常登岘山饮酒咏诗，曾对游者感叹道："自有宇宙，便有此山，由来贤达胜士登此远望如我与卿者多矣，皆湮灭无闻，使人悲伤。"羊祜死后，襄阳百姓在岘山为他建碑立庙，见碑者无不下泪，杜预因称此碑为"堕泪碑"。

【今译】

人间事物都有新陈代谢，
岁月往来从而构成古今。
大好山川流下这处胜迹，
我与诸位今天又来登临。
江水退落鱼梁洲浅浅露出，
天气寒冷云梦泽望去更深。
羊公的堕泪碑还在山上，
读过后禁不住泪湿衣襟。

【说明】

作者登岘山观羊公碑，追想当年羊祜登岘山时的感叹，深感江山永恒而人生短暂，联想到自己怀才不遇、虚度岁月，不禁悲从中来。诗中把历史与现实、写景与议论融为一体，清远自然而又深沉感人。

宴梅道士山房[1]

孟浩然

林卧愁春尽,搴帷览物华。忽逢青鸟使[2],邀入赤松家[3]。金灶初开火,仙桃正发花。童颜若可驻,何惜醉流霞[4]。

【注释】
① 山房:山中之屋。② 青鸟使:《汉武故事》载,西王母将见汉武帝,先有青鸟飞到殿前报信,后遂将送信使者称为青鸟使。③ 赤松:即赤松子,传说中的仙人。此处喻指梅道士。④ 流霞:传说中的仙酒名。

【今译】
山林高卧愁惜春光将尽,
掀起帷幔观赏美好景物。
忽然遇到一位送信使者,
邀我来到赤松子的仙宅。
炼丹炉内刚刚点燃新火,
仙桃树上正盛开着鲜花。
青春容貌如果真能长驻,
何惜一醉痛饮仙酒流霞。

【说明】
这首诗写在道士山房中饮宴,一景一物都写得颇有仙气。

岁暮归南山

孟浩然

北阙休上书[1],南山归敝庐。不才明主弃,多病故人疏。白发催年老,青阳逼岁除[2]。永怀愁不寐,松月夜窗虚。

【注释】

①北阙：古代宫殿北面的门楼，为臣民上书奏事等候谒见之处。②青阳：指春天。《尔雅·释天》："春日青阳。"

【今译】

不再在皇宫门前求官上书，
回到这南山中的破败茅庐。
只因无才才被贤明君主遗弃，
身体多病就连老友也都远疏。
头上白发渐渐增多催人衰老，
新春日益临近逼使旧年去除。
心中满怀愁绪久久不能入睡，
松影月光映窗四下一片空寂。

【说明】

这首诗是作者在长安求仕失败后还乡归隐时所作，诗中以委婉含蓄的辞语表达了对不识贤才的"明主"的不满，倾吐了怀才不遇的失望怨愤之情。

过故人庄

孟浩然

故人具鸡黍，邀我至田家。绿树村边合，青山郭外斜。开轩面场圃，把酒话桑麻，待到重阳日①，还来就菊花。

【注释】

①重阳日：即农历九月九日，因九为阳数，日月并应，故称重阳。古人有重阳登高饮菊花酒之俗。

【今译】

老朋友杀了鸡蒸了黍饭，
邀我来到他乡间的住家。
行行绿树在村子边环绕，
一脉青山在村郭外横斜。
打开轩窗正面对谷场菜园，
端起酒杯闲谈着田间桑麻。
等到了九月九重阳佳节，
还要到这里来观赏菊花。

【说明】

这首诗以平淡自然的文字写出了田园生活的美好恬静。清人纪昀称赞此诗"自然冲淡"。

秦中寄远上人①

孟浩然

一丘常欲卧，三径苦无资②。北土非吾愿，东林怀我师③。黄金燃桂尽④，壮志逐年衰。日夕凉风至，闻蝉但益悲。

【注释】

① 远上人：名字叫远的僧人。佛教称具备德智善行的人为上人，后成为对僧人的敬称。② 三径：西汉末年，蒋诩辞官还乡，在院中竹下开三径，与求仲、羊仲同游，后便以三径喻隐居之处。③ 东林：指庐山东林寺，东晋时高僧慧远居此。慧远与陶潜友善，此处以慧远比远上人，以陶潜自比。④ 燃桂：《战国策·楚策》载苏秦对楚王说："楚国之食贵于玉，薪贵于桂……"。喻物价高昂、生活艰困。

【今译】

常常想去丘山高卧隐居，

却苦于没有归隐的川资。
滞留北方长安并非我的心愿,
时时怀念东林寺里我的远师。
京城米珠薪桂已把钱财耗尽,
一腔报国壮志早已逐年消逝。
日落西山阵阵凉风吹来,
听着蝉鸣心中更觉悲凄。

【说明】
这首诗是作者困居长安时所作,抒发了作者在求仕无门、归隐无资的窘困处境中思念家乡、怀念友人的悲凄情怀。

宿桐庐江寄广陵旧游[①]

孟浩然

山暝听猿愁,沧江急夜流。风鸣两岸叶,月照一孤舟。建德非吾土[②],维扬忆旧游[③]。还将两行泪,遥寄海西头[④]。

【注释】
①桐庐江:钱塘江自建德县梅城至桐庐一段的别称,又称桐江。广陵:今江苏扬州市。旧游:故友。②建德:地名,今浙江建德县,在桐庐江上游。③维扬:扬州的别称。④海西头:指扬州。隋炀帝《泛龙舟歌》:"借问扬州在何处,淮南江北海西头。"

【今译】
山色昏暗听着猿啼声令人悲愁,
青绿的江水在夜幕下急速奔流。
夜风吹得两岸树叶飒飒做响,
明月照着泊在江边的一叶孤舟。
建德虽美并不是我的故乡,

心中思忆着扬州的旧友。
就把这思念老友的两行热泪,
随江水遥寄到大海西头。

【说明】

作者乘舟赴建德途中夜宿桐庐江畔,江上明月、山中猿啼都勾起他满怀的愁绪。客中的孤独使他倍加思念旧友,不禁洒下相思之泪。

留别王维

孟浩然

寂寂竟何待?朝朝空自归。欲寻芳草去,惜与故人违。当路谁相假①,知音世所稀。只应守寂寞,还掩故园扉②。

【注释】

① 当路:当权者。假:宽容。② 扉:门。

【今译】

清冷寂寞中还在等待什么?
天天出门求仕都徒劳而归。
真想到山林中去寻觅芳草,
只不忍与老朋友就此分离。
当权诸公有谁能对我优容,
知音好友实在是世间所稀。
我这种寒士只应安守寂寞,
回到襄阳故园去闭门隐居。

【说明】

作者在长安求仕无门,生活困顿,决意回乡隐居,作此诗向好友王维道别。诗中抒写了作者的落寞失意、对当权者的怨愤和不忍与好友分别的情怀。

早寒有怀

孟浩然

木落雁南渡,北风江上寒。我家襄水曲[①],遥隔楚云端。乡泪客中尽,孤帆天际看。迷津欲有问[②],平海夕漫漫。

【注释】

①襄水曲:襄水曲折之处。襄水是汉江在襄阳(今湖北襄樊市)南面一段的别称。孟浩然家在襄阳。②迷津:迷失渡口。《论语·微子》有子路问津的故事。

【今译】
树木凋落大雁列队南飞,
北风劲吹江上天气严寒。
我的家在襄水曲折之处,
离家遥远隔着楚天云烟。
思乡之泪已在漂泊中流尽,
遥看水天之际的一片孤帆。
迷失津渡想向人打问一声,
只看到暮色中江海漫漫。

【说明】
江上的萧瑟秋景使旅途漂泊的作者触物伤怀,思乡泪下。江海漫漫,津渡何处?漂泊者的迷惘徬徨尽现笔端。

秋日登吴公台上寺远眺[①]

刘长卿

古台摇落后,秋入望乡心。野寺来人少,云峰隔水深。夕阳依旧垒,寒磬满空林。惆怅南朝事[②],长江独至今。

【作者简介】
刘长卿,字文房,河间(今属河北)人。曾任随州刺史,后人又称"刘随州"。其诗作多写幽寒孤寂之境,尤以五言诗驰名,号为"五言长城"。

【注释】
① 吴公台:在今江苏扬州市北,原是刘宋沈庆之攻竟陵王刘诞时所筑的弩台,后来陈将吴明彻又加增筑,故称吴公台。② 南朝:东晋后宋、齐、梁、陈均建都金陵(今南京市),故称南朝。

【今译】
古老的吴公台已经荒圮零落,
但见满目秋色勾起望乡之心。
荒野的古寺中游人非常稀少,
高峰入云又隔着流水深深。
夕阳斜照着残旧的古垒,
磬声回响在空寂的山林。
南朝的多少事令人惆怅,
唯有这长江水奔流至今。

【说明】
诗人在秋日的吴公台上远望思乡,吊古伤今,不禁感慨万千。结尾二句以长江之永恒反衬人事之无常,令人回味不尽。

送李中丞归汉阳别业[①]

刘长卿

流落征南将,曾驱十万师。罢归无旧业,老去恋明时。独立三边静[②],轻生一剑知。茫茫江汉上,日暮欲何之?

【注释】
① 汉阳:唐代县名,在今湖北武汉市。② 三边:汉代幽、并、凉三州地处边塞,称为三边。此处泛指边塞之地。

【今译】
你这位四处漂泊的征南将军,
当年曾指挥过十万雄师。
罢官归去故乡毫无家业,
年迈之时还留恋清明时世。
你独立边关那里便平静无事,
作战奋不顾身只有佩剑最知。
在那水天茫茫的汉阳江上,
日暮之时你将去何处安身?

【说明】
诗人送别一位罢官还乡的老将,赞颂他威震边疆的赫赫战功和舍身为国的高尚品德,并为他晚年流落无依的境遇深感不平。

饯别王十一南游

刘长卿

望君烟水阔,挥手泪沾巾。飞鸟没何处?青山空向人。长江一帆远，落日五湖春①。谁见汀洲上，相思愁白蘋②。

【注释】

①五湖：太湖的别称。②白蘋：一种水生植物，因开白花，故称白蘋。此处化用梁朝柳恽《江南曲》"汀洲采白蘋，落日江南春"句意。

【今译】

遥望你的小船已在烟水空茫之处，
我挥手之际忍不住泪下沾巾。
你像天边的飞鸟将隐没在何处？
只有那寂静的青山空对行人。
那一叶白帆在长江中渐渐远去，
你将看到夕阳照映的五湖春色。
有谁看到我在汀洲上久久伫立，
满怀相思之情愁对着水中白蘋。

【说明】

这首送别诗通篇似在写景，而所写的景物无不融入了深深的惜别之情，可谓情景交融，言近意深。

寻南溪常道士

刘长卿

一路经行处，莓苔见履痕。白云依静渚，芳草闭闲门。过雨看松色，随山到水源。溪花与禅意①，相对亦忘言。

【注释】

①禅意：佛教所谓清静寂定的心意。

【今译】

一路上我所经过之处,
青苔上都留下木屐的印痕。
白云依傍着幽静的洲渚,
芳草遮掩着静寂的房门。
在雨后观赏松树的翠色,
顺山路直走到溪水源头。
这山溪野花已使我悟到禅意,
与它们默默相对无需言语。

【说明】

诗人寻常道士不遇,但一路上所见的白云芳草、山溪野花已使他悟到禅意,正所谓得意忘言。

新 年 作

刘长卿

乡心新岁切,天畔独潸然①。老至居人下,春归在客先。岭猿同旦暮,江柳共风烟。已似长沙傅②,从今又几年?

【注释】

①潸(shān)然:流泪的样子。②长沙傅:指西汉贾谊。贾谊年少才高,受汉文帝赏识,因遭周勃等大臣谗毁,被贬为长沙王太傅。作者因遭人诬告被贬为潘州(今广东茂名市)南巴尉,故以贾谊自比。

【今译】

思乡之心新年格外急切,
独居天涯只有泪流不断。
老境已至却还屈居人下,
春到家乡赶在我的前面。

岭上猿猴与我朝夕相伴,
江边杨柳同我共沐风烟。
贬谪南国已像长沙贾谊,
从今往后还要熬过几年?

【说明】

作者因遭诬告被贬官岭南,新年思乡,不禁潸然泪下。屈居人下的不平、孤独悲苦的处境都使他联想到贾谊的遭遇,发出了深深的感叹。

送僧归日本

钱 起

上国随缘住①,来途若梦行。浮天沧海远,去世法舟轻②。水月通禅寂③,鱼龙听梵声④。惟怜一灯影⑤,万里眼中明。

【作者简介】

钱起(722—约780),字仲文,吴兴(今属浙江)人,曾任考功郎中等职。其诗以五言为主,长于写景,为"大历十才子"之一。有《钱考功集》。

【注释】

①上国:指中国。随缘:佛家语,随机缘而动作。②法舟:僧人所乘的船。③禅寂:佛教指清静寂定的心境。④梵声:指诵经声。中国佛教从印度传入,印度古语为梵语,故称。⑤一灯:《维摩诘经》:"譬如一灯燃百千灯,冥者皆明,明终不尽。"用以喻菩萨开导大众之心。此处用意双亲,既指船上之灯,又指心中之灯。

【今译】

你随着机缘渡海来到中国,

一路上好像是在梦中旅行。
天似浮在水上沧海何其茫远,
离开尘世归去船儿轻快前行。
水中月影与你的清寂心境相通,
海中鱼龙也在虔敬地听你诵经。
最爱船上那一盏明亮的禅灯,
万里海涛都被照得一片通明。

【说明】

唐代中日僧人乘舟往来,对两国的文化交流起了很大的推动作用。此诗为送别日本僧人所作,通过对海上景色的描写,赞美了日本僧人的佛法高深。诗中多用佛家词语,往往意含双关,颇有禅味。

谷口书斋寄杨补阙[①]

钱 起

泉壑带茅茨,云霞生薜帷[②]。竹怜新雨后,山爱夕阳时。闲鹭栖常早,秋花落更迟。家童扫萝径,昨与故人期。

【注释】

① 补阙:唐代官名。② 薜帷:密如帐幔的薜荔。薜荔是一种常绿藤本植物。

【今译】

清泉幽谷环绕着我的茅屋,
云霞掩映着帐幔般的薜荔。
最喜观赏新雨过后的翠竹,
也爱眺望日落时分的远山。
悠闲的白鹭总是早早栖息,
秋日的花朵凋落往往很晚。

家童扫净了藤萝低垂的小路,
早已与老友约好了聚会时间。

【说明】
诗人已与老友约好时日邀其来访,又寄去此诗,极言居处的山清竹秀、鸟语花香,并告诉友人已经扫径待客,切盼之情溢于言表。

淮上喜会梁州故人①

韦应物

江汉曾为客,相逢每醉还。浮云一别后,流水十年间。欢笑情如旧,萧疏鬓已斑②。何因不归去,淮上对秋山。

【注释】
① 淮上:淮河边。梁州:唐代州名,地在今陕西城固以西汉水流域。② 萧疏:稀稀落落。斑:头发花白。

【今译】
当年我们客居汉江之滨,
相逢之日往往大醉而还。
分别之后如同浮云一样飘散,
岁月如同流水已经逝去十年。
重逢欢笑不已情谊仍如旧时,
彼此都已苍老两鬓白发斑斑。
究竟为了何故至今仍不归去,
在这淮水之畔空自对着秋山。

【说明】
作者在淮上遇到当年同游的旧友,忆及当年把酒欢聚之乐,感叹岁月易逝、两鬓成斑,抒发了自己滞留淮上不得还乡的哀愁。

赋得暮雨送李曹

韦应物

楚江微雨里①，建业暮钟时②。漠漠帆来重，冥冥鸟去迟。海门深不见③，浦树远含滋。相送情无限，沾襟比散丝④。

【注释】
①楚江：指长江。长江流域多为古代楚国疆域，故称。②建业：今南京。三国时孙权迁都秣陵，改名建业。③海门：指长江入海处。④散丝：比喻密雨。晋张协《杂诗》："密雨如散丝。"

【今译】
楚江上正落着濛濛细雨，
建业城已响起声声晚钟。
密雨里船帆都浸湿变重，
昏暗中鸟儿也缓缓飞行。
远处的海门已深隐不见，
江边的远树上烟水迷濛。
惜别的情意真无比深长，
泪水就像那密密的雨丝。

【说明】
这首诗写雨中送别，通过对暮雨中江上景物的描绘把凄恻伤怀的离别气氛充分渲染出来。

酬程近秋夜即事见赠

韩翃

长簟迎风早①，空城澹月华。星河秋一雁，砧杵夜千家。节候看应晚，心期卧已赊②。向来吟秀句，不觉已鸣鸦。

【作者简介】

韩翃，字君平，南阳（今属河南）人。其诗多酬赠之作，为"大历十才子"之一。明人辑有《韩君平集》。

【注释】

①簟（diàn）：簟竹，一种大竹。②心期：彼此深切了解。《南史·向柳传》："我与士逊心期久矣，岂可一旦以势利处之。赊（shē）：迟。

【今译】

长长的簟竹早早迎着秋风，
空寂的城中洒满秋月光华。
夜空的星河飞过一只孤雁，
捣衣的砧声响遍万户千家。
季节推移时令已经很晚，
心怀故友夜深才去躺下。
反复吟诵你的清词秀句，
不觉天已破晓处处啼鸦。

【说明】

作者以细腻的笔触描写了秋夜的景物，表达了对友人赠诗的赞赏和怀念友人的深挚感情。

阙　　题①

刘眘虚

道由白云尽，春与青溪长。时有落花至，远随流水香。闲门向山路②，深柳读书堂。幽映每白日，清辉照衣裳。

【作者简介】

刘眘（shèn）虚，字挺卿，江东人。与贺知章、张旭、包融并称"吴中四友"。他的诗"情幽兴远，思苦语奇"（殷璠语）

【注释】

① 阙题：即缺题，阙通"缺"。② 闲门：寂静的门庭。闲，静。

【今译】

山路消失在白云深处，
春色与青溪一样漫长。
时时有落花飘入溪中，
随溪水远远地带去芳香。
寂静的房门正对着上山之路，
深深的柳荫遮掩了我的书房。
每当白日穿过柳荫照映，
清幽的光辉就照上衣裳。

【说明】

这首诗写暮春时节山居读书的幽雅情趣，描绘出一个清寂幽远的意境，难怪前人要称此诗为"方外之音"了。

江乡故人偶集客舍

戴叔伦

天秋月又满，城阙夜千重①。还作江南会，翻疑梦里逢。风枝惊暗鹊②，露草泣寒虫。羁旅长堪醉，相留畏晓钟。

【作者简介】

戴叔伦（732—789），字幼公，金坛（今属江苏）人。其诗多写隐逸生活，也有一些反映民间疾苦的作品。明人辑有《戴叔伦集》。

【注释】

①城阙：指长安城。②"风枝"句：此句暗用曹操《短歌行》"月明星稀，乌鹊南飞，绕树三匝，无枝可依"句意，以喻游子漂泊的苦况。

【今译】

正是秋天又逢上月圆之夜，
夜色笼罩着千家万户的京城。
居然还能像在江南一样聚会，
反而令人疑心是在梦中相逢。
风摇树枝惊飞了夜栖的乌鹊，
夜露浸湿的草丛里秋虫悲鸣。
客居异乡之人但愿痛饮长醉，
彼此留恋不舍只怕响起晓钟。

【说明】

作者远离家乡，客居长安，忽然有机会与江南旧友同聚一堂，真是惊喜参半、悲欢交织，把"他乡遇故知"的复杂情感抒写得极其逼真生动。

送 李 端①

卢 纶

故关衰草遍，离别正堪悲。路出寒云外，人归暮雪时。少孤为客早，多难识君迟。掩泣空相向，风尘何所期②。

【作者简介】

卢纶（748—约800），字允言，河中蒲（今山西永济）人。其诗多送别酬答之作，边塞诗和景物诗较有名。为"大历十才子"之一，明人辑有《卢纶集》。

【注释】
① 李端：唐代诗人，"大历十才子"之一，是卢纶的好友。② 风尘：喻战乱。

【今译】
故关已经是衰草遍地，
此刻分别真令人悲伤不已。
道路远远地伸向寒云之外，
你归去正是日暮雪飞之时。
我少年丧父很早就漂泊他乡，
生平多难结识你只觉太迟。
朝着你的去向空自掩面哭泣，
风尘扰攘不知我们何处再聚。

【说明】
这是一首送别诗，萧索凄凉的景物与作者惜别挚友的悲凉心绪融为一体，凄婉感人。

喜见外弟又言别①

李 益

十年离乱后，长大一相逢。问姓惊初见，称名忆旧容。别来沧海事，语罢暮天钟。明日巴陵道②，秋山又几重。

【作者简介】
李益（748—约827），字君虞，姑臧（今甘肃武威）人。其诗以七绝著称，边塞诗最为驰名。有《李益集》。

【注释】
① 外弟：表弟。② 巴陵：唐代郡名，治所在今湖南岳阳市。

【今译】
经历十年战乱别离之后，
长大后又在此偶然相逢。
初见面问姓氏已生惊异，
称名字才忆起旧时面容。
分别后世事如沧海桑田，
叙谈罢已响起黄昏晚钟。
明天又跋涉在江陵道上，
彼此又相隔着秋山几重。

【说明】
作者在旅途中偶遇分别十年的表弟，匆匆话旧后又要各奔东西，重逢的惊喜、离别的怅惘都写得极为真切感人。

云阳馆与韩绅宿别[①]

司空曙

故人江海别，几度隔山川。乍见翻疑梦，相悲各问年。孤灯寒照雨，深竹暗浮烟。更有明朝恨，离杯惜共传。

【作者简介】
司空曙，字文明，广平（今属河北）人。其诗多写乡情旅思，长于五律，为"大历十才子"之一。有《司空文明诗集》。

【注释】
① 云阳：古县名，治所在今陕西泾阳县西北。馆：旅舍。韩绅：其人不详。《全唐诗》云："一作韩升卿。"宿别：一起住宿后分别。

【今译】
老朋友当年在江海间分别，

多年来各居一方互隔山川。
突然相见反倒疑心是在梦境,
互相悲叹彼此问起年岁若干。
一盏孤灯照着凄寒的夜雨,
竹林深深飘着暗淡的云烟。
明天又将有离别的愁恨,
且把这惜别的酒杯互相递传。

【说明】

这首诗写与老友忽然相逢又要离别的情景,三、四两句写久别偶逢之状极为真切,与"问姓惊初见,称名忆旧容"同为名句。

喜外弟卢纶见宿[①]

司空曙

静夜四无邻,荒居旧业贫。雨中黄叶树,灯下白头人。以我独沉久,愧君相见频。平生自有分,况是霍家亲[②]。

【注释】

① 卢纶:唐代诗人,见前作者简介。见宿:留宿。② 霍家亲:西汉名将霍去病与卫青为甥舅关系,此处借指自己与卢纶是表亲。一本又作"蔡家亲。"

【今译】

静静的秋夜四面没有邻人,
独居荒郊旧家宅破败穷困。
阵阵秋雨摧打着树上黄叶,
一盏孤灯照着我白发之人。
我落寞沉沦独居已经很久,
你频来探望真觉有愧于心。

你我平生本有深厚的情谊,
更何况我们两家原是表亲。

【说明】
司空曙生性耿直、不阿权贵,故长期沉沦下位,老境凄凉。此诗写他在贫困孤独之时对表弟卢纶前来探望所表达的欢欣感激之情,写得凄楚而又真切感人。

贼平后送人北归[①]

司空曙

世乱同南去,时清独北还。他乡生白发,旧国见青山。晓月过残垒,繁星宿故关。寒禽与衰草,处处伴愁颜。

【注释】
① 贼平:指安史叛乱被唐朝平定。

【今译】
战乱之时我与你同来南方,
时局太平你一人独自北还。
久居他乡两鬓已生出白发,
回到故乡你只能空见青山。
你将在晓月下越过残垒,
映着满天繁星宿在故关。
只有寒天的禽鸟与衰草,
处处陪伴你悲愁的容颜。

【说明】
安史之乱平定后,作者送一同南来避乱的友人北返,既感叹久居他乡、白发已生,又揣想故乡在浩劫后的残破凄凉景象,不禁感伤万端。

蜀先主庙[①]

刘禹锡

天地英雄气，千秋尚凛然。势分三足鼎，业复五铢钱[②]。得相能开国，生男不象贤。凄凉蜀故伎，来舞魏官前[③]。

【作者简介】

刘禹锡（772—842），字梦得，洛阳（今属河南）人。他抱负远大，因参加王叔文革新集团而屡遭贬斥。晚年任太子宾客，世称刘宾客。其诗作气骨高迈，常用比兴手法讥刺时政，也有《竹枝词》等通俗清新之作。有《刘宾客集》。

【注释】

①蜀先主庙：为蜀国开国皇帝刘备的庙，在夔州（今四川奉节县）。②五铢钱：汉武帝时铸的一种铜钱。王莽代汉后废五铢钱，刘秀建东汉后又重铸。此处以复五铢钱代指兴复汉室。③"凄凉"二句：刘禅降魏后被送到洛阳，封为安乐县公。司马昭设宴款待刘禅时故意让蜀国女乐在席前表演，旁人都很伤感，而刘禅却喜笑自若，司马昭不禁对贾充说："人之无情，乃至于是！虽使诸葛亮在，不能辅之，况姜维乎！"

【今译】

他那充塞天地的英雄之气，
千年后依旧凛然难犯。
他曾三分天下造成鼎足之势，
一心兴复汉业重铸五铢铜钱。
求得诸葛丞相能开创蜀国基业，
生个刘禅太子却不能效法先贤。
最凄凉的是那些蜀宫歌伎，
亡国后来舞在魏国宫前。

【说明】

刘禹锡自称是汉中山靖王之后,他在任夔州刺史时瞻拜蜀先主庙,写下这首怀古佳作。赞颂刘备的英雄气概和历史功业,感汉刘禅的昏庸无能以致国亡身降。末二句引用史事,无限沉痛。

没蕃故人[①]

张 籍

前年戍月支[②],城下没全师。蕃汉断消息,死生长别离。无人收废帐,归马识残旗。欲祭疑君在,天涯哭此时。

【作者简介】

张籍(约767—约830),字文昌,和州乌江(今安徽和县乌江镇)人。曾任水部员外郎、国子司业,故世称张水部、张司业。其诗长于叙事,以乐府诗最为著名,颇受白居易推崇。有《张司业集》。

【注释】

①没蕃(fān):身陷吐蕃。吐蕃是公元七至九世纪在青藏高原建立的古代藏族政权,极盛时势力达到西域河陇地区,与唐朝多次发生战争。②月支:亦作月氏(zhī),汉代西域古国名。又唐朝羁縻都督府中有月支(氏)都督府(地在今阿富汗)。此处借指故人戍守的边疆异域之地。

【今译】

前年你去戍守远方的月支,
在城下与敌激战覆没全师。
吐蕃和汉地从此断绝消息,
是死是生从此都长久别离。
战场上废弃的营帐无人收取,
逃回的战马还认得残破的军旗。

想祭奠你又疑心你还在人世，
此时我只有遥望天涯痛哭流涕。

【说明】
作者的故友在与吐蕃作战时全军覆没，再无消息。作者悲恸万分，但要祭奠故友时却又心存侥幸，疑心他也许还活在人间，这生死难卜的痛苦使作者不禁痛哭天涯。

草①

白居易

离离原上草，一岁一枯荣。野火烧不尽，春风吹又生。远芳侵古道，晴翠接荒城。又送王孙去，萋萋满别情②。

【注释】
① 诗题一作《赋得古原草送别》。②"又送"二句：《楚辞·招隐士》："王孙游兮不归，春草生兮萋萋。"此处化用其意。王孙，古代对官宦子弟的尊称，犹公子。

【今译】
茂密繁盛的原上野草，
一年都有一次枯萎和繁荣。
原野间的大火也烧它不尽，
只要春风吹来又再度萌生。
芳草蔓延远方一直爬上古道，
晴光下的无边翠色连接荒城。
又要送友人离乡远去，
萋萋野草也仿佛满含别情。

【说明】

据《尧山堂外纪》载，白居易初到长安，带着自己的诗作去拜谒顾况，顾况拿他的名字开玩笑说："长安米贵，居大不易。"及至读到这首诗时，不禁赞叹道："道得个语，居亦何难！"便为他传扬声誉。此诗的三、四两句饱含生活哲理，成为千古名句。

旅　宿

杜　牧

旅馆无良伴，凝情自悄然①。寒灯思旧事，断雁警愁眠。远梦归侵晓，家书到隔年。沧江好烟月，门系钓鱼船。

【作者简介】

杜牧（803—约852），字牧之，京兆万年（今陕西西安）人。他的诗清丽俊爽，明媚流传，常借咏史以讽当世，在晚唐诗坛上成就颇高。后人称杜甫为"老杜"，称他为"小杜"。有《樊川文集》。

【注释】

① 悄然：忧愁貌。

【今译】

独宿在旅舍里没有好友相伴，
寂寞中凝神枯坐愁绪万千。
一盏寒灯下思忆起多少往事，
孤雁的哀鸣警醒了客中愁眠。
梦中刚回到远方家乡天已破晓，
家中书信收到时已隔了一年。
沧江上的轻烟明月多么美好。
渔人的家门上系着渔船。

【说明】

作者在他乡的旅舍中独宿，对着寒灯一盏，听着孤雁哀鸣，无限乡愁袭上心头。漂泊异乡的孤独苦闷使他不禁羡慕起江上渔家的自在生活了。

秋日赴阙题潼关驿楼①

许 浑

红叶晚萧萧，长亭酒一瓢。残云归太华②，疏雨过中条③。树色随关迥，河声入海遥。帝乡明日到，犹自梦渔樵。

【作者简介】

许浑，字用晦，一作仲晦，润州丹阳（今属江苏）人。性爱林泉，其诗多登高怀古之作，因病退居润州城南丁卯庄，故名其诗集为《丁卯集》。

【注释】

① 赴阙：入朝。阙是古代宫殿前的楼观，因用作朝廷的代称。潼关：古关名，扼秦、晋、豫三省要冲，址在今陕西潼关县北。② 太华：即西岳华山。因华山西南有少华山，故又称华山为太华山。③ 中条：中条山，在山西省西南部。

【今译】

傍晚的秋风中红叶萧萧，
在路边长亭里饮酒一瓢。
几片残云向太华山峰飘去，
一阵稀疏的雨点飞过中条。
苍翠的树色随着雄关远去，
黄河流向大海远远传来怒涛。
京城长安明天就可到达，
梦中却还在故乡打渔砍樵。

【说明】

作者在进京途中宿于潼关驿楼,把酒远眺,河声山色尽收耳目之内,想到很快就要置身喧嚣繁华的帝京,不禁又怀恋起故乡的渔樵生活了。诗中写景雄浑壮丽,被誉为许浑的压卷之作。

早　秋

许　浑

遥夜泛清瑟①,西风生翠萝。残萤栖玉露,早雁拂金河②。高树晓还密,远山晴更多。淮南一叶下,自觉洞庭波③。

【注释】

①泛:手指轻弹琴弦谓"泛指"。《乐书·琴势》:"如之轻行者泛指。"瑟:一种拨弦乐器。②金河:秋夜的银河。古代五行说认为秋属金,故称金河。③"淮南"二句:《淮南子·说山》:"见一叶落而知岁之将暮。"《楚辞·九歌·湘夫人》:"袅袅兮秋风,洞庭波兮木叶下。"此处化用其意。

【今译】

长夜中是谁在轻弹清瑟,
西风在青翠的藤萝间吹拂。
残存的萤虫栖身于露珠之间,
早飞的大雁掠过秋夜的银河。
拂晓时高大的树木枝繁叶茂,
晴空下远方的山峦现出更多。
《淮南子》说一叶落下便知岁暮,
我也觉察洞庭湖已涌起秋波。

【说明】

这首诗写早秋景色,残萤早雁、高树远山无不充满秋意。结尾化用两个咏秋的典故,极为自然贴切。

蝉

李商隐

本以高难饱,徒劳恨费声。五更疏欲断,一树碧无情。薄宦梗犹泛①,故园芜已平。烦君最相警,我亦举家清。

【注释】
① 薄宦:官职卑微。梗犹泛:《战国策·齐策三》载有土偶人与桃梗对话,土偶曰:"今子东国之桃梗也,刻削子以为人,降雨下,淄水至,流子而去,则子漂漂者将何如耳!"此句是说自己官职卑微,就像随水漂流的桃梗一样四处漂泊、身不由己。

【今译】
本因为居高食洁而难以饱腹,
徒然抱恨鸣叫只是白白费声。
五更时蝉鸣声稀疏欲断,
大树却依旧碧绿完全无情。
我做个小官像桃梗四处漂流,
故乡田园荒废早已杂草丛生。
烦劳你用鸣声使我警惕,
我也是举家高洁两袖清风。

【说明】
此诗托物起兴,借咏蝉以抒写自己的高洁和不平。前半写蝉高栖难饱、徒然悲鸣而无人同情,正是作者坎坷生平的自况。后半自伤身世,以闻蝉自励作结。全诗处处是咏蝉,又处处在喻人,二者如水乳交融,臻于妙境。

风　　雨

李商隐

凄凉《宝剑篇》①，羁泊欲穷年。黄叶仍风雨，青楼自管弦。新知遭薄俗，旧好隔良缘。心断新丰酒②，消愁又几千。

【注释】

①《宝剑篇》：唐代名臣郭震少有大志，武则天曾召见他，要他的诗文看，他呈上一篇《宝剑篇》，武则天看后大为欣赏。《宝剑篇》是郭震托物言志之作，诗的结尾写道："非直结交游侠子，亦曾亲近英雄人。何言中路遭捐弃，零落飘沦古岳边。虽复沉埋无所用，犹能夜夜气冲天。"此处引《宝剑篇》借以表达自己的沦落不遇之感。②新丰酒：新丰镇在陕西临潼县东北，古时以出美酒闻名。王维《少年行》诗中有"新丰美酒斗十千"之句。

【今译】

《宝剑篇》写得是何等凄凉伤惨，
在羁旅漂泊中又将度过一年。
我像秋日的黄叶被风雨摧打，
豪门的高楼上依然弦歌不断。
新的知交遭到浮薄世风诋毁，
旧日好友久久分隔无缘相见。
新丰美酒最令人消魂神往，
为了消愁又费去铜钱几千。

【说明】

李商隐因受"牛李党争"牵连，屡遭排挤打击，一生漂泊潦倒，常在诗中发抒自己的悲愤不平。此诗开首即引郭震《宝剑篇》以喻自己的沦落不遇，接着抒写自己在终年漂泊、孤独寂寞的辛酸境遇中只能借酒浇愁，真是无限悲凉。

落 花

李商隐

高阁客竟去,小园花乱飞。参差连曲陌①,迢递送斜晖。肠断未忍扫,眼穿仍欲归。芳心向春尽②,所得是沾衣。

【注释】
①参差(cēn cī):高低不齐。②芳心:指爱花之心。

【今译】
高阁上的客人已经散去,
小园中的落花随风乱飞。
落花高高低低飞满了曲折小径,
回旋飞舞遥送着落日余晖。
对着落花愁肠欲断不忍清扫,
望着春色两眼欲穿春却仍要归去。
爱花之心已经随着春光而尽,
此情此景使人不禁泪下沾衣。

【说明】
客人散去,落花乱飞,惜春爱花的诗人不禁愁肠欲断,泪下沾巾。对落花的痛惜之情似乎也寄托了诗人的身世之感。

凉 思

李商隐

客去波平槛,蝉休露满枝。永怀当此节,倚立自移时。北斗兼春远①,南陵寓使迟②。天涯占梦数③,疑误有新知。

【注释】

① 北斗：喻指京城长安。兼春：两春。② 南陵：唐代县名，即今安徽南陵县。③ 数（shuò）：多次。

【今译】

客人离去后水波涨平了栏杆，
蝉声休止时露珠已挂满树枝。
当此时节深深怀念亲人，
倚着栏杆久久伫立多时。
离别京城已经两春相去十分遥远，
出使南陵在此寓居时间已经很迟。
远方的妻子可能已多次占问梦境，
疑心我久久不归是有了新的相知。

【说明】

在客去蝉休的寂寥秋夜，作者思家怀人，倚立久久，想到远离长安已经两年，久寓南陵不得归去，远方的妻子想必要屡屡占梦、心生疑团了吧。以真切细腻的笔触抒写了客中的愁思和对妻子的深切思念。

北　青　萝[①]

李商隐

残阳西入崦[②]，茅屋访孤僧。落叶人何在，寒云路几层。独敲初夜磬，闲倚一枝藤。世界微尘里，吾宁爱与憎[③]。

【注释】

① 北青萝：当为作者访僧之处的地名或山名。② 崦：指崦嵫山，是神话传说中的日落之处。③ "世界"二句：《楞严经》云："人在世间直微尘耳，何必拘于憎爱而苦此心也。"《法华经》云："譬如有经卷书写三千大千世界事，全在微尘中。"此处化用其意。

【今译】

黄昏的夕阳已经落入西山，
去山间茅屋寻访一位孤僧。
但见满山落叶不知他在何处，
空中寒云缭绕山路盘旋几层。
他独自敲响了初夜的磬声，
安闲地斜倚着一枝柘藤。
大千世界全都在微尘之中，
我又何必拘于爱憎之情。

【说明】

作者在夕阳西下时去寻访一位孤僧，满山的萧瑟秋景和孤僧的安闲恬静使他也不禁悟到了无爱无憎的佛理。

送人东归

温庭筠

荒戍落黄叶，浩然离故关①。高风汉阳渡②，初日郢门山③。江上几人在，天涯孤棹还。何当重相见，樽酒慰离颜。

【作者简介】

温庭筠（约812—866），原名岐，字飞卿，太原（今属山西）人。其诗辞藻华丽，一些咏史之作则苍凉雄浑。后人辑有《温庭筠集》。

【注释】

① 浩然：《孟子·公孙丑下》："予然后浩然有归志。"指心怀远志。② 汉阳渡：在今湖北武汉市。③ 郢门山：即荆门山，在湖北宜都县西北。

【今译】

荒凉的边城已经黄叶纷飞，

你心怀远志浩然离开故关。
船儿乘着高风直抵汉阳渡口,
太阳初升便驶到郢门山前。
江上故人不知还有几个健在,
游子的孤舟今日才从天涯返还。
不知何时我们才能再见。
举杯畅饮消尽离别的愁颜。

【说明】

作者送友人乘舟东归,祝愿他一帆风顺直抵故乡,却又担忧友人的故乡亲友是否健在,表达了对友人的深挚情谊。结尾寄托了把酒重逢的殷切希望。

灞上秋居①

马 戴

灞原风雨定,晚见雁行频。落叶他乡树,寒灯独夜人。空园白露滴,孤壁野僧邻。寄卧郊扉久,何年致此身[②]?

【作者简介】

马戴,字虞臣,《唐才子传》作华州(今陕西华县)人。会昌四年进士,官至太学博士。严羽《沧浪诗话》认为他的诗"在晚唐诸人之上。"

【注释】

① 灞上:古地名,在今陕西西安市东灞河西岸高原上。一作霸上。② 致此身:为国君效力而不顾自身。《论语·学而》:"事君能致其身。"

【今译】

灞原上一场风雨刚刚停息,

暮色中频频飞过南归的雁阵。
片片落叶从他乡的树上飘下，
一盏寒灯陪伴着孤独的旅人。
空寂的园中滴下颗颗露珠，
孤立的房舍只有野僧为邻。
寄居在荒郊寒舍已经很久，
哪一年才能够为国献身？

【说明】

这首诗抒写了作者客居异乡的寂寞孤独之感和身居荒郊不忘报国的高远抱负。清人纪昀谓晚唐诗人中马戴骨格独高，从此诗中可见一斑。

楚江怀古

马　戴

露气寒光集，微阳下楚丘。猿啼洞庭树，人在木兰舟①。广泽生明月，苍山夹乱流。云中君不见②，竟夕自悲秋。

【注释】

①木兰舟：《述异记》有鲁般刻木兰为舟的传说，木兰是一种香木，古代诗人常用木兰舟作船的美称，以示芳洁。②云中君：《楚辞·九歌》有《云中君》篇，是祭祀云神的。

【今译】

黄昏的露气凝集着点点寒光，
暗淡的夕阳隐入了楚地山丘。
猿群在洞庭湖边的林中哀啼，
我乘着一艘木兰舟顺江漂流。
辽阔的湖面上升起了一轮明月，

青翠的山峰间奔泻着条条溪流。
屈原咏赞的云中君仰望不见,
整整一夜我都在怀古悲秋。

【说明】

作者被贬为龙阳县(今湖南汉寿县)尉,在一个寒雾茫茫的秋日黄昏泛舟江上,萧瑟凄迷的楚江秋景使他不禁想起屈原《九歌》中那充满神奇色彩的楚人神灵云中君,由屈原忠直被谤、流放江浜的遭遇联想到自己的处境,不免要终宵不寐、怀古悲秋了。

书 边 事

张 乔

调角断清秋,征人倚戍楼。春风对青冢①,白日落梁州②。大漠无兵阻,穷边有客游。蕃情似此水,长愿向南流。

【作者简介】

张乔,池州(今安徽贵池县)人。唐懿宗咸通进士。黄巢起义,他隐居九华山中。

【注释】

①青冢:指王昭君墓。相传塞外草皆白,而昭君墓上草色长青,故称青冢。②梁州:古代九州之一,此处泛指边塞之地。

【今译】

号角声划断了凄清的边秋,
守边兵士身倚着边塞戍楼。
春风仿佛只吹绿昭君的青冢,
苍白的落日远远沉落在梁州。
辽阔的沙漠没有兵戈阻挠,

荒远的边地也有旅客漫游。
蕃人的心愿就像这里的河水，
永远希望向着南方奔流。

【说明】

作者远游边塞，雄浑的塞上风光令他陶醉，和平的边塞气氛更令他欣喜。他希望蕃汉人民都能像埋骨塞外的王昭君一样致力于民族间的友好与和平。

除夜有怀

崔　涂

迢递三巴路①，羁危万里身。乱山残雪夜，孤独异乡人。渐与骨肉远，转于僮仆亲。那堪正飘泊，明日岁华新。

【作者简介】

崔涂，字礼山，《唐才子传》载其"家寄江南"。唐僖宗光启进士。壮年时客居巴蜀，其诗多写旅愁之作。

【注释】

① 三巴：东汉末益州牧刘璋分巴郡为巴、巴东、巴西三郡，地在今四川东部。

【今译】

跋涉在遥远的三巴路上，
在万里外的艰险之地栖身。
四面乱山之中残雪映着寒夜，
一支烛光照着我这异乡旅人。
离家后距亲人愈来愈远，
反倒与僮仆们渐渐亲近。

哪堪在漂泊中度过除夜,
到明到就已经年岁更新。

【说明】

作者在离家万里的旅途中过除夕,深深感受到孤独之感和漂泊之苦。三、四两句与马戴"落叶他乡树,寒灯独夜人"之句有异曲同工之妙。

孤　雁

崔　涂

几行归塞尽,念尔独何之。暮雨相呼失,寒塘欲下迟。渚云低暗度,关月冷相随。未必逢矰缴①,孤飞自可疑。

【注释】

① 矰缴（zhuó）：猎鸟的射具。矰是一种短箭,缴是系在箭上的丝绳。

【今译】

一行行雁阵都已回到了塞上,
你孤身独影不知要飞往哪里。
暮雨中你迷途失群不断悲呼,
想飞下寒塘歇息却又畏惧迟疑。
独自飞过洲渚上低飘的暗云,
只有边关的一钩冷月把你伴随。
虽然未必会碰上猎人的羽箭,
这样孤身独飞自然会充满疑惧。

【说明】

这首诗写离群独飞的孤雁,把孤雁那种孤独凄凉、惊惧胆怯的情状描绘得极其生动传神。题为孤雁,实际上也是飘零游子的真实写照。

春 宫 怨

杜荀鹤

早被婵娟误①，欲妆临镜慵。承恩不在貌，教妾若为容？风暖鸟声碎，日高花影重。年年越溪女②，相忆采芙蓉。

【作者简介】

杜荀鹤（864—约907），字彦之，自号九华山人，池州石埭（今安徽石台）人。其诗作对唐末军阀混战的黑暗局面和人民的苦难颇多反映，诗风明白平易，语言通俗。有《唐风集》。

【注释】

①婵娟：美好貌。②越溪女：王维《西施咏》："朝为越溪女，暮作吴宫妃。"相传西施曾在越溪采莲，此处借用西施典故，言当年一同采莲的女伴还在年年思念着她。

【今译】

早年被美貌所误进入宫中，
如今想对镜梳妆却懒得去动。
能否得君王宠爱并不在于容貌，
叫我为谁去妆饰自己的仪容？
春风多么和暖鸟儿鸣声细碎，
太阳当空高照地上花影重重。
家乡越溪上那些亲密的女伴，
年年思念着与我去共采芙蓉。

【说明】

这首诗写宫女貌美却不得恩宠的哀怨，寄寓了作者怀才不遇的感叹。结尾二句写越溪采莲女的欢乐，正反衬了宫中生活的黑暗苦闷。"风暖"一联写景秾丽，历来为人称赏，有"杜诗三百首，唯在一联中：风暖鸟声碎，日高花影重"之说（见胡仔《苕溪渔隐丛话》）。

章台夜思①

韦　庄

清瑟怨遥夜，绕弦风雨哀。孤灯闻楚角，残月下章台。芳草已云暮，故人殊未来。乡书不可寄，秋雁又南回。

【作者简介】

韦庄（约836—910），字端己，长安杜陵（今陕西西安市东南）人。早年以长诗《秦妇吟》，驰名当时。他的词语言清丽，颇有特色。

【注释】

① 章台：即章华台，古代楚国的离宫。

【今译】

凄清的瑟声仿佛在悲怨长夜，
好似风雨绕弦音调凄楚悲哀。
孤灯下遥听着声声楚角，
望残月已落下章华古台。
茂盛的芳草已渐渐枯萎，
期盼的故人却依然未来。
给家乡的书信无法寄去，
行行秋雁又向南方飞回。

【说明】

作者夜宿章台故地，孤灯残月下但闻清瑟楚角的凄清哀怨之音，不禁愁思万千。感叹年华已逝、故人不见、乡书难寄，长空中南归的秋雁更勾起游子的思乡之情。

235

寻陆鸿渐不遇[①]

僧皎然

移家虽带郭，野径入桑麻。近种篱边菊，秋来未著花。扣门无犬吠，欲去问西家。报道山中去，归来每日斜。

【作者简介】

僧皎然，字清昼，俗姓谢，湖州（今浙江吴兴）人。其诗清淡自然，颇多禅旨。有《皎然集》（即《杼山集》）。又著有《诗式》等。

【注释】

[①] 陆鸿渐：即陆羽（733—804），唐复州竟陵（今湖北天门）人。他辞官不就，隐居著书，撰有《茶经》。他与皎然友善，曾共居于吴兴杼山妙喜寺。

【今译】

他迁移的新居虽然靠近城郭，
却有一条小路通向田间桑麻。
新近在篱笆边种了放多秋菊，
秋天已经到来仍然未见开花。
频频敲门也听不到一声犬吠，
想要离去且再问问西边邻家。
邻人告诉说他去了山里，
回来时往往已夕阳西下。

【说明】

作者寻访陆羽不遇，但已从所见所闻中写出了陆羽性好桑麻篱菊、常往山中独游的隐逸情趣。全诗没有对仗，却极自然超脱。

◇ 七言律诗 ◇

黄 鹤 楼①

崔 颢

昔人已乘黄鹤去②,此地空余黄鹤楼。黄鹤一去不复返,白云千载空悠悠。晴川历历汉阳树,芳草萋萋鹦鹉洲③。日暮乡关何处是?烟波江上使人愁。

【作者简介】
崔颢(704?—754),汴州(今河南开封)人,开元进士。少年为诗意多浮艳,晚年诗风忽变,多写戍旅感情,风骨凛然。《全唐诗》录其诗一卷。

【注释】
① 黄鹤楼:三国吴黄武二年修建的名楼。旧址在湖北武昌黄鹤矶上,俯见长江,面对长江北岸的龟山。② 昔人:《齐谐记》说仙人子安曾乘黄鹤过黄鹤矶;《太平寰宇记》说费文伟登仙,常乘黄鹤在楼上停息。因为"黄鹤"名楼。"昔人"当指子安或费文伟。③ 鹦鹉洲:长江中的小洲,位于今汉阴西南的江面上。相传三国祢衡作《鹦鹉赋》,被黄祖杀死,葬尸于洲上,因得名。

【今译】
从前的神仙已经驾黄鹤高飞远走,
这地方空空留下了一座黄鹤楼。
黄鹤飞走后再都没有见回返,

千余年只有白云空自在悠闲飘浮。
江面晴明看得清汉阳那边的远树,
江心中芳草茂盛之处就是鹦鹉洲。
日落天晚如何能望见我的乡土,
江波上烟雾弥漫这叫人更加烦愁。

【说明】

这首诗绘写出黄鹤楼上远眺中的美好景色,抒发作者吊古伤今、怀乡思家的深沉感情。据说李白到黄鹤楼打算题诗,一见此诗,感叹道:"眼前有景道不得,崔颢题诗在上头!"因而搁笔作罢(见《唐诗纪事》)。

行经华阴①

崔　颢

岧峣太华俯咸京②,天外三峰削不成③。武帝祠前云欲散④,仙人掌上雨初晴⑤。河山北枕秦关险,驿路西连汉畤平。借问路旁名利客,何如此地学长生?

【注释】

① 华阴:指华山北面的陕西华阴县。② 太华:即今西岳华山。咸京,秦都咸阳,这里指长安。③ 三峰:即今华山的西峰(莲花峰)、南峰(落雁峰)、东峰(朝阳峰)。④ 武帝祠:汉武帝登华山,观仙掌,曾诏建巨灵祠,即这里的"武帝祠"。⑤ 仙人掌:《大清一统志》引《华岳志》说:"岳顶东峰曰仙掌,峰侧石上有痕,自下望之宛然一掌,五指俱备,人呼为仙掌。"传说河水被山所阻,河神巨灵双手擘其上,双足分其下,山中分而河水流通,巨灵手足痕迹尚存。

【今译】

巍峨的西岳华山俯视着长安京城,

三峰插出天外不是人工削成。
武帝祠前的积云眼看就要散去，
仙人掌上的阴雨这时刚刚放晴。
黄河太华坐落北面秦关更成险胜，
西面平坦的汉朝祭台还有驿道连通。
问一声路旁的争名夺利之客，
怎能比得上到此学个超脱死生？

【说明】

这首诗将有关的神话传说以及秦中的名胜史迹相融合，形成隽永的诗情画意，不仅表现出华山的奇险，而且也流露出诗人那山河依旧、往事化迁、仕途坎坷、世路茫茫的情绪。清人沈德潜说第一联："太华三峰如削，今反云'削不成'，妙！"（《唐诗别裁集》）

望 蓟 门[①]

祖 咏

燕台一去客心惊[②]，笳鼓喧喧汉将营[③]。万里寒光生积雪，三边曙色动危旌[④]。沙场烽火侵胡月，海畔云山拥蓟城。少小虽非投笔吏[⑤]，论功还欲请长缨[⑥]。

【作者简介】

祖咏（699?—746），洛阳人，开元进士，少与王维友善，有文名。殷璠评其诗："气虽不高，调颇凌俗。"《全唐诗》存其诗一卷。

【注释】

① 蓟（jì）门：唐时边防要地，属幽州所治，在今北京市西北。② 燕台：幽州台。战国燕昭王筑此台以揽天下贤士。③ 笳鼓：军乐声。④ 三边：原指幽、并、凉三州，泛指边地。⑤ 投笔吏：东汉班超，少年时曾为官府做些抄写文书的事情，后来投笔从军，终立军功，

239

受封定远侯。⑥请长缨：指军前请战立功。西汉终军向汉武帝说："愿受长缨，必羁南越王而致之阙下"。长缨，长绳。

【今译】

一到幽州燕台就叫远来人心惊，
笳声鼓声嘈杂传遍了汉家军营。
茫茫积雪上面泛起了万里寒光，
三边高处的旌旗正在曙光中飘动。
战地上烽烟燃起逼向边空的明月，
渤海岸边的云山簇拥着蓟州孤城。
我虽然不像班超少年就投笔从戎，
若要说建立功勋还得向朝廷请缨。

【说明】

诗人在远望中抓住那些和北部边塞相关的声色景物来着笔绘写，造成了雄浑壮阔的氛围，显得杀气阵云夺人魂魄，吴乔认为此诗颔联用"生"、"动"二字，"能使诗意跃出，是造句之妙，非琢炼之妙也。"（《围炉诗话》）

九日登望仙台呈刘明府①

崔　曙

汉文皇帝有高台，此日登临曙色开。三晋云山皆北向②，二陵风雨自东来③。关门令尹谁能识④，河上仙翁去不回。且欲近寻彭泽宰⑤，陶然共醉菊花杯。

【作者简介】

崔曙，生卒年不详，又名崔署，唐代宋州（今河南商丘）人。开元二十六年进士，其诗作往往情意悲凉。《全唐诗》存其诗一卷。

【注释】

① 九日：指农历九月九日重阳节。望仙台：据说河上公授汉文帝《老子章句》四篇而去，后来文帝筑望仙台以望河上公。台址在今河南陕县西南。刘明府，不详，明府为官名。② 三晋：今山西、河南一带，古属晋国，战国时韩、赵、魏三分晋国，因称"三晋"。③ 二陵：指崤山南北的两座山，在今河南洛宁、陕县附近。《左传·僖公三十二年》载："崤有二陵焉：其南陵，夏后皋之墓也；其北陵，文王之所避风雨也。"④ 关门令尹：函谷关守尹喜，相传他忽见紫气东来，知有圣人至，不一会果然见老子骑青牛过关，尹喜留下老子，于是老子写成《道德经》一书。尹喜后来亦随老子而去。⑤ 彭泽宰：晋陶渊明曾为彭泽令。渊明嗜酒而爱菊。有一次重阳节无酒喝，久坐于菊丛之中，刚好王弘送酒至，即便就酌，醉后而归。这里的"彭泽宰"借指刘明府。

【今译】

汉文皇帝筑下了这座高台，
我在今日登临曙光破天而开。
三晋的云山都呈向北势态，
二陵的风雨是从东方过来。
当年的关门令尹有谁还能识遇，
那位河上仙翁如今也一去不回。
还是想法就近寻到那"彭泽县宰"，
对菊一醉美酒共同图个开怀。

【说明】

这首诗绘写出眼前壮观的山川景色，慨叹神仙之渺茫虚无，还是把情趣放在和故人重阳节对酒赏花上面，表现出作者旷达的人生态度。

送魏万之京[①]

李 颀

朝闻游子唱离歌[②],昨夜微霜初渡河。鸿雁不堪愁里听,云山况是客中过。关城曙色催寒近[③],御苑砧声向晚多。莫是长安行乐处,空令岁月易蹉跎。

【注释】

① 魏万:后名魏颢,与李白有交,曾隐居王屋山,号王屋山人,能诗。② 离歌:即"骊歌"、《骊驹》之歌。《汉书·王式传》:"客歌《骊驹》,主人歌《毋庸归》,《骊驹》者,客欲去之歌也"。《骊驹》是古逸诗,其辞有:"骊驹在门,仆夫具存;骊驹在路,仆夫整驾。"③ 关城:指潼关。一入潼关,就快到京城长安了。

【今译】

清晨听到游子唱出了离别之歌——
昨夜晚天降微霜今早上你刚要渡河。
本来就很烦愁听不得鸿雁哀鸣,
更何况流落他乡还要把云山经过。
潼关黎明的天光催得寒冬逼近,
皇城捣衣的声音到了晚间更多。
别以为京都长安是个行乐的去处,
它空把岁月流失容易让年华消磨!

【说明】

这首诗贵在含蓄,它没有直接诉说诗人的离别之情,而是把这种情绪浸含在对魏万行程情情景景的想象描写中,造成了一种萧瑟惆怅的氛围,增强了诗的感染力。尾联语重意深,饱含朋友间深厚的情谊。

登金陵凤凰台[1]

李 白

凤凰台上凤凰游，凤去台空江自流。吴宫花草埋幽径[2]，晋代衣冠成古丘[3]。三山半落青天外[4]，二水中分白鹭洲[5]。总为浮云能蔽日[6]，长安不见使人愁[7]。

【注释】

[1] 金陵：今江苏省南京市。凤凰台：传说故址在今凤凰山上，相传刘宋元嘉间凤凰集于山上。因号山为"凤凰山"。于山筑台，因名凤凰台。[2] 吴宫：三国孙吴都金陵时的宫殿。[3] 晋代衣冠：指建都于金陵的东晋的豪门世族。[4] 三山，在金陵西南大江边，有三峰积石相接，因得名。[5] 二水：秦淮河在金陵入江处有白鹭洲横其间，显得江水分为二支，故说"二水"。[6] 浮云蔽日：喻奸邪壅蔽君王。陆贾《新语·慎微篇》："邪臣之蔽贤，犹浮云之障明也。"[7] 长安不见：喻不能在朝廷效力。

【今译】

金陵的凤凰台上曾经有凤凰来游，
凤凰一去高台空在江流独自悠悠。
吴宫的鲜花芳草埋入幽僻小道，
晋代的豪门贵族变成古墓荒丘。
三山在云中隐现像一半落到天外，
白鹭洲卧在江心分出了两条水流。
总因为浮云能够把白日遮蔽，
帝都长安不见真叫人感到烦愁！

【说明】

本篇和崔颢《黄鹤楼》诗章法有相近之处：都是登临凭吊之作；首联都借有关神话起句；颔联都以往事不复为叹；颈联都描写眼前

之景；而尾联又都发起乡关之思或家国之忧。可以说二诗各抒其情，各擅胜场。

送李少府贬峡中王少府贬长沙①

高 适

嗟君此去意何如，驻马衔杯问谪居。巫峡啼猿数行泪②，衡阳归雁几封书③。青枫江上秋帆远④，白帝城边古木疏⑤。圣代即今多雨露，暂时分手莫踌躇。

【注释】

①少府：唐时官名。李、王二人事不详。峡中：指唐夔州巫山县，在今四川巫山县。②巫峡啼猿：《水经注·江水》说三峡："每至晴初霜旦，林寒涧肃，常有高猿长啸，属引凄异，空谷传响，哀转久绝。故渔者歌曰：'巴东三峡巫峡长，猿鸣三声泪沾裳。'"这里暗喻李、王之贬，让人落泪。③衡阳归雁：相传衡阳有回雁峰，北雁南飞，至此折回。又古人有飞雁传书之说。④青枫江：指长沙府的青枫浦。⑤白帝城：在今四川奉节县城东瞿塘峡口。

【今译】

感叹二君今日离开竟是怎样的心绪，
下了马举杯对饮宽慰贬官远居。
听到巫峡猿啼定会洒落下数行清泪，
看见衡阳雁归莫忘捎回来几封音书。
青枫江上的秋帆漂得越来越远，
白帝城边的古木想必是枝叶稀疏。
如今朝廷圣明多见皇恩雨露，
只是暂时分别再不要惆怅悲郁。

【说明】

这首诗抓住能切合王、李二人分头去的地方的景色加以渲染描绘，造成悲凉的气氛，流露出诗人送别友人的深沉感情。何焯评论说："结句才非世情常语，乃嗟叹之极致也。"（《义门读书笔记》）

和贾至舍人《早朝大明宫》之作[①]

岑 参

鸡鸣紫陌曙光寒，莺啭皇州春色阑。金阙晓钟开万户[②]，玉阶仙仗拥千官。花迎剑佩星初落，柳拂旌旗露未干。独有凤凰池上客[③]，《阳春》一曲和皆难[④]。

【注释】

①和（hè）：和诗，即写诗与别人相唱和，分限定和韵与不限定和韵两种，这首诗不限定和韵。贾至，字幼邻，洛阳人，天宝末为中书舍人，安史之乱从玄宗入蜀。舍人：官名，职草拟诏旨之事，一般由有文学资望的人来担任。大明宫，唐东内，因后有蓬莱池，又名蓬莱宫。②金阙：形容富丽的宫殿，这里指大明宫。"阙"原为殿门前的望楼。③凤凰池上客：指贾至。凤凰池是宫中池名，魏晋南北朝设中书省于禁苑，所以后来就以凤凰池代指中书省。④《阳春》一曲：喻贾至《早朝大明宫》之作不同凡响。宋玉《对楚王问》说：有人歌《阳春白雪》，"国中属而和者不过数十人，是其曲弥高，其和弥寡。"

【今译】

帝京雄鸡高唱大道上曙光尚寒，
皇城春色将尽黄莺叫得婉转。
大明宫敲起晨钟打开了千门万户，
玉阶前仪仗排列簇拥着众多官员。
花迎佩剑的大臣晨星刚刚落下，
柳丝掠过了旌旗露水还没有蒸干。

只有中书舍人奉君主在凤凰池上，
他高吟《阳春》妙曲人人都唱和困难。

【说明】

贾至原《早朝大明宫呈两省僚友》七律为："银烛朝天紫陌长，禁城春色晓苍苍。千条弱柳垂青琐，百啭流莺满建章。剑佩声随玉墀步，衣冠身惹御炉香。共沐恩波凤池里，朝朝染翰侍君王。"岑参的和诗与贾至这首原诗比较，虽几处用原诗词语，但能自开新境，把早朝时的景色写得更为出色。所以沈德潜说他们的唱和是"嘉州（指岑参）明秀"、"贾作平平。"

和贾至舍人《早朝大明宫》之作

王　维

绛帻鸡人报晓筹①，尚衣方进翠云裘②。九天阊阖开宫殿③，万国衣冠拜冕旒④。日色才临仙掌动⑤，香烟欲傍衮龙浮。朝罢须裁五色诏，佩声归到凤池头。

【注释】

①绛帻（zé）鸡人：古时宫中不蓄鸡，天将亮时，由头包红巾的卫士高声喊叫，用以报晓，名为鸡人。晓筹：更筹，夜间计时的更签。"报晓筹"即报时。②尚衣：官名，专司掌御衣。③九天：指皇宫。阊阖：神话中天帝的门。语出《楚辞·离骚》："吾令帝阍开关兮，倚阊阖而望予。"这里指宫中正殿大门。④冕旒：古代天子戴的礼帽以及礼帽前后的玉串。⑤仙掌：障扇，宫中的一种仪仗，用以遮挡君面。

【今译】

头裹红巾的"鸡人"高声报来了晨曦，
司管御服的宫员正捧进绿云纹皮衣。
启动天帝的大门敞开了皇家殿宇，

万国使臣齐朝拜头戴冕旒的天子。
日色方才照临障扇移开了去,
香烟缭绕龙袍上的衮龙像要浮起。
早朝后还要草拟五色诏书,
听环佩声声一直归向凤凰池那里。

【说明】

王维的这首诗章法谨严,承转有序,以极强的概括手段把早朝前、中、后的景象写得富丽堂皇,雍容华贵;同时也给贾至以赞誉。颔联把鼎盛的大唐帝国威仪一笔勾出。清人王寿昌说:"何谓气象?曰:'绛帻鸡人报晓筹……'不谓之'诗中天子'不可也。"(《小清华园诗谈》)

奉和圣制从蓬莱向兴庆阁道中留春雨中春望之作应制[①]

王 维

渭水自萦秦塞曲[②],黄山旧绕汉宫斜[③]。銮舆迥出千门柳,阁道回看上苑花。云里帝城双凤阙[④],雨中春树万人家。为乘阳气行时令[⑤],不是宸游玩物华。

【注释】

① 圣制:皇帝所写的诗,唐玄宗游阁道时曾在雨中望春赋诗一首。兴庆:唐宫名,为南内,在唐长安东南角。阁道:为皇家出行架在半空中的长廊,状似现在的天桥。开元二十三年,唐廷从大明宫经兴庆宫到曲江风景区筑阁道,以供皇家登临游赏。留春:流连风景。应制:应皇帝之命写诗。② 渭水:渭河,源于甘肃经陕西潼关入黄河,为黄河最大支流。秦塞:秦地。③ 黄山:指渭水旁的黄麓山。山在兴平县北一里。汉宫:即汉代的黄山宫。④ 双凤阙:《三辅黄图》说:"凤凰

247

阙，汉武帝造。古歌云：'长安城西有双阙，上有双铜雀，一鸣五谷成，再鸣五谷熟。'"这里的"双凤阙"即"凤凰阙"，泛指唐宫的殿阙楼台。⑤行时令：按季节规定关于农事的政令，宣扬疏导使之施行。

【今译】
渭水随秦中关山自然地弯弯曲曲，
黄山依旧绕汉宫呈现斜向的体势。
御车开过来高出皇城的柳树，
从阁道回头可见上林苑的花枝。
帝城的双凤阙高高插入云际，
万千百姓的家园同雨中春树杂在一起。
为了趁阳春季节宣导施行时令，
不是天子出游怀着赏玩春景的意趣。

【说明】
这是一首应制诗，少不了歌功颂德的词语，按说极难在艺术上达到较高的程度，可是诗人巧妙地抛开了以往应制之作的陈词滥调，倒给人以清新瑰丽的感觉。最后两句在颂扬声中，孕含着规讽之旨。清人赵殿成也说这是"因事进规，深得诗人温厚之旨"（《王右丞集笺注》）。

积雨辋川庄作①

王　维

积雨空林烟火迟，蒸藜炊黍饷东菑。漠漠水田飞白鹭，阴阴夏木啭黄鹂②，山中习静观朝槿③，松下清斋折露葵④。野老与人争席罢⑤，海鸥何事更相疑⑥。

【注释】
①辋川：指诗人在蓝田的辋川别墅。②按《唐国史补》说李嘉

祐有"水田飞白鹭,夏木转黄鹂"诗句,王维在这里只加了"漠漠"、"阴阴"四字。《石林诗话》说:"此乃摩诘(即王维)点化以自见其妙。"③朝槿(jǐn):木槿,落叶灌木或小乔木,其花朝开暮落,所以叫朝槿,古人以它象征人生无常。④露葵:即滑菜,可食。⑤争席:争席位。《庄子·杂篇·寓言》说:杨朱去见老子时,旅店的客人和主人都对他很恭敬,搬凳子给他让座(因为当时他还神气十足);等到他从老子那里学道归来,再去原来旅店,那里人不仅不给他让座,而且还和他争起席位来(因为他从老子那里学会了自然之道,取掉了神气十足的样子,和人们无隔膜了)。这里的"争席罢",喻诗人自己已摆脱了争名干禄之心。⑥"海鸥"句:《列子·黄帝篇》说:海上有人喜欢海鸥,常与海鸥相游乐,海鸥也不避他。后来他父亲对他说:"你能和海鸥相游乐,明天就捉来一只叫我玩。"第二天他再去海上,海鸥却高飞不下,再也不亲近他了。这里暗以捉海鸥比喻官欲。

【今译】
辋川在连阴雨中炊烟缓缓地升起,
蒸藜菜煮黄米送饭到东边田地。
水田开阔展布上面飞来了白鹭,
夏木枝叶成荫其间鸣啭着黄鹂。
对着那山中朝槿静心养性,
折来这松下露葵清斋素食。
我这村老就像是杨朱已经"与人争席",
为什么海鸥还要更加产生疑意。

【说明】
这首诗写王维晚年的隐居生活,它把诗人淡泊脱尘的心境、恬静逸乐的情趣以及辋川山庄的田园风光织成了诗的意境。颔联活现大自然的美景,有声有色,悦耳悦目。

酬郭给事[①]

王 维

洞门高阁霭余辉，桃李阴阴柳絮飞。禁里疏钟官舍晚，省中啼鸟吏人稀[②]。晨摇玉佩趋金殿，夕奉天书拜琐闱[③]。强欲从君无那老，将因卧病解朝衣。

【注释】
① 郭给事：其人未详。给事，官名。② 省：指唐门下省。③ 琐闱：宫门。因宫门上刻着连锁图案并以青色饰之，故名。

【今译】
宫门重殿阁高遮蔽了残阳光辉，
桃李树茂密多荫柳絮到处飘飞。
宫里钟声稀疏夜色降临到官舍，
省中鸟儿啼叫官员大多数归回。
清晨摇荡着玉佩小步向金殿走去，
晚来手捧着诏书恭敬地拜离宫闱。
心想勉力为官莫奈何力衰年老，
将因为卧床养病脱去这朝服官衣。

【说明】
蕴藉含蓄是这首诗的特点。它对禁中官舍晚景的描写，偏偏叫人体味出宁静太平的气象。加以颈联的高度概括，就把郭给事"夙夜在公"的一片忠心显现出来了。提到辞官，诗人也说得相当委婉，又流泻着他那"空知返旧林"的思想。所以吴汝纶说此联："见右丞高致。"（见《唐宋诗举要》所引）

蜀　相①

杜　甫

丞相祠堂何处寻？锦官城外柏森森②。映阶碧草自春色，隔叶黄鹂空好音。三顾频繁天下计③，两朝开济老臣心④。出师未捷身先死⑤，长使英雄泪满襟。

【注释】

①蜀相：指诸葛亮。章武元年，蜀国刘备以诸葛亮为丞相。②锦官城外：特指成都西北的武侯庙。锦官城为成都的别称。③三顾：指刘备曾经三去隆中拜访诸葛亮的事情。诸葛亮《前出师表》说："先帝（刘备）不以臣为卑鄙，猥自枉屈，三顾臣于草庐之中，咨臣以当世之事。"④两朝：指蜀先主刘备以后主刘禅两朝。⑤"出师"句：指建兴十二年，诸葛亮出师伐魏未果，病死在五丈原这一史事。

【今译】

到哪里去寻找诸葛丞相的祠堂？
就在锦官城外柏木浓郁的地方。
绿草辉映着石阶独自呈现出春色，
黄莺在密叶间空把美妙的歌儿啭唱。
先主刘备三顾茅庐屡次问天下大计，
丞相两朝创业扶危竭尽了老臣忠肠。
出师远征还未取胜他却先染病身死，
总叫仁人志士伤感清泪洒满了襟上。

【说明】

在这首诗的写景和议论之中，足见诗人对诸葛亮的仰慕之心和追思之情。全诗情调悲壮，不难看出诗人在安史之乱期间的心态。尾联哀响千古，道出天下仁人志士对诸葛亮赍志而没的不尽之恨。南宋抗金的先行者宗泽临死不忘恢复，三呼"渡河"，又吟诵杜甫

这两句诗,甚为壮烈。仇兆鳌因此评论这一联说:"千载英雄有同感也!"(《杜诗说注》)

客　至[1]

杜　甫

舍南舍北皆春水,但见群鸥日日来[2]。花径不曾缘客扫,蓬门今始为君开。盘飧市远无兼味,樽酒家贫只旧醅[3]。肯与邻翁相对饮?隔篱呼取尽余杯。

【注释】

[1] 原题下作者自注:"喜崔明府相过"。明府,对县令的美称。[2] "但见"句:这里暗写作者在幽居中交往甚少,唯与群鸥为伴,《列子·黄帝篇》载:"海上之人有好鸥鸟者,每旦之海上从鸥鸟游,鸥鸟之至者百往而不止。"诗人暗用其事。[3] 旧醅:隔年酿的没有滤过的米酒。古人贵新酿的酒,诗人以旧醅款客,颇怀歉意。

【今译】

住处的南面北面都是盈盈春水,
只见到群群的沙鸥天天飞来。
还不曾经因迎来客清扫过花径,
简陋院门今天才为您敞开。
集市太远盘中菜肴也没有几样,
家贫寒只得把樽中的陈酒端来。
如果愿和邻家的老翁对坐畅饮,
隔篱笆唤他一起喝干剩下的几杯。

【说明】

这首诗表现浓郁的生活气息和率真的主客情分。清人王寿昌评道:"昔人谓狮子搏象用全力,余以为杜诗亦然。故有时似浅而实不浅，似淡而实不淡，似粗而实不粗，似易而实不易。此境最难。然其秘只在'深入浅出'四字耳。如'舍南舍北皆春水……'浅矣而不可谓之浅。"（《小清华园诗谈》）

野　　望

杜　甫

西山白雪三城戍①，南浦清江万里桥②。海内风尘诸弟隔，天涯涕泪一身遥。惟将迟暮供多病，未有涓埃答圣朝。跨马出郊时极目，不堪人事日萧条！

【注释】

①西山：岷山主峰，常年积雪，人称雪岭。在今四川松潘县南。三城：指四川的松（在今松潘县）、维（在今理县西）、保（在今理县新保关西北）三州。其时吐蕃屡犯蜀，故置三城之戍。②万里桥：在成都南门外，三国蜀费祎出访东吴，诸葛亮为之饯行。费祎于桥头叹息道："万里之行，始于此桥。""万里桥"因此得名。

【今译】

西山上盖着白雪三城有驻军防守，
城南万里桥架在锦江的清流上头。
天下战乱烽烟四起我和众兄弟隔阻，
涕泪洒向天涯自身竟如此遥远孤独。
只得让衰老的躯体任凭它疾病侵扰，
还不曾有微小功劳来报效圣明朝廷。
乘马来到郊外不住地放眼远望。
世事天天衰败真叫人凄伤难受！

【说明】

作者出郊远望眼前的诸景诸物，引出他那兄弟隔阻、天涯漂泊的伤感。叹老嗟病之间，报国之心未泯。末两句的哀伤，及国及民及身，有着更深一层的意义。朱瀚说："国步多艰，皆由人事所致，结句感慨深长。"(《七律解意》)

闻官军收河南河北[①]

杜 甫

剑外忽传收蓟北[②]，初闻涕泪满衣裳。却看妻子愁何在，漫卷诗书喜欲狂。白日放歌须纵酒，青春作伴好还乡。即从巴峡穿巫峡[③]，便下襄阳向洛阳[④]。

【注释】

①官军：唐朝军队。唐肃宗宝应元年（762），唐军收复东京、汴、郑诸地，接着又平定河北州郡，贼首史朝义自缢，其部属纷纷投降。不久，安史之乱结束。②剑外，剑门关以南，这里指蜀地。蓟北：唐代河北的幽州、蓟州一带，为安史叛军的巢穴。③巴峡：长江峡名。在今重庆以东。巫峡：长江三峡之一，在今四川巫山县东面。④襄阳：在今汉江边的襄樊一带。

【今译】

收复蓟北的喜讯忽传到剑门关外，
刚听到消息涕泪就洒满了衣裳。
回头看妻子儿女哪里还见愁容，
随意收卷诗书简直是欢喜如狂。
白天任性高歌还得要纵情畅饮，
阳春美景相伴我正好回归家乡。
立刻穿过巴峡又继续穿过巫峡，
随后就转向襄阳再一直奔向洛阳。

【说明】

浦起龙说这是诗人"平生第一首快诗也"(《读杜心解》)。的确,风尘流离之客,忧国怀乡之人,忽见国运转安,乡关平复,归日可望,怎能不欢喜如狂呢?尾联想象之语,跌宕有致,境界大开。施补华说这首诗:"再三读之,可悟俯仰用笔之妙。"(《岘佣说诗》)

登　高

杜　甫

风急天高猿啸哀[①],渚清沙白鸟飞回。无边落木萧萧下,不尽长江滚滚来。万里悲秋常作客,百年多病独登台。艰难苦恨繁霜鬓,潦倒新停浊酒杯[②]。

【注释】

[①] 猿啸哀:郦道元《水经注·江水》说三峡"每至晴初霜旦,林寒涧肃,常有高猿长啸,属引凄异,空谷传响,哀转久绝。"[②] "潦倒"句:意指杜甫老年因肺部疾病而戒酒。

【今译】

风正紧天高旷猿啼声声凄哀,
洲畔水清滩头沙白江鸟盘旋往回。
无边际的林木黄叶萧萧落下,
不停歇的长江扬波涌浪奔来。
离家万里悲伤秋色常年流落在外,
身临老境疾病添多独自登上高台。
生计艰难深深憾恨这两鬓增白,
疾苦困顿新近停饮那浊酒几杯。

【说明】

这首诗最能见杜诗的沉郁风格。将诗人的家国之恨、乡关之思、老病之苦、孤独之哀自然而然地交织在江峡秋色之中。杨伦称此诗"高浑第一,古今独步,当为杜集七言律诗第一"(《杜诗镜铨》)。胡应麟也说此诗"通章章法、句法、字法,前无昔人,后无来学,此当为古今七言律第一。"(《诗薮》)

登　楼

杜　甫

花近高楼伤客心,万方多难此登临。锦江春色来天地[①],玉垒浮云变古今[②]。北极朝廷终不改[③],西山寇盗莫相侵[④]。可怜后主还祠庙[⑤],日暮聊为《梁父吟》[⑥]。

【注释】

① 锦江:流经成都西南的濯锦江。② 玉垒:山名,在四川灌县西北。③ 终不改:唐代宗广德元年(763)十月,吐蕃军陷长安,立广武王李承宏为伪帝,代宗出奔陕州,隔15天吐蕃兵退,郭子仪遂恢复京师,代宗还朝。所以说"终不改"。④ 西山寇盗:指吐蕃军。唐代宗广德二年(764年)春,吐蕃军曾陷唐剑南、西川诸州,故称。⑤ 后主:指三国蜀汉的亡国后主刘禅,他曾得到诸葛亮的辅佐。又按:唐代宗李豫昏庸无能,重用宦官程元振、鱼朝恩等,做了误国招祸的事情。后主事有讽喻当世意。⑥《梁父吟》:乐府曲名。《三国志·诸葛亮传》载:"亮躬耕陇亩,好为《梁父吟》。"这里借指杜甫《登楼》一诗。

【今译】

高楼近旁春花开放尤其叫游子伤心,
到处都见兵荒马乱这时候我来登临。
锦江春色像是从天涯地角处涌来,
玉垒山浮云变幻世事也移古成今。
朝廷如同北极星终不可能改换,
占据西山的敌寇休得再来入侵。

可怜后主刘禅还有着祠庙享配,
在这黄昏时刻我姑且行歌《梁父吟》。

【说明】

诗人在国难之际,登临远眺,眼里的锦江玉垒,都引起他世事变迁之感。爱国心驱使他坚信大唐政权是不会被乱军毁掉的。但宦官专权的现实,又引起他的哀愁。他不禁借谈蜀汉的历史人物,来抒发自己复杂的感情。浦起龙说这首诗"声宏势阔,自然杰作"(《读杜心解》)。

宿　　府①

杜　甫

清秋幕府井梧寒②,独宿江城蜡炬残③。永夜角声悲自语,中天月色好谁看?风尘荏苒音书绝,关塞萧条行路难。已忍伶俜十年事,强移栖息一枝安④。

【注释】

① 宿府:唐代宗广德二年(764),经剑南节度使严武荐,杜甫为节度使参谋、检校工部员外郎,赐绯鱼袋,因而常宿幕府中。② 幕府:古时行军驻歇时,搭置帐幕作为将帅的府署。后以幕府借指军政衙门。③ 江城:指成都。④ 一枝:语出《庄子·逍遥游》:"鹪巢于深林,不过一枝。"

【今译】

深秋中幕府井边的梧桐也很凄寒,
独自在江城夜宿蜡烛已经烧残。
长夜里角声悲凉就像是自诉苦心,
当空的月色虽好又能有谁来赏看?
战乱连年不息亲友的音信断绝,

关山萧条冷落回家乡更是艰难。
已经忍受了十年来的孤独困苦，
好比鸟栖一枝上迁家来勉强求安。

【说明】

杜甫在严武幕府任职，生活虽然相对的安定，但天下祸乱并没有完全停息，他自己仍旧有着流落异乡的感觉。把自己的命运系于国家的安危，因而便对月伤怀，听角悲心，感觉到"强移栖息一枝安"的苦闷。王嗣奭说："……而今得能参谋幕府，安栖一枝，诚不幸中之幸，而实非中心之所欲也。"（《杜臆》）

阁　夜[①]

杜　甫

岁暮阴阳催短景，天涯霜雪霁寒宵。五更鼓角声悲壮，三峡星河影动摇。野哭千家闻战伐，夷歌几处起渔樵[②]？卧龙跃马终黄土[③]，人事音书漫寂寥。

【注释】

①阁：指夔州西阁。②夷歌：蜀中少数民族的歌谣。③卧龙：指三国诸葛亮。跃马：指公孙述，他在西汉末据蜀称帝。左思《蜀都赋》说："公孙跃马而称帝。"

【今译】

光阴转到年底就催得昼短夜长，
天边的夔州寒夜里停了飘雪降霜。
五更响起的鼓角声音悲凉激亢，
三峡里的水波闪漾着星河影光。
千家在荒野啼哭听得出战时的哀苦，
哪里见渔人樵夫再把土风民谣歌唱？

诸葛亮公孙述终究变成了一抔黄土,
人生啊音信啊一任它萧条渺茫!

【说明】

这首诗描绘了壮观的三峡寒夜景色,其中隐伏着诗人对战乱的忧虑,极其沉郁悲愤,"五更"一联,气象宏阔,为杜诗名句。

咏怀古迹① 五首

杜 甫

其 一

支离东北风尘际②,飘泊西南天地间③。三峡楼台淹日月,五溪衣服共云山④。羯胡事主终无赖⑤,词客哀时且未还⑥。庾信平生最萧瑟,暮年诗赋动江关。

【注释】

① 咏怀古迹:借古迹以申咏怀抱。② 东北:指长安东北的范阳一带,安禄山是从那里起兵的。③ 西南:长安西南,指杜甫入蜀后去过的成都、樟州、阆州、夔州一带。④ 五溪衣服:借指夔州一带服饰各异的少数民族。《水经注·沅水》载:"武陵有五溪,谓雄溪、樠溪、沅溪、酉溪,辰溪其一焉。夹溪悉是蛮左所居,故谓此蛮为五溪蛮也。"五溪近于夔州,在夔州以南。又《后汉书·南蛮传》载:五溪蛮"好五色衣服,制裁皆有尾形"。⑤ "羯胡"句:南北朝时,东魏高欢的大将侯景投降梁朝,后又借机攻陷梁都建康,梁武帝父子先后被害。这里以"羯胡"喻安禄山背弃恩义。"羯胡"泛称少数民族。⑥ 词客:指庾信。侯景之乱后,梁元帝在江陵建立政权。庾信奉命出使西魏,不料江陵又被西魏攻破。此后庾信一直留滞魏都长安,直到北周末年身死。滞北期间,他写了不少感情色彩浓郁的诗文,如有名的《哀江南赋并序》,故称之为"词客。"在这里,杜甫也以"词客"暗喻自己。

【今译】

东北方战乱之际我到处流离辗转，
而今又漂泊在西南天地之间。
久留在三峡住所消磨着日日月月，
和服饰不同的种族共处夔州云山。
羯人胡人奉事朝廷到底是没有信义，
诗人哀伤时世还不能回归故园。
庾信的一生最要算坎坷悲凉，
他晚年的诗赋感动了万里关山。

【说明】

这组诗五首，相传是杜甫在大历三年去夔出峡，至江陵、归州时沿途所咏。本首诗咏江陵古迹以怀庾信。因诗人暮年景况及诗文生涯与庾信颇相近，故感慨特深。王嗣奭说："公自萧瑟，借诗以陶冶性灵，而借信以自咏己怀也。"（《杜臆》）沈德潜说："此章以庾信自况，非专咏庾信也。五六语已与庾信双关，以上少陵自述。"（《唐诗别裁集》）

其 二

摇落深知宋玉悲①，风流儒雅亦吾师。怅望千秋一洒泪，萧条异代不同时。江山故宅空文藻，云雨荒台岂梦思②。最是楚宫俱泯灭，舟人指点到今疑。

【注释】

① 摇落：指秋天草木凋落飘零。宋玉悲：宋玉为战国时楚国辞赋家。他的名篇《九辩》开篇就说："悲哉，秋之为气也！萧瑟兮草木摇落而变衰。"宋玉失志不遇，深得作者同情。② "云雨"句：宋玉曾写《高唐赋》，其中说梦怀王夜梦得到一神女。临别时，神女对他说："妾在巫山之阳，高丘之岨，旦为行云，暮为行雨，朝朝暮暮，阳台之下。"这本是意在讽谏楚王淫惑的虚构文章，后人却把它当成艳事来附会。诗人在这里叹息世人不知宋玉文章的用心。

260

【今译】

面对枯落的草木深知宋玉的悲伤,
他的风流文雅也值和师法效仿。
追望千年前往事怅然落下了清泪,
虽处不同时代境况是同样凄凉。
江山犹在故居尚存空见到文章词藻,
"云雨荒台"的旧事难道是梦境幻象?
尤其感叹楚王宫殿已全然湮灭无寻,
到今天还怀疑船夫指点的地方。

【说明】

诗人对宋玉的悲忧穷蹙寄予深深的同情,对其文采风流备为推崇,其中可见作者的怅惘心情。沈德潜说:"怀宋玉亦所以自伤,言斯人虽往,文藻犹存。不与楚宫同其泯灭,其寄慨深矣。"(《唐诗别裁集》)王嗣奭说:"知玉所存虽止文藻,而有一段灵气行乎其间,其风流儒雅不曾死也,故吾愿以为师也。"(《杜臆》)

其 三

群山万壑赴荆门①,生长明妃尚有村②。一去紫台连朔漠③,独留青冢向黄昏④。画图省识春风面⑤,环佩空归月夜魂。千载琵琶作胡语⑥,分明怨恨曲中论。

【注释】

① 荆门,山名,在今湖北宜昌一带。② 明妃:王昭君,名嫱。汉元帝宫女,汉嫁之于呼韩邪单于以"和亲"。晋代为避司马昭讳,称王昭君为"明妃"。昭君村在今湖北秭归县的香溪。③ 紫台:紫宫,汉宫名。④ 青冢:昭君坟墓。⑤ "画图"句:传说元帝因宫女太多,就让画工画出宫女的形状,以便随其所幸。王昭君因不向画工行贿,画工就故意把她画得很丑。等到和亲名已定时,元帝才发现她青春美貌,举止闲雅。然而为重信义,不再换人。事后元帝命令杀了画工。事见《西京杂记》。⑥ 琵琶:本是胡人乐器。传说汉武帝嫁公主于乌孙王,命以琵

琶马上作乐,后人把这些和昭君的故事相揉合,又写出《昭君怨》等琵琶曲,于是就有王昭君惯弹琵琶的说法。胡语:琵琶出自胡中,故形容其乐曲为"胡语"。

【今译】
千山万谷的体势好像要奔赴荆门,
昭君生长的地方还有村庄留存。
她一离汉宫就直奔北方大漠,
终于留下大青冢独自对着黄昏。
单凭画图略识哪能知青春美貌?
随着环佩响声空回来月夜孤魂。
千余年用琵琶弹出胡人的曲调,
分明从曲子里能体味她的怨恨。

【说明】
诗人凭吊昭君村,对王昭君生前寥落、死后悲凉的遭遇感叹颇深。王嗣奭说:杜甫"因昭君村而悲其人。昭有国色,而入宫见妒;公亦国士,而入朝见嫉,正相似也。悲昭以自悲也"(《杜臆》)。清人李子德又说此诗:"只叙明妃,始终无一语涉议论,而意无不包,后来诸家总不能及。"

其　四

蜀主窥吴幸三峡①,崩年亦在永安宫②。翠华想象空山里③,玉殿虚无野寺中④。古庙杉松巢水鹤⑤,岁时伏腊走村翁⑥。武侯祠屋常邻近⑦,一体君臣祭祀同。

【注释】
① 蜀主:指三国刘备。窥吴:进军攻打东吴。幸:帝王出行,驾临某处叫"幸"。② 崩年:帝王死时。永安宫:在夔州白帝城。刘备进攻东吴,败回,居永安宫,后来死在那里。③ 翠华:以翠羽装饰的旗帜,用作帝王出行仪仗。空山:指夔州。④ 玉殿:指永安宫。按"玉

殿"字下原有注:"殿今为卧龙寺,庙在宫东。"⑤古庙:指夔州的刘备庙。水鹤:鹤为水鸟,故说"水鹤"。⑥伏腊:古代伏祭、腊祭之日。伏在夏六月,腊在冬十二月。这句说每年伏、腊祭日,村民祭祀不废。⑦武侯祠屋:指夔州的武侯祠。诸葛亮曾受封武乡侯。常邻近:夔州武侯祠在先主庙西面,与之相邻。

【今译】

蜀主刘备征讨孙吴帝驾降临到三峡,
他那年崩殂归天也是在永安宫中。
可想象旌旗仪仗在空山里面招展,
眼前是荒野寺庙湮灭了玉殿旧景,
古庙松杉树上窝里栖宿着水鹤,
年年伏祭腊祭都见奔忙着村翁。
诸葛武侯祠堂总和先主庙邻近,
君臣本为一体祭祀也自然相同。

【说明】

这首诗凭吊蜀汉先主庙而咏汉刘备。诗的最后引出武侯祠,可见诗人羡慕那种君臣相得共向治理天下的政治体式。颔联有着凭吊怀古的浓烈意味。浦起龙《读杜心解》说它:"一显一隐,空山殿宇,神理如是。"

其 五

诸葛大名垂宇宙,宗臣遗像肃清高①。三分割据纡筹策②,万古云霄一羽毛③。伯仲之间见伊吕④,指挥若定失萧曹⑤。运移汉祚终难复⑥,志决身歼军务劳。

【注释】

①宗臣:为人们仰望的国家大臣。②三分割据:指三国时天下三分的局面。③羽毛:指凤凰。④伯仲之间:本指兄弟之间,借喻相差无几或同一等第。伊:辅佐商汤的良臣伊尹。吕:辅佐周文王武王父子

的良臣吕尚（姜太公）。⑤萧曹：萧何和曹参，二人皆为辅刘邦建汉的功臣。⑥祚，帝位，借指政权。

【今译】
天地间长存着诸葛亮的大名，
重臣遗像英伟清高叫人肃然起敬。
他尽力筹谋策划形成了三分局势，
万古为人景仰就像是凤凰翱翔晴空。
辅国济世算得上伊尹吕尚一等，
领兵决胜超过萧何曹参的本领。
汉朝气运已经衰移毕竟是不可恢复，
意志坚决军务劳顿他终于殉职丧命。

【说明】
这首诗是凭吊夔州武侯祠咏诸葛亮之作。比之《蜀相》一诗，这首诗更多地评价诸葛亮的盖世之功，亦见作者的磊落不平之气。黄生说："此诗先表其才之挺出，后惜其志之不成，武侯平生出处，真以五十六字论定。前后诸人，区区以成败持评者，皆可废矣。"（《杜诗说》）诗的中间两联切人切事。杨伦也说："确是孔明身份，具见论世卓识。"（《杜诗镜铨》）

江州重别薛六柳八二员外①

刘长卿

生涯岂料承优诏②，世事空知学醉歌。江上月明塞雁过，淮南木落楚山多③。寄身且喜沧州近④，顾影无如白发何。今日龙钟人共老，愧君犹遣慎风波⑤！

【注释】
①江州：今江西九江市。薛六、柳八：其人不详。②承优诏：蒙

受皇帝的恩诏,指被贬官。明明是遭贬,反说"承优诏",这是封建社会贬臣的委婉说法。西汉贾谊谪长沙,自己也说是"恭承嘉惠兮俟罪长沙!",同样是委婉说法。当然,语中也有作者的不平和牢骚。③淮南:指江州。江州曾为淮南国、淮南郡,故名。楚山:江州之山。江州曾属楚地,故名。④沧州近,指接近海滨。睦州地处浙江,甚近海,故这样说。又查刘长卿诗集中多以沧州借指归隐,"沧州近"或一语双关。⑤遣:劝告,叮嘱。风波:含有仕途险恶之意。

【今译】
平生哪能料到承受了优厚诏旨,
处世行事空知道效仿醉饮放歌。
江上月光明亮塞北雁群飞过,
淮南的树叶落下楚山显得更多。
还庆幸我栖身地方更临近沧海,
回看自己的白头形影又无可奈何。
今日双袖龙钟彼此都成为老态,
惭愧也感激二君还劝我当心风波。

【说明】
此诗写在作者移官睦州路过江州时,在秋风中与薛六、柳八同病相怜,依依惜别,表现出作者诚挚的感情。吴乔的《围炉诗话》说此诗,"绝无套语",可谓中肯之论。

长沙过贾谊宅①

刘长卿

三年谪宦此栖迟②,万古惟留楚客悲③。秋草独寻人去后④,寒林空见日斜时⑤。汉文有道恩犹薄⑥,湘水无情吊岂知⑦!寂寂江山摇落处,怜君何事到天涯⑧?

【注释】

①贾谊：西汉文帝时政论家，常上书议论汉室安危，见忌于公卿，被贬为长沙王太傅。据《元和郡县志》载："江南道潭州长沙县，贾谊宅在县南四十步。"②三年：贾谊为长沙王太傅三年。栖迟：这里指停留居住。③楚客：指贾谊。长沙古属楚地，贾谊流落其地，故为"楚客"。④人去后：指贾谊宅之空寂。语出贾谊《鵩鸟赋》："野鸟入室兮，主人将去。"⑤日斜时：指贾谊宅之凄凉。语出贾谊《鵩鸟赋》："庚子日斜兮，鵩集予舍。"⑥汉文：汉文帝。⑦"湘水"句：贾谊谪长沙，曾临湘水吊屈原，作《吊屈原赋》。⑧天涯：指远离京城的长沙。君：指贾谊。

【今译】

贾谊被贬官三年留在长沙居住，
千年后我流落楚地也感到他的悲苦。
独自踏着秋草去追寻先生遗迹，
空见斜阳余晖涂抹在凄林寒木。
听说汉文帝有道皇恩还对他淡薄，
去凭吊无情湘水屈原又哪能知悟？
眼前的草木摇落山川寂寞冷落，
可怜你因什么事来到这天涯之处！

【说明】

这首诗是作者遭贬谪路经长沙的作品。诗句间流泻出作者对贾谊不幸的共鸣心理，虽是吊贾，实为自伤，所以诗意双关，蕴藉别致。方东树说："收以自己托意，亦是言外有作诗人在，过宅人在。"（《昭昧詹言》）施补华评此诗颔联化用贾赋语句："可悟运典之妙，水中著盐，如是如是。"（《岘佣说诗》）

自夏口至鹦鹉洲望岳阳寄元中丞①

刘长卿

汀洲无浪复无烟②,楚客相思益渺然③。汉口夕阳斜渡鸟④,洞庭秋水远连天⑤。孤城背岭寒吹角⑥,独戍临江夜泊船⑦。贾谊上书忧汉室,长沙谪去古今怜。

【注释】

①夏口:即今湖北武昌。鹦鹉洲:见崔颢《黄鹤楼》诗注③。元中丞:其人不详。从诗意看,元中丞当在谪迁之中,很可能贬于岳阳。②汀洲:这里指鹦鹉洲。③楚客:见前诗注③。这里是诗人自指。④汉口:即今湖北汉口。⑤洞庭:暗指元中丞所在的岳阳一带。⑥孤城:指汉阳城。⑦戍:戍楼,为军防设施。

【今译】

江洲上不起风浪也不弥漫云烟,
而今我流落楚地更有无边的思念。
残阳铺洒到汉口鸟儿斜飞过大江,
洞庭湖秋水漫漫一直和远天相连。
孤城背靠着山岭传来了凄凉角声,
戍楼独立在江边挨着它夜里停船。
贾谊上书忠谏担忧西汉朝廷,
竟然被贬到长沙古今人都在伤怜!

【说明】

这首诗用秋水夕照孤城寒角的萧瑟景色来烘托作者对元中丞的思念,又以贾谊的遭遇来比况元中丞,显得写情含而不露,余味无穷。清王寿昌说颔联为"唐人佳句","可以照耀古今,脍炙人口"(《小清华园诗谈》)。

赠阙下裴舍人①

钱　起

二月黄鹂飞上林，春城紫禁晓阴阴。长乐钟声花外尽②，龙池柳色雨中深③。阳和不散穷途恨，霄汉常悬捧日心。献赋十年犹未遇④，羞将白发对华簪⑤。

【注释】
①阙下：宫阙之下，喻朝廷。裴舍人：其名不详。②长乐：汉长乐宫，这里指唐宫。③龙池：唐兴庆宫池名，这里泛指宫池。④献赋：向皇帝进献文章以求朝廷录用，这里喻参加科举考试。未遇：没有得到朝廷赏识，喻应举未中。⑤白发：头发已白，借代自己。花簪：古代做官人用以固定帽子的华美簪子，这里借指裴舍人。

【今译】
二月里的黄鹂飞进皇家上林，
春朝紫禁宫城全都是浓密树荫。
长东宫里钟声传出了花外才尽，
龙池周围杨柳春雨中颜色更深。
潦倒科场的愤恨不能被春阳驱散，
常想"霄汉奉日"抱着报国忠心。
十年来上京献赋还没有得到恩遇，
白发对着华簪我只是羞愧见人！

【说明】
这首诗写得婉转圆通。先是颂扬裴舍人受皇帝宠遇，出入宫禁，接着委婉地表示自己怀才不遇，不被朝廷录用；然后笔锋一转，请求裴舍人援引以进入仕途。方东树《昭昧詹言》说："前四句写景，气象真朴，不减摩诘（王维）。"

寄李儋元锡[1]

韦应物

去年花里逢君别，今日花开又一年。世事茫茫难自料，春愁黯黯独成眠。身多疾病思田里，邑有流亡愧俸钱[2]。闻道欲来相问讯，西楼望月几回圆[3]。

【注释】

① 李儋：字元锡，任殿中侍御史，为韦应物诗友。② 邑：时作者正在苏州刺史任上，邑指苏州及其所属县邑。流亡：流离失所的百姓。③ 西楼：苏州观风楼。

【今译】

去年你来与我作别正在花开期间，
今日又见花开时光过去了一年。
世事纷纷多变我实在难能预料，
春愁低沉郁结独自进入了睡眠。
身上多患疾病一心想回归故里，
辖境还有流民愧领到官员俸钱。
听说你已打算来这里把我探望，
在西楼上望你我看到几回月圆。

【说明】

这首诗表现作者与友人相思相望的感情。诗的第三联境界特高，颇为后人传诵和评赞。沈德潜在《唐诗别裁集》中评它为"不负心语"。余成教《石园诗话》说它："皆能摆去陈言，意致简远超然，似其为人，诗家比之陶靖节，真无愧也。"黄彻《西诗话》也说："余谓有官君子当切切作此语，彼有一意供租，专视土木，而视民如仇者，得无愧此诗乎？"

同题仙游观[①]

韩 翃

仙台初见五城楼[②],风物凄清宿雨收。山色遥连秦树晚,砧声近报汉宫秋[③]。疏松影落空坛静[④],细草香生小洞幽。何用别寻方外去[⑤]。人间亦自有丹丘[⑥]。

【注释】

① 同题:共同题诗。仙游观:故址在今河南嵩山脚下,是唐高宗为道士潘师正所建造的官观。② 五城楼:《史记·孝武本纪》:"方士有言:'黄帝时为五城十二楼,以候神人于执期,命曰迎年。'"这里以"五城楼"借指仙游观。③ "砧声"句:因砧声而意会缝秋衣,所以说"砧声近报汉宫秋"。汉宫,借指唐东都的宫殿。④ 坛:观中神坛。⑤ 方外:指世外。⑥ 丹丘:神仙居处。《楚辞·远游》:"仍羽人之丹丘兮,留不死之旧乡。"这里借指仙游观。

【今译】

初上仙台就像身入五城楼胜境,
隔夜的雨水收停风物凄凄冷冷。
连绵山色连接着远方秦地的晚树,
近处捣衣声告知秋天降临到宫城。
苍松投下了疏影祭坛空寂肃静,
细草散发着芳香小洞纤巧幽清。
何必要另去追寻太虚缥缈的世外,
人世间也自有眼前这神府仙宫。

【说明】

这首诗善于细腻地描写仙游观的自然景色,表现清静绝尘的景致,给人以身临道观才有的那种幽静的感觉。末两句的议论,更增添了诗人游观的兴致。

春　思

皇甫冉

莺啼燕语报新年，马邑龙堆路几千①？家住层城邻汉苑②，心随明月到胡天。机中锦字论长恨③，楼上花枝笑独眠。为问元戎窦车骑④，何时返旆勒燕然⑤？

【作者简介】

皇甫冉（716—769），字茂正，安定（今甘肃泾川北）人。《全唐诗》录其诗二卷。有《皇甫冉集》。

【注释】

①马邑：秦时筑马邑城，为战略要地，相传秦筑城时，屡筑屡崩。忽有马来周旋行走，急按其蹄迹以筑，遂成，故址在今山西朔县东北。龙堆：白龙堆，在今新疆沙漠地带，古时为通西域之要道。诗以"马邑"、"龙堆"泛称边关战地。②层城：神话传说中的昆仑山有城九重，最上一层叫层城，为天帝所居。这里借指唐都长安城。汉苑：借指唐代的帝王宫苑。③机中锦字：东晋窦滔因罪徙流沙（西域），其妻苏蕙思之甚苦，织锦为《回文璇玑图》，上有诗文800余字，纵横反复可读，词甚凄婉。一说窦滔镇襄阳，对苏蕙恩衰爱弛，苏蕙悲成《回文璇玑图》，滔读后悔恨涕零，遂与苏蕙复好如初。④为问：犹言"请问"。元戎：军中主帅。窦车骑：后汉窦宪，曾以车骑将军追北单于，大胜，登燕然山（今蒙古人民共和国的杭爱山），刻石纪功，命班固作"燕然山铭"，史称"燕山勒铭"。这里以窦车骑泛称唐边关主帅。⑤反旆：喻班师凯旋。旆，一种旗帜。勒：刻。

【今译】

黄莺啼春燕叫报知到了新年，
马邑龙堆和我远隔着路程数千。
家住在长安城中临近皇家宫苑，

心随着夜空明月去到战地边关。
织成了"回文锦字"诉说离别的深怨,
楼上的花枝也在笑我独自睡眠。
因此要问主帅车骑将军窦宪:
啥时候"燕然勒铭"大军举旗凯旋?

【说明】

这是一首闺怨诗。诗全用女主人公的口气写出,尤重于描写她的心理活动,把少妇的相思之苦和盼归的急切之情表现出来了。方东树说此诗"前四句,一彼一此,属对奇丽,而又关生有情,所以为佳"。又说;"此等诗,色相不出齐梁,而意用则去三百篇(指《诗经》)不远。"(《昭昧詹言》)

晚次鄂州①

卢 纶

云开远见汉阳城,犹是孤帆一日程。估客昼眠知浪静,舟人夜语觉潮生。三湘愁鬓逢秋色②,万里归心对月明。旧业已随征战尽③,更堪江上鼓鼙声。

【注释】

①次:这里指行船在途中止宿。鄂州:在今湖北武昌地区。诗题下原题"至德中作"。至德是肃宗年号,当知此诗写于安史之乱前期。②三湘:具体说法不一,一般指洞庭湖南北一带,作者由鄂州向汉阳,再向前就是三湘地方了。③旧业:祖传家业。

【今译】

密云散开远远望见了汉阳县城,
这只帆船还得再走一天的路程。
客商白日里睡眠心知风平浪静,

船家半夜间喧哗觉得水涨潮生。
愁白了的双鬓遇上这三湘秋色,
万里归乡心思偏对着今夜月明。
祖传田产家业已经被战乱毁尽,
哪能够再来忍听江面上军鼓之声!

【说明】

这首诗主要表现诗人舟次途中的愁绪和归心,流露出他对频年战乱的怨恨之情。其中三四句看似言凡人常事,却颇含理趣,多为后人所喜爱和传诵。方东树说:"三四兴在象外,卓然名句。"(《昭昧詹言》)沈德潜也说:"读三四语,如身在江舟间矣,诗不贵景象耶?"(《唐诗别裁集》)

登柳州城楼寄漳汀封连四州刺史[①]

柳宗元

城上高楼接大荒[②],海天愁思正茫茫。惊风乱飐芙蓉水[③],密雨斜侵薜荔墙。岭树重遮千里目[④],江流曲似九回肠[⑤],共来百越文身地[⑥],犹自音书滞一乡。

【注释】

① 柳州:在今广西柳州市。四州刺史:指漳州(今福建漳州)刺史韩泰,汀州(今福建长汀)刺史韩晔,封州(今广西封开县一带)刺史陈谏,连州(今广东连县)刺史刘禹锡。他们都是在王叔文革新派失败后被贬官的。元和十年(815),又分别被任为四州司马。② 大荒:远旷的荒野。③ 惊风:狂风。飐(zhǎn):吹动。④ 千里目:语出《楚辞·招魂》:"目极千里兮伤春心。魂兮归来哀江南。"⑤ 九回肠:九转之肠,喻极度悲愁的心情。语出司马迁《报任安书》:"肠一日而九回。"⑥ 百越:即百粤,古称岭南少数民族。文身:在身上刺花纹。《庄子·逍遥游》:"越人断发文身。"

273

【今译】
登上城头高楼眺望旷野远荒，
此时愁情也像似大海长天浩茫。
狂风袭来乱吹荷花池塘之水，
密雨飘过斜洒薜荔蔓生之墙。
岭树密密重重遮住了千里视线，
江流弯弯曲曲恰像是九转回肠。
共来到这文身成俗的岭南地方，
还是书信隔阻彼此各在一乡。

【说明】
这首名诗道出了作者谪居岭南的感慨，极有情致。中间两联写景、寓情、用词、对仗俱佳。纪昀说首联"意境阔远，倒摄四州，有神无迹。通篇情景俱包得起"。吴汝纶说尾联："更折一笔，深痛之情，曲曲绘之。"（均见《唐宋诗举要》所引）

西塞山怀古[①]

刘禹锡

王濬楼船下益州[②]，金陵王气黯然收[③]，千寻铁锁沉江底[④]，一片降幡出石头[⑤]。人世几回伤往事，山形依旧枕寒流。从今四海为家日，故垒萧萧芦荻秋。

【注释】
① 西塞山，在今湖北大冶县东的长江边。② 王濬楼船：王濬为晋武帝时益州刺史，晋伐东吴，他受命监造战船。船可容千二百人，上以木为城，起楼橹，可驰马。益州：三国地区名，治所在今四川成都市。"下益州"指从益州的水域出发伐吴。③ 金陵王气：指孙吴的命运气数。④ "千寻"句：孙吴于长江水面下设铁索链，以阻晋水师。晋人熔断铁索链，船行无阻，直下金陵。寻，古时八尺为一寻。⑤ 降幡：降旗。石头：石头城，孙吴都城，故址在今南京清凉山。

【今译】
　　王浚从益州发兵战船直下东南，
　　金陵帝王气象顿时就衰微消散。
　　拦江千寻铁索被熔断沉到江底，
　　一片投降旗子伸出了石头城垣。
　　人世几兴几废直叫人感伤往事，
　　山形还是旧样枕伏在寒江旁边。
　　而今四海平静天下已归于一统，
　　看旧垒荒败在这芦荻萧条的秋天。

【说明】
　　这首怀古诗的佳作追写王浚水师伐吴的壮观场面，并感古伤今，颇见讽喻意。"沈德潜在《唐诗别裁集》中评论此诗："起手如黄鹤高举，见天地方圆。"又《唐诗纪事》载："长庆中，元微之、梦得（即刘禹锡），韦楚客同会乐天（即白居易）舍，论南朝兴废，各赋《金陵怀古诗》。刘满引一杯，饮已即成（即《西塞山怀古》诗，这里略去）。白公览诗曰：'四人探骊龙，子先获珠，所余鳞爪何用耶！'于是罢唱。"薛雪《一瓢诗话》后来评论此诗道："似议非议，有论无论，笔著纸上，神来天际，气魄法律，无不精到，洵是此老一生杰作，自然压倒元、白。"

遣悲怀[①] 三首

元　稹

其　一

　　谢公最小偏怜女[②]，自嫁黔娄百事乖[③]。顾我无衣搜荩箧[④]，泥他沽酒拔金钗[⑤]。野蔬充膳甘长藿，落叶添薪仰古槐。今日俸钱过十万[⑥]，与君营奠复营斋。

【作者简介】

元稹（779—831），字微之，唐河南河内（在今河南）人。十五岁擢明经，长庆二年拜相。工诗，与白居易友善，唱和甚多，为白居易新乐府运动的积极支持者。世称"元白"，然其诗现实性不及白居易。《唐才子传》说："稹诗变体，往往宫中乐色皆诵之，呼为才子。"后来元稹又多写艳诗，其悼亡诗每有佳篇，为人传诵。有《元稹集》。

【注释】

①遣：排除。②谢公：指东晋宰相谢安。其兄谢奕的小女谢道韫，聪慧多才，甚为其所钟爱。元稹之妻韦丛的父亲韦夏卿为太子少保。这里以谢公比韦夏卿，以谢道韫比韦丛。此句谓韦夏卿钟爱女儿韦丛。③黔娄：战国齐国贫士，这里为元稹自比。乖：不顺利。④荩箧（jìn qiè）：草编的箱子。⑤泥：软语相求。⑥俸钱：官吏所得的薪余。过十万：意指俸钱丰厚。

【今译】

你就像谢家小女偏偏为谢公疼爱，
自嫁我这个贫士事事都不称心怀。
看见我没有衣裳就到草箱里寻找，
软求你给买酒喝拔下来头上金钗。
野菜充作饭食豆叶也当成美味，
拾起落叶烧火仰起头望着古槐。
而今我俸禄优厚已经超过了十万，
专为你操办祭奠延请僧人作斋。

【说明】

《遣悲怀》诗一组三首，是元稹悼念亡妻韦丛之作。三首诗意思相联贯，熔叙事抒情于一炉。这第一首追念夫妻贫苦时的生活和相爱相依的感情。妙处在诗人从具有典型性的生活和爱情细节着笔，构成感人的艺术形象，深刻入微地表现出个人的哀愁。乔亿说元稹悼亡诗："情思凄然可诵。"（《剑溪说诗又编》）

其 二

昔日戏言身后意，今朝都到眼前来。衣裳已施行看尽①，针线犹存未忍开。尚想旧情怜婢仆，也曾因梦送钱财。诚知此恨人人有②，贫贱夫妻百事哀。

【注释】

① 行：将要。② 诚：实在，的确。

【今译】

从前夫妻相戏谈到了死后安排，
哪料想时至今日很快到眼前而来。
你遗下的衣裳我已经施舍将尽，
针线盒子还在总不忍将它打开。
还思念当初恩爱偏怜你旧时婢仆，
也曾因梦里见你就赶快烧纸送财。
深知道死别之恨本来是人人都有，
对贫贱夫妻来说那尤其百事可哀。

【说明】

这首诗抓住同亡妻相关的生活细事，加以渲染烘托，表现贤妻亡故给作者带来的极度悲苦。"贫贱夫妻百事哀"一句哀响缠绵，放在诗的尾联很有分量，让人感到言有穷而意不可终。

其 三

闲坐悲君亦自悲，百年多是几多时？邓攸无子寻知命①，潘岳悼亡犹费词②。同穴窅冥何所望，他生缘会更难期。唯将终夜长开眼③，报答平生未展眉。

【注释】

① 邓攸：西晋人，为河东太守，以牛马负妻、子、侄避乱渡江，

277

路上遇到贼掠其牛马，为全其侄，弃子于草中以行。时人叹息说："天道无知，使伯道（邓攸字）无儿。"寻：犹"终于"。②潘岳：西晋人，早年亡妻，写《悼亡诗》三首。其词甚哀。③常开眼：《释名·释亲属》说："无妻曰鳏……愁悒不寐，目恒鳏鳏然也。其字从鱼，鱼目恒不闭也。"这里暗示不娶之意，也表白常念之情。

【今译】
闲坐时为你悲哀也为我自己哀悲，
人生百年虽多却能有几日几时？
像没有儿子的邓攸终知道这是命运，
像悼念亡妻的潘岳还是费尽了言词。
同墓中阴魂相守总渺茫不可企望，
到来生再次结缘就更是难等难期。
只有终夜不眠长时间睁着两眼，
报答你平日悲苦不曾展开双眉。

【说明】
这首进一步抒情，叹之命运，比之古人，望之来生，却归结于眼前。"唯将终夜常开眼，报答平生未展眉"一联，哀伤泣诉之间，饱和着忠贞之爱，为千古绝唱。

自河南经乱，关内阻饥，兄弟离散，各在一处。因望月有感，聊书所怀，寄上浮梁大兄、于潜七兄、乌江十五兄，兼示符离及下邽弟妹①

白居易

时难年荒世业空，弟兄羁旅各西东。田园寥落干戈后，骨肉流离道路中。吊影分为千里雁②,辞根散作九秋蓬。共看明月应垂泪,一夜乡心五处同。

【注释】

① 河南经乱:贞元十五年(799)春,宣武军节度使部下和彰义军州节度使吴少诚先后叛乱。战乱都发生在河南一带。关内阻饥:指因战事路阻,无法把漕运的粮食等物品再经河南转运关内,又值关内灾荒,所以饥馑严重。唐朝的关内道在今陕西中部、北部及甘肃东部一带。作者的大兄名幼文,当时是浮梁县(在今江西景德镇)主簿;七兄是于潜县(今浙江临安一带)尉;十五兄是乌江县(今安徽和县)主簿。符离:在今安徽宿县。下邽(guī):在今陕西渭南市东。② 吊影:对影自慰,指孤身。千里雁:千里孤飞的大雁。古人称兄弟为雁行。"吊影分为千里雁",喻兄弟骨肉各自远离故乡。

【今译】
时世危难又逢荒年家业已经成空,
兄弟们滞留他乡各自在西在东。
田园萧条荒芜正在这战乱之后,
亲骨肉失散流落跋涉在道路当中。
对影自慰成为千里分飞的孤雁,
断绝根变作九秋飘散的茅蓬。
共同仰望明月都一定会落下清泪,
这一夜思乡心意有五个地方相同。

【说明】

这首诗抒发作者一家在战乱中骨肉流离之悲,实际上是作者对给天下带来灾难的战乱的控诉。诗无华饰的词藻,多用比喻抒写胸臆,颇有人情味。管缄若论此诗尾联"以语意不尽为贵"、"足为一代楷式"(《读雪山房唐诗序例》)。

锦　　瑟[1]

李商隐

　　锦瑟无端五十弦[2]，一弦一柱思华年[3]。庄生晓梦迷蝴蝶[4]，望帝春心托杜鹃[5]。沧海月明珠有泪[6]，蓝田日暖玉生烟[7]。此情可待成追忆[8]，只是当时已惘然。

【注释】

　　[1] 此取诗的首二字为题，不是专门咏瑟之作，实际上仍是"无题"诗。[2] 锦瑟：古乐器，据说原有五十弦，以后才有二十五弦、十七弦之瑟。[3] 柱：弦柱，瑟上系弦调音的部件。[4] "庄生"句：《庄子·齐物论》说庄子梦见自己化为蝴蝶，迷惘之中，忘却自身，醒来以后，尚不知道是庄子梦为蝴蝶，还是蝴蝶梦为庄子。[5] "望帝"句：传说古蜀帝杜宇，死后魂灵化为杜鹃鸟，春来啼血而鸣。春心，伤春的心情。[6] "沧海"句：《博物志》载："南海外有鲛人，水居如鱼，不废绩织，其眼泣则能出珠。"[7] "蓝田"句：蓝田山亦名玉山，在今陕西蓝田县，其山产玉。唐司空曙曾引戴叔伦的话："诗家之景如蓝田日暖，良玉生烟，可望而不可置于眉睫之前也。"[8] 可待："岂待"、"难道要等到"之意。

【今译】

这锦瑟没来由张着五十根丝弦，
弦弦柱柱都叫我追忆青春盛年——
是庄子在晨梦中迷茫地变为蝴蝶；
是望帝在春日里凄伤地托身杜鹃；
是鲛人在沧海明月下流着珠泪；
是良玉在蓝田日暖时化作轻烟。
岂可等追忆起才有这样的情感，
就是在当初我也忍不住惆怅凄怨！

【说明】

　　这首诗的主题一直是仁者见仁，智者见智。解释为怅惘年华、自伤身世之作较为合理。诗哀怨含蓄，琢炼精莹，极有美的魅力。薛雪说："此诗全在起句'无端'二字。通体妙处，俱从此出……对锦瑟而兴悲，叹无端而感切，如此体会，则诗神诗旨，跃然纸上。"（《一瓢诗话》）近人高步瀛说这首诗："哀艳凄断，感人心脾。"（《唐宋诗举要》）

无　　题[①]

李商隐

　　昨夜星辰昨夜风，画楼西畔桂堂东[②]。身无彩凤双飞翼，心有灵犀一点通[③]。隔座送钩春酒暖[④]，分曹射覆蜡灯红[⑤]。嗟余听鼓应官去，走马兰台类转蓬[⑥]。

【注释】

　　① 无题不是缺题，而是作者另有寄托，不便明言，须得人们从诗中体味。② 画楼：雕绘华美的楼阁。桂堂：以芳香木料建造的厅堂，形容厅堂之芬芳华贵。③ 灵犀：《南州异物志》说："犀牛灵异，表灵以角。"犀角中有一条天然的角质白线，贯通两端，人以为灵异，故称之为"灵犀"。④ 送钩：古时宴饮的一种游戏。用一玉钩在宴饮者之间传来传去，传送间藏钩于一个人手里，然后让别人猜钩在谁之处，猜不中者罚酒喝。⑤ 分曹：分组。射覆：也是古时宴饮间的游戏。藏物于巾帕或器皿里，让人猜是何物，不中者罚酒喝。⑥ 兰台：唐秘书省的别称。李商隐曾为秘书省校书郎。

【今译】

昨天夜空里星光灿烂又吹来春风，
你我相逢在画楼西边在桂堂以东。
身虽不像彩凤长出飞翔的双翅，

心却比如灵犀自有着一线相通；
隔座位传钩游戏春酒带着暖意，
分成队射覆赌胜烛光照得正红。
可叹我一听更鼓就急忙应卯而去，
跨马奔向兰台真像是风飘茅蓬。

【说明】

李商隐的《无题》诗多见寄托，寓意深刻。其中曲致，颇难达解。这首诗是追忆前夜在某家饮宴上，与一女子一见钟情，目成心会，然终不可能结合，无奈怅然而别的事。冯班说："起句妙。三四不过可望而不可即之意，点化工丽如此……义山无题诸作，真有美人香草之遗，正当以不解解之。"（见《李义山诗集辑评》）

隋　宫①

李商隐

紫泉宫殿锁烟霞②，欲取芜城作帝家③。玉玺不缘归日角④，锦帆应是到天涯⑤。于今腐草无萤火⑥，终古垂杨有暮鸦⑦。地下若逢陈后主⑧，岂宜重问《后庭花》⑨。

【注释】

①隋宫：指隋炀帝在江都（今江苏扬州）营建的行宫。②紫泉：长安水名，借指长安。司马相如《上林赋》有句："丹水更其南，紫渊径其北。"唐避高祖讳，改"渊"为"泉"。锁烟霞：为烟霞所笼罩，暗喻炀帝只顾乘兴南游，空留下长安宫殿。③芜城：指隋之江都。南朝宋鲍照有《芜城赋》，描写江都因兵乱而荒芜。后来就称江都为"芜城"，帝家，帝王都城。④玉玺：皇帝的玉印，用以传国，喻政权。日角：旧说人的额骨隆起如日，称为"日角"。又有"龙犀日角，帝王之表"的说法。《旧唐书·唐俭传》载：唐俭在隋州时见到李渊，对其说，"公日角龙庭，姓协图谶（chèn），系天下之望矣。"这里的日角指唐高祖。⑤锦帆：隋炀帝

南游的龙舟,以锦为帆。⑥萤火:萤火虫。相传隋炀帝常征求萤火虫,"夜出游山,放之,光偏岩谷"。这句形容当时萤火虫都被捉空了,因而其山腐草之中,至今不再有萤火虫。⑦终古:久远。垂杨:隋炀帝开运河,筑隋堤,大植柳树。《开河记》载:"诏民间有柳一株赏一缣,百姓争献之。又令亲种。帝自种一株,群臣次第种。栽毕,帝御笔以赠垂杨柳姓杨,曰杨柳也。"⑧陈后主:南朝陈后主陈叔宝。其人是一个荒淫无度的亡国君王。曾制作《玉树后庭花》舞曲,人斥之为亡国之音。⑨"岂宜"句:《隋遗录》载:隋炀帝在江都游乐时,曾梦见与陈后主相遇,还请后主的宠妃张丽华为他舞《玉树后庭花》。陈后主还向他说:"龙舟之游乐乎?始谓殿下治致在尧舜之上,今日复此逸游,时何见罪之深耶?"这两句暗用其故事,讽刺说隋炀帝若是地下再遇陈后主,还好意思问《玉树后庭花》的舞曲吗?意谓隋炀帝和陈后主一样,都是荒淫亡国之君。

【今译】

皇都长安的宫殿深深笼罩着烟霞,
心想把江都地方取作帝王之家。
如果传国玉玺不因为归了李渊,
挂锦帆的龙舟一定会游到天涯。
而今这腐草里面见不到飞出萤火,
往后的垂杨上头也只会栖落暮鸦。
要是在地下又遇到后主陈叔宝,
难道还适合再去打问《玉树后庭花》!

【说明】

这首诗深寓作者对隋炀帝荒淫亡国的感慨。作者以史家的眼力写隋宫,借形象景色以发高论。讽刺讥弹,极尽曲致,且有讽喻之意,方南堂评颈联:"不过写景句耳,而生前侈纵,死后荒凉,一一托出,又复光彩动人,非惊人语乎?"(《方南堂先生辍锻录》)方东树说:"先君云:(隋宫)寓议论于叙事,无使事之迹,无论断之迹,妙极妙极。"(《昭昧詹言》)赵臣瑗也说此诗:"为古今炀帝一辈人痛下针砭。"(《山满楼笺注唐诗七言律》)

无 题 二首

李商隐

其 一

来是空言去绝踪，月斜楼上五更钟。梦为远别啼难唤，书被催成墨未浓。蜡照半笼金翡翠①，麝熏微度绣芙蓉②。刘郎已恨蓬山远③，更隔蓬山一万重。

【注释】
①金翡翠，用金线绣成的翡翠鸟图案的帷帐。②麝熏：熏炉中的香味。古代富贵人家给衣被上熏香。绣芙蓉指绣有芙蓉图案的被褥。③刘郎：东汉人刘晨。相传他和阮肇入天台山采药迷路遇二仙女，被邀入仙府，居半载而归。归家见已过七世，人事全非。复入天台山访女，竟无迹可寻。蓬山：蓬莱山，神话传说里的海上仙山。

【今译】
说"来"只是空话一去就不见影踪，
月亮斜照在楼头响起了五更钟声。
远别招来了梦思梦中哭得哽咽，
急着去写书信连墨都没有磨浓。
金丝翡翠鸟帷帐大半被烛光笼罩，
熏炉麝香气味暗飘入芙蓉被中。
东汉人刘晨曾憾恨蓬山遥远，
如今我与蓬山更隔着千重万重！

【说明】
这首诗抒写情人思念远别的女子、叹息无缘欢会的怅惘。辗转恍惚之间，有缠绵不尽之情，诗构思别致，陆崑曾《李义山诗解》评道："通篇一意反复，只发挥得'来是空言去绝踪'七字耳。"赵臣瑗评颔联道："三四放开一步，略举千日事。三写神魂之恍惚，四写极问之仓皇，情真理至。"(《山满楼笺注唐诗七言律》)

其 二

飒飒东风细雨来，芙蓉塘外有轻雷。金蟾啮锁烧香入①，玉虎牵丝汲井回②。贾氏窥帘韩掾少③，宓妃留枕魏王才④。春心莫共花争发⑤，一寸相思一寸灰。

【注释】

① 金蟾：指蟾形的铜香炉。蟾即蛤蟆。啮（niè）：咬住。锁：香炉上的鼻钮，可启闭以填香料。② 玉虎：井上绕绳提水的辘轳。丝：井绳。③ "贾氏"句：韩寿为西晋司空贾充的僚属，他姿容漂亮。贾充的女儿在帘外偷看并爱上了他，遂与之私通，还把贾充的异香送给韩寿。后来事被贾充发觉，只得把女儿嫁给韩。掾（yuàn），僚属。④ "宓妃"句：传说宓妃原是宓牺氏之女，溺于洛水而为洛神。这里指甄氏。《文选·洛神赋》李善注说：三国时曹植爱上甄逸的女儿甄氏、曹操却把甄氏赐给曹丕，曹植不平。其后甄氏遭谗身死，曹丕把甄氏的玉缕金带枕送给曹植。后来曹植行经洛水，梦一女子，自言："我本托心君王（指曹植），其心不遂。此枕是我嫁时物，前与五官中郎将（指曹丕），今与君王。"遂用荐枕席，欢情交集。后来曹植写《感甄赋》，即《洛神赋》。魏王，魏东阿王，指曹植。上两句借贾氏、甄氏事喻主人公留情于相思之人。⑤ 春心：相思爱恋之心。

【今译】

东风飒飒吹过细雨也濛濛飘来，
荷花池塘外面隐约地传来春雷。
金蟾熏炉闭合揭开盖可以烧香，
辘轳牵绕井绳能够把深水汲回。
贾氏隔帘偷望看中了韩寿年少，
宓妃送枕为欢她私慕曹植英才。

285

心中的爱恋意念莫要和春花争放，
寸寸相思情怀会成为寸寸死灰！

【说明】

这首诗写一个女子对情人的幽思之苦，借物喻情，用事比心，含蓄而贴切。纪昀说："起二句妙有远神，不可理解而可以意喻。"《玉溪生诗说》、《唐诗鼓吹》评尾联的写法说："末则如怨如诉，相思之至，反言之而情愈深矣。"又潘德舆说："自来咏雷电诗，皆壮伟有余，轻宛不足，未免狰狞可畏。惟……李义山'飒飒东风细雨来，芙蓉塘外有轻雷'，最耐讽玩。"（《养一斋诗话》）

筹　笔　驿[①]

李商隐

猿鸟犹疑畏简书[②]，风云常为护储胥[③]。徒令上将挥神笔[④]，终见降王走传车[⑤]。管乐有才真不忝[⑥]，关张无命欲何如[⑦]。他年锦里经祠庙[⑧]，《梁父吟》成恨有余[⑨]。

【注释】

① 筹笔驿：地名，相传是三国诸葛亮出兵伐魏时，筹划军机大事的地方。在今四川广元。② 简书，这里指诸葛亮的军令文书。③ 储胥：军中的藩篱屏障。④ 降王：指三国蜀汉后主刘禅。传（zhuàn）车：驿站车辆。这里指刘禅投降魏后，被迁送洛阳时所乘的车辆。⑤ 管：春秋辅佐齐桓公成霸业的管仲。乐：战国时燕国大将乐毅，曾因破强齐而树立功勋。《三国志·蜀志》载："诸葛亮自比于管仲乐毅。"这里以管乐喻诸葛亮。⑥ 不忝（tián）：无愧。⑦ 关张：三国蜀汉大将关羽和张飞。无命：指被杀。关羽为东吴所杀，张飞被部将刺死。⑧ 锦里：在成都城南，有武侯祠。⑨《梁父吟》：见杜甫七律《登楼》注⑥。这里的《梁父吟》借指作者写过的《武侯庙古柏诗》等诗篇。

286

【今译】

还怀疑猿猴飞鸟也惧怕诸葛亮军书,
看当年的营垒长久被风云卫护,
空叫主帅运笔来筹划军中大事,
终见传车迁走降了魏的后主。
自比管仲乐毅诸葛亮本当无愧,
死了关羽张飞他还有什么筹谋?
想当年从锦城武侯祠前经过,
写成了《梁父吟》我心中憾恨难除。

【说明】

这首怀古诗,高度概括了诸葛亮的才智功德以至"灵威",归结于憾恨。不仅是咏叹历史,也是在讽喻当世。范温评论首联说:"诵此两句,使人凛然复见孔明风烈。至于'管仲有才真不忝,关张无命欲何如',属对亲切,又自有议论,他人亦不及也。"(引自郭绍虞《宋诗话辑佚》)何焯说:"议论固高,尤当观其抑扬顿挫处,使人一唱三叹,转有余味。"(《义门读书记》)又说:"通首用意沉郁顿挫,绝似少陵。"(见清沈厚塽《李义山诗集辑评》)

无 题

李商隐

相见时难别亦难,东风无力百花残。春蚕到死丝方尽[1],蜡炬成灰泪始干。晓镜但愁云鬓改,夜吟应觉月光寒。蓬山此去无多路,青鸟殷勤为探看[2]。

【注释】

① 丝:这里借谐音双关,谐相思之"思"。② 青鸟:《汉武故事》载:"七月七日,上于承花殿斋正中,忽有一青鸟从西方来,集殿前。上问东方朔。朔曰:'此西王母欲来也。'有顷,王母至。'后人因之喻青鸟为信使。

【今译】
相见的时机难得相别也很艰难。
东风渐渐衰微百花已经凋残。
春蚕直到身死才把蚕丝吐尽,
蜡烛烧成灰烬方见烛泪滴干。
清晨对着明镜只害怕黑发改变,
夜晚散步吟诗一定觉月光清寒。
这里相去蓬山路程已经不远,
只希望青鸟飞去费心为我打探。

【说明】
这首著名诗篇,似写一个痴情女子对情人的思念,其间交织着主人公坚贞不渝的情怀和低回缠绵的心绪。"春蚕"联一语双关,含意深切,千百年来脍炙人口。赵臣瑗称它为"镂心刻骨之言"。又说:"呜呼,情之至此,真可以惊天地而泣鬼神,玉台香奁其为粪土哉!"(《山满楼笺注唐诗七言律》)

春　雨

李商隐

怅卧新春白袷衣①,白门寥落意多违②。红楼隔雨相望冷③,珠箔飘灯独自归④。远路应悲春晼晚,残宵犹得梦依稀。玉珰缄札何由达⑤?万里云罗一雁飞。

【注释】
① 袷(jiā)衣:唐代人们闲居时穿的便服。亦作白夹衣。② 白门:南朝建康(今南京)宣阳门叫白门。南朝民歌《杨叛儿》:"暂出白门前,杨柳可藏乌。欢作沉香水,侬作博山炉。"白门又借指情人相会的地方。"白门寥落"形容情人离去,以前相会的地方变得冷落了。③ 红楼:指所思念女子曾住过的地方。④ 珠箔:珠帘。此处形容细雨

如帘。⑤玉珰缄札：古时常将玉珰（玉耳环）作为定情信物，寄书时附寄玉珰，称为侑缄。这便是"玉珰缄札"。札，书信。缄，封。

【今译】
卧在新春里忧伤身穿白色夹衣，
白门前萧条冷落尤其不称心意。
隔着雨色望去红楼更见得凄冷，
雨帘中提灯飘摇我在孤独地归去。
她上了远路一定会感伤春暮，
只有在残夜迷梦中彼此方能相遇
玉珰随信寄去怎么样才能达到，
看阴云密布万里孤雁正飞在天际。

【说明】
这首也是伤别怀远的爱情诗篇。诗人渲染了一个春雨迷濛中的寥落境界，又把主人公的千般怅惘万种思量倾泻其间。望之不来，即之不就，大有"所谓伊人，在水一方"的意境。李露园评说："诗令人解得寓意见其佳，即不解寓意亦见其佳，乃为好诗。盖必如是乃蕴藉浑厚耳。"（见纪昀《玉溪生诗说》所引）又纪昀批评这首诗"亦婉转有致，但格未高耳"（见前书）。张采田反驳道："使义山而貌袭李、杜、王、韦，虽合于纪氏之格，亦必不能如今日之流传千古也。"张说正肯定了李商隐这类诗的艺术个性。

无 题 二首

李商隐

其 一

凤尾香罗薄几重①，碧文圆顶夜深缝②。扇裁月魄羞难掩③，车走雷声语未通。曾是寂寥金烬暗④，断无消息石榴红。斑骓只系垂杨岸⑤，何处西南待好风⑥。

【注释】
①凤尾香罗：一种织成凤纹的薄罗。②碧文圆顶，绣有碧色花纹的罗帐。"文"同"纹"。圆顶，指罗帐。③扇裁月魄：裁成月样的团扇。月魄，月初生或由圆而缺时不明亮的部分。此借称月亮。④金烬：指残烛。金，指铜制烛台。烬：灯花。⑤斑骓：杂色的马。⑥西南：曹植《七哀诗》："愿为西南风，长逝入君怀。"诗句暗用其事。

【今译】
凤尾图画的香罗竟是这么样地薄，
深夜里要把圆顶绿帐缝好。
当初遇见你我拿团扇也难遮羞面，
车作雷声急去连话都没有说着。
经常寂寞冷落对着这暗淡残烛，
还一点不见消息石榴花又开红了。
想你的斑骓骏马就系在垂杨堤岸，
哪有西南好风等它送我到你的怀抱。

【说明】
这首诗通过描写一个女子的期待、回想、叹息、盼望的内心活动，表现出她辗转相思的率真感情。清人姚培谦评说："斑骓隔岸，漫待好风，真所谓人远天涯近矣！"（《李义山诗集笺注》）

其 二

重帏深下莫愁堂①，卧后清宵细细长。神女生涯原是梦②，小姑居处本无郎③。风波不信菱枝弱，月露谁教桂叶香。直道相思了无益，未妨惆怅是清狂。

【注释】
①莫愁堂：借指女子居处。莫愁是古乐府诗中常提到的青年女子

名。②神女：见杜甫《咏怀古迹五首》其二注②。③"小姑"句：形容自己孤独而处，无爱人相伴。"小姑"一语出自古乐府《青溪小姑曲》："开门白水，侧近桥梁。小姑近居，独处无郎。"

【今译】
莫愁堂里深深地垂下重重帷帐，
躺卧下只觉这寂寂长夜像细水流淌。
巫山神女的事情原来是一场幽梦，
清溪小姑的住处也根本没有情郎。
风波吹打着菱枝全不管它很纤弱，
月露不滋润桂叶怎么使它飘香？
就算是痴情相思一点也得不到好处，
我不妨因情伤感去叫人看做清狂！

【说明】
这首诗表现女主人公对爱情坚贞不渝的追求。诗把女主人公放入清宵卧思的环境中，极力描写她的心境。胡以梅评诗的第二句："妙在不言'细细'，而言'细细长'，则'细细'之中亦有思。若说出'思'字，则'细细'二字化为俗物耳，所以妙。"（《唐诗贯珠串释》）徐德泓说："末联总括，谓明知无益，而到底不能忘情耳。"（见《李商隐诗歌集解》引）

利州南渡①

温庭筠

澹然空水带斜晖②，曲岛苍茫接翠微。波上马嘶看棹去，柳边人歇待船归。数丛沙草群鸥散，万顷江田一鹭飞③。谁解乘舟寻范蠡④，五湖烟水独忘机。

【注释】

①利州：在今四川广元市，唐属山南西道。南渡：指南渡嘉陵江。②澹然：水波澜动貌。③顷：面积单位，过去以百亩为一顷。④范蠡(lí)：春秋越国人，帮助越王勾践破吴，事后辞民，泛舟五湖。

【今译】

空阔的江面水波漾动闪映着夕阳余晖，
弯弯小岛云气弥漫遮掩了山的青翠。
马在波上嘶鸣看它随行舟离去，
人在柳边歇息等待着搭船回归。
沙滩里丛丛草中群鸥受惊四散，
万顷江田上面有一只白鹭轻飞。
还有谁能理解乘扁舟追寻范蠡，
独忘却机心欲念寄身于五湖烟水。

【说明】

这首诗所写出的景色都显得自然自如，正好与作者那浪迹天湖、厌恶世谷干禄的思想相一致。情景交融，很有理趣。清人王寿昌评论"波上马嘶看棹去"一联为"诗之天然成韵者"（《小清华园诗谈》）

苏 武 庙[①]

温庭筠

苏武魂销汉使前[②]，古祠高树两茫然。云边雁断胡天月[③]，陇上羊归塞草烟。回日楼台非甲帐[④]，去时冠剑是丁年[⑤]。茂陵不见封侯印[⑥]，空向秋波哭逝川[⑦]。

【注释】

①苏武：西汉武帝时人，字子卿。天汉元年（前100）奉使到匈

奴，被匈奴阻留，坚贞不屈，牧羊北海（今贝加尔湖）边，渴饮雪，饥食草籽，手不离出使时所持的节杖，心向汉室。滞北十九年，汉昭帝始元六年（前81）始归长安。②汉使：汉昭帝与匈奴和亲，汉使与匈奴交涉，始还苏武。③雁：史载昭帝与匈奴和亲时，匈奴胡说苏武已死，汉使就对匈奴诈说武帝在上林苑射下大雁，雁足上还附有苏武的书信，知道苏武在某泽中。匈奴人无法抵赖，才同意遣返苏武。④回日：指苏武返回的时候。甲帐：《汉武故事》载：武帝以琉璃、珠、玉、明月、夜光，错杂天下珍宝为甲帐，其次为乙帐。甲以居神，乙以自居。⑤冠剑：戴冠佩剑，指公服在身。丁年：汉朝规定二十到五十六岁的男子要服徭役，称丁男。此处丁年当指人的青壮之年。《李陵答苏武书》说苏武"丁年奉使，皓首而归。"⑥茂陵：汉武帝陵墓，在今陕西兴平县。这句意谓苏武归汉后，已不可能得到武帝的封侯。按：苏武回国后，仅取得典属国这一官职。直到宣帝时，才给苏武赐爵关内侯，食邑三百户。⑦逝川：指时间。典出《论语·子罕》："子在川上曰：逝者如斯夫，不舍昼夜。"这句谓空对秋天流水，痛哭失去了的年华。

【今译】

苏武面对汉使伤心得灵魂欲散，
而今祠庙和大树也各自为他伤感。
再不见鸿雁传书望着边空的明月，
陇头牧羊归去暮烟笼盖着草原。
回来后的楼台已没有旧时甲帐，
想当初冠剑出使那还在丁壮之年。
来到武帝茂陵看不见封侯授印，
空对着秋天流水痛哭失去了的时间。

【说明】

这首诗深表对苏武身世遭遇的不平与同情。沈德潜认为颈联先述"回日"，后题"去时"是"属逆挽法律，诗得此化板滞为跳脱矣"（《唐诗别裁集》）。管缄若也说它："神韵天成，变化不测。"（《读雪山房唐诗序例》）王寿昌又说此诗："凄恻足以动人。"（《小清华园诗谈》）

宫　词

薛　逢

十二楼中尽晓妆[①]，望仙楼上望君王[②]。锁衔金兽连环冷[③]，水滴铜龙昼漏长[④]。云鬟罢梳还对镜，罗衣欲换更添香。遥窥正殿帘开处，袍袴宫人扫御床。

【作者简介】

薛逢，生卒年不祥，字陶臣，蒲州（今山西永济）人。《唐才子传》说他"天资本高，学力亦赡，故不甚苦思，而自有豪逸之态。长短皆率然而成，未免失浅漏俗"。《全唐诗》编其诗一卷。

【注释】

①十二楼：《史记·封禅书》："黄帝时为五城十二楼，以候神人于执期。"这里借指宫妃住所，并以候神暗喻等候君王临幸。②望仙楼：唐武宗会昌五年所建，这里也借指宫妃住所，并以望仙暗喻企望君王临幸。③"锁衔"句：形容宫门上的兽面形铜门环。环圈为兽口所衔，环可加锁。④水滴铜龙：即漏壶，古时计时仪器。昼漏：指白天的时间。长：形容宫妃难以挨过白日的孤寂生活。

【今译】

十二楼中的宫妃清晨都忙着梳妆，
身在望仙楼里盼望临幸的君王。
兽形的门环紧锁深宫清清冷冷，
龙样的漏壶滴水白昼实在太长。
发髻已经梳整还要对镜细看，
想要换穿罗衣更得添料熏香。
远远地探望正殿那里掀开了门帘，
宫女们身穿袍袴正在铺扫御床。

【说明】

这首诗描写宫女从清早到傍晚企望君王临幸的种种情态,揭示了她们那种难有常人之乐、一片愁闷和苍白的生活。

贫　女

秦韬玉

蓬门未识绮罗香,拟托良媒益自伤。谁爱风流高格调,共怜时世俭梳妆①。敢将十指夸针巧,不把双眉斗画长。苦恨年年压金钱,为他人作嫁衣裳。

【作者简介】

秦韬玉,生卒年不祥,字仲明,京兆(今西安)人。《唐才子传》说:"韬玉七律,每作人必传诵。"《全唐诗》编其诗一卷。

【注释】

① 俭梳妆:一时流行的怪异打扮。"俭"通"险",怪异的意思。

【今译】

贫家女儿见不到熏香的绸缎衣裳,
想托良媒作合更添自己的感伤。
还有谁喜欢这潇洒高洁的格调,
世俗人都爱那怪险出奇的梳妆。
敢用十指夸耀针线女工的灵巧,
不拿双眉争斗描画涂饰的短长,
深恨年年岁岁都拿着金钱刺绣,
总在为别人去缝出嫁穿的衣裳。

【说明】

这首诗是比体。诗人以精练的言词,勾画出贫女的形象。笔墨间饱含赞叹之情和同情之意。沈德潜说这首诗："语语为贫士写照。"(《唐诗别裁集》)俞陛云更说："此篇语语皆贫女自伤，而实为贫士不遇者写牢愁抑塞之怀"。(《诗境浅说》)诗的最后一联，一直为人引用，其内涵更见丰富。

◇ 乐　府 ◇

独　不　见①

沈佺期

卢家少妇郁金香②，海燕双栖玳瑁梁③。九月寒砧催木叶，十年征戍忆辽阳④。白狼河北音书断⑤，丹凤城南秋夜长⑥。谁为含愁独不见，更叫明月照流黄⑦。

【注释】

①独不见：乐府曲名，属《杂曲歌辞》。一般写"伤思而不得见也"。《才调集》卷三中，这首诗诗题作《古意呈补阙乔知之》。补阙：官名。乔知之：武后朝人，曾为补阙之职，后被杀。②"卢家"句：梁武帝萧衍《河中之水歌》："河中之水向东流，洛阳女儿名莫愁。莫愁十三能织绮，十四采桑南陌头。十五嫁为卢郎妇，十六生儿字阿侯。卢家兰室桂为梁，中有郁金苏合香。"以后就以"卢家妇"代称少妇。郁金香：一种名贵香料，可用以和泥涂壁，取其香味。③海燕：指燕子。玳瑁梁：以玳瑁壳装饰的华美屋梁。④辽阳：在今辽宁省辽阳市。⑤白狼河：即今辽宁大凌河。⑥丹凤城：指长安。汉武帝时于长安造双凤阙，高二十余丈。长安因此又名凤城或丹凤城。"丹凤城南"指诗中女主人公的住处。⑦流黄：间色丝织品，这里指帷帐。

【今译】

卢家少妇厅堂里涂着郁金香，
成双捉对的海燕栖落在玳瑁屋梁。
九月里捣衣声寒摧得秋叶落下，

297

十年来丈夫从征她一直心系辽阳。
再也没有收到白狼河北的音信。
位在丹凤城南总觉得秋夜漫长。
是谁叫她含愁独不能与丈夫相见，
更把明月清辉照到了流黄帐上。

【说明】

闺妇思征夫，是唐诗常用的题材。这首诗善用反衬和烘托手法：以海燕双栖反衬少妇独处，以白狼河反衬丹凤城，以明月照流黄反衬含愁独不见，以富丽之室反衬幽独之人，烘托出主人公凄愁、思念、寂冷的心境。吴北江说："从反面设景，蹴起情思，鲜妍中撷。"（见《唐宋诗举要》所引）方东树说末两句："收拓开一步，正是跌进一步。曲折圆转，如弹丸脱手。远包齐梁，高振唐音。"（《昭昧詹言》）

◇ 五言绝句 ◇

鹿　柴①

王　维

空山不见人，但闻人语响。返景入深林②，复照青苔上。

【注释】

① 鹿柴（zhài）：王维辋川别墅内的一处景致。"柴"通"寨"。② 返景（yǐng）：夕阳反照。"景"同"影"。

【今译】

空寂的山中看不见一个行人，
只听到有人的说话声在回响。
夕阳的余晖照进幽深的林中，
又把点点光影映在青苔之上。

【说明】

王维有《辋川集》诗二十首，分咏辋川别墅的二十处景致，本诗为其中一首。李瑛《诗法易简录》评此诗曰："写空山不从无声无色处写，偏从有声有色处写，愈见其空。严沧浪所谓'玲珑剔透'者，应推此种。"

竹 里 馆①

王 维

独坐幽篁里②，弹琴复长啸③。深林人不知，明月来相照。

【注释】

① 竹里馆：王维辋川别墅中的一景。② 幽篁（huáng）：幽深的竹林。篁，竹林。③ 啸：撮口发出的声音，亦称"肉笛"。

【今译】

独自坐在幽深的竹林里，
时而弹琴时而放声长啸。
在这竹林深处无人知晓，
只有一轮明月前来相照。

【说明】

作者在夜晚独坐竹林中弹琴长啸，前来相伴的惟有一轮明月。全诗写出了一种清雅绝俗的意境。

送 别

王 维

山中相送罢，日暮掩柴扉①。春草明年绿，王孙归不归②？

【注释】

① 柴扉（fēi）：用树枝做成的粗陋的门。扉，门扇。② 王孙：指所送的友人。《楚辞·招隐士》："王孙游兮不归，春草生兮萋萋。"三四两句即化用其意。

【今译】

在山中相送你离去之后,
黄昏时我独自掩上柴门。
到明年春草又绿遍天涯,
不知道游子你能否归来?

【说明】

这首送别诗不写送别时的情景,只写送别后的行为和思绪,表达了作者孤寂的情怀和对友人的深切思念。

相　　思

王　维

红豆生南国①,春来发几枝?愿君多采撷②,此物最相思。

【注释】

①红豆:一名相思子,形如豌豆而颜色鲜红,多产于岭南。《本草纲目》中说,相传古时有人死在边关,其妻思念不已,哭于红豆树下而死,故称红豆为相思子。②采撷(xié):采摘。

【今译】

红豆生长在南国的土地,
春天里又发出几条新枝?
但愿你能把它多多采摘,
这东西最能够寄托相思。

【说明】

这首诗托物寄意,借咏红豆以寄相思,含蓄蕴藉,回味无穷,是千古传诵的名篇。唐范摅《云溪友议》载,安史之乱时玄宗奔蜀,乐工李龟年逃往湘中,在采访使的酒宴上唱这首诗,座客无不惨然。

杂　诗[①]

王　维

君自故乡来，应知故乡事。来日绮窗前[②]，寒梅著花未[③]？

【注释】

①王维《杂诗》共三首，这是其中第二首。②绮（qǐ）窗：镂刻花纹的窗子。③著花：开花。

【今译】

你刚刚从家乡前来，
想来该知道家乡的事情。
你来时我家绮窗前面，
那株寒梅开花不曾？

【说明】

这首诗写游子在遇到家乡故人时不问别事，只问窗前寒梅是否开花，含蓄深沉地表达了游子对家乡的深切思念。宋顾乐《唐人万首绝句选》评此诗曰："问得淡绝妙绝……此亦以微物悬念，传出件件关心，思家之切。"

送崔九[①]

裴　迪

归山深浅去，须尽丘壑美[②]。莫学武陵人[③]，暂游桃源里。

【作者简介】

裴迪，关中人，曾与王维、崔兴宗共居终南山，赋诗唱和。其诗清新淡雅，长于写景。

【注释】

① 崔九：指崔兴宗，他曾与裴迪、王维共居终南山。② 丘壑：深山幽谷。③ 武陵人：东晋陶渊明《桃花源记》写一个武陵渔人进入仙境般的桃花源，居留几日后思家归返。武陵，在今湖南常德。

【今译】

你回到山中在远处近处游历，
要赏尽一丘一壑的美处。
不要学那位武陵的渔人，
仅仅在桃花源中短暂一游。

【说明】

作者送友人归山隐居，愿他尽情领略丘壑之美，不要像武陵渔人在桃花源那样暂游即出。表达了诗人对隐居生活的向往，也寓有凡事不可浅尝辄止的哲理。

终南望余雪①

祖　咏

终南阴岭秀②，积雪浮云端。林表明霁色③，城中增暮寒④。

【注释】

① 终南：终南山，在长安城南。② 阴岭：古称山南为阳，山北为阴，阴岭即终南山北面的山岭。③ 霁色：雨雪停后的晴光。④ 城中：指长安城中。

【今译】

终南山的北坡风光多么秀丽，
山顶上的积雪高高浮在云端。
雪停日出山林外晴光万里，
长安城里黄昏时顿增严寒。

【说明】

据《唐诗记事》载,这是祖咏的应试诗。按规定应试诗应写五言六韵十二句,而祖咏只写了四句。考官问他何故,他回答说,"意尽。"这四句诗确已将终南余雪写得穷形尽意。

宿建德江[①]

孟浩然

移舟泊烟渚[②],日暮客愁新。野旷天低树,江清月近人。

【注释】

① 建德江:新安江流经建德县(今属浙江)的一段。② 烟渚:笼罩着烟雾的江中小洲。

【今译】

将小船停泊在烟雾笼罩的小洲,
暮色中旅人心里生出新的愁恨。
原野空旷云天仿佛比树木还低,
江水清澈映出的月影离人更近。

【说明】

这首诗写江中夜泊的所见所感,流露出淡淡的客愁。黄叔灿《唐诗笺注》云:"'野旷'一联,人但赏其写景之妙,不知其即景而言旅情,有诗外味。"

春　　晓

孟浩然

春眠不觉晓,处处闻啼鸟,夜来风雨声,花落知多少。

【今译】

春夜酣睡不觉间天已破晓，
到处都听得见鸟儿的啼叫。
夜间曾传来一阵风雨之声，
枝头的花儿不知飘落多少。

【说明】

这首诗写春天的早上，花开鸟啼，一派生机勃勃的景象。春眠初醒的作者忽又忆及昨夜的风雨声，不禁想到这场风雨不知又摧落了多少花朵，流露出惜花惜春之情。全诗语言极平淡自然，却意蕴深远，传诵千古。

夜　　思[①]

李　白

床前明月光，疑是地上霜。举头望明月，低头思故乡。

【注释】

① 诗题一作《静夜思》。

【今译】

床前映照着银色的月光，
疑心是地上铺满了寒霜。
仰头遥望那夜空的明月，
低下头禁不住思念故乡。

【说明】

此诗写游子望月思乡，用极浅近的语言写出了人人共有之情，故能传诵千古。

怨　情

李　白

美人卷珠帘，深坐颦蛾眉①。但见泪痕湿，不知心恨谁。

【注释】
①颦（pín）：皱眉。

【今译】
美人把珠帘高高卷起，
深坐房中紧皱着蛾眉。
只见她脸上泪痕点点，
不知她心中正在恨谁。

【说明】
美人卷帘深坐，皱眉落泪，幽怨之情描摹尽致。她究竟怨恨谁人，诗中不明言，却把谜底留给读者去猜，结束得极妙。

八　阵　图①

杜　甫

功盖三分国②，名成八阵图。江流石不转，遗恨失吞吴③。

【注释】
①八阵图：《三国志·诸葛亮传》："推演兵法，作八阵图。"相传诸葛亮在夔州（今四川奉节县）江边聚石为八阵图形。②三分国：指诸葛亮辅佐刘备创建蜀汉，与魏、吴三分天下。③失吞吴：失策在于攻伐吴国。此句是说蜀汉失策伐吴是诸葛亮一生遗恨的事。因为诸葛亮一贯主张联吴抗曹，而刘备为了给关羽报仇而兴兵伐吴，结果兵败身

亡，使蜀汉一蹶不振，最终为魏所灭。

【今译】
三分天下你的功勋盖世，
八阵雄图使你声名不朽。
江水奔流石阵毫不移动，
千古遗恨是不该失策伐吴。

【说明】
作者凭吊八阵图遗迹，赞颂诸葛亮的盖世功名，并惋惜他的壮志未酬。《唐宋诗醇》评此诗曰："遂使诸葛精神炳然千古，读之殷殷有金石声。"

登鹳雀楼[①]

王之涣

白日依山尽，黄河入海流。欲穷千里目，更上一层楼。

【作者简介】
王之涣（688—742），字季凌，绛州（今属山西）人。其诗善写边塞风光，雄浑豪放，常被乐工谱曲传唱。《全唐诗》收其诗六首。

【注释】
① 鹳（guàn）雀楼：故址在今山西省永济县，因常有鹳雀栖其上而得名。楼高三层，前对中条山，下临黄河，唐人登临赋诗者甚多。

【今译】
太阳已经傍着远山落下，
黄河正在向着大海奔流。
要想放眼远眺千里之外，
就须再上更高一层城楼。

【说明】

这首传诵千古的唐诗名篇意境壮阔,气势磅礴,虚实相间,富于哲理。俞陛云《诗境浅说续编》评此诗曰:"二十字中,有尺幅千里之势。"

送 灵 澈①

刘长卿

苍苍竹林寺②,杳杳钟声晚③。荷笠带斜阳,青山独归远。

【注释】

① 灵澈:唐代著名诗僧,俗姓汤,字澄源,越州会稽(今浙江绍兴)人,与皎然友善。诗题一作"送灵澈上人"。② 竹林寺:故址在今江苏省镇江市南黄鹤山上。③ 杳杳:深远貌。

【今译】

竹林寺已经暮色苍茫,
黄昏的钟声传得很远。
你身背斗笠映着一抹斜阳,
独自走回远方的青山。

【说明】

这是一首送别诗,通篇都在写景:山寺苍茫,晚钟杳杳,一个僧人在青山夕照中荷笠远行,宛如一副诗的图画。

弹 琴

刘长卿

泠泠七弦上①,静听松风寒②。古调虽自爱,今人多不弹。

【注释】

①泠（líng）泠：形容琴声清越。七弦：古琴有七弦，又称七弦琴。②松风寒：古琴曲有《风入松》。

【今译】

七弦上奏出了清越的音调，
静听那松林中风声凄寒。
古雅的曲调虽然自己珍爱，
今天的人们大多已经不弹。

【说明】

这首诗惋惜古调虽好却曲高和寡、知音甚少，抒发了作者孤高自赏、怀才不遇的感慨。语浅意深，含蓄委婉。

送 上 人①

刘长卿

孤云将野鹤②，岂向人间住。莫买沃洲山③，时人已知处。

【注释】

①上人：僧人的尊称。此处的上人即灵澈。②"孤云"句：孤云与野鹤都是出尘脱俗之物，故用来喻上人。将，共。③沃洲山：在今浙江新昌县东，相传晋代高僧支遁在此山放鹤养马，为道家的第十二福地。

【今译】

你像那飘逸不群的孤云野鹤，
怎能到扰攘的人间居住。
切莫买沃洲山隐居修行，
世间人都已经知道此处。

【说明】

作者送上人入山修行，既赞美他高洁脱俗的德性，又劝诫他如要隐居修行就不要去那世人皆知的名山。与裴迪《送崔九》诗用意相近。

秋夜寄丘员外[①]

韦应物

怀君属秋夜[②]，散步咏凉天。空山松子落，幽人应未眠[③]。

【注释】

①丘员外：即丘丹，嘉兴（今属浙江）人，曾官仓部员外郎。他是唐代诗人丘为之弟。②属（zhǔ）：恰逢。③幽人：幽居之人，即隐士，指正在山中隐居学道的丘丹。

【今译】

秋夜里我深深将你思念，
在月下散着步吟咏凉天。
空山中听松子悄然落地，
幽居者你想必也未入眠。

【说明】

作者在秋夜散步时想念隐居山中的友人，揣想在空寂的山林中友人可能也还未眠。写得极为清幽淡远。

听　筝[①]

李端

鸣筝金粟柱[②]，素手玉房前[③]。欲得周郎顾[④]，时时误拂弦。

310

【作者简介】

李端,字正已,赵州(今河北赵县)人。其诗作清新婉转,善写闺情。为"大历十才子"之一。有《李端诗集》。

【注释】

①筝:一种拨弦乐器。②金粟柱:筝上系弦的圆柱。③素手:白皙的手。玉房:筝上架弦的筝枕。④周郎《三国志·吴志·周瑜传》载,周瑜24岁任建威中郎将,吴国人呼为周郎。他精通音乐,宴席上奏乐如有差误,他必定顾看。当时谣谚曰:"曲有误,周郎顾。"

【今译】

鸣筝上金粟柱系着丝弦,
白皙的手挥动在玉房之前。
想引那识曲的周郎回顾,
不时地有意把筝弦错弹。

【说明】

为了让精通音律的心上人注意自己,弹筝的少女故意把弦屡屡拨错。诗中把少女微妙的心理刻画得细腻之极,生动之极。

新 嫁 娘

王 建

三日入厨下①,洗手作羹汤。未谙姑食性②,先遣小姑尝③。

【作者简介】

王建,字仲初,颍川(今河南许昌市)人。其诗作以乐府著名,与张籍并称,为唐代新乐府运动的先驱。有《王司马集》。

【注释】

①三日:古时新媳妇过门后第三天要下厨房做菜。②谙(ān):

熟悉。姑：指婆婆。③小姑：指丈夫的妹妹。

【今译】

新婚后第三天就下厨房，
洗罢手就忙着烹制羹汤。
不熟悉婆婆的饮食口味，
先送到小姑处请她品尝。

【说明】

这首诗写新嫁娘初次为婆婆做菜，因不知婆婆口味而请小姑先加品尝。既写出新嫁娘的谨慎小心，又写出她的聪慧。也可能作者是借新嫁娘的形象来讽喻初入仕途者应向同僚求教。

玉 台 体①

权德舆

昨夜裙带解，今朝蟢子飞②。铅华不可弃③，莫是藁砧归④？

【作者简介】

权德舆（759—818），字载之，天水略阳（今甘肃秦安东北）人。其诗作长于古调，乐府诗颇为后人称道。有《权文公集》。

【注释】

①玉台体：南朝徐陵编有《玉台新咏》十卷，内收皆为梁以前的艳体诗和言情诗，人称"玉台体"。②"昨夜"二句：明胡震亨《唐音癸签》："俗说裙带解，有酒食。蟢子缘人衣，有喜事。"蟢子，也作喜子，古称蟏蛸，一种长脚小蜘蛛。古人认为它能带来喜事。③铅华：搽面的粉。④莫是：莫不是。藁砧（gǎo zhēn）：古代称丈夫的隐语。藁，禾秆。砧，砧板。古时处死犯人时，犯人席藁伏于砧上，用铁斩之。铁与夫同音，故以藁砧用作丈夫的隐语。

【今译】

昨天夜里裙带突然自解，
今天早上房中蟢子乱飞。
忙给脸上轻轻搽些脂粉，
莫非丈夫马上就要返回？

【说明】

这首诗写闺中妇女盼丈夫归家的急切心情。由于盼望之切，使得她把裙带解、蟢子飞都看成是丈夫即将归家的吉兆，急忙涂脂抹粉迎候丈夫了。诗中屡用民间俗谚及隐语，有着浓郁的民歌气息。

江　雪

柳宗元

千山鸟飞绝，万径人踪灭，孤舟蓑笠翁①，独钓寒江雪。

【注释】

① 蓑（suō）笠翁：披蓑衣戴笠帽的老翁。

【今译】

千重高山间飞鸟已经绝迹，
万条道路上都已不见人踪。
惟有孤舟上披蓑戴笠的老翁，
独自垂钓于寒江大雪之中。

【说明】

大雪覆盖了千山万径，天无鸟影，地无人踪。在这一片严寒死寂中，独有一个渔翁在一叶孤舟上冒雪垂钓，一个面对逆境却孤傲不屈的形象跃然纸上。这首诗是作者因革新失败被贬永州后所作，表现了作者的孤独情绪和兀傲不屈的精神。

行　宫[①]

元　稹

寥落古行宫[②]，宫花寂寞红。白头宫女在，闲坐说玄宗[③]。

【注释】
①行宫：古时皇帝出外巡行时所住的宫殿。②寥落：空寂冷落。③玄宗：指唐玄宗李隆基，他在位时常到洛阳的上阳宫和长安、洛阳之间的连昌宫巡幸。

【今译】
昔日的行宫早已空寂冷落，
几朵红花寂寞地开在宫中。
年迈的宫女个个满头白发，
闲坐在一起谈说当年的玄宗。

【说明】
这首诗写行宫的寥落寂寞，流露出深沉的兴亡盛衰之感，令人感慨不已。

问刘十九[①]

白居易

绿蚁新醅酒[②]，红泥小火炉。晚来天欲雪，能饮一杯无[③]？

【注释】
①刘十九：即刘轲，河南登封县人，白居易的朋友。"十九"为他的排行。②绿蚁：没有过滤的新酒有绿色浮沫如蚁。醅（pēi）：没有过滤的新酒。③无：否。

【今译】

刚酿熟的新酒飘着绿沫，
红泥砌的炉子燃着小火。
傍晚时天更阴快要落雪，
来同我喝一杯你看如何？

【说明】

诗人邀朋友来家饮酒，先写有绿蚁酒可饮，有红泥炉取暖，已经令人神往，接写天晚欲雪，正是饮酒之良辰，最后以问语作结，极平淡自然却又极富情味。蘅塘退士评此诗曰："信手拈来，都成妙谛。"

何 满 子[①]

张 祜

故国三千里[②]，深宫二十年。一声《何满子》，双泪落君前。

【作者简介】

张祜，字承吉，清河（今属河北）人。其诗作长于七绝，以山水诗及宫词著称。有《张处士诗集》。

【注释】

①《何满子》：唐代教坊舞曲名。白居易《听歌六绝句》之五《何满子》自注："开元中，沧州有歌者何满子，临刑，进此曲以赎死，上竟不免。"元稹《何满子歌》："便将何满为曲名，御谱亲题乐府纂。" ② 故国：故乡。

【今译】

故乡远在三千里外，
深宫幽居二十余年。

刚唱出一声《何满子》,
两行泪顿时落君前。

【说明】

这首诗写幽居深宫的宫女的哀怨,在当时颇受称赏。杜牧《酬张祜处士见寄长句四韵》有"可怜故国三千里,虚唱歌辞满六宫"之句。据《全唐诗话》载,唐武宗病重,想以孟才人殉葬,孟为武宗歌此诗,唱到"一声何满子"便气绝而死。武宗命太医救治,太医诊脉后说:"脉尚温而肠已断。"张祜又作《孟才人叹》:"偶因歌态咏娇颦,传唱宫中二十春。却为一声《何满子》,下泉须吊旧才人。"

登乐游原[①]

李商隐

向晚意不适[②],驱车登古原。夕阳无限好,只是近黄昏。

【注释】

①乐游原:在今西安市东南郊,为古代长安城地势最高处,登此可眺望全城。汉代在此修乐游苑,唐代又加扩建,是长安士女的游览胜地。②向晚:傍晚。意不适:心绪不佳。

【今译】

傍晚时分心绪不佳,
赶着车子登上古原。
夕阳虽然无比壮美,
可惜已经临近黄昏。

【说明】

诗人赞叹夕阳晚照的无比壮美,又对它的即将消逝发出了深深的惋叹。诗中也可能有某种寄托,前人对此探讨颇多,如施补华《岘佣说诗》:"叹老之意极矣,然只说夕阳,并不说自己,所以为妙。"何焯《义门读书记》:"迟暮之感,沉伦之痛,触绪纷来,悲凉无限。"管世铭《读雪山房唐诗钞》:"李义山《乐游原》诗,消息甚大,为五绝中所未有。"

寻隐者不遇

贾 岛

松下问童子,言师采药去①。只在此山中,云深不知处。

【作者简介】
贾岛(779—843),字阆仙,一作浪仙,范阳(今河北涿县)人。初为僧,法名无本。曾任长江主簿,世称贾长江。其诗多写景、送别之作,以险僻幽冷见称,长于五律,刻苦求工,是有名的苦吟诗人。有《长江集》。

【注释】
① 师:即隐者,为童子之师。

【今译】
在松树下问一个童子,
回答说师傅已采药去。
他就在这座大山里面,
云雾深深不知他的踪迹。

【说明】
这首诗以问答的形式描绘出一个超凡脱俗、行踪飘然的隐士形象。看似平常话语,却创造出一个幽深高远的境界,令人神往不已。

渡 汉 江[①]

李 频

岭外音书绝[②]，经冬复立春。近乡情更怯，不敢问来人。

【作者简介】
李频，字德新，睦州寿昌（今属浙江）人。其诗多写山水别离，有《梨岳集》。

【注释】
①汉江：又称汉水，发源于陕西南部，至湖北汇入长江。②岭外：五岭以南。作者曾任建州（今属福建）刺史。

【今译】
久居岭南家中音讯断绝，
过完冬天接着又是新春。
临近家乡心情更加怯惧，
不敢开口问那对面来人。

【说明】
远离家乡、音书断绝的游子在还乡途中突遇家乡来人，该是多么急欲询问家中境况，然而一种唯恐听到什么坏消息的担忧胆怯心理却使他久久不敢开口。把游子牵挂亲人的心理刻画得生动真切、细致入微。

春 怨[①]

金昌绪

打起黄莺儿，莫教枝上啼。啼时惊妾梦，不得到辽西[②]。

【作者简介】

金昌绪，余杭（今属浙江）人。《全唐诗》仅录其诗 1 首。

【注释】

① 诗题一作《伊州歌》。② 辽西：辽河以西。即诗中思妇之夫的征戍之地。

【今译】

打走那只讨厌的黄莺，
不要让它在枝头乱啼。
它的啼声惊断了我的好梦。
使我不能到辽西和丈夫团聚。

【说明】

闺中思妇只有在梦中才能见到戍守辽西的丈夫，而这短暂的春梦偏又被黄莺的啼声惊破，难怪她要满怀怨愤地去打黄莺了。

哥 舒 歌

西鄙人①

北斗七星高，哥舒夜带刀②。至今窥牧马，不敢过临洮③。

【注释】

① 西鄙人：西方边地之人。② 哥舒：指唐代名将哥舒翰，突厥族人，曾任安西节度使，率兵大破吐蕃，收复黄河九曲，置洮阳郡，使吐蕃不敢再近青海。③ 临洮（táo）：今甘肃省岷县，以临洮水而得名。秦筑长城西起临洮。

【今译】

北斗七星在天空高高照耀，

哥舒将军夜巡带着宝刀。
至今那些窥探边境的胡马，
始终一步也不敢越过临洮。

【说明】
　　这首传唱于西北边地的诗歌赞颂了唐代名将哥舒翰却敌守边、威震吐蕃的赫赫功绩，抒发了边地人民对他的敬仰和怀念。

◇ 乐　府 ◇

长　干　行 二首

崔　颢

其　一

君家何处住？妾住在横塘①。停船暂借问，或恐是同乡。

【注释】

①横塘：三国时吴主孙权在建康沿秦淮河筑堤，称为横塘。在今南京市。

【今译】

君家是在哪里居住？
妾家就居住在横塘。
停下船来打问一声。
或许我们还是同乡。

其　二

家临九江水①，来去九江侧。同是长干人②，生小不相识。

【注释】

①九江：对长江下游众多支流的泛称。②长干：即长干里，古代建康街坊名，在今南京市。

【今译】

我家临着九江之水,
来去都在九江边上。
你我同是长干里人,
可是从小并不相识。

【说明】

崔颢《长干行》共四首,这里选了前两首。诗中写一对青年在江上行船时隔船问答,才知彼此原是同乡。诗句就像寻常口语,极生动自然,人物的神态声口在短短的问答中勾画得惟妙惟肖,极富民歌风味。

玉 阶 怨①

李 白

玉阶生白露,夜久侵罗袜②。却下水晶帘,玲珑望秋月③。

【注释】

① 玉阶怨:乐府《相和歌辞·楚调曲》中的题名。内容多写宫女怨情。② 侵罗袜:打湿罗袜,罗袜即丝织物做的袜子。③ 玲珑:晶莹明澈貌。

【今译】

玉石台阶上已有了点点露珠,
深夜久久伫立露水湿了罗袜。
回到房内放下水晶帘子,
隔帘凝望着玲珑的秋月。

【说明】

这首诗通过写一个宫女伫立玉阶、下帘望月的动作神态,表现出幽闭深宫的宫女的孤寂和哀怨。全诗融情入景,婉转含蓄。胡应麟《诗薮》说:"太白五言如《静夜思》、《玉阶怨》等,妙绝古今。"

塞 下 曲[①] 四首

卢 纶

其 一

鹫翎金仆姑[②],燕尾绣蝥弧[③]。独立扬新令,千营共一呼。

【注释】

① 诗题一作《和张仆射塞下曲》。《塞下曲》是唐代乐府题名,内容多写军旅生活。② 鹫(jiù):猛禽,属鹰科。翎:羽毛。金仆姑:箭名。《左传·庄公十一年》:"公以金仆姑射南宫长万。"此句写用鹫翎做箭羽的箭。③ 燕尾:旗上的飘带。蝥(máo)弧:一种旗的名称。

【今译】

腰插着鹫翎制成的金仆姑,
绣旗上的飘带迎风飞舞。
独立军前发布新的命令,
千营将士同声发出欢呼。

【说明】

这首诗写威武的将军发布命令,士气高昂的将士们齐声呼应。

其 二

林暗草惊风[①],将军夜引弓。平明寻白羽[②],没在石棱中[③]。

【注释】

① 草惊风:古人有"云从龙,风从虎"之说,此句暗示草丛中有

虎。②平明：天亮时。白羽：指箭。③没（mò）：陷没。此句用李广故事。《史记·李将军列传》载，李广打猎时把草丛中一块石头误看成虎，一箭射去，箭头深陷进石中。

【今译】
昏暗的树林里草动风惊，
将军在黑夜里拉开强弓。
天亮后去寻找射出的羽箭，
原来已深深地射进石棱。

【说明】
这首诗借用西汉名将李广的故事写将军神力善射。

其 三

月黑雁飞高，单于夜遁逃①。欲将轻骑逐②，大雪满弓刀。

【注释】
①单（chán）于：古代匈奴的君长。此处借指与唐军对敌的少数民族首领。②将（jiāng）：率领。轻骑（jì）：装备轻速度快的骑兵。

【今译】
月亮隐入云中大雁飞得高高，
单于乘着夜色悄悄率部潜逃。
正要率轻骑兵前去追赶，
大雪纷飞落满了弓刀。

【说明】
这首诗写敌酋乘夜逃遁，将军率轻骑冒雪追击。

其 四

野幕敞琼筵①，羌戎贺劳旋②。醉和金甲舞③，雷鼓动山川④。

【注释】

①野幕：设在野外的营帐。敞：开。琼筵：丰盛的筵席。②羌戎：指古代西北地区的少数民族。贺劳旋：庆贺慰劳大军凯旋。③和：带，此句言带甲而舞。④雷鼓：即擂鼓。古诗中雷、擂有通用者，如古乐府《巨鹿公主歌辞》："官家出游雷大鼓。"

【今译】

在野外营帐摆中开盛筵，
羌戎各族都来庆贺大军凯旋。
将士们酒醉后带甲起舞，
欢庆的擂鼓声震动山川。

【说明】

这首诗写凯旋后设宴庆功，羌戎祝捷劳军，将士带甲起舞，鼓声震动山川，一派欢腾气象。

江 南 曲①

李 益

嫁得瞿塘贾②，朝朝误妾期。早知潮有信③，嫁与弄潮儿④。

【注释】

①江南曲：古乐府《相和歌辞》的曲名。内容多写恋情。②瞿塘：即瞿塘峡，为长江三峡之一，在四川奉节县南。贾（gǔ）：商人。③潮有信：潮水涨落都有定时，故称"潮信"。④弄潮儿（ér）：在湖水中出没戏水的小伙子。

【今译】

嫁给了一个瞿塘的商人，
天天耽误与我约好的时间。

325

早知道潮水能准时来去,
真应该嫁给那弄潮少年。

【说明】

丈夫出外经商,屡误归期,孤独寂寞的妻子从盼望变为失望,失望之余忽发奇想:嫁给这样重利无信的商贾,还不如嫁给与潮信同时来去的弄潮儿呢。这看似荒诞的想法其实正曲折地道出了长守空房的商人妇的痛苦和怨愤。

七言绝句

回乡偶书

贺知章

少小离家老大回,乡音无改鬓毛摧①。儿童相见不相识,笑问客从何处来?

【作者简介】
贺知章(659—744),字季真,越州永兴(今浙江萧山县)人。性豪放不羁,自号四明狂客。其诗作清新自然,淡而有味。《全唐诗》收其诗十九首。

【注释】
①鬓毛摧:鬓发脱落。摧,一本作"衰"。

【今译】
自小离开家乡老年才得回来,
乡音依然未改鬓发却已苍白。
儿童们见到我都不认识,
笑着问客人从何处来?

【说明】
这首诗是作者晚年因病还乡时所作。前两句写自己离家之久、衰老之甚,后两句通过儿童们天真稚气的问话更真切生动地表现出作者暮年还乡的欣悦和人世沧桑的感慨。质朴无华的诗句中充溢着亲切温馨的人情味，千百年来为人传诵。唐汝询《唐诗解》评此诗说："模写久客之感，最为真切。"

桃　花　溪[①]

张　旭

隐隐飞桥隔野烟，石矶西畔问渔船[②]。桃花尽日随流水，洞在清溪何处边？

【作者简介】

张旭，字伯高，吴（治所在今江苏苏州市）人。以草书著名于世。其诗长于七绝。

【注释】

①桃花溪：在今湖南桃源县西南，源于桃花山，北流入沅江。
②矶：水边突出之石。

【今译】

隔着烟雾隐隐有小桥飞跨两岸，
走到石矶西边去问一艘渔船：
桃花整天随溪水不断漂走，
桃花源的洞口在清溪哪边？

【说明】

作者来到桃花溪畔，望着溪中随波漂流的落花，不禁对陶渊明《桃花源记》中描写的人间仙境桃花源产生了无限的向往。然而桃花源毕竟是一个虚构的境界，所以作者的询问终于得不到答案。

九月九日忆山东兄弟①

王 维

独在异乡为异客,每逢佳节倍思亲。遥知兄弟登高处,遍插茱萸少一人②。

【注释】

①九月九日:指农历九月初九,又称重九、重阳,是我国传统节日。山东:指华山以东。王维家在蒲(今山西永济县)位于华山以东。
②"遥知"二句:二句是说可以想见兄弟们在重阳日登高插茱萸时,会因为少了自己而引为憾事。《续齐谐记》载,东汉时汝南人桓景跟费长房学道,费长房告诉他九月九日汝南将有大灾,要让家人作绛囊盛茱萸系在臂上,登高处饮菊花酒,才可免灾。桓景遵嘱带家人登山避灾,回家后发现家中的猪羊果然全都暴死了。后世因有重阳节登高饮菊花酒佩茱萸囊的习俗。茱萸是一种有浓香的植物,可入药,相传佩之可以去邪辟秽。

【今译】

我独自离家在外作客他乡,
每当遇到佳节格外思念亲人。
遥想兄弟们今天同去登高,
个个身插茱萸可惜缺我一人。

【说明】

这首诗是作者十七岁游于长安、洛阳时所作。作者在重阳佳节思念家中的兄弟,并揣想兄弟们在登高插茱萸时也在思念自己,把游子的思亲之情表达得曲折尽致。"每逢佳节倍思亲"概括了人所共有的感情,成为传诵千古的名句。

芙蓉楼送辛渐[1]

王昌龄

寒雨连江夜入吴[2],平明送客楚山孤[3]。洛阳亲友如相问,一片冰心在玉壶[4]。

【注释】
①芙蓉楼:在唐代润州(今江苏镇江市)城上西北隅。辛渐:生平不详。②吴:润州古属吴国之地。③平明:天刚亮。楚山:指润州之山。润州古代也曾属楚国。④"一片"句:鲍照《白头吟》有"直如朱丝绳,清如玉壶冰"之句,用玉壶冰来比喻清白高洁的品格。此处化用其意,以冰心在玉壶比喻自己的心地表里澄澈、清白高洁。

【今译】
连江的寒雨在夜里飘落吴地,
黎明送别客人楚山孤独峙立。
洛阳亲友如果问起我的近况,
就说我一片冰心在那玉壶里。

【说明】
作者送辛渐去洛阳,连江的寒雨、孤峙的楚山既是写景,也流露出作者孤寂凄凉的心境。后两句借临别致辞以明志,用"一片冰心在玉壶"的形象比喻告慰洛阳亲友:我始终保持着清白高洁的人格。

闺　怨[1]

王昌龄

闺中少妇不知愁,春日凝妆上翠楼。忽见陌头杨柳色[2],悔教夫婿觅封侯[3]。

【注释】

①凝汝：盛妆。翠楼：指女子居住的楼房。②陌（mò）头：路边。陌，田间小路。③夫婿：丈夫。觅封侯：指从军以求取封侯。

【今译】

深闺中的少妇从不知道忧愁，
春日里装扮一新登上了翠楼。
忽然望见路边上的青青柳色，
不禁后悔叫丈夫去觅取封侯。

【说明】

此诗写一个无愁无虑的闺中少妇在春日登楼观景，当她看到路边新绿的柳丝时，不禁生出深深的悔怨之情，后悔不该叫丈夫为博取封侯而去从军远征，以致使自己在这大好春光中只能独守空闺。把少妇心情的微妙变化写得生动而又含蓄。

春宫怨

王昌龄

昨夜风开露井桃①，未央前殿月轮高②。平阳歌舞新承宠③，帘外春寒赐锦袍。

【注释】

①露井：没有盖的井。②未央前殿：未央宫是汉代宫殿，此处借指唐朝宫殿。③平阳歌舞：平阳公主的歌女。《史记·外戚世家》载，汉武帝去他姐姐平阳公主家，平阳公主让歌女卫子夫歌舞助兴，武帝对卫子夫一见钟情，平阳公主即将其送入宫中，后为卫皇后。新承宠：新近得到君王宠幸。

【今译】
昨夜春风吹绽了露井边的红桃，
未央宫的前殿上明月已经升高。
平阳公主的歌女新得天子宠幸，
只因帘外春寒赐给她锦袍。

【说明】
这首诗借用汉代卫子夫得宠的故事写宫女的幽怨。妙在不明写怨意，而是通过写得宠者的备受恩宠来反衬出自己的凄凉哀怨。

凉 州 词[①]

王 翰

葡萄美酒夜光杯[②]，欲饮琵琶马上催[③]。醉卧沙场君莫笑，古来征战几人回。

【作者简介】
王翰，字子羽，并州晋阳县（今山西太原市）人。性情狂放不羁，使酒任侠。其诗传世不多，以《凉州词》最为著名。

【注释】
①凉州词：一作凉州曲，乐府《近代曲辞》名。开元年间西凉府都督郭知运所进。凉州，治所在今甘肃武威。②葡萄美酒：用葡萄酿的美酒。《史记》中即记载有大宛（西域国名）人用葡萄酿酒之事。夜光杯：据《海内十洲记》载，西域胡人曾献给周穆王一只夜光常满杯，用白玉精制成。此处喻酒杯之精美。③琵琶：一种弹拨乐器，原出西域。马上催：马上弹起的琵琶声在催人痛饮。催，有奏乐劝酒意。如韩翃《赠张千牛》："急管昼催平乐酒。"据刘熙《释名》载，琵琶原本是在马上弹奏的乐器。

【今译】

香醇的葡萄美酒盛在夜光杯,
正要痛饮琵琶在马上声声相催。
醉卧在沙场上请君莫要见笑,
自古来出征人能有几个返回!

【说明】

　　这是一首被誉为"盛唐绝作"的边塞诗。前两句极力渲染军中宴饮的盛大热闹,后两句笔锋一转,借一名军人自我解嘲的话语深刻揭示了边塞将士在随时面临死亡威胁的征战生活中借酒消愁、及时行乐的心理状态。蘅塘退士评此诗说:"作旷达语,倍觉悲痛。"

黄鹤楼送孟浩然之广陵①

李　白

　　故人西辞黄鹤楼②,烟花三月下扬州③。孤帆远影碧空尽④,唯见长江天际流。

【注释】

　　①之广陵:到广陵去。广陵,今江苏扬州市。②故人:旧友,指孟浩然。③烟花:指春天美丽的景物。下扬州:从黄鹤楼去扬州是从长江顺流而下。④此句一作"孤帆远映碧空尽"。

【今译】

老朋友挥手告别了黄鹤楼,
在春光明媚的三月东下扬州。
一片帆影远远消逝在碧空里,
只见滚滚长江仍在天边奔流。

【说明】

作者在风光明媚的春日送老友孟浩然去扬州,老友已登船离去,作者还站在黄鹤楼上久久眺望,直到帆影消失在水天相接之际。在阔大雄浑的景色描写中表现出作者对老友的依依惜别之情。

早发白帝城[①]

李 白

朝辞白帝彩云间[②],千里江陵一日还[③]。两岸猿声啼不住[④],轻舟已过万重山。

【注释】

① 白帝城:古代城名,东汉初公孙述所筑。公孙述自号白帝,故名白帝城。故址在今四川奉节县东白帝山上。② 彩云间:白帝城在高山上,此处形容其高入云间。③ 江陵:今湖北江陵县。从白帝城乘船到江陵要经过长江三峡。郦道元《水经注》:"自三峡七百里中,两岸连山,略无阙处……有时朝发白帝,暮到江陵,其间千二百里,虽乘奔御风,不以疾也。"诗句本此。④ 猿声:郦道元《水经注》写三峡中"常有高猿长啸,属引凄异。空谷传响,哀转久绝。故渔者歌曰:'巴东三峡巫峡长,猿鸣三声泪沾裳。'"

【今译】

清晨离开白帝城在彩云之间,
千里外的江陵城一日可还。
江两岸的猿啼声响个不住,
轻快的小船已驶过万重高山。

【说明】

乾元二年(759),李白在流放夜郎途中遇赦,从白帝城返回江陵时写下这首著名的诗篇。诗中巧妙地化用《水经注》的文字，生动形象地描写了穿越三峡时船行如飞、两岸猿啼的情景，充分表现出作者在绝处逢生、重返故园时的兴奋喜悦心情。俞陛云《诗境浅说续编》评此诗说："诵其诗，若身在三峡舟中，峰峦城郭皆掠舰飞驰。诗笔亦一气奔放，如轻舟直下。"

逢入京使

岑 参

故园东望路漫漫①，双袖龙钟泪不干②。马上相逢无纸笔，凭君传语报平安③。

【注释】

①故园东望：向东遥望长安的家园，此诗是作者从长安去安西（今新疆吐鲁番县西）途中所作，故言东望。路漫漫：路途遥远无际。漫漫，无边际貌。②龙钟：流泪貌。王褒《与周弘让书》："援笔揽纸，龙钟横绝。"此句意谓泪流不止，拭泪的双袖都被浸湿。③凭：请求。

【今译】

向东眺望家乡道路十分遥远，
双袖都已擦湿泪水仍然不干。
马上匆匆相遇没有纸笔写信。
请你给我家捎句话报个平安。

【说明】

作者从长安前往遥远的安西，在荒凉寂寞的旅途中忽然遇到去长安的入京使者，对故园的眷恋、对亲人的挂念使他不禁热泪横流。想给家中捎封书信却没有纸笔，只好请使者带个平安口信吧。

江南逢李龟年[1]

杜 甫

岐王宅里寻常见[2],崔九堂前几度闻[3]。正是江南好风景,落花时节又逢君。

【注释】

[1] 李龟年:唐玄宗时的著名乐人,极受玄宗优遇,安史之乱后流落江南,每当良辰美景,常为人歌数曲,闻者莫不掩泣。杜甫这首诗是在潭州(今湖南长沙市)与他相逢时所作。[2] 岐王:即玄宗之弟李范,他好学工书,喜与文士交游。寻常,平常。[3] 崔九:即崔涤,曾任殿中监,与玄宗很亲近。

【今译】

当年在岐王宅里经常与你相见,
也曾在崔九堂前多次听你歌唱。
漂泊江南正值此明媚春日,
落花时节又与你相逢他乡。

【说明】

作者在大历五年(770)春天漂泊到潭州,恰遇流落江南的李龟年,写下这首感时伤乱的佳作。前两句追忆当年在长安王公豪贵之家听李演唱的繁华往事,后两句看似平常写景,实则寄寓着无限沉痛的今昔之感,沦落之悲,读之令人感慨万千。蘅塘退士评此诗说:"世运之治乱,年华之盛衰,彼此之凄凉流落,俱在其中。少陵七绝,此为压卷。"

滁州西涧[①]

韦应物

独怜幽草涧边生，上有黄鹂深树鸣。春潮带雨晚来急，野渡无人舟自横。

【注释】

① 滁州：唐代州名，治所在今安徽滁县。西涧：在滁州城西，俗名上马河。

【今译】

独爱那清幽的野草在涧边丛生，
上面有黄鹂鸟在深林中啼鸣。
春潮带着雨水晚上格外湍急，
野渡上无人迹船儿横泊水中。

【说明】

这首诗写滁州西涧黄昏雨中的景色，茂密的青草、树上鸣啭的黄鹂、雨后汹涌的潮水、渡头横浮的小船，宛如一副优美淡远的风景画。宋顾乐《唐人万首绝句选》评此诗说："写景清切，悠然意远，绝唱也。"

枫桥夜泊[①]

张　继

月落乌啼霜满天，江枫渔火对愁眠。姑苏城外寒山寺[②]，夜半钟声到客船。

【作者简介】

张继，字懿孙，襄州（今湖北襄阳）人。曾官检校祠部郎中。其诗多写景纪游之作，不事雕琢而清丽淡远。有《张祠部诗集》。

【注释】

①枫桥：在今江苏省苏州市西郊枫桥镇。②姑苏：苏州的另称，因城西南有姑苏山而得名。寒山寺：枫桥附近的一座古寺，始建于南朝梁时，原名妙利普明塔院。相传唐代寒山、拾得二僧居于此寺，故称寒山寺。

【今译】

月西沉乌鸦啼秋霜满天，
对江枫看渔火忧愁难眠。
姑苏城外有座寒山古寺，
夜半时撞钟声传到客船。

【说明】

作者在寒霜满天的秋夜泊船枫桥，客中的寂寞愁思使他夜深难寐，伴他度过这不眠之夜的惟有江枫渔火和古刹钟声。此诗融情入景，千百年来脍炙人口，寒山寺也因此诗而闻名遐迩。

寒　食①

韩　翃

春城无处不飞花，寒食东风御柳斜。日暮汉宫传蜡烛②，轻烟散入五侯家③。

【注释】

①寒食：节令名，清明前一日或二日。相传晋文公为悼念介子推抱树焚死，便下令这一天禁火寒食。②传蜡烛：《西京杂记》记汉宫故

事："寒食日禁火，赐侯家蜡烛。"唐代也在寒食日赐近臣火烛。③五侯：西汉成帝将外戚王谭等五人同日封侯，世称五侯。又，东汉桓帝将宦官单起等五人同日封侯，亦称五侯。此处借指唐代受皇帝宠幸的外戚宦官。

【今译】
春日的京城中处处飞舞落花，
寒食时的东风吹得宫柳倾斜。
黄昏时分汉宫里分发蜡烛，
缕缕轻烟飘进了五侯之家。

【说明】
这首诗写唐都长安寒食日的美丽春色，并借咏汉代五侯故事讥刺唐朝廷中外戚宦官的受宠弄权。诗中讥刺的对象有人认为是玄宗时恃宠弄权的杨贵妃兄弟姐妹，有人认为是肃宗、代宗以来擅权的宦官，都可通。

月　夜

刘方平

更深月色半人家①，北斗阑干南斗斜②。今夜偏知春气暖，虫声新透绿窗纱。

【作者简介】
刘方平，洛阳人。隐居不仕，能诗善画，其诗以绝句著称，细腻含蓄。《全唐诗》收其诗一卷。

【注释】
①更深：古代将一夜分为五更，三更后即算更深。②北斗：即北斗七星。阑干：横斜貌。南斗：即斗宿，有星六颗。

【今译】

深更的斜月照映着半边人家，
北斗横在天际南斗已经倾斜。
今夜里偏觉出春气和暖，
虫鸣声新透进绿色窗纱。

【说明】

作者在一个春天的月夜夜深不寐，眼望着月亮西坠、星斗横斜，纱窗外唧唧的虫声使他忽然悟到春天已至，不禁觉得今夜的天气已经非常暖和了。细腻而含蓄地表达了对春临大地的兴奋和喜悦之情。

春　　怨

刘方平

纱窗日落渐黄昏，金屋无人见泪痕①。寂寞空庭春欲晚，梨花满地不开门。

【注释】

① 金屋：《汉武故事》载，汉武帝为太子时，长公主想把女儿阿娇许配给他，问他："阿娇好否？"武帝回答说："若得阿娇，当以金屋贮之。"此处借指宫中妃嫔的豪华居室。

【今译】

纱窗上阳光落下渐渐临近黄昏，
空寂的金屋里无人看得到她的泪痕。
寂寞的空院中春光即将消逝，
梨花落了满地终日无人开门。

【说明】

这首诗写失宠宫人的孤寂幽怨。诗中虽无一怨字,但那纱窗外的落日、主人公脸上的泪痕、空院中满地的落花,处处都透出深深的哀怨。

征 人 怨

柳中庸

岁岁金河复玉关①,朝朝马策与刀环。三春白雪归青冢②,万里黄河绕黑山③。

【作者简介】

柳中庸,名淡,河东(今山西永济县)人。《全唐诗》收其诗十三首。

【注释】

① 金河:即今内蒙古中部之大黑河。玉关:即玉门关,故址在今甘肃。② 青冢:即王昭君墓。相传塞外草白,只有昭君墓上草青,故称。在今呼和浩特市南。③ 黑山:在今陕西榆林县西南,又名呼延谷。唐高宗时裴行俭在此大破突厥。

【今译】

年年要到金河和玉关守边,
天天都与马鞭和刀环相伴。
暮春三月青冢上仍积满白雪,
万里黄河滔滔奔流绕着黑山。

【说明】

这首诗写边塞将士年年月月在边关塞外戍边征战的戎马生涯。虽无一字写怨,而怨意已充溢于字里行间。

宫　词

顾　况

玉楼天半起笙歌[①]，风送宫嫔笑语和[②]。月殿影开闻夜漏[③]，水晶帘卷近秋河。

【作者简介】

顾况，字逋翁，苏州海盐（今属浙江）人。曾为官，后隐居茅山，自号华阳真逸。其诗冲淡平易，乐府颇多讽喻，绝句清丽自然。后人辑有《华阳集》。

【注释】

①玉楼：华丽的楼房。天半：形容楼高。②宫嫔（pín）：宫女。嫔是古代宫中的女官。③夜漏：夜间计时的滴漏声。我国古代用铜壶滴漏记时。

【今译】

玉楼高耸云天上面阵阵笙歌，
随风传来宫嫔们的声声笑语。
月影从殿上移开独听着夜漏，
卷起水晶帘凝望秋夜的银河。

【说明】

这首诗写失宠宫女的孤寂和哀怨。诗中先写得宠者的高楼笙歌、欢声笑语，相形之下愈加反衬出失宠者的孤独和痛苦，她只有听着声声夜漏、望着迢迢银河，来度过这不眠的秋夜。诗中鲜明的对比和细腻的刻画，把失宠宫女的哀怨表现得深沉而又含蓄。

夜上受降城闻笛[①]

李 益

回乐烽前沙似雪[②]，受降城外月如霜。不知何处吹芦管[③]，一夜征人尽望乡。

【注释】
① 受降城：唐景龙二年（708年），张仁愿在黄河以北筑三受降城以防御突厥，三城故址均在今内蒙古境内。② 回乐烽：烽火台名。李益《暮过回乐烽》诗："烽火高飞百尺台。"一作"回乐峰"。③ 芦管：胡人用芦苇做的吹奏乐器，也称芦笛。

【今译】
回乐烽前一片白沙仿佛积雪，
受降城外月光遍地望似寒霜。
不知何处吹奏起悲凉的芦管，
一夜里出征人个个遥望家乡。

【说明】
这首诗写塞外征人的思乡之情。据《唐诗纪事》载，此诗当时即被人谱成曲、绘成画，可见其艺术感染力之强。

乌 衣 巷[①]

刘禹锡

朱雀桥边野草花[②]，乌衣巷口夕阳斜。旧时王谢堂前燕[③]，飞入寻常百姓家。

【注释】

①乌衣巷：故址在今南京市东南。三国吴时在此设乌衣营，兵士皆乌衣，因以得名。东晋时王谢豪族聚居于此。②朱雀桥：东晋时在秦淮河上修的一座浮桥，又名朱雀航。在乌衣巷口。③王谢：指东晋宰相王导和谢安两大豪族。

【今译】

朱雀桥边野草已经开花，
乌衣巷口夕阳正在落下。
当年王谢家堂前的燕子，
如今飞进平常百姓人家。

【说明】

这首诗是《金陵五题》之一。诗中通过对朱雀桥和乌衣巷冷落荒凉景象的描写，抒发了深沉的今昔沧桑之感。后两句借写燕子而暗示王谢高堂变为寻常民宅，手法高妙，成为千古名句。唐汝询《唐诗解》评此诗说："不言王谢堂为百姓家，而借言于燕，正诗人托兴玄妙处。"

春　　词

刘禹锡

新妆宜面下朱楼①，深锁春光一院愁。行到中庭数花朵，蜻蜓飞上玉搔头②。

【注释】

①新妆宜面：新的妆饰式样与面容很相宜。②玉搔头：即玉簪，古代女子的一种首饰。

【今译】

扮好宜面的新妆走下红楼,
深院锁闭着春光一片怨愁。
走到庭院无聊地细数花朵,
一只蜻蜓飞上了碧玉搔头。

【说明】

这首诗写一个女子扮好新妆却无人常识的幽怨。她扮好漂亮的新妆走下朱楼,迎接她的只是春光深锁的寂寞庭院。她百无聊赖中只有细数花朵来解闷,不料蜻蜓倒被她的新妆所吸引而飞上头来。从对人物神态动作的传神刻画中透露出其内心的孤独苦闷,写得婉转而又含蓄。

宫　词

白居易

泪尽罗巾梦不成,夜深前殿按歌声①。红颜未老恩先断,斜倚熏笼坐到明②。

【注释】

① 按歌:打着节拍唱歌。② 熏笼:熏炉上罩的笼子。熏炉是古代用来熏香和取暖的炉子。

【今译】

泪水滴满罗巾久久难以入梦,
夜深时前殿还传来阵阵歌声。
红颜还未衰老君恩却已断绝,
斜靠熏笼独坐一下到了天明。

【说明】

　　这首诗与前面顾况的《宫词》类似,也是写失宠宫女的哀怨,不同的是顾诗婉转含蓄而此诗直截显露,题材相同而风格各异。

赠 内 人[①]

张　祜

　　禁门宫树月痕过[②],媚眼惟看宿鹭窠[③]。斜拔玉钗灯影畔,剔开红焰救飞蛾。

【注释】

　　①内人:即宫人。②禁门:宫门。因宫中门户都设禁卫,故称宫中为禁中。③媚眼:美丽的眼睛。宿鹭窠(kē):栖宿着鹭鸶的巢。

【今译】

　　月光从宫门前的大树上移过,
　　美目凝视着双鹭栖息的巢窠。
　　在灯前侧身拔下头上的玉钗,
　　挑开红焰救出那扑火的灯蛾。

【说明】

　　在禁门深锁的宫院里,一个孤独的宫女在月光下久久地望着树上的鹭鸶巢发呆,想着鸟儿尚可双双栖宿而自己只能空房独守,她不由生出无限伤感。漫漫长夜中她只有一盏孤灯相伴,望着灯边扑火的飞蛾,她不禁感到它们的处境正像自己一样悲惨,怜悯之心油然而生,忙拔下玉钗去挑灯相救。通过一系列传神细腻的神态动作刻画,表达出人物孤独苦闷的内心世界,极为婉转含蓄。

集灵台[①] 二首

张祜

其 一

日光斜照集灵台,红树花迎晓露开。昨夜上皇新授箓[②],太真含笑入帘来[③]。

【注释】

①集灵台:即华清宫内的长生殿,为祀神之处。②上皇:指唐玄宗。唐肃宗在灵武即位后尊玄宗为上皇天帝。箓:道教的秘文秘录。③太真:杨贵妃做女道士时的道号。

【今译】

初升的朝阳斜照着集灵台,
树上的红花迎着晓露盛开。
昨夜里上皇刚刚授予符箓,
杨太真满面含笑走进帘来。

【说明】

杨贵妃原为玄宗之子寿王李瑁之妃,玄宗为避人耳目,先让她出家做女道士,赐道号太真,然后再将其纳为贵妃。这首诗就是讽刺此事的。

其 二

虢国夫人承主恩[①],平明骑马入宫门[②]。却嫌脂粉污颜色,淡扫蛾眉朝至尊[③]。

【注释】

①虢(guó)国夫人:杨贵妃三姐的封号。承主恩:受到皇帝的恩

宠。②平明：黎明。《明皇杂录》："虢国夫人每入禁中，常乘骢马，使小黄门御。"③朝至尊：朝见皇帝。《太真外传》载："虢国不施脂粉，自炫美艳，常素面朝天。"

【今译】
虢国夫人身受皇上隆恩，
黎明时分骑马进入宫门。
却嫌脂粉污染天然美色，
淡画蛾眉便来朝见至尊。

【说明】
虢国夫人是一个极为豪奢荒淫的贵妇，这首诗通过写她骑马入宫、素面朝天的事，生动地揭示了她深得玄宗恩宠并恃宠而骄的神态，从而隐隐讽刺了玄宗的荒淫好色。

题金陵渡①

张　祜

金陵津渡小山楼②，一宿行人自可愁。潮落夜江斜月里，两三星火是瓜洲③。

【注释】
①金陵渡：在今江苏镇江市。渡，即渡口。因唐代也称润州（今镇江）为金陵，故名。②津渡：渡口。津的本意即渡口，此为同义复词。小山楼：作者所宿之楼。③瓜洲：在今江苏省邗江区南运河入长江处，与镇江隔江斜对，为长江南北交通要冲。亦作瓜州。

【今译】
投宿在金陵渡口的山上小楼，
旅人的心中一夜翻滚着乡愁。

西斜的月光下江潮慢慢退落,
闪着两三灯火的对岸便是瓜洲。

【说明】

作者夜宿金陵渡,客中的孤独寂寞使他乡愁顿生,一宿难寐。从楼上望去,但见月光斜照、江潮退落,对岸的瓜洲远远闪烁着几点灯光。作者的愁绪与凄清寥落的夜景完全融合在一起了。

宫 中 词

朱庆余

寂寂花开闭院门,美人相并立琼轩①。含情欲说宫中事,鹦鹉前头不敢言②。

【作者简介】

朱庆余,字可久,越州(今浙江绍兴)人。其诗清丽婉转,颇为张籍赏识,有《朱庆余诗集》。

【注释】

①琼轩:精美华丽的长廊。轩,有窗槛的长廊。②鹦鹉:鸟名,经训练能模仿人说话的声音。

【今译】

花开时节清寂的院门紧闭。
美人并肩站在华丽的廊前。
满怀情思想谈谈宫中的事,
在学舌的鹦鹉前不敢开言。

【说明】

在鲜花盛开的大好春日里,幽闭深宫的宫女们只能在大门紧闭的宫院中寂寞度日。她们在长廊上并肩赏花,想交谈一下宫中的生活,可一看到廊下笼中的鹦鹉又不敢开口了。以极细腻含蓄的描写表现了宫禁中的森严可怖和宫女的痛苦幽怨。

近试上张水部[①]

朱庆余

洞房昨夜停红烛[②],待晓堂前拜舅姑[③]。妆罢低声问夫婿:画眉深浅入时无[④]?

【注释】

① 诗题一作《闺意上张水部》。张水部即张籍,他曾任水部员外郎。据《全唐诗话》载,朱庆余的诗文颇得张籍赏识,张籍索其诗文为之推荐传誉,朱遂登科。朱在应试前作此诗献给张籍,张酬诗曰:"越女新妆出镜心,自知明艳更沉吟。齐纨未足时人贵,一曲菱歌敌万金。"朱之诗名因此而流传海内。② 洞房:新婚夫妇的卧室。停:停放。③ 舅姑:即公婆。④ 入时无:合不合时式。

【今译】

洞房中昨夜里燃着红烛,
等天亮去堂前拜见舅姑。
梳妆罢低声问新郎一声:
画眉的深与浅是否入时?

【说明】

作者表面上是写新娘子在拜见公婆前担心眉毛画得是否入时,实则借此来比喻自己在应试前担心文章能否为考官赏识,比喻得极巧妙又极贴切。即使只按其表面意义去理解,也是一首绝好的闺情诗。

350

将赴吴兴登乐游原[①]

杜 牧

清时有味是无能[②]，闲爱孤云静爱僧。欲把一麾江海去[③]，乐游原上望昭陵[④]。

【注释】

① 吴兴：唐代郡名，治所在今浙江湖州市。② 清时：清平时世。此句言自己在清平盛世却能悠闲有味是因为无能之故，实是抒发怀才不遇的牢骚。③ 把：持。麾：旌旗。古时称地方官出守州郡为"拥麾守郡"、"建麾作牧"，作者此时将出任湖州刺史，故云。江海：指吴兴，因其地离江海近。④ 昭陵：唐太宗李世民的陵墓，在今陕西礼泉县东北九嵕山。

【今译】

清平盛世却闲适有味是我无能，
最爱那孤云的悠闲僧人的清静。
正要手持旌麾去江海边上赴任，
先来到乐游原上遥望太宗昭陵。

【说明】

这首诗是大中四年（850）作者离长安出任湖州刺史时，登乐游原有感而作。前二句以自嘲的口吻写自己在京城失意无聊之状，抒发了怀才不遇的苦闷。末二句写离京之前登乐游原而望昭陵，既表达了作者对唐太宗"贞观盛世"的向往，也流露出对晚唐衰颓政局的失望和自己壮志难伸的悲愤。写得委婉含蓄而又沉郁苍凉。

赤　壁[①]

杜　牧

折戟沉沙铁未销[②]，自将磨洗认前朝。东风不与周郎便[③]，铜雀春深锁二乔[④]。

【注释】

[①]赤壁：公元208年孙权与刘备联军大败曹操之处。其地一说在今湖北武昌县西赤矶山，一说在今湖北薄圻县西北赤壁山。[②]折戟：断戟。戟是古代一种兵器，能直刺又能横击。[③]东风：赤壁之战时，周瑜用黄盖大计，乘东南风势用火攻烧毁曹操军队的战舰、营寨，因而大破曹军。[④]铜雀：即铜雀台，曹操晚年行乐之处，故址在今河北临漳县西。二乔：指乔公的两个女儿大乔和小乔，大乔为孙策之妻，小乔为周瑜之妻，都有倾国之色。

【今译】

断折的铁戟沉埋沙中还未蚀消，
捡起来磨洗认出它来自前朝。
倘使当年东风不给周郎方便，
铜雀台中早已深锁着大乔小乔。

【说明】

这是一首著名的咏史诗。作者在赤壁古战场拣到一支当年的断戟，由此而追想当年赤壁大战时若不是东风帮助周瑜火攻破曹，那么恐怕东吴君臣连同妻小早都成为曹操的俘虏了，言外有无限的感慨。谢枋得《唐诗绝句注解》评此诗说："后二句绝妙，众人咏赤壁，只善当时之胜，杜牧之咏赤壁，独忧当时之败。此是无中生有，死中求活，非浅识可到。"

泊秦淮[①]

杜 牧

烟笼寒水月笼沙,夜泊秦淮近酒家。商女不知亡国恨[②],隔江犹唱后庭花[③]。

【注释】
①秦淮:即秦淮河,为长江下游支流,流经南京市区西入长江。河两岸历代为酒楼妓馆林立之地。②商女:卖唱的歌女。③《后庭花》:即《玉树后庭花》,为亡国之君南朝陈后主所作的艳曲。

【今译】
烟雾笼罩着寒水月光映照着河沙,
夜间泊船在秦淮河上正靠近酒家。
歌女们不知道陈朝的亡国遗恨,
隔着江仍在唱《玉树后庭花》。

【说明】
作者在国势日危之时听到秦淮歌女演唱陈后主的亡国之曲,不禁感慨万分。含蓄婉转的诗句中暗含着作者对国事的深切忧虑和对晚唐社会腐败风气的痛心疾首。

寄扬州韩绰判官[①]

杜 牧

青山隐隐水迢迢,秋尽江南草未凋[②]。二十四桥明月夜[③],玉人何处教吹箫[④]?

【注释】

①韩绰判官：其人生平未详，当为杜牧在淮南节度使府任推官时的同僚。判官是节度使的辅佐官员。②未：一本作"木"。③二十四桥：《舆地纪胜》载隋代在扬州置二十四桥，以城门坊市为名。沈括《梦溪笔谈·补笔谈》中略记有二十四桥的桥名。而《扬州名胜录》以为即吴家砖桥，又名红药桥，在熙春台后。④玉人：美人。吹箫：《扬州府志》载，隋炀帝曾在月夜同二十四名宫女在桥上吹箫。

【今译】

青山隐隐约约绿水相去迢迢，
江南秋天已尽草木仍未枯凋。
二十四桥上映着一轮明月，
你正在哪里教美人吹箫？

【说明】

杜牧在扬州淮南节度使府任推官、掌书记多年，常流连于酒楼妓馆，此诗是他离开扬州后寄赠扬州同僚之作，表达了对扬州生活的无限怀恋。宋顾乐《唐人万首绝句选》评此诗说："深情高调，晚唐中绝作，可以媲美盛唐名家。"

遣　怀

杜　牧

落魄江湖载酒行①，楚腰纤细掌中轻②。十年一觉扬州梦③，赢得青楼薄幸名④。

【注释】

①落魄：失意潦倒。②楚腰：细腰。《后汉书·马廖传》："楚王好细腰，宫中多饿死。"掌中轻：相传汉成帝的皇后赵飞燕身轻，能在掌中起舞。此句用此二典借喻体态轻盈的扬州妓女。③"十年"句：杜

牧于大和二年（828）离开京城长安，先后在洪州（今江西南昌）、宣州（今安徽宣城）、扬州作幕僚，至大和九年（835）才返回长安。他在《上刑部崔尚书状》中曾自称"十年为幕府吏，每促束于簿业宴游间。"他在扬州时常出入于歌楼妓馆。④青楼：指娼家。薄幸：薄情。

【今译】
失意潦倒在江湖间携酒而行，
楚女腰肢纤细能起舞在掌中。
回首扬州十年恍如一场大梦，
只落得个青楼中的薄情名声。

【说明】
作者在此诗中回忆自己当年在扬州的冶游生活，充满了感叹和悔恨。对自己无法施展抱负而只能在放浪形骸中虚掷年华的遭遇悲愤不已。

秋　夕

杜　牧

银烛秋光冷画屏①，轻罗小扇扑流萤。天街夜色凉如水②，卧看牵牛织女星③。

【注释】
①银烛：白色的蜡烛。②天街：天空。天空广阔高远，无处不通，如广阔的街道，故云。③牵牛织女星：即牵牛星和织女星。神话传说织女为天帝孙女，因嫁与河西牛郎而触怒天帝，被其用银河分开，每年七夕之夜才能相会一次。

【今译】
秋夜的烛光映着清冷的画屏，

持一把轻罗小扇去扑赶流萤。
天空的夜色犹如清凉的秋水，
独自卧看着牵牛织女二星。

【说明】

这首诗写一个女子在清冷的秋夜的孤独寂寞情怀。主人公的心事全从末句中透出。

赠　　别[①] 二首

杜　牧

其　一

娉娉袅袅十三余[②]，豆蔻梢头二月初[③]。春风十里扬州路[④]，卷上珠帘总不如。

【注释】

① 这两首诗是杜牧于大和九年（835）离扬州赴长安时赠别妓女之作。② 娉娉袅（niǎo）袅：柔美多姿的样子。十三余：十三岁多。③ "豆蔻"句：豆蔻是一种草本植物，初夏开花，二月初尚含苞未开，此处借以喻少女。后人因杜牧此句，遂称女子十三四岁为豆蔻年华。④ 春风十里：指扬州歌楼妓馆林立的繁华街区。张祜《忆淮南》诗亦有"十里长街市井连，月明桥上看神仙"的描写。

【今译】

轻盈娇艳年纪刚十三出头，
就像二月初枝头含苞的豆蔻。
在扬州春风吹拂的十里长街上，
珠帘下的美人都不能与你比侔。

【说明】

作者在这首诗中描写自己所赠别的少女美丽娇艳，正值妙龄，并夸赞说十里扬州路上无人可以与她比美，足见对其情有独钟。"豆蔻"一句比喻形象生动，成为著名的典故。

其　二

多情却似总无情①，唯觉樽前笑不成②。蜡烛有心还惜别，替人垂泪到天明。

【注释】

①"多情"句：言多情人当分别之际满怀愁绪默然相对，反似无情。②樽：酒杯。

【今译】

多情人离别时却像无情，
只觉得酒杯前难露笑容。
红蜡烛倒仿佛有心惜别，
替我们流着泪直到天明。

【说明】

这首诗写饯别之夕黯然消魂的离愁别恨。以拟人化的手法写蜡烛替人垂泪，极为生动巧妙。

金　谷　园①

杜　牧

繁华事散逐香尘②，流水无情草自春③。日暮东风怨啼鸟，落花犹似坠楼人④。

【注释】

①金谷园：西晋卫尉石崇的别墅。金谷为古地名，在今河南洛阳市东北。②香尘：据王嘉《拾遗记》载，石崇用沉香屑铺在象牙床上，让他宠爱的姬妾在上面行走，没有足迹的便赏给珍珠。③流水：指流经金谷园的金谷水。④坠楼人：据《晋书·石崇传》载，石崇有一心爱的歌妓名叫绿珠，美艳无比又善吹笛。孙秀向石崇要绿珠，石崇拒绝了，孙秀一怒之下便捏造罪名派兵收捕石崇。石崇正在楼上设宴，见兵士到门，便对绿珠说："我今为尔得罪。"绿珠哭着说："当效死于君前。"便跳楼而死。石崇一门老少全部被杀。

【今译】

繁华的往事早已随着香尘消散，
流水无情而去春草却依旧如茵。
日暮时东风吹来了哀怨的乌啼，
片片落花就像当年的坠楼美人。

【说明】

作者凭吊金谷园遗址，看到当年无比豪华的名园如今只余一片荒草，不禁想起当年石崇在这里极尽奢侈的生活和他与绿珠的悲惨结局，在写景之中寄托了深深的感慨。宋顾乐《唐人万首绝句选》评此诗说："落句意外神妙，悠然不尽。"

夜雨寄北①

李商隐

君问归期未有期，巴山夜雨涨秋池②。何当共剪西窗烛③，却话巴山夜雨时。

【注释】

①诗题一作"夜雨寄内"。冯浩《玉溪生年谱》和张采田《玉溪生

年谱全笺》均认为此诗为大中二年（848）作者在巴蜀寄怀妻子王氏之作。②巴山：泛指巴蜀山地。③何当：何时能够。剪烛：剪掉蜡烛上的烛花以使烛光更明亮。

【今译】

你询问我的归期我却还不知归期，
巴山今夜秋雨潇潇涨满了水池。
何日才能与你在西窗下共剪烛花，
再向你叙说这巴山夜雨之时。

【说明】

作者在巴蜀接到妻子来信询问他的归期，望着窗外绵绵的秋雨，他不禁心神飞驰，想象着归家后和妻子在西窗下剪烛夜话，向她诉说自己在巴山夜雨时长夜难眠的愁思。把今日和来日、现实和想象奇妙地交织起来，使作者的思念之情显得更为缠绵真挚。桂馥《札》评此诗说："眼前景反作日后怀想，此意更深。"

寄令狐郎中①

李商隐

嵩云秦树久离居②，双鲤迢迢一纸书③。休问梁园旧宾客④，茂陵秋雨病相如⑤。

【注释】

①令狐郎中：即令狐绹，当时任右司郎中。李商隐早年在河南见知于天平军节度使令狐楚，曾与其子令狐绹同游，后因令狐绹推荐得中进士。令狐楚死后李商隐入泾原节度使王茂元幕府，娶王女为妻。当时"牛李党争"正烈，令狐父子属牛党，而王茂元属李党，因此令狐绹和牛党中人指责李商隐背恩，对他排斥打击。后李卧病洛阳，令狐绹寄信问候，李作此诗答之。②嵩云秦树：代指作者居处洛阳和令狐绹居处

359

长安。嵩即作嵩山,为五岳之一,在今河南登封县。③双鲤:指令狐绹的书信。古乐府《饮马长城窟行》:"客从远方来,遗我双鲤鱼。呼童烹鲤鱼,中有尺素书。"④梁园:西汉梁孝王刘武的园林(故址在今河南商丘市)。当时文士司马相如、邹阳、枚乘等都曾作客其中。作者以"梁园旧宾客"喻自己当年在汴州见知于令狐楚并与其诸子交游事。⑤茂陵:在今陕西兴平县,以汉武帝陵墓得名。病相如:《史记·司马相如传》载:"相如即病免,家居茂陵。"作者以司马相如自比。

【今译】
你我久久分隔如同嵩山云秦川树,
迢迢千里外收到了你的一纸惠书。
不要再问那当年梁园的旧游宾客,
我就像茂陵秋雨中卧病的司马相如。

【说明】
作者因陷入"牛李党争"的漩涡而备受令狐等人排斥打击,在此诗中他既对令狐绹的致书问候表示感谢,又引司马相如的故事表明自己不忘旧恩的心迹和眼前贫病潦倒的处境,意在博得令狐绹的同情和帮助。写得委婉而又深沉。

为 有[①]

李商隐

为有云屏无限娇,凤城寒尽怕春宵[②]。无端嫁得金龟婿[③],辜负香衾事早朝[④]。

【注释】
① 此诗以首句首二字为题。② 凤城:古时对京城的别称。春宵:春夜。③ 无端:不料。金龟婿:佩金龟袋的丈夫。唐朝武则天时,三品以上高官可佩金饰龟袋。④ 衾(qīn):被子。

【今译】

因为有云母屏风更觉无比娇娆,
京城中寒冬已尽却又怕过春宵。
没料想嫁给个佩戴金龟的丈夫,
一大早就辜负香衾赶去上早朝。

【说明】

冬去春来本应令人欣喜,然而却引起官家少妇的怨情,因为春宵本来就短,而身佩金龟的丈夫又须早早上朝,香衾独处,怎能不使她抱怨呢?与王昌龄的"悔教夫婿觅封侯"有异曲同工之妙。

隋　　宫①

李商隐

乘兴南游不戒严②,九重谁省谏书函③。春风举国裁宫锦,半作障泥半作帆④。

【注释】

①隋宫:指隋炀帝在江都(今江苏扬州市)兴建的行宫。②南游:指隋炀帝从长安出发到江都游幸。③九重:指帝王所居的深宫。省(xǐng):察看。大业十二年隋炀帝三幸江都时,奉信郎崔民象、王爱仁上表谏劝,炀帝怒而杀之。④障泥:披在马鞍旁屏障泥土的东西。

【今译】

隋炀帝游幸江都沿途竟不戒严,
宫廷里有谁理会那进谏的书函。
春风中全国人都在裁剪宫锦,
一半做成障泥一半做了船帆。

361

【说明】

作者凭吊隋宫遗址，追忆当年隋炀帝兴师动众游幸江都之事，对隋炀帝穷奢极欲、残民以逞的行为进行了辛辣的讥刺。

瑶 池[①]

李商隐

瑶池阿母绮窗开[②]，黄竹歌声动地哀[③]。八骏日行三万里[④]，穆王何事不重来[⑤]？

【注释】

①瑶池：《穆天子传》载，周穆王西游昆仑山，与西王母会于瑶池。②阿母：即西王母，西王母又称玄都阿母。③黄竹歌声：《穆天子传》载，周穆王南游至黄竹路上，遇风雪冻人，作《黄竹之歌》三章以哀民。④八骏：相传周穆王有八匹骏马驾车，能日行三万里。⑤"穆王"句：《穆天子传》载，周穆王离瑶池时，西王母作歌曰："白云在天，山陵自出。道里悠悠，山川间之。将子毋死，尚能复来。"穆王作歌答曰："予归东土，和治诸夏。万民平均，吾顾见汝。比及三年，将复而野。"此句意谓穆王已死，不能实践三年重来的诺言了。

【今译】

瑶池的西王母打开绮窗等待，
黄竹歌声响彻大地多么凄哀。
那驾车的八匹骏马日行三万余里，
穆王他因何事至今不见重来？

【说明】

作者借咏周穆王会见西王母的传说故事，对晚唐帝王求仙炼丹以图长生的荒唐行径作了辛辣的嘲讽。

嫦　娥①

李商隐

云母屏风烛影深,长河渐落晓星沉②。嫦娥应悔偷灵药,碧海青天夜夜心。

【注释】
①嫦娥:神话传说中后羿之妻,因偷吃了后羿从西王母处得到的不死之药而奔往月宫。②长河:银河。

【今译】
云母屏风上映出烛影深深,
银河渐渐落下晓星也已西沉。
嫦娥该在后悔偷服灵药奔月,
夜夜望着碧海青天孤寂难禁。

【说明】
对这首诗历来有各种不同的解释,众说纷纭,莫衷一是。从诗意看,作者是借写嫦娥悔偷灵药来抒发自己的某种悔恨和孤寂之感。何焯认为"自比有才调翻致流落不偶也",宋顾乐认为"借嫦娥抒孤高不遇之感",都有一定的道理。

贾　生①

李商隐

宣室求贤访逐臣②,贾生才调更无伦。可怜夜半虚前席,不问苍生问鬼神③。

【注释】

①贾生：即贾谊（前200—前168），西汉著名的政治家、文学家，少有才学，颇受汉文帝器重，任太中大夫。因力主革新政治而遭到周勃等人谗毁，被贬为长沙王太傅。②宣室：汉未央宫前殿正室。逐臣：被放逐之臣，指被贬长沙的贾谊。③"可怜"二句：《史记·屈原贾生列传》载，贾谊被贬长沙三年后，汉文帝又征召他回京，在宣室向他问鬼神之事。贾谊详细解说直至夜半，文帝听得入神，不觉移膝而前。前席，即移膝向前，因古人席地而坐。苍生，指百姓。

【今译】

汉文帝在宣室垂询贬逐之臣，
贾生的才气再无人可与比伦。
可惜他枉自前席倾听到夜半，
不询问苍生百姓却只问鬼神。

【说明】

这首诗借咏汉文帝召见贾生之事，对封建帝王弃置贤才的行为进行了辛辣的讽刺，在伤痛贾生不幸遭遇的同时也寄寓了作者怀才不遇的感情。何焯《三体唐诗》评此诗说："贾生前席犹为虚礼，况无宣室之访逮耶？自伤更在言外。"

瑶 瑟 怨

温庭筠

冰簟银床梦不成①，碧天如水夜云轻。雁声远过潇湘去②，十二楼中月自明③。

【注释】

①冰簟（diàn）：冰凉的竹席。簟，竹席。②潇湘：潇水和湘水，在今湖南省。③十二楼：《汉书·郊祀志》应劭注："昆仑、玄圃五城

十二楼,仙人之所常居。"此处借指主人公所住的高楼。

【今译】
竹席银床无比清凉人却难以入梦,
天空青碧如同秋水夜云轻轻飘动。
声声雁鸣远远飘过潇湘而去,
华丽的妆楼只有月色依然晶莹。

【说明】
这首诗写一个女子在秋凉之夜难以成眠,望着澄碧的夜空,听着远去的雁鸣,她更觉孤寂凄清,只有在明月相伴的妆楼上独弹瑶瑟以寄怨情。

马 嵬 坡[①]

郑 畋

玄宗回马杨妃死,云雨难忘日月新[②]。终是圣明天子事,景阳宫井又何人[③]。

【作者简介】
郑畋(823—882),字台文,荥阳(今属河南)人。唐武宗会昌年间进士,历官中书舍人、兵部侍郎、凤翔节度使等,后拜司空。有《玉堂集》。

【注释】
① 马嵬坡:在今陕西兴平县西。杨贵妃缢死于此,坡上有杨贵妃墓。② 云雨:宋玉《高唐赋》写巫山神女对楚王说:"妾在巫山之阳,高丘之阻,旦为朝云,暮为行雨。"后遂以云雨喻男女欢爱。此处指玄宗难忘昔日恩爱。③ 景阳宫井:《陈书·后主本纪》载隋军渡江灭陈,陈后主与宠妃张丽华、孔贵嫔等投入景阳殿井中,被隋军俘获。后人因

此称井为"胭脂井"、"辱井"。

【今译】
　　玄宗回返长安杨妃早已死去，
　　欢爱虽难忘怀国事已经一新。
　　能舍妃保国终竟是圣明天子，
　　那投入景阳宫井的又是何人。

【说明】
　　历代题马嵬诗，或斥玄宗薄情负盟，或哀贵妃佳人薄命，唯此诗以陈后主与玄宗相比，认为玄宗能在危难之时舍美人以保江山，比起要美人不要江山的陈后主来还要算是圣明天子，可谓别具机杼。《全唐诗话》记载当时人读郑畋此诗，认为他有宰相之器。蘅塘退士评此诗说："唐人马嵬诗极多，唯此首得温柔敦厚之意，故录之。"

已　　凉

韩　偓

　　碧栏杆外绣帘垂，猩色①屏风画折枝。八尺龙须②方锦褥，已凉天气未寒时。

【作者简介】
　　韩偓（844—923），字致尧，小名冬郎，自号玉樵山人，京兆万年（今陕西西安市东南）人。少即能诗，曾受其姨父李商隐夸赞。其诗作委婉缠绵，反映了一些社会现实。其艳情诗词藻华丽，有"香奁体"之称。后人辑有《韩内翰别集》。

【注释】
　　① 猩色：像猩猩血的鲜艳红色。折枝：只画花枝部分的花卉画。
　　② 龙须：龙须草，此处指龙须草织的席。

【今译】

青绿色的栏杆外绣帘低低垂下,
猩红的屏风上画着折下的花枝。
八尺长的龙须席铺着方形锦褥,
天气已开始转凉却还未到寒时。

【说明】

这首诗写已凉未寒时分的闺房情景。通篇写景物而无人,却使人感到其人呼之欲出。俞陛云《诗境浅说续编》评此诗说:"由栏杆、绣帘而至锦褥,迤逦写来,纯是景物,而景中有人,丽不伤雅,《香奁集》中隽咏也。"

金 陵 图[①]

韦 庄

江雨霏霏江草齐[②],六朝如梦鸟空啼[③]。无情最是台城柳[④],依旧烟笼十里堤。

【注释】

①诗题《全唐诗》作《台城》。②霏霏:雨雪细密貌。③六朝:指在金陵建都的吴、东晋、宋、齐、梁、陈六个王朝。④台城:本为三国吴后苑城,东晋、南朝时为台省、宫殿所在地,故称台城,遗址在今南京市鸡鸣山南乾河沿北。

【今译】

江上细雨霏霏江边芳草萋萋,
六朝犹如梦幻鸟儿空自鸣啼。
最无情的是那台城的柳树,
依旧像一片绿烟笼罩着十里长堤。

【说明】

曾在金陵建都的六个王朝都已化为历史烟云，犹如一场春梦，当年的宫禁之地如今只余十里烟柳，写景之中抒发深沉的今昔兴亡之感。马时芳《挑灯诗话》评此诗说："韦端己《台城》，赋凄凉之景，想昔日盛时，无限感慨都在言外，使人思而得之。"

陇 西 行[①]

陈 陶

誓扫匈奴不顾身，五千貂锦丧胡尘[②]。可怜无定河边骨[③]，犹是春闺梦里人。

【作者简介】

陈陶，字嵩伯，剑浦（今福建南平市）人。举进士不弟，遂漫游名山，自号"三教布衣"。后隐居洪州（今南昌）西山。有《陈嵩伯诗集》。

【注释】

①陇西行：乐府《相和歌辞·瑟调曲》名，陈陶用此乐府旧题作诗四首，此录其一。②五千貂锦：五千战士。汉代羽林军穿貂裘锦衣，后遂用貂锦代指战士。司马迁《报任安书》写李陵"常思奋不顾身，以徇国家之急。且李陵提步卒不满五千，深践戎马之地"。此诗前二句用此事。③无定河：一句奢延水，发源于内蒙古，流经陕西北部入黄河，因沙多流急，深浅无定，故名。

【今译】

立誓要扫荡匈奴个个奋不顾身，
五千貂衣锦裘的将士命丧胡尘。
可怜那无定河边的累累白骨，
还是妻子们春夜里的梦中之人。

【说明】

丈夫已经成了无定河边的枯骨,可怜不知情的妻子还常在梦中与他相会,盼他归来。把战争带给人们的不幸表现得极痛极惨。

寄 人①

张 泌

别梦依依到谢家②,小廊回合曲阑斜③。多情只有春庭月,犹为离人照落花。

【作者简介】

张泌,字子澄,淮南人。仕南唐为句容县尉,官至中书舍人。《全唐诗》录其诗一卷。

【注释】

①《诗苑丛谈》载:"张泌仕南唐为内史舍人。初与邻女浣衣相善,后经年不复相见,张夜梦之,寄绝句云云。"②依依:依恋不舍貌。谢家:指所思之人居处。唐人诗中常用萧娘、谢娘泛称所思慕的女子。③阑:门口的横格栅门。斜读xiá。

【今译】

分别后在梦里又依依来到谢家,
小廊回绕着曲阑依旧横斜。
只有那空庭中多情的春月,
还有为孤独的离人照着落花。

【说明】

作者思念心上的恋人,在梦中来到她的住处,小廊曲阑依然如旧,一切都是那么熟悉亲切。然而梦醒之后一切皆空,只有中庭明月照着落花,仿佛在多情地陪伴着孤独的离人。

杂　诗

无名氏

近寒食雨草萋萋，著麦苗风柳映堤①。等是有家归未得②，杜鹃休向耳边啼③。

【注释】
①著：吹拂。②等是：同是。③杜鹃：鸟名，相传为古代蜀帝杜宇魂魄所化，啼声凄切，仿佛在叫"不知归去"。末二句与清人黄仲则《听子规》诗中"只解千山唤行客，不知身是未归魂"句意相近。

【今译】
临近寒食时春雨潇潇春草茂密，
春风吹拂着麦苗柳色映绿长堤。
我们同样都是有家不能归去，
杜鹃你不要再向我耳边悲啼。

【说明】
在春色撩人的寒食时节，漂泊他乡的游子正为有家难归而满怀乡愁，偏偏又听到杜鹃在一声声啼叫着"不如归去"，此情此景，怎不叫他黯然神伤呢！

◇ 乐 府 ◇

渭 城 曲[①]

王 维

渭城朝雨浥轻尘[②],客舍青青柳色新。劝君更尽一杯酒,西出阳关无故人[③]。

【注释】

① 诗题一作《送元二使安西》。此诗唐代即被谱曲传唱,收入乐府,作为送别之曲,名为《阳关三叠》(因唱至"阳关"一句时反复歌之,故名)。② 渭城:古县名,治所在今咸阳市东北。因南临渭水得名。③ 阳关:古关名,为汉唐时通西域的要道。故址在今甘肃敦煌西南古董滩附近。

【今译】

渭城的清晨细雨沾湿了路尘,
客舍中青青的柳树绿色一新。
劝君再饮尽一杯饯行的美酒,
向西去出了阳关再也没有故人。

【说明】

这首送别诗用毫无雕饰的语言把人所共有的惜别之情表现得深沉含蓄、真挚动人,成为千古传唱的名篇。李东阳《麓堂诗话》评此诗说:"王摩诘'阳关无故人'之句,盛唐以前所未道……后之咏别者,千言万语,殆不能出其意之外。"

秋 夜 曲①

王 维

桂魄初生秋露微②,轻罗已薄未更衣③。银筝夜久殷勤弄④,心怯空房不忍归。

【注释】
①秋夜曲:乐府《杂曲歌辞》名。②桂魄:古代传说月中有桂树,故称月为桂魄。古称月轮无光之处为魄。③轻罗:指轻薄的罗衣。罗是一种丝织物。更衣:换衣。④筝:一种拨弦乐器。

【今译】
秋夜里明月初升白露点点滴滴,
轻罗衣衫太薄却无心去换厚衣。
反复地弹奏银筝一直到了深夜,
心中怯惧冷寂的空房不愿回去。

【说明】
在明月初升、白露生凉的秋夜,独守空闺的少妇倍感孤独寂寞,为了排遣寂寞,她在月下把银筝久久弹弄,直到深夜也不愿回房寝息,因为那寂寞冷清的空房已成了使她怯惧的地方。蘅塘退士评此诗说:"貌为闹热,心实凄凉,非深于涉世者不知。"

长 信 怨①

王昌龄

奉帚平明金殿开②,暂将团扇共徘徊③。玉颜不及寒鸦色,犹带昭阳日影来④。

【注释】
①长信怨：乐府《相和歌辞·楚调曲》名。长信，汉宫殿名。汉成帝偏宠赵飞燕姐妹，班婕妤失宠，自请到长信宫侍奉太后，作《自悼赋》以自伤。诗题一作《长信秋词》。②奉帚（zhǒu）：执扫帚以洒扫。班婕妤《自悼赋》有"供洒扫于帷幄兮"之句。吴均《行路难》："班姬失宠颜不开，奉帚供养长信台。"此处用其意。③团扇：相传班婕妤失宠后作有《团扇诗》（一作《怨歌行》）："新裂齐纨素，皎洁如霜雪。裁为合欢扇，团团似明月。出入君怀袖，动摇微风发。常恐秋节至，凉飙夺炎热。弃捐箧笥中，恩情中道绝。"以团扇秋天被弃比喻自己失宠遭弃。此处写持团扇而徘徊，隐含其意。④昭阳：汉代宫殿名，赵飞燕姐妹所居。"日影"一词语义双关，既指阳光，也喻君恩。

【今译】
黎明时殿门刚开就手捧扫帚洒扫，
寂寞中执一柄团扇暂且徘徊。
如玉的容颜还不及乌黑的寒鸦，
它还能带着昭阳殿的日光飞来。

【说明】
这首诗借汉代班婕妤的故事写失宠宫人的怨情。后二句想象奇特，比喻巧妙，素为人所称赏。李瑛《诗法易简录》评此诗说："不得承恩意，直说便无味，借'寒鸦'、'日影'为喻，命意既新，措词更曲。"

出　　塞①

王昌龄

秦时明月汉时关②，万里长征人未还。但使龙城飞将在③，不教胡马度阴山④。

【注释】

①出塞：属乐府《横吹曲》。唐代为《新乐府辞》。②"秦时"句：此句中"秦"、"汉"二字互文见意，即秦汉时月，秦汉时关。秦筑长城，汉击匈奴，故以秦汉称。③龙城飞将：指西汉抗击匈奴的名将李广。龙城为匈奴祭天、大会诸部之处，地在今蒙古人民共和国，此处泛指边塞之地。《史记·李将军列传》载，李广在右北平驻守，匈奴称他为"汉之飞将军"，避而不敢进犯。④阴山：在今内蒙古中部，为匈奴南侵的要道。

【今译】

秦汉时的明月秦汉时的边关，
多少人万里远征一去不还。
如果那飞将军李广今天还在，
绝不会让胡骑越过阴山。

【说明】

关塞烽火不息，战士远征未归，作者不禁心生奇想：如果有飞将军李广在，胡骑哪敢越阴山一步呢！缅怀古代良将也正是讥刺当时将帅的庸懦无能。

出　　塞①

王之涣

黄河远上白云间②，一片孤城万仞山③。羌笛何须怨杨柳④，春风不度玉门关⑤。

【注释】

①诗题一作《凉州词》。②黄河：一本作"黄沙"。③孤城：指玉门关城，岑参《玉门关盖将军歌》："玉门关城迥且孤，黄沙万里白草枯。"④羌笛：马融《长笛赋》中有笛出羌中之说，故称笛为羌笛。

羌是古代西北地区的少数民族。杨柳：即《折杨柳》，汉乐府《横吹曲》名。⑤玉门关：古关名，汉武帝置，故址在今甘肃敦煌西北。

【今译】
黄河奔流远望似在白云之间，
一座孤城四面都是万仞高山。
羌笛何必哀怨地吹奏《杨柳》，
春风从来吹不到玉门古关。

【说明】
这首诗写塞外关山的雄浑荒凉和戍边征人的愁怨，是唐代边塞诗中的名篇。

清 平 调① 三首

李 白

其 一

云想衣裳花想容，春风拂槛露华浓②。若非群玉山头见③，会向瑶台月下逢④。

【注释】
①据韦睿《松窗杂录》载，开元年间，唐玄宗和杨贵妃有一次在兴庆宫赏牡丹，乐工李龟年率梨园弟子以歌乐助兴。玄宗说："赏名花，对妃子，焉用旧乐词为！"遂命李龟年召翰林学士李白填制新词。李白援笔立就，写下这三首《清平调》。②槛：栏杆。露华：露水的光华。此句以春风中带露的牡丹来衬托杨贵妃的美艳。③群玉山：又作玉山，神话中西王母所居之地。④会向：应向。瑶台：传说中神仙所居之地。

375

【今译】
看云想到你的衣裳看花想到你的面容，
春风吹拂栏杆花上露珠浓浓。
若不是群玉山头曾经见过仙姿，
就应在瑶台月下才能与你相逢。

【说明】
这首诗连用彩云、鲜花、带露的牡丹、月下的仙女来层层比喻衬托，一个花容月貌、美若天仙的杨贵妃真是呼之欲出了。

其 二

一枝红艳露凝香，云雨巫山枉断肠①。借问汉宫谁得似？可怜飞燕倚新妆②。

【注释】
① 云雨巫山：宋玉《高唐赋》写楚襄王游高唐，梦见巫山神女与他欢会，神女自称"旦为朝云，暮为行雨"。此句言楚襄王与巫山神女欢会毕竟只是虚妄的梦幻，言外反衬唐玄宗与杨贵妃之欢爱远胜楚王神女。② 飞燕：即赵飞燕，因貌美善舞得汉成帝宠爱，立为皇后。《飞燕外传》载她善做新奇妆扮。此句是说美貌善舞的赵飞燕还须倚其新妆才能与杨妃相比。

【今译】
你像一枝带露的牡丹红艳芳香，
楚王的巫山云雨只能枉自断肠。
借问汉宫的美人有谁能够相比，
可怜那赵飞燕还需依赖新妆。

【说明】
这首诗以楚王与神女相会的梦幻衬托玄宗与杨妃的欢爱，并借飞燕新妆来比拟杨妃美艳绝伦。据乐史《李翰林别集序》载，高力士向杨妃进谗,说李白用赵飞燕比她是有意讥刺,致使杨妃衔恨而逐李白。《新唐书·李白传》也有记载。然据史家考证,实不足信。

其 三

名花倾国两相欢①,长得君王带笑看。解释春风无限恨②,沉香亭北倚栏杆③。

【注释】
① 名花:指牡丹。倾国:《汉书·外戚传》载李延年作歌曰:"北方有佳人,绝世而独立。一顾倾人城,再顾倾人国。"后遂以"倾城倾国"形容绝代佳人。此处指杨贵妃。② 解释:消释。③ 沉香亭:在兴庆宫中,用沉香木造成。

【今译】
名花与美人两相争艳,
使君王久久地含笑观看。
春风中消散了无限愁恨,
在沈香亭北面倚着栏杆。

【说明】
这首诗写玄宗与杨妃在沉香亭凭栏赏花,看到名花与美人交相辉映,不禁乐而忘忧,一切愁恨都在春风中消散了。

金 缕 衣①

杜秋娘

劝君莫惜金缕衣,劝君惜取少年时,花开堪折直须折②,莫待无花空折枝。

377

【作者简介】

据杜牧《杜秋娘诗序》载，杜秋娘为金陵人，十五岁嫁与唐宗室李锜为妾。后李锜谋叛被杀，她被籍入宫中，有宠于宪宗。穆宗即位后，命她作皇子傅母，后赐归故乡。

【注释】

① 金缕衣：属乐府《近代曲词》。金缕衣即金线织成的衣服，极言衣服的华贵。② 直须：就须。

【今译】

华贵的金缕衣劝君不必珍惜，
宝贵的少年时光千万要爱惜。
花开时能折取就快折取，
莫等到花落后徒折空枝。

【说明】

这首诗用形象生动的比喻劝人珍惜宝贵的少年时光，不要在年华虚掷后徒生悔恨。有人以为此诗劝人及时行乐，实为曲解。